소설 허균, 호피와 장미
虎皮 & 薔薇

❷

소금북 소설선 002

소설 허균, 호피와 장미
虎皮 & 薔薇

②

이광식 장편소설

소금북
sogeumbook

　　허균이 어디서 태어났느냐 하는 질문에 서울 건천동이다, 아니다 강원도 강릉이다, 하는 등 몇 가지 설이 있다. 그럼에도 불구하고 나는 허균 선생의 고향을 명백히 강릉이라고 말하고 싶다. 허균 스스로도 강릉 사천 마을을 고향으로 여기고 있으며, 자신의 시에서 고향에 돌아가 살고 싶다는 심경을 술회하기도 했다.

　　휘이휘이 역외로 돌아다니다가 그런 강릉을 내가 다시 돌아온 지 10년의 세월이 다 되어간다. 그리하여 허균과 나는 강릉이라는 공간성으로 다시 만나게 되는데, 내 어찌 이 오래된 인연을 다만 그대로 지나가게 내버려 둘 수 있겠는가.

　　반평생의 외방 생활에서 돌아온 이후 내내 나는 의식 속에 허균과 함께 살아왔다 하여 지나치지 않을 듯하다. 내 어릴 때 허균 얘기는 들어볼 수 없었다. 아니, 사실 어른들이 조심스럽게 하는 교산 허균 집안의 얘기를 나는 귀꿈스레 들어두길 마다하지 않았다. 조선 500년 동안 전주의 정여립과 함께 끝내 복권되지 못한 인물 중 한 사람인 교산 허균이었으므로 마을 사람들이 말하길 꺼려하는 분위기임을 나는 진즉에 알고 있었다.

다시 고향에 돌아왔을 때 나는 드디어 허균의 삶을 드러내놓고 말해도 좋다는, 완전히 변화된 시대 혹은 사회 분위기에 즐거워했다. 또 사실 이미 허균에 대한 소설이, 예컨대 문장이 아름답고 구성이 치밀한 소설가 김탁환의 '소설 허균, 최후의 19일'이 세상에 크게 주목받았으므로, 물론 그 이전에 이병주의 '허균'이란 소설이 나온 바도 있었으므로 더 이상 세상, 아니 내 고향 종래 분위기에 눈치 볼 까닭이 없었다.

그리하여 나는 지난 10년 가까이 허균을 얘기하느라 고심하며 보냈다. 당 시대의 세목들을 세세히 저작해 보기 시작했다. 같은 고향 사람으로서 마땅히 고향 선배인 허균을 써야 한다는 강박관념에 시달려 왔으며, 그리하여 이제 부끄러운 소설 작품을 세상에 내놓게 된 것이다.

그런데 문제는 허균을 어떻게 드러내느냐 하는 점이었다. 워낙 다양한 삶의 방식 및 양상으로 살아온 인물이었으므로 기본적으로 그의 정체성을 정립하기가 어려웠다. 그러다가 허균의 연역이나 전제 혹은 정체성을 논하기 어려운 것이 바로 그의 정체성일 수도 있다는 생각을 했다. 지금까지 그려낸 모든 허균의 상이 결국 사후적임으로 그렇다.

쓰는 동안 내내 머릿속을 채운 것은 교산 허균이 시대와의 갈등, 정치적 인물들과의 대립, 그리고 동시에 자기와의 모순 속에서 살아온 인물이라는 이해였다. 그것이 허균을 정치와 사상 그리고 종교적으로 어쩔 수 없는 경계인으로서 세계와 싸우게 되는 인물로 설정하게 했다. 눈은 늘 미래로, 성리학과의 거리, 이가 아니라 서화담과 아버지 초당 허엽 집안으로 이어지는 차라리 기의 그것, 명나라 이탁오의 반예교적 생각 등이 허균의 것이라 할 수 있다. 문제는 철저히 어느 한쪽을 거부하는 것이 아니라 그것을 넘을 수 없는 한계성을 의식하면서 동시에 이를 온전히 벗어나고자 하는 그 삶의 진실 또는 핍진이 안타깝다는 것으로의 허균 이해였다. 내게 그렇게 다가온 허균이다.

이를 어떻게 그릴 것인가가 관건이었으나, 말하건대 이 경우 나는 진실로 부족한 필력을 갖는다. 개탄스럽거니와 이 무슨 용맹이던가, 그럼에도 불구하고 가벼운 유희나 조야한 수사가 난무하는 시대 풍조에 빠지지 않으려 하면서 내내 허균을 생각하고 빠르게 혹은 느리게 글을 써 왔으니! 중도에 공적 일을 맡아 5년의 세월은 날려 보내고 또 다른 5년을 집중했다 할 것인데, 겨우 이제야 세상에 얼굴을 내놓게 되어 실로 다행스럽고 또 미안한 일이다.

본디 책 5권의 분량이던 것을 이런저런 이유로 2권으로 줄이느라 또다시 한세월을 보내야 했다. 문학이란 결국 언어의 문제이므로 조선시대의 언어를, 조정 신료들의 어휘를 골라 쓰느라 한 문장을 놓고 며칠을 싸우기도 했다. 이야기꾼이 못 되는 나로서는 지식인의 역사소설이어야 했으나, 그도 이미 이문구의 '매월당 김시습' 과 예의 김탁환에 의해 이뤄진 듯하니, 허균처럼 나 또한 한국 역사소설의 한 경계에 서 있는 사람일 따름이라는 자각 혹은 자의식에 부끄러워한다.

하지만 이제부터 허균을 다시 얘기해 보자. 지금부터 혁명에 대하여 다시 논해보자. 도저한 논리와 폭력의 만연인 이 방만한 포스트모던이 서서히 저물어 가므로 다시 전혀 다른 방식으로 세계사가 굴러갈 것이 예상되고, 그리하여 허균이 또 새롭게 얘기되어야 할 바이다. 21세기가 저물어 갈 즈음에 그것이 무엇 되어 나타날 것인가? 쓰고 나서 다시 이런 질문에 젖어본다.

이 소설을 감수한 장정룡 · 김풍기 · 박도식 교수, 기획을 맡아준 문학평론가 심은섭 교수께 감사의 마음을 전한다.

2020년 여름

미산당(彌山堂)에서 지은이

차례

| 작가의 말 |

속도 — 격문이 걸리다 · 013
결의 — 경호에서 · 041
지속 — 기자헌 · 067
퇴행 — 기준격 · 083
담론 — 폐모정청 · 123
주체 — 대화 · 147
우편 — 미끄러짐 · 172
주름 — 남산과 숭례문에서 · 201
진퇴 — 강홍립 · 222
욕망 — 이이첨으로부터 · 243
장미 — 그곳에 들어가다 · 269
반복 —혹은 탈옥 · 298
타자 — 아, 이재영 · 307
광기 — 논란 · 328
종족 — 강을 건너다 · 345

참고 문헌 · 358
붕당 전개도 · 359

속 도
— 격문이 걸리다

허승연 그림

속도 — 격문이 걸리다

*

광해 9년(1617) 정사년 정월 스무날 저녁이다. 아직 해가 지지 않아 경운궁(慶運宮, 서궁, 현재의 덕수궁)은 한낮 내내 삭풍을 맞아 특히 이 초저녁 무렵에 하얗게 얼어붙은 듯 보였다. 긴 담장밖에는 사람이 없었고, 한성부 서부 황화방의 정릉동 전 거리 어디에도 지나다니는 사람이 보이지 않았다. 삭풍이 사람들을 집 안으로 몰아넣은 모양이다.

그런 저녁거리를 김윤황은 조심조심 걸어갔다. 지난 광해군 3년 신해년(1611) 시월에 친정아버지 김제남과 친아들 영창까지 몰려서 잃게 된 인목 대비를 서궁에 유폐시키려고 일부러 경운궁으로 행차해 함께 지내던 광해가 대비를 홀로 남겨두고 을묘년(1615)에 창덕궁으로 이어했다. 이후 광해는 대궐에 사나운 귀신이 있으니 화포장(火砲匠) 스무 명을 동원하여 연이틀 동안 대궐과 동궁에 총포를 쏘라고 명했다. 그로부터 한 달 뒤엔 대비의 궁전 근처에 작은 성채를 만들어 놓고 잡

인들의 출입을 엄금했다. 다시 한 달 후, 사헌부 집의 이하 관원에게
명해 차례로 경운궁에 입직하여 모든 일을 살피게 했다.

사람들은 경운궁을 서궁이라 부른다. 인목 대비는 역적의 괴수 김제
남의 딸이라는 이유로 서궁에 유폐되어 수많은 상소가 만들어낸 여론
에 의해 폐비가 될 날만 기다려야 했다. 그리하여 왜란 시절에 행궁으
로 쓰인 경운궁을 대비가 홀로 지키게 됐다. 그러나 김윤황은 그건 내
알 바 아니라는 생각을 해 본다.

내가 할 일은 궁 안으로 격문(檄文)을 쏘아 넣는 일이야.

몇 달 전에 드디어 교산 허균으로부터 김윤황이 사는 강원도 양양
으로 소식이 전해졌다. 사실 더러 교산의 집에 하인으로 일하고 있는
아내를 보러 서울을 다녀간 일이 있기는 하나, 오래 머무르지 않았다.
그런 어느 날 교산 허균으로부터 명례방 상곡집으로 오라는 내용의
간찰을 받고 즉시 올라와 허균 집 뒤채에 얹혀살게 된 김윤황이다. 그
날 허균이 김윤황을 은밀히 불렀다.

“불러 계십니까?”

“그러하네. 자네 나와 함께 마실 나가세.”

“소인과 함께요?”

저녁 무렵에 두 사람은 집을 나가 군기시(軍器寺, 서울 시청 옆) 다
리 쪽으로 갔다. 허균이 문득 말했다.

“자네라야 이 일을 쉬 이룰 수 있을 것이야.”

“무슨 일입니까?”

“활에 능하다지?”

“물론입니다. 저는 매일 활을 쏘며 살았습지요. 제 처지에 맞지 않게

도 정량궁(正兩弓, 큰활)을 비롯하여 예궁(禮弓, 대궁), 목궁(木弓), 철궁(鐵弓), 철태궁(鐵胎弓)을 다 다뤄봤으나 각궁(角弓)을 자주 쏘았습니다. 활쏘기라면 누구 다음이란 말을 듣고 싶지 않습니다.”

“내 자네를 불러올려 겸사복(兼司僕. 왕 친위병)으로 넣은 것이 모두 이것 때문인 것을.”

“무슨 일입니까?”

“목소리를 낮추게. 오늘 저녁 이것을 화살에 묶어 쏘아 보내야 해.”

허균은 글이 쓰인 흰 종이를 보여 주며, 40대의 김윤황의 체격이 우람함을 다시 한번 느낀다. 저런 정도가 되어야 더불어 일할 만하다고 생각하며.

“이 종이를 화살에 묶어 경운궁 안으로 쏘아 넣게. 궁궐 마당에 정확히 떨어져야 해. 그 누구에게도 들켜서는 안 되리!”

추웠다. 김윤황은 허연 입김을 내뿜으며 황화방으로 달려갔다. 희미한 샛별을 마주하여 발길을 잡았다. 동개활이 가죽 주머니에서 일렁거려 빨리 내달을 수 없었다. 기온이 찼으므로 다니는 사람이 보이지 않았다.

저것이 무엇이냐?! 경운궁 대문에서 수직하는 군졸이다. 전립을 쓴 포졸이 목을 움츠려 기둥에 기대고 서 있다. 그의 패영이 귀와 목에서 차갑다. 담을 끼고 돌자 마침 큰 팽나무가 가지를 내밀고 있어 담을 뛰어올라 나뭇가지 위에 앉았다. 그리고 전각을 향해, 정확하게는 전각의 기둥을 향해. 아니, 마당이라 했다. 김윤황은 동개활의 시위를 당겼다가 놓았다. 팽, 하고 날아간 살이 땅바닥에 튕겨 올랐다가 떨어지는 양을 보았다. 묶인 종이가 날아가지 않고 그대로 매달린 것을 확인하고 김윤황은 재빨리 다시 담을 넘어 발길을 돌려 잡았다. 본 사람이 없는 것 같다. 해가 완전히 지고 사위가 어둠에 잠겨갔다.

며칠 뒤. 아침에 동부승지 이홍주(李弘冑)가 대전으로 가서 탑전에 엎드렸으나, 용안을 올려다보지 못하고 임금의 검은 사슴 가죽으로 만든 목화를 보다가 조금 위 조오룡(爪五龍) 옥대가 번쩍거리는 것을 볼 따름, 그 위로 시선을 올리지 못했다.

"전하, 아뢰올 것이 있나이다."

그러고 이홍주는 더 말을 잇지 못한다.

"무슨 일인가?"

"전하…."

"어허, 말을 해야지. 무슨 일이냐?"

"아뢰옵기 황공하오나, 전하."

"말하라."

"분병조(分兵曹)에서 계를 올렸습니다. 아니 전하, 흉격(凶檄)이 있나이다."

"흉격이라?! 격문이 붙었다는 것이냐? 자세히 이르라. 아니, 흉격을 내게 보이라."

그제야 이홍주는 소매 속에서 종이를 꺼내 김상준 승전빛이 내민 옥반에 놓아 전해 올렸다. 크고 작은 동그라미로 구별되어 있는 그 글을 읽으며 임금이 손을 부들부들 떤다. 임금이 벌떡 용상에서 일어서다가 휘청거린다. 이를 보고 김 내관이 한 발자국 내딛다가 멈춘다. 임금은 읽던 종이를 휙 집어 던지려다가 다시 펴들어 글자 하나하나를 찬찬히 살펴 읽었다. 획이 매우 정교했으며, 은어가 많이 쓰였다.

광해는 글에서 '산천(山川)을 다 되었으니 원해(原海)가 장차 이를 것이다.'는 문장에 눈을 고정시켰다. 산은 금산군(錦山君) 이성윤(李誠胤)이요, 천은 귀천군(龜川君) 이수(李晬)를 이르는 것일 터. 원해는 종실 원해군(原海君)을 가리킨 것. 종실 금산군이나 귀천군은 폐비를 반대하다가 귀양 간 자들이다. 이들이 다 쫓겨났으니, 이번엔 종실 원해군이 옹립돼 대비를 받들고 반정(反正)할 것이란 말이 아니냐!

임금은 또 격문의 '유(柳)를 끼고, 박(朴)을 격려하실 것이며, 기(奇)를 조정하시라.'는 글귀에 눈을 크게 떴다. 유는 유희분이고, 박은 박승종이며, 기는 기자헌을 이르는 말이렷다. 이 세 중신들이 모여서 반정을 꾸미고 있다는 말인가?! 있을 수 없는 일.

광해는 글의 핵심을 요약해 보았다. 붉은 얼굴색이 더욱 붉어지고, 짙은 눈썹이 이마로 치켜 올라갔다. 임금은 한 손으로 구레나룻을 긁으며 다른 한 손으로 종이를 내려놓고 동그라미로 구별한 그 흉서의 형식 그대로 하나씩 정리해 본다.

첫째, 내가 서자임에도 왕위에 올랐다.

둘째, 내가 아버지를 독살했고 형도 죽였다.

셋째, 이 격문을 쏘아 보낸 까닭은 거사를 예고하려는 것이다.

넷째, 거사를 위해 영의정 기자헌을 강제로 움직이게 할 것이다.

다섯째, 거사 날짜는 이달 28일이다.

온갖 비난으로 이어진 그 글은 당신을 천하의 패륜아로 그려 놓고 있었으므로 광해는 뜨거워지는 얼굴을 들어 천정을 올려다볼 따름이었다.

“전하, 황공하여이다.”

“…….”

“전하, 하명하소서.”

그러나 임금은 말이 없다.

“주상 전하.”

거사라? 거사라면 역모를 일으키겠다는 것인가? 글 내용대로라면 반정의 명분은 충분하도다! ‘영의정 기자헌을 강제로 움직이게 한다.’는 것은 또 무엇인가? 영의정 기자헌이 함께 모반을 일으키자고 요구하는 일단의 무리들의 의견을 따르지 않았다는 얘기인가? 그렇다면 기자헌도 이미 역모 모의를 알고 있었다는 말인가? 격문을 던진 놈은 누구이지? 김직재와 신경희의 옥사, 박이빈의 모반 음모 사건이 연속적으로 터진 지 얼마나 지났다고 또 다시 같은 사건이 준비되고 있었다는 말인가.

광해는 온몸을 다시 한번 떨었다. 구레나룻이 벌떡 일어서는 듯했다. 실제로 임금은 용상을 박차고 일어서서 동부승지 이홍주를 쏘아보았다.

“동부승지는 이 글을 찬찬히 읽어 보았는가?”

“예, 황공하여이다.”

“흉격이 어디에 떨어져 있었는가?”

“황공하옵게도 서궁이었나이다. 화살에 붙어서…….”

“서궁이라…….”

임금이 인목 대비를 떠올리며 천천히 다시 용상에 앉아 혼자 말하듯

했으므로 동부승지가 알아듣지 못했다.

"무슨 말씀이온지."

"어찌하여 이 흉격이 화살에 붙어 서궁에 있었느냐 하는 말이다."

"소신이 그것을 어찌."

"과인은 의견을 묻는 것이다."

"예…, 소신의 좁은 견해로는."

"말하라."

"예, 명분상 서궁에 계신 대비의 윤허가 있어야 행동에 옮길 수 있기에 그리로 연락을 취하는 한 방식이 아니었나 싶습니다."

임금은 말이 없다. 지나친 말을 하지 않았나, 하고 염려하며 동부승지는 허리를 한 번 깊이 굽혔다.

"그럴 만한 생각이니라."

동부승지가 다시 용기 내 말했다.

"전하, 그렇지 않아도 대비를 폐서인해야 한다는 이른바 폐모론이 근자 더욱 강하게 일고 있는 정황이고, 따라서 이는 그에 저항하여 반대 세력, 곧 대비의 편에 서서 반정을 일으키려는 자들의 소행이라 판단됩니다."

"영상 기자헌은 나를 옹위했음에도 유독 평소 폐모론에 반대했지?"

"그러합니다."

잠시 침묵이 대전을 가라앉혔다.

"하오나 전하."

"무엇이냐?"

"다른 해석이 있을 수 있나이다. 즉, 일단의 부류가 반드시 대비를 폐서인해야 한다고 믿고 그 반대의 뜻을 가진 영상 기자헌을 자기들 의견에 따르도록 하려고 위협하는 내용으로도 보입니다.”

“대비를 보호하고자 하는 영상 기자헌을 위협하려 한다?”

“예, 그렇지 않고서야 영상을 운위할 필요가 없지 않사옵니까. 폐모론에 반대 입장인 기자헌을 제거하고 폐모론을 더욱 활발히 일으키기 위해 어느 일당이 꾸민 일로도 보입니다. 곧, 흉격에 기자헌이 억지로라도 반역 일당에 따를 것이라고 쓰여 있는 셈이기 때문에 기자헌을 얽어 넣으면서 역모를 꾀하는 자들과 대비가 내통하고 있다고 하는 뜻을 은근히 내비쳐 대비를 함께 무함하고자 꾸민 일일 가능성도 있습니다.”

“기자헌과 대비를 무함하고자 한다?”

“소신의 좁은 소견일 따름입니다, 전하.”

“승지의 말은 흉격을 놓은 자가 대비의 편일 수도 있고, 대비의 반대일 수도 있다는 것인데….”

“소신은 그저 상정을 해 보았을 따름입니다.”

“두 가지 다 그럴 만한 풀이니라. 알았다. 동부승지는 물러가라.”

동부승지가 나간 뒤 광해가 다시 몸을 떨기에 김상준 승전색이 아뢴다.

“전하, 편전으로 드시소서. 옥체 미령할까 저어됩니다.”

“지금 몇 점인데 편전을 이르느냐. 물러가 있거라.”

그리고 광해는 긴 시간 용상에 홀로 앉아 생각에 잠겼다. 영상 기자헌이 대비와 함께 과인을 내치려는 역모를 꾸민다는 것은 상상하기 어렵다. 그렇다면 그동안 폐모론을 그토록 강조하던 대북 세력이, 대북 세력의 핵인 대제학 이이첨과 지난해에 형조 판서에서 파직돼 요즘 부사직(副司直, 종5품 무관)을 지내는 허균이 무슨 일을 꾸미려는가?

잠시 뒤 광해는 희미한 미소를 머금었다. 김상준 승전색이 그런 임금을 보고 고개를 갸웃거렸다.

"전하."

"별일 아니다."

광해는 용상에 앉아 다시 한번 미소를 지었다. 그렇다. 이 기회에 폐모론에 반대하는 자들을 제거할 수 있을 것이야. 그렇도다. 이 흉격은 분명 과인으로 하여금 폐모론 반대자들을 제거하는 기회를 만들어 준 것이니라! 그렇다면, 흉격을 쓴 자는 과인의 마음을 너무나도 잘 아는 자일 것인데…. 그 순간 광해는 퍼뜩 허균을 떠올렸다.

지난 두 해 동안 이조 정랑 박홍도(朴弘道)가 인사권을 마음대로 휘두르는 등 여러 가지 문제를 일으킨다며 대북 세력들이 비난하기를 그치지 않았다. 박홍도는 처음에 이이첨에게 붙어 부형처럼 섬기다가 신경희의 옥사가 일어나자 이이첨의 당이 패할까 두려워 마침내 배반할 계책을 세워 도리어 이이첨을 공격했다.

그러던 중 박홍도가 썼다는 시가 돌아다닌다는 얘기를 듣고 임금은 며칠 전에 그 시를 올리라 했었다. 광해 임금이 받아든 시는 그 제목부터가 심기를 건드리는 것이었다. 제목이 '회경운궁(懷慶運宮)', 곧 '경운궁을 생각하다' 였으므로.

묵직하게 자물쇠가 서궁을 잠갔는데　　　　　沈沈壯鑰鎖西宮

사자대는 텅 비고 저녁 바람만 부는구나.　　　思子臺空起夕風

선조 임금은 돌아가매 붙들 수 없었으니　　　仙馭乘雲攀不得

고신의 눈물만 목릉 동편에 뿌려지네.　　　孤臣淚盡穆陵東

소나무는 대들보 재목 만들려고 심었더니　　　種松要作棟樑材

얽힌 가지가 점대에 방해된다.　　　　　　　却把盤枝碍漸臺

어떻게 도끼로서 모두 찍어 없애고　　　　　安得斧斤斫伐盡

창에 가득한 달빛을 맞이할꼬.　　　　　　　滿牕邀得月華來

통곡하면서 사자대에 오르니　　　　　　　　慟哭來登思子臺

목릉의 송백에 저녁 구름 서러워라　　　　　穆陵松栢暮雲哀

흰 구름을 쳐다보니 눈물만이 줄줄 흐른다.　白雲遙望淚浪浪

　사헌부에서 조사하여 올린 몇 편의 시구였다. 그 내용은 모두 결국 서궁에 유폐되다시피 한 인목 대비를 염려하는 것이었다. 하지만 광해는 작자에 이르러 보고된 사실을 믿기 어려웠다. 이 흉시(凶詩)를 과연 박홍도가 지은 것인가? 혹자는 박홍도가 그런 시를 지을 만한 인물이 못 된다고 한다. 그리하여 이는 박홍도를 무함하기 위해 이이첨이 지은 것이라는 주장도 없지 않았다. 한 발 더 나아가 그 시가 대북파를 위협하는 박홍도를 제거하기 위해 교산 허균이 지었다는 얘기도 나왔다.

　그런 의견을 좇는다면 이번 경운궁의 흉격 또한 기자헌을 모함하기 위해 누군가가? 혹 이 또한 이이첨 아니면 허균이? 광해는 허균이 의심스러웠다. 흉격에 따르면 기자헌이 억지로라도 반역 일당에 따를 것이라고 쓰여 있는 셈이기 때문에 허균과 반목하는 기자헌을 얽어 넣고, 반역자들과 통하고 있다고 대비를 무함하고자 꾸민 일일 가능성이 높았던 것이다. 화살 하나에 두 사람을 얽어 처결하려 한다. 허나, 반대로 인목 대비와 기자헌의 일당이 진실로 모반을 꾀할지도 모른다. 과연 어느 쪽의 행위인가?

그러나 자, 그것이 허균 혹은 이이첨이든, 아니면 그 반대파인 기자헌과 인목 대비이든 하여간 일단 거사의 날이 28일이라 하였으니, 당장 그에 대비해야 했다. 격문을 서궁에 쏘아 넣을 정도면 사태가 예사롭지 않다. 마땅히 무슨 조치를 취해야 했다. 광해는 온몸에 긴장을 담아 판의금부사(判義禁府事, 의금부 으뜸 판사, 종1품) 박승종(朴承宗)은 물론 대전별감과 승지에게 엄한 분부를 내렸다.

"대궐을 철통같이 지키라!"

"전하, 돈화문에서 적을 기다리겠습니다."

대전에서 물러 나온 판의금부사 박승종은 묘시에 이르러 갑옷을 입고, 말고삐를 단단히 잡고서 돈화문 밖에 진을 쳤으며, 여러 장수들이 각 문을 나누어 지키고 백관들 또한 창덕궁 앞에서 정변을 대비했다. 짧은 겨울 해가 지자 돈화문 앞은 화톳불로 하늘과 땅이 타오르는 듯했다.

예조 판서 관송 이이첨 역시 돈화문 앞에 나와 섰다. 이이첨은 조금 전 쌍리동 집에서 처자와 여러 권속에게 이른 말을 되새겨 보았다. 실로 위기의 순간이라 하지 않을 수 없다. 기자헌이 그동안 자신과 가깝지 않은 것이 아니었음에도 어느 사이에 자신도 모르게 거사를 일으킬 준비를 하였는지 알다가도 모를 일이었다. 자신은 광해 임금을 보위해야 한다고 굳게 믿지만, 반면 사정 기자헌이 영창 대군과 그의 모친인 인목 대비를 그토록 깊이 생각하고 있을 줄이야 그야말로 예전에 미처 몰랐던 것이다.

아버지인 선조와 형제를 죽였다며 광해의 잔인함을 낱낱이 고발 비판하는 흉격의 그 내용으로 보아서는 기자헌이 드디어 정신을 잃고 환장을 하여 마침내 스스로 목숨을 버리려 하는 짓이란 생각도 들었다. 저 성균관에서 한 시절을 함께 보낸 기자헌이 그럴 수 있는 사람 같아 보이진 않았지만, 어떻게 알 수 있을 것이냐, 그는 진정 늘 남보다도 의지가 굳은 사람이었음에랴. 그리하여 이이첨은 쌍리동 집을 떠나기 직전에 떨리는 목소리로 가솔들에게 말했다.

"오늘 역적들이 패한다면 큰 복이다. 그러나 만일 불행하게 될 경우에는 내가 목숨을 바칠 날이다. 너희들은 후원에 모여 있다가 우리 편이 패하였다고 들으면 곧 이 검으로 자결해서 역적들의 손에 죽지 말도록 하라."

그의 말이 끝나자마자 처자식과 권속들이 모여서 슬피 울기를 시작했으니, 밤이 새도록 그러했다.

"아니, 저 소리가 관송의 집에서 나는 것이 아니냐?"

"그렇구면, 무슨 일이 있나?"

"아마도 역적질을 해 파직되거나 귀양 가는 모양이구먼."

"아니야. 관송 대감이 임금의 신임을 그렇게 받는데 그런 일이야 있겠나."

"그래. 필시 다른 사달이 일어난 것이야. 그렇지 않고서야 어찌 가솔들의 울음소리가 담 밖으로 들릴 정도이겠는가.”

“곧 알게 되겠지.”

이이첨의 행동도 그러하거니와 그 가솔들의 담을 넘는 높은 울음 또한 진정인지 의심을 하는 사람들도 적지 않았다.

“이이첨이 무슨 이상한 수를 쓰는지도 몰라.”

“이상한 수라니?”

“일을 저질러 놓고는 발뺌하느라 일부러 저렇게 요란을 떠는지도 모를 일이라.”

“이이첨의 성정으로선 그럴 만도 허이.”

그날 밤, 바람이 거세게 불었다. 계절이 바뀌는 시절도 아니라, 근래 없던 일이다.

“피해라!”

한 차례 강한 회오리바람이 불자 돈화문의 지붕 기와 몇 장이 수직 하는 군졸의 머리 위로 떨어져 포졸 몇이 다쳤다. 순식간에 일어난 일이었다. 돈화문 옆 담벼락 바로 아래에 놓인 화톳불이 대문 지붕의 그림자를 흔들며 미친 듯이 넘실거렸다. 그날은 밤이 깊도록 화톳불이 이글이글 타야 했으나 무슨 노릇인지 회오리바람이 일어 불씨가 다 날아가 한순간에 꺼지고 말았다. 불씨가 돈화문을 넘어 전각 창호지를 태우고 내당으로 번져가려 했다. 군졸들이 모두 달라붙어 불을 끄느라 북새통을 이뤘다.

판의금부사 박승종은 말 위에서 소리치며 군졸을 일사불란하게 이끌려 했지만 바람과 불씨 속에서 다만 허둥거릴 따름 별 효력을 발휘

하지 못했다. 이이첨은 진정 큰일이라 여겼다. 이런 중에 누군가가 돈화문을 향해 파죽지세로 돌진해 온다면 그가 누구든 속수무책일 것이란 생각이 들었다. 이리 뛰고 저리 뛰다가 이이첨은 한 차례 나자빠지고 말았다. 손을 땅에 짚고 얼굴이 처박히는 것을 깨닫지 못하고 넘어졌는데, 얼른 일어나 보니 손바닥과 뺨에 검은 피가 묻어났다.

"억, 억."

두어 번 비명을 지르다가 예조 판서 이이첨은 정신을 잃었다. 그랬음에도 실제로는 아무 일도 일어나지 않았다. 전각에 불붙기 직전에 불씨가 꺼졌고, 군졸들은 다시 정리돼 돈화문 그리고 저쪽 경운궁의 담을 철저히 지켜냈다. 아무도 쳐들어오지 않았으므로 아무 일도 일어나지 않았다. 아무도 다가오지 않았으므로 그날 밤 박승종 판의금부사를 비롯해 모든 신료들은 가슴을 쓸어내리며 묘시 말미에 이르러 집으로 돌아갔다. 정신을 차린 이이첨 또한 그리했는데, 뺨이 벗겨지고 손바닥이 나가 그 아픔이 지극해 거의 울상이 되어 서둘러 쌍리동으로 사라졌다. 다른 대신들이 그런 관송 이이첨의 뒤를 향해 얼굴을 일그러뜨리며 웃음을 짓다가 말았다.

광해 임금은 사실 그날 밤 아무 일도 일어나지 않으리란 것을 이미 느끼고 있었다. 특히 흉시와 흉격을 허균이 썼다면 그것은 이른바 반계(反計)일 것이기 때문에서다. 그것은 인목 대비를 보호하려는 기자헌에게 위협을 주고자 함이 분명했기 때문에서다. 광해 자신을 지독하게 비판한 것 또한 그럼으로써 허균 자신의 계획이 아님을 강조하고자 한 것일 터이었다. 허균의 계획은 광해 자신을 위한 위험한 도전임을 광해는 충분히 느낄 수 있었던 것이다. 그럼에도 창덕궁과 경운궁의 수직을 강하게 할 것을 요구한 것은 광해 자신의 이 같은 생각을 또한 숨기기 위해서였다.

　한편, 영의정 기자헌은 불안한 마음 그지없었다. 흉격에 자신의 이름이 나와 있기 때문이었다. 잘못하다가는 광해가 진정 자신이 인목 대비와 힘을 모아 모반을 일으키려 한 것이 틀림없다고 여길지 모를 정황이었다. 흉한 격문을 화살에 매어 경운궁에 쏘아 넣은 일에 관하여 지난 20일에 임금이 비망기로 이르지 않았는가.

　"이 흉서를 상세히 살펴서 의논해 아뢰라. 그리고 역적모의를 고하는 자는 은 일백 냥을 상주고, 부원군으로 봉하겠다. 그 무리들 가운데 나와서 고하는 자 역시 은 천오백 냥을 상주고, 부원군으로 봉하겠다. 과인은 식언하지 않으니, 너희를 속일까 의심하지 말라."

　그랬으므로 조급해진 기자헌이 임금께 아뢨다.

　"지금 삼가 화살에 매어진 글을 보니, 그 말이 흉악하고 참혹하여 차마 볼 수가 없었습니다. 만약 이것이 참말이라면 그가 어찌하여 드러내놓고 상변(上變)하지 않고서 이와 같이 익명으로 하겠습니까. 무릇 드러내놓고 고하는 경우에도 사실이 아닌 경우가 많은데, 더구나 이런 익명서이겠습니까. 신과 관련해서는 흉서에 '늑기(勒奇)', 곧 '기자헌을 강제한다.'고 하였는바, 이것은 신을 모함하고자 한 것입니다. 신은 감히 의논드리지 못하겠습니다."

　광해가 일을 크게 벌이지 않으려고 애쓰는 정황을 충분히 알고 있음에도 영의정 기자헌은 못내 마음이 편치 않았다. 언제 치죄의 칼날이 자신에게 미칠지 모른다는 불안감에 잠을 이루지 못할 지경이 됐다. 그리하여 기자헌은 다시 병이 들어 사직하기를 청했다.

"삼가 생각건대, 신은 병이 깊어서 오래 전부터 정사(呈辭, 사직)하고서 목욕하러 가고자 하였습니다. 지금 간사한 자가 화살에 글을 묶어 투서하였는데, 비록 누가 한 짓이라고 지적할 수는 없지만 그 허다(許多)한 내용으로 보아 문장가가 아니면 지을 수 없는 것입니다. 심지어는 역적에게 강제당할 대상으로 신의 이름이 쓰여 있으니, 신하의 죄로서 이보다 더 큰 죄가 없습니다. 그러니 장차 어떻게 천지간에 얼굴을 들고 보통 사람과 같이 할 수 있겠습니까. 신은 외람되이 차지해서는 안 될 자리를 차지하고 있는 지 이미 4년이나 되었는데도 스스로 물러갈 줄 모르고 있으니, 이렇게까지 심하게 사람들이 꺼리고 질시하면서 죽이고자 하는 것이 괴이할 것이 없습니다. 삼가 바라건대 성상께서는 속히 신의 직을 파하여 신으로 하여금 물러갈 수 있게 하고, 다시 덕이 있는 사람을 뽑아 나랏일을 중하게 하소서."

그러나 임금은

"누군가가 흉격을 대비전에 쏘아 넣은 것일 따름 경은 조금도 관계가 없을 터이니, 안심하고 사직하지 말라."

고 하였다. 그러나 세 번의 사직 의견을 냈으나 광해가 들어주지 않기에 영의정 사정 기자헌은 아주 사직할 마음을 먹고 강원도로 떠나고 말았다. 자신에 대한 임금의 신임이 돈독함을 충분히 알겠으나 대북의 이이첨과 허균이 자기에 대한 반목을 감추지 않으려 하니, 이를 제대로 막지 못할 경우 어느 바람에 골로 갈지 모른다는 심각한 위기의식을 갖지 않을 수 없었던 것이다.

바람이 심한 날이다. 본디 그곳은 늘 바람이 불었다. 기자헌은 망우 고개를 넘어 양주를 지나 양근(楊根, 양평)으로 내려갔다. 시자 둘을 동반해 말을 타고 내려가는 길에 날씨는 매우 찼다. 지평과 홍천 사이에 이르러 기자헌 일행은 주막에 들렀다. 탁주 한 잔을 앞에 놓은 기자헌의 마음은 실로 참담했다. 돌아보니 이이첨과 허균과 더불어 그동안 가까이 지내지 않은 것보다 친구나 형제처럼 지낸 세월이 더 길었음에도 지금에 이르러 그들이 이토록 심하게 저주할 줄이야.

사실 허균 집안과는 관계가 그리 나쁘지 않았지. 그래도 동생 기윤 헌과 허균이 친분을 유지했고, 또 특히 아들 준격의 스승으로 허균을 모시지 않았는가. 그렇다면 흉서에 내 이름을 넣으면서까지 비판할 것은 아니지 않는가. 또 최근 허균의 아들 허굉을 동생 윤헌에게서 공부하도록 하지 않았는가 말이다. 그렇다면 서로 심하게 반목하지 않아도 될 것이거든….

여기까지 생각의 끈을 이어가는데, 느닷없이 주막의 문이 열리고 쌩, 하고 찬바람이 안으로 닥쳐왔다. 건장한 사내가 주막 안을 휘둘러보다가 기자헌을 찾아내자 다가와 허리를 굽혔다.

"대감, 저는 검열 서국정입니다."

"서 검열, 어떻게 여기에?"

"대감을 좇아 왔습지요."

"나를 따라 오다니?"

"상께서 대감을 잘 타이르라 이르셨습니다."

"나를 좇아와서 말인가?"

"그렇습니다. 영상을 갈아내는 일은 없을 것이니, 발길을 돌려 속히 대전에 납시랍니다.”

“그럴 수 없어. 나는 마음속에서 이미 영상 자리를 버린 지 오래니, 그만 돌아가시게.”

“그럴 수 없습니다. 저로서도 상께 드릴 말씀이 있어야 합니다.”

“그런가? 그렇다면 내 말을 그대로 전하게. 자, 그 흉서에 의하면 역적에게 코가 꿰이어 그의 지시를 따른다고 지목을 받은 내가 아니던가. 그러니 어떻게 얼굴을 들고 행공할 수가 있겠는가 하는 말이야. 이런 일에 대해서는 멀리 물러가서 피하여야 함이 또한 어찌 분명하지 않겠는가. 내 비록 아주 우둔하고 하찮기는 하나, 시골로 돌아가고 싶은 마음은 실로 옛사람들보다 못하지가 않네. 속언에 ‘정승 자리에서 3년을 지내면 반드시 일을 그르친다.’고 했어. 내가 차지해서는 안 될 정승 자리를 차지하고 있은 지가 지금 이미 4년이나 되었으니 진실로 물러나는 것이 마땅하네. 더구나 이러한 변고가 있음에랴. 이런 내 뜻을 자네가 상께 잘 아뢰게. 그럼 나는 다시 가는 길을 재촉하여 강원도로 가네. 내 마지막으로 한 말을 더하면….”

영의정 사정 기자헌은 하늘을 우러러보며 혼잣소리를 했다.

“허다사설(許多辭說)이니 부지하허인(不知何許人)이라!”

길을 떠나는 기자헌을 바라보며 검열 허국정은 영상의 ‘사설이 많으니, 어찌 허 씨인 줄을 알지 못하겠는가.’라는 말을 여러 번 되뇌어 보았다. 보고 받은 광해 역시 용상에 앉아 이를 거듭 되새김해 보았다. ‘허다사설 부지하허인이라면, 곧 흉격을 지은 자에 대해 여러 가지 얘기가 많으나, 허 씨인 줄 누군들 알지 못하겠노라, 하는 말이렷다.’ 허어…. 광해는 지배가 철하도록 오랫동안 ‘허’ 자를 쏘아보았다. 그러고 결심했다. 허균이 저지른 일이라면 폐모론의 확대를 위해 한 것이므로 이 문제를 더 이상 거론치 말아야 할 것임을!

*

기자헌이 인목 대비와 더불어 반란을 일으킬 것이라고 지은 내 글을 김윤황을 시켜 서궁에 쏘아 넣은 한 달 뒤 나는 길을 걸어 드디어 부안의 우반 정사암에 도착했다. 지난 한 달 동안 흉격에 관해 많은 말들이 돌아다니고, 그 지은 자가 누구인가에 대해 사대부 사이에서 간단없이 논의되는 것을 보아온 나는, 그리고 혐의를 뒤집어씌우려던 기자헌이 강릉으로 가버린 다음이라 또 다른 깊은 생각이 필요함을 깨달았으므로 서둘러 부안으로 내려갔다.

부안 정사암에서 나는 이이첨이 이 일을 어떻게 생각하고 어떤 판단을 내려 어떻게 행동을 할까 하는 점에 대해 생각하기 시작했다. 그 즈음 나와 이이첨은 광해를 위하여 인목 대비를 폐해야 한다는 생각을 공유하고 있었다. 세상이 다 아는 이른바 대론(大論)으로서 그것이 대북파의 주된 생각이었다. 이에 대응하여 유희분을 수장으로 하는 소북파는 인목 대비 폐모론에 적극 저항하는 중이었다.

실제로 흉격 사건으로 중북파와 특히 소북파에 의해 대북파의 내가 몰리는 정황이라 그것이 같은 대북의 입장인 자신에게 불리하게 작용할 것이라 판단하며 이이첨은 이를 타개하기 위해 어떤 조치를 취해야 한다고 생각할 것이 분명했다. 그러나 당장은 나도 이이첨도 아무 대응을 하지 않았다. 특히 나는 부안으로 내려와 정사암 옆 폭포수 앞에서 긴 시간 정좌하여 참선하며 앞날을 깊이 생각하는 중이다.

　꽃이 폈다. 복사꽃은 물론이고 진달래가 지천이다. 복수초, 개나리, 목련이 지고 음지에서부터 붉은빛이 돌더니 며칠 전부터 여기저기에 온통 진달래가 피어나 산에 불이 붙은 듯했다. 내 머릿속에 갑자기 매창이 떠올랐다. 이어 초희 누님이 생각나고 뒤이어 봉 형님과 성 형님, 어머니, 아버지 그리고 앞서 간 나정과 아들, 뿐만 아니라 금각과 윤계선 등 먼저 간 친구들이 떠올랐다. 그랬으므로 그 봄은 슬픔이었다.

　세상에 제대로 되는 일이 없었다. 그토록 바라던 다른 세상을 구경 한번 해 보지 못하고 칠서들이 사라진 것도 그러했고, 배소에 처한 것 등 지난 20여 년간 수없이 겪은 자신의 파직도 운명의 처절함이 그대로 드러난 것임이 분명하다. 무슨 저주라도 있나? 세상에 해서는 안 될 일을 한 적이 없는데 자신에게 돌아오는 것은 늘 불행이었다. 가난하여 작은 벼슬에라도 들어 사대부로서 입에 풀칠이라도 해야 할 요량이었던 벼슬살이였는데…. 권력을 지향했나? 유감스럽게도 성정이 본디 그러하여 그 물음에 결코 부정할 수 없다. 권력을 쥐고 세상을 개혁하고 싶은 것이 사실이다.

　지금도 그러하다. 아니, 지금이야말로 진정 견결하게 일어서서 세상을 바꾸어야 한다는 생각이 간절하다. 새로운 세상. 전혀 다른 세상. 수평적인 세상. 일부의 힘에 의해 움직이는 것을 포기하는 세상. 모두가 주인일 수 있는 세상. 사대부 일극이 아닌 세상. 두려워해야 할 바가 오직 백성인 세상.

　폭포수 아래에서 다시 집으로 돌아오며 여기까지 생각한 뒤에 방에 들자마자 뒤로 갑자기 문이 퍽, 하고 열렸다. 두 명의 중이 땔나무를 하고 나물을 뜯는다며 폭포수를 지나 산 위로 올라가고, 그 뒤를 돌한이 따라나선 다음이었으므로 정사암엔 아무도 없다. 돌아선 순간 눈에 아무것도 보이지 않았다. 다만 한 사내의 윤곽이 환한 배경 속에 들어차 있을 따름이었다. 실로 갑작스러워 나는 눈을 부셔하며 두려워했다.

"누구요?!"

"천하에 두려워해야 할 바는 오직 백성일 뿐이지. 홍수나 화재, 호랑이, 표범보다도 훨씬 더 백성을 두려워해야 하는데, 윗자리에 있는 사람이 항상 업신여기며 모질게 부려먹음은 도대체 어떤 이유인가?"

"누군가? 혹시 자네인가?"

"그렇다네. 나야. 자네가 버린 사람들 중 하나."

"파암인가?"

"이른바 칠서 중 한 놈이지. 자네가 버린."

그러면서 파암 박치의가 방안에 썩 들어서며 외친다.

"항상 눈앞의 일들에 얽매이고, 그냥 따라서 법이나 지키면서 윗사람에게 부림을 당하는 사람들을 항민이라 하는데, 나는 그동안 철저히 항민으로 지냈지. 그런데 저쪽에, 호민을 말하던 자네는 여기서 그냥 이러고만 있구면. 여전히 우리를 배신하면서 말이야."

"자네들을 배신한 건 자네 스스로야. 나는 아닐세."

"그동안 그렇게 스스로에 위안을 주었던가? 실망스럽기 그지없구면. 자네가 배신자가 아니라?"

"나는 자네들을 배신하지 않았어."

박치의는 주먹을 쥐고 어쩔까 하다가 앉는다. 이마가 넓고 짙은 눈썹에 코가 반듯한 무인인 그가 슬픈 인상을 풍기며 실망스런 눈을 들어 나를 바라본다. 깨끗하지만 강한 인상의 그는 어느덧 늙음 속으로 들어가는 것 같아 보였다.

"고생했지?"

내 말에 박치의는

"저쪽에…."

하며 무슨 말을 하려다가 벅차오르는 감정을 다스리려고 잠시 고개를 떨어뜨리고 방바닥을 내려다본다. 개미 한 마리가 기어가고 있다. 녀석의 주둥이에 밥알이 물려 있다. 자기 몸의 세 배나 되는 밥알이 끌려가며 몸을 늘리다가 갑자기 떨어졌으므로 개미가 두어 바퀴 구르다가 다시 밥알을 끈질기게 입에 씹어 문다.

"저쪽에, 박응서 얘기를 들어보았나?"

"듣지 못했네."

"자네가 한성부를 떠났다는 얘길 듣고 이리로 왔지."

"파암, 그동안 어떻게 지냈나?"

"그동안 한 번도 생각하지 않았잖아."

"자네는 입으로 꺼낼 수 있는 사람이 아니지 않는가."

"저쪽에, 자네의 마음속에서 어떻게 했느냐 하는 말이야!"

박치의는 어금니를 물고 내 말을 기다렸다.

"늘 염려하고 있었어."

"진실인가?!"

"오늘도 자네, 아니 자네를 비롯한 친구들을 떠올리며 폭포수에 앉아 있었지…. 어떻게 지냈나?"

"산속으로 들어갔지. 가서 자네를 죽일 생각을 했어. 자네는 우릴 배반했잖아. 결국 우릴 배신한 모양새에 다름 아니야."

"내가 자네들과 함께 거사를 하지 않은 것은."

"아니, 은상을 습격하여 살인을 저지르게 된 우리는 그 거사에 대한 자네의 직접적인 동반을 요구했던 게 아니야. 우리는 보다 현명한 판단이 필요했는데, 자네는 그 순간에 우릴 객체로 대했어. 여기 우반에서 말이야. 나는 그때 매우 당황했으나 친구들에게 들키지 않으려고 자네에게 강하게 요구하는 걸 참느라 애를 먹었네. 자네는 그때 그렇게 우리에게 모든 판단을 맞길 것이 아니라 자네가 직접 참가할 때까지, 그런 정치 사회적 분위기가 조성될 때까지 기다리라고 했어야 해. 그럼에도 자네는 자네보다 판단에 미숙한 우리들에게 스스로 거사를 내지르든가 말든가 하라며 결국 우리를 내팽개쳤단 말이야. 그렇지 않나?!"

"나는 그동안 충분히 조언했다고 믿었어."

"그런데?"

"그런데…."

"대답할 말이 있을 것 같지 않구먼!"

박치의가 목소리를 더욱 높이자 내가 서둘러 대답했다.

"아니, 모든 일은 결국 스스로 해결해야 해. 내 뜻은 그때나 지금이나 다르지 않아. 다만 자네들의 재능을 내가 너무 높이 평가했다는 생각은 했지. 그러나 그 또한 나의 생각일 따름이요, 자네들은 그런 일을 하지 않을 수 없었을 것이야. 내가 자네들의 처지라 하더라도 나라가 서얼허통을 여전히 금지하는 방침을 버리지 않는 한 어떤 형태로든 뜻을 보이는 행동을 했어야 했고, 자네들은 실제로 이를 실천했어. 대단한 일이야. 유감스러운 것은 알다시피 이이첨을 비롯한 일부의 정략적 제물로 많은 사람들이 죽어나갔다는 사실이야. 적은 그러므로 이이첨 등이 한 그 더러운 정치적 모략이었지. 강조하건대 원망을 들을 사람은 내가 아니라 그들이라는 것이야. 그런데 이 어찌 나에게만 원망의 눈초리를 보내나?”

“자네가 어떻게 말하든 나는 자네에 대한 원망의 시선을 거두지 않을 작정이네.”

그러자 이번엔 내가 자리에서 벌떡 일어났다.

“그게 아니래두!”

박치의 또한 자리를 박차고 일어섰다.

“자네는 끝까지 우리를 보살피며 자네가 말하는 세상을 이룰 때까지 우리와 함께 가야 했다는 거야!”

나는 풀썩 내려앉으며 탄식했다.

“파암, 자네가 나를 진정 아프게 만드는구만. 나도 자네만큼 힘들어.”

“자네가 힘든 것은 내 이해하기 어렵지만, 우리는 모두 죽음을 면치 못했어. 내가 살아 이렇게 숨을 쉬는 것 또한 미안한 일이거든. 이건 차라리 죽음만 못하네. 교산, 부디 나를 죽게 해 주게. 나는 오늘 자네에게 이걸 말하려 나타난 것이야. 물론 그 전에 우리를 전적으로 배신한 박응서를 찾아내 죽이고 말 것이지만.”

“나 또한 자네들이 간 그 길을 갈 것임을 이 자리에서 말하네. 나 또한 죽을 작정이야. 시세가 그렇게 나를 몰아가고 있어. 나는 본디 영창의 보위 계승을 바랬으나, 특히 노추(奴雛, 여진족)를 대하는 광해의 통치 방식을 보건대 지금 이대로가 조선의 앞날에 좋으리라 믿네. 그리고 결국 모든 것이 새로워져야 하겠거니와, 파암, 아직 나를 믿는다면 이렇게 지나치게 몰아붙이지 말게나. 어찌 내가 자네들의 죽음을 아파하지 않았겠는가. 나를 믿는다면 배신을 말하지 말고 또 원망의 눈으로 나를 보지 말게나. 자네가 나를 죽이려 들면 나 또한 기꺼이 죽을 수 있네만, 할 일이 있으니, 그때까지만 참게."

그때 중들과 돌한이 돌아와 내 고성을 들었다.

"마님, 무슨 일이 있습니까?"

"아니다. 한 사람 더하여 저녁을 준비하라."

마침내 박치의는 품속에서 칼을 꺼내 놓으며 고개를 들어 나를 쏘아보았다.

"자네는 모질게 빼앗겨서, 살이 벗겨지고 뼈골이 부서지며, 집안의 수입과 땅의 소출을 다 바쳐서, 한없는 요구에 제공하느라 시름하고 탄식하면서 그들의 윗사람을 탓하는 사람들이 원민(怨民)이라 했지. 나는 친구들이 정치적 모함에 몰려 죽은 계축옥사 이후 도망하여 팔도를 돌아다니며 그런 원민을 수 없이 보아왔네. 자네가 골 원님으로 살아갈 때 나는 원민을 직접 목격했다는 말이야. 자네가 이들을 위해 자취를 푸줏간 속에 숨기고 몰래 딴 마음을 품고서, 천지간을 흘겨보다가 혹시 시대적인 변고라도 있다면 자기의 소원을 실현하고 싶어 하는 사람들인 호민이 스스로 된다면야 오늘 나는 이 칼을 다시 품에 집어넣고 자네와 함께 때를 기다릴 것이거니와 그런 뜻이 없다면 여기서 같이 죽을 작정이네."

　파암 박치의가 눈에 힘을 주어 나를 쏘아본다. 그의 눈에서 철철 피가 흘러 떨어지는 것 같았다.

　"그렇지 않다면 말이야, 나는 나 혼자라도 자결할 것이니 깊이 생각하여 답을 하게. 이렇게는 못 살아. 차라리 죽느니만 못해! 나는 죽겠어! 지금 여기서 죽겠다는 말이야!"

　그러고 박치의는 자신의 손등에 칼을 내리꽂았다. 앗, 순식간에 일어난 일이었다. 피가 튀어 허균의 옷과 벽지와 창호지를 적셨다. 입술을 깨문 박치의의 입에서 피가 흘렀다.

　"우리를 배신하여 이이첨에게 거짓 사실을 알려 우리 친구 모두를 죽게 만든 박응서를 죽이고 나도 죽을 작정이야. 그러니 내게 말하게. 드디어 자네가 나서겠다고 말이야."

　박치의의 손등에서 피가 솟아 방바닥을 흥건히 적셨다. 개미가 피를 피해 달아났다가 다시 다가와 맛을 본다. 그래, 죽자. 그렇게 중얼거리면서 다가가 치의의 손을 감싸 쥔다. 내 눈에서 눈물이 흘렀다.

　"이럴 것이 아니야. 내가 한다니까. 기다리라니까. 자네의 마음을 내 모르지 않아. 이젠 때에 이르렀음이야. 내가 지난 세월 여러 차례 같은 말을 했지만, 이제 내가 일어서고 나면 항민들도 살아갈 길을 찾느라 호미와 고무래를 들고 따라와 무도한 놈들을 쳐 죽이게 될 것이야. 나라를 살피지 않고 저들이 지금 오직 인목 대비 폐비 문제만을 놓고 쟁투할 때에 나는 그 틈을 찾으려 하고 있으니, 아니 작금 드디어 흉격이라는 전략적 사건을 만든 셈이니, 조만간 기회가 나타날 것이야. 그러니 이러지 말고 나를 믿고 기다리게."

나는 피가 솟구치는 박치의의 손을 움켜쥐고 돌한을 불렀다.

"들어오너라."

돌한이 피를 닦고 약초를 붙이고 붕대를 감는 중에 나는 말하기를 그치지 않았다.

"피암, 진나라의 멸망은 진승과 오광 때문이었고, 한나라가 어지러워진 것도 역시 황건적이 원인이었어. 당나라가 쇠퇴하자 왕선지와 황소가 틈을 타고 일어섰는데, 마침내 그것 때문에 백성과 나라가 멸망하고야 말았어. 이런 것은 모두 백성을 괴롭혀서 자기 배만 채우던 죄과이며, 호민들이 그러한 틈을 활용할 수 있어서였지. 하늘이 임금을 세운 것은 양민(養民)하기 위함이고, 한 사람이 위에서 방자하게 눈을 부릅뜨고, 메워도 차지 않는 구렁 같은 욕심을 채우게 하려던 것이 아니었어. 그러므로 저들 진이나 한나라 이래의 환란은 당연한 결과이지 불행한 일이 아니었단 말이야."

박치의는 때론 인상을 쓰며 아픔을 참다가 때론 나를 바라보기를 마다하지 않았다.

"지금 우리나라는 땅이 좁고 험준하여 백성도 적고, 백성은 또 나약하고 좀 착하여 기절(奇節)이나 협기(俠氣)가 상대적으로 없다 할 것이지. 그런 까닭에 평상시에도 큰 인물이나 뛰어나게 재능 있는 사람이 나와서 세상에 쓰이는 수도 없었지만, 난리를 당해도 호민과 한졸(悍卒, 사납고 조급한 자)들이 창란(倡亂)하여, 앞장서서 크게 나라의 걱정거리가 되게 하던 자들도 역시 없었다고 할 것이야. 비록 그렇다 하더라도, 지금의 시대는 고려 때와는 같지 않아. 고려 시대는 백성에게 부세(賦稅)하는 것이 한정되어 있었고, 산림과 천택(川澤)에서 나오는 이익도 백성들과 함께 나누어 가졌어. 공인(工人)에게도 혜택이 돌아가게 하였으며, 수입을 헤아려 지출할 수 있도록 하였으니 나라에는 여분을 저축해 둔 것이 있었네. 그래서 갑작스러운 큰 병화와 상사(喪事)가 있더라도 그 부세를 증가하지 않았었지. 그런데 지금에 와선 백성들이 내는 세금이 5푼이라면 공가(公家, 관청)로 돌아오는 이익은 겨우 1푼이고 그 나머지는 간사스러운 사인(私人)에게 어지럽게 흩어져버리네. 또 고을의 관청에는 남은 저축이 없어 일만 있으면 일 년에 더러는 두 번 부과하고, 수령들은 그것을 빙자하여 마구 거두어들임은 또한 극도에 달하지 않음이 없네. 그런 까닭으로 백성들의 시름과 원망은 고려 말엽보다 훨씬 심하지. 그러나 위에 있는 사람은 태평스러운 듯 두려워할 줄을 모르니 우리나라에는 호민이 없기 때문이야. 초기 견훤과 궁예 같은 사람이 다시 나와서 몽둥이를 휘두른다면, 시름하고 원망하던 백성들이 가서 따르지 않으리라고 어떻게 보장하겠는가. 백성 다스리는 일을 하는 사람이 두려워할 만한 형세를 명확히 알아서 나는 반드시 스스로 호민이 되어 세상을 바꿔 보려 할 것이야. 나를 믿게. 나의 호민 되기를 믿으란 말이야. 당나라 황소가 기주와 양주를 거점으로 했다면 이제 자네가 이르러 여기 부안 혹은 내 고향 강릉이 바로 그런 곳이 될 것인즉.”

며칠 뒤, 나와 박치의는 강원도 땅으로 들어섰다. 이는 전적으로 내 뜻이었는데, 아무래도 큰일을 벌이자면 그 앞날을 예측할 수 없을 것이 분명했으므로 그에 대비하여 일단 고향 강릉 땅을 찾아가 산과 바다를 바라보며 천지신명에게 대사의 성공을 빌 마음이었기 때문에서다.

결의 — 경호에서

조령을 넘을 때 파암 박치의는 다만 땅을 내려다볼 뿐 아무 말을 하지 않았다. 주막집에서 밥을 시켜 먹을 때에도 이렇다 저렇다 하는 말이 없었다. 그런 박치의를 바라보며 나는 그가 죽은 서얼 친구들을 생각하느라 그런다고 믿었다. 그 분위기 그대로 원주를 지나 홍천으로 갈 때까지 우리는 별말을 하지 않았다.

봄이 다가오는 홍천의 아늑한 산골짜기 입구의 허름한 주막에서 짐을 풀고 막 잠을 이루려는 무렵이었다. 강릉으로 가자는 내 제안에 박치의가 동의해 함께 온 것은 나로부터 시작되는 혁명의 불길이 세상을 밝힐 것을 스스로 느껴 갖고 있기 때문이다. 새 세상이 되면 서얼 친구들의 원수를 갚고 그다음 자신이 죽어도 여한이 없을 것이라 믿으며.

뚫어진 창호지 밖으로 보이는 밤하늘엔 별들이 찬란했다. 저 별은 김경손의 것, 이쪽의 것은 심우영, 저기 저 별은 서양갑의 별일 것이 분명하다.

　그때 한 차례 부스럭거리는 소리를 들었다. 뒷마당 쪽에서였다. 나는 아직 잠에 깊이 빠져들지 않았다. 마구간에서 말들의 발자국 소리가 들렸다. 말들이 잠에서 깨어난 모양이다. 다시 한번 부스럭 소리가 들려왔다. 박치의도 살며시 눈을 뜬다. 아직 아무 움직임은 포착되지 않고 별빛이 소리 없이 지상으로 흘러내리고 있을 따름이다. 별이 내려오면 서양갑, 박치인, 심우영, 김경손, 이경준 등을 만날 수 있을지도 몰랐다. 꿈속에서라도 그들을 만나면 미안하다고 말해야 하리.

　다시 한번 부스럭 소리가 나자 나는 그런 생각 속에서 깨어나 조용히 저고리를 입는다. 누군가가 우리를 노리는 것이 분명하다고 단정 짓고 방문 곁에 몸을 숨긴다. 주막 뒤뜰 싸리담장 사이로 검은 그림자 하나가 나타나 살금살금 방문을 향해 다가오는 것이 보였다. 별빛이 비치는 밖은 상대적으로 밝고 방안은 어두웠으므로 놈의 움직임이 그대로 드러나 보였다.

　박치의도 사태를 읽어내고 일어나 차림을 차렸을 뿐 아니라 이미 공격 자세를 취하고 있다. 어둠 속의 놈이 뒷방 툇마루에 발을 올려놓자마자 문지방을 박차고 날아오른 자는 박치의가 아니라 나였다.

　"이놈!"

　휙, 하고 날아오른 내가 놈의 발 앞에 내려서자 놈은 놀라 두어 걸음 뒤로 물러났다.

　"어어, 나는 박치의를 보러 왔소!"

　박박 깎은 머리에다가 가사를 걸쳐 중인 듯싶었음에도 어딘가 속세의 냄새를 풍기는 놈이 겁먹은 목소리로 그렇게 소리치자 나는 대번에 몸에 힘이 빠져나가는 것을 느꼈다. 박치의를 보러 왔다고? 고개를 돌리니 박치의가 문지방에 서서 내려다보고 있다.

"누구지?"

"접니다."

"저라니."

"파암 성님, 저라니까요. 우경방(禹經邦)!"

"아, 경방이!"

박치의에게 물었다.

"어찌 된 일인가?"

"여기 우경방과 내가 곧 만나자고 약속했는데…. 자네는 어떻게 내가 여기에 있는 걸 알았지?"

"저에게도 사람이 있지요. 파암 성님이 우반에 간 걸 알게 되고, 그리로 사람을 보내 확인하는 중에 다시 강원도로 떠났다는 연통을 받았지요. 성님이 보고 싶어 곧바로 좇아온 겁니다."

"잘 왔네."

그렇게 말하는 박치의에게 물었다.

"나는 이자가 누군지 몰라."

"경방, 여기 교산을 잘 안다 하지 않았나?"

"잘 압니다. 교산 어른, 저는 우경방이란 놈입니다. 동주(東州, 강원도 철원)의 절간에서 살다가 파계하여 속세에 다시 내려온 놈입지요. 인사 올립니다."

"우경방…, 동주…."

"기억이 나나?"

"기억에 없네."

"교산, 자네 젊은 한때 백운산의 허봉 형님께 공부하러 가지 않았
나?"

"청춘 시절 이야기이지."

"그때 포천을 지나다가 오늘처럼 주막에서 잠을 잤고, 그러다가 말
을 도둑맞은 일이 있잖아."

"그랬지."

"그게 처음으로 나를 만난 계기였거니와 그때 내가 동주에 다녀온다
하지 않았던?"

"아, 저 옛날 동주 어느 절에 있는 누군가와…. 그 사람이 여기 우경
방이구나?!"

"그렇습니다. 제가 그 우경방입니다. 또 있습니다."

"?"

"교산 어른 곁에 제가 또 있었지요. 어른께서 황해도 도사로 계실 때
그곳 신천군의 갑부 황세복을 만났지 않았습니까. 그리고 탁 방사가
객사로 찾아들었지요. 그리고 두 사람 사이의 원한 관계를 어른께서
해결해 주었지 않습니까?"

"도대체 그걸 어떻게?"

"그때 특히 우연주의 원한을 교산 어른께서 해결하셨다고 믿습니
다."

"옛날 얘긴데 그걸 어떻게 아는가?"

"저에겐 옛날얘기가 아닙니다. 바로 어제 일과도 같아요. 저는…, 우
연주는 제 누님입니다."

"아!"

나는 순간 털썩 문지방에 내려앉고 말았다. 우연주의 동생이라! 진정 이 친구가 바로 그인가. 나는 탁 방사로부터 연주의 막내 동생이 스님이 되어 강원도 어느 절에 숨어들었다는 말을 들었던 것을 기억해 냈다.

"이이첨이라는 권세가가 황세복의 후견인이었고, 그런 점에서 그가 결국 우리 집안에게 악마적 존재라는 사실을 알게 된 뒤 저는 스님 행세를 그만두고 원수를 갚기로 작정하여 환속했습니다."

"전생의 악연!"

"마침 파암 성님이 교산 어른과 가까운 터수라는 소리를 듣고 뵙게 될 날 있을 것이라 믿고 있었지요."

"자네가 우연주의 동생이라⋯."

나는 거듭 되뇌며, 젊은 시절 구월산에서의 수련 생활을 떠올리고, 이어 우연주와의 아름다운 사랑을 되살려 본다. 그런 생각의 연결선에서 우경방이 다른 사람 같아 보이지 않았다. 그리하여 문득 말한다.

"자네는 우리와 함께 있어선 안 돼. 우리는 지금 위기를 맞고 있어. 여기 파암은 친구들의 원수를 갚아야 하고, 나 또한 격문을 지어 궁궐을 놀라게 한 뒤라 쫓기는 신세인데, 그러니 자네는 우리와 함께 있어선 안 돼."

"그렇지 않습니다. 어른의 적이 관송 이이첨이라면 저 또한 함께 일을 도모해야 합니다."

"아니, 나는 지금 관송 이이첨과 한배를 탔네. 이이첨이 인목 대비를 치려하고, 나 또한 그러하네. 우리 북인은 지금 힘을 모아 서인과 남인은 물론 소북과 중북을 밀어내려 한다는 말이야. 그러니 자네는 정치적 싸움에 끼지 말고 다른 곳에서 살아야지. 다시 사문으로 돌아가든 가.”

“아닙니다. 저의 집안을 이 지경으로 만든 이이첨과 그의 떨거지들을 내 원한 맺힌 칼 아래에 뉘이기 전엔 절로 돌아가지 않습니다!”

우경방의 뜻이 강했으므로 더 이상 그를 설득하는 말이 소용 닿지 않을 듯싶고 또 밤이 깊었으므로 우리는 우선 잠을 청했다. 그리고 다음 날 아침 일찍 다시 강릉을 향해 떠났다.

대관령이다. 지난밤을 사실 우연주를 생각하느라 거의 뜬눈으로 샌 나는 마음이 편치 않아, 특히 우연주 집안의 불행을 그대로 알고 있는 나로선 우경방을 정치적 일에 연루되게 할 수 없어 다시 한번 부탁했다.

“경방 아우, 자네는 서울로 올라가세나. 우리도 강릉에 갔다가 곧 다시 한성부로 올라갈 터이니, 그때 다시 만나세. 내 가까운 사람에게 일러 자네 벼슬자리를 알아봐 줌세.”

‘벼슬자리’라는 말을 듣고 박치의도 우경방도 귀를 세우고 다음 말을 기다렸다.

“내가 지금 종5품 무관인 부사직을 지내고 있으나 나는 엄연한 이 나라 사대부로서 당상관이 아니던가. 조정 대신 중에 내 말을 허투루 듣지 않는 사람이 아직은 있단 말이거든. 자네는 올라가 낮으나마 벼슬자리에 있다가 훗날 나를 도울 일이 반드시 있을 것이니 내 뜻을 거절하지 말게나. 내 글을 써 줌세. 그걸 가지고 호조에 들르게. 지난 임진년에 적지 아니 군공이 있다고 얘길 하고 말이지.”

나는 길가에 앉아 짧은 소개장을 써서 아직 마음을 결정하지 않은 우경방의 손에 쥐어 주고 등을 떠밀었다.

"이게 나를 돕는 일이요, 결국 자네의 원수를 갚는 일이기도 하다는 점 명심하게."

우경방이 박치의의 눈치를 살폈다. 박치의 또한 그러라는 눈짓을 보냈으므로 곧 다시 만나자는 약속을 한 뒤 우경방은 서울을 향해 발길을 돌릴 수밖에 없었다. 우경방은 혼잣소리를 했다.

'인생에 없는 벼슬자리라!'

*

대관령을 떠나 홍천을 지나서 양근(양평)에 도착해 우경방은 남한강변에 이르러 피곤을 풀려고 가사를 벗고 발을 씻었다. 저쪽 아래 한 사람 역시 발을 씻으며 노래를 흥얼거리는 것이 보였다. 사인복을 입었으되 따르는 시자가 없었는데, 그 사람에게서 사대부들 나름의 고아한 품격 같은 것일랑은 느껴지지 않았다.

"그쪽은 어디로 가오?"

하고 물은 것은 우경방이 아니라 그 사람이었다. 하대하려는 마음을 참으며 공손히 묻는다는 것을 느끼게 하는 그런 목소리였다.

"한성부로 갑니다."

"하아, 나는 한성부에서 내려가는 중이오만. 귀댁은 어디에서 오시나?"

"강릉, 아니 대관령에서 출발했소."

"강릉에서?! 그렇다면 오는 길에 누구를 만나지 않았소?"

"수많은 사람을 만났지요."

"아니, 특별히 눈에 띠는 일행이 없었냐 하는 얘기요."

"당신은 뉘시오? 본디 관원인데 변복을 했소?"

"아니, 나는 다만 누구를 찾아가는 길이오."

"누구라시면?"

"그쪽이 알 만한 사람은 아니지."

"뭣이라? 내가 가사를 걸쳐 세상일에 어두운 사람인 줄 아시는데, 나 또한 속세에서 여러 해째 살고 있으니, 세상 돌아가는 것을 모르지 않아요."

"그렇다면 오대산의 스님이오?"

"오대산의 스님들은 세상일을 잘 안답니까?"

"세조 대왕께서 거기서 고생하던 피부병을 나으셨으니, 오대산은 왕가와 여전히 관계가 깊어요. 월정사 소속이 아니시구먼."

그렇게 말하며 사내가 새삼 우경방의 몸을 위아래로 훑어본다.

"말씀 속에 농이 있으시네?"

"그렇더라도 어쩔 수 없소."

"뭣이라?"

"그쪽이 알 만하지 않은 사람이 한성부에서 강릉 쪽으로 간다기에 혹 오는 길에 만나지 않았는가 하는 생각에 물었으나, 아무리 생각해봐도 그쪽이 알 길이 없으렷다 하는 얘기요."

"내가 누군 줄 알고 그따위로?"

"그따위라?"

"그따위가 아니면."

“그럼 내 진정 말하리다. 그쪽은 교산하고도 허균이라 하는 사람을
알아요?”

“뭣이라?”

“또 뭣이라니. 그럴 터이지. 당신이 교산 대감을 알 리 없지.”

우경방은 사내의 말에 기분이 썩 좋지 않았지만, 다른 사람이 아닌
바로 허균을 얘기하기에 순간 부쩍 궁금증이 일었다. 오늘 새벽녘에
그를 떠나 왔으니, 기막힌 인연이나 다름없었다. 우경방은 짐짓 다시
물었다.

“허균 성님과 어떤 관계요?”

“뭣이라?”

이번에는 사내가 놀랐다.

“허균 성님이라니. 그분은 당신이 그따위로 부를 어른이 아닌데?”

“그러니까 당신의 비아냥이 얼마나 당치 않은지 알 만하지 않소.”

“어찌하여 교산 어른이 당신에게 성님이라 불린단 말인지?”

“그러면 당신은 뉘신데 교산 어른이라 이르며 그분을 찾으시오?”

“나는 현응민이라 하오.”

“현응민? 난 그런 이름 들어본 적 없어요.”

“그렇겠지.”

“아니, 교산 성님과 여러 해째 더불어 지냈거니와 그런 이름 들은 적
없단 말이오.”

“여러 해째? 당치 않은. 나로 말하자면 교산의 8촌으로 어른의 집
뒤채에서 김윤황 전배와 함께 살고 있소이다.”

“…”

"왜 말이 없소?"

"….."

"말을 하시오. 교산 어른과 여러 해째 교류한다며?"

현응민의 재촉에 우경방은 빙그레 웃음을 만들어 보였다.

"사실 여러 해째 만나길 바랐다가 어제 비로소 뵙게 됐소. 나는 교산 성님과 특별한 인연이 있습니다. 그 얘긴 나중에 할 기회가 있기를 바랍니다만."

"교산 어른은 지금 어디에 계시오?"

"대관령을 넘어 이 시각쯤 강릉에 도착했을 겁니다."

"그렇다면 사천 애일당이나 아니면 초당 별당에 가 계실 것이구만. 여보슈, 이름이 뭔지?"

"우경방이라 하오. 환속한 사람이오."

"통성명을 했으니, 아니 자세히 보자 하니 그대와 나는 동년배쯤 되는 듯하니 아예 말을 놓읍시다요."

"그럽시다요. 허허."

"하하, 그럽시다요…. 아니, 그러세나."

"좋지."

두 사람의 웃음이 남한강변을 스쳐 아지랑이가 피어오르는 남쪽 벌판으로 흩어진다. 이후 두 사람은 의기투합하여, 우경방은 현응민을 데리고 한성부가 아니라 다시 강릉 방향으로 되짚어 걸어갔다. 횡성에서 하룻밤을 자며 현응민은 자신이 허균의 얼족이라 말한다.

"나는 허균의 외가 얼족인데 서리로서 동반직(東班職, 문반직)을 차임 받고 김윤황 전배와 더불어 교산 어른의 집에 붙어살고 있네. 그런데 얼마 전부터, 곧 내가 지난해 어떤 사건의 증인으로 여러 달 동안 옥에 갇혀 있다가 작년에 보방이 되어 교산의 집으로 가보니, 한 번도 보지 못한 모르는 유생들이 집을 출입하며 모종의 일을 의논하고 있었는데, 그 모두가 서궁을 폐출하는 일을 의논하는 것이었네. 경방이, 자네가 교산 어른과 오랫동안 그토록 그리워하던 사이라면 오늘의 사태에 뭐라 할 말이 있을 듯한데?"

"응민이, 자네는 그 모종의 일에 참여했나?"

"나야 미천한 신분이라 유생들의 일에 이렇다 저렇다 할 입장이 아니지. 다만 교산 어른이 날마다 저녁에 나갔다가 밤이 늦어 돌아오는 것을 보며 하루는 감히 어딜 다녀오시는가를 물었지 않나."

"그랬더니?"

"어른께서 '예조 판서 집에서 대론을 의논하고 오는 길이네.' 라고 하더구먼. 그것으로 무슨 큰일을 도모하는 줄 알지만, 대론이란 게 과연 무엇인지 내가 알 수 있남?"

"그러게 말이야. 나도 어제 정치적 일에 휩쓸려서는 안 된다며 한사코 한성부로 올라가라는 거야. 그런데도 지금 이렇게 자네와 다시 교산 어른을 찾아 나서고 있으니 강릉에 가면 교산 성님이 뭐라 말할지. 그런데 예조 판서는 누구지?"

"그야 관송 이이첨 대감이지."

"이이첨?"

"뭐야?"

우경방이 주먹을 쥐고 부르르 떤다.

"그자와 나는 원수지간이네."

“그래? 그렇다면 좀 곤란해지지 않나?”

“그래서 교산 성님이 나를 빠지라 했구나.”

“교산과 관송은 오랜 사귐이 있었네만, 다만 지금처럼 가까운 사이는 아니었지. 오히려 서로 반목하는 사이였는데, 최근 교산 어른께서 관송 대감과 함께 인목 대비 폐서인 주장을 펼치고 있어서 그야말로 정치적 연대 관계를 유지하는 형국인 듯해. 그러니 일단 두 분 사이의 소원한 상태는 현실적 실제적으로, 그러나 임기응변적으로 해소된 상태라 할 수 있지. 앞으로 사태가 어떻게 진척될 것인지 뭐라 단정 지을 수 없다고 보네.”

“자네 식견이 보통이 아니군.”

“내가 이래 봐도 교산 어른의 뒤채에서 살고 있다구.”

“과연. 자, 여기가 대관령 마루이니 한나절이면 초당에 도착할 수 있을 것이야.”

대관령 마루는 거센 바람에 흔들거렸다. 나무는 물론 돌까지 흔들렸다. 두 사람은 갓을 벗어들고 즉시 마루를 넘어 달려 내려가 바위 아래에서 거친 숨을 몰아쉬며 퍼져 앉았다. 영마루 아래는 전혀 다른 세상이었다. 바람 소리 하나 들려오지 않았다. 저쪽 바위 아래 한 사람이 먼저 와 쉬고 있는 중에 큰 바위 아래는 마치 절간인 듯 고요했으며, 지나는 길손조차 보이지 않았다. 하늘에서 바람이 스쳐 지나갈 뿐이요, 땅에서 개미가 움직이는 것이 보일 따름이었다.

“비가 오려나?”

“아니, 비는 오지 않을 거야.”

“어찌 그리 잘 아노?”

"저길 봐. 구름이 천천히 동쪽으로 내려가고 있잖아. 그 뒤로 햇빛이 밝을 따름 이어지는 구름 한 점도 없어. 동해 바다에서 구름이 백두대간으로 치올라 오면 곧 비가 오지만, 그런 기미도 없으니 안심하게. 개미가 돌아다니는 것도 그렇고. 하여간 여기서 잠시 쉬다가 다시 내리달려야지. 교산 성님이 보고 싶구먼."

현응민이 문득 말했다.

"교산 어른이 날 기다릴 것이야."

"어째서?"

"서울 소식이 궁금할 테니까."

그때 먼저 도착해 바위 아래서 쉬고 있던 저쪽 사내가 엉거주춤 일어나 우경방과 현응민이 앉아 있는 바위 쪽으로 다가왔다. 한 발 내디딜 때마다 몸이 아래로 내려갔다가 불쑥 위로 솟아올랐다. 그건 한쪽 다리가 짧기 때문이었다. 왼쪽 눈이 반쯤 감긴 것도 보였다. 마치 장사치처럼 차려 입은 옷엔 땟국이 돌았다. 나이가 오십 줄에 접어드는 듯 보였다.

"실례하겠네. 방금 뭐라 했나?"

현응민이 되물었다.

"뭐라고 하다니요?"

"교산이라 했나?"

우경방도 되물었다.

"교산이 뉘신 줄 아시오?"

"그분 어디 계시나?"

"우리는 형장이 누군지 모릅니다."

사내가 망설이는 듯하더니 문득 입을 열었다.

"나는 박응서라 하네만."

그 말에 현응민이 벌떡 일어나 한 걸음 뒤로 물러서며 신음 소리처럼 중얼거린다.

"박응서라면…."

"그렇다. 나는 박응서라! 당신들이 교산을 안다면 나를 또한 모르지 않을 터. 그러니 놀라는 것도 무리가 아니지."

"누구지?"

하며 우경방이 물었으나 현응민은 박응서를 노려볼 따름 아무 말이 없다. 대관령 고개 마루에서 동쪽으로 쏜살처럼 달려가는, 봄을 재촉하는 여전한 찬바람이 저쪽 산록의 나뭇가지에서 몸서리치는 것이 보였다.

"그는….."

그러다가 다시 입을 다무는 현응민에게 우경방이 말하길 채근하는데, 일어났다가 앉자 낡은 승복의 옷깃이 펄렁거렸다. 휘이, 한 차례 팔을 휘저으며 다시 의구심 담긴 표정을 물었다.

"이 사람, 경계할 사람이지? 그가 교산을 헤치려했나?"

"아니네."

"아니라면?"

"헤치려 한 것이 아니라 진정 큰 사달을 부른 자이지!"

"사달이라면?"

현응민이 응시하는 중에 박응서는 고개를 들어 영마루의 바람 비끼는 하늘을 쳐다보다가 혼자 중얼거리듯 말했다.

"나는 죽어야 할 사람이지만, 팔도 서얼의 괴수는 내가 아니라 서양 갑이었어. 그러므로 계축옥사 때 나를 굳이 죽일 필요는 없었던 거야. 풀려날 만하니 풀려난 것이지 그들을 배신한 것이 아니야. 나만 죽일 놈으로 몰지 말란 말이거든!"

"당신을 비롯한 이른바 칠서들이 진정 반란을 꾀하지 않았음에도 당신은 거짓을 고변하지 않았소. 이이첨의 간책에 넘어가 칠서들이 선조의 계비인 인목 대비의 친정아버지인 영흥 부원군 김제남이 영창 대군을 옹립하고 인목 대비의 수렴청정을 돕기 위한 거사 자금을 마련하기 위해 살인을 저질렀다고 말이오."

"음…."

"그러므로 당신은 결국 친구들을 배신하고 그 더러운 목숨을 부지한 고약한 인물이라는 말이지."

"저런 죽일 놈! 그런데 그것이 이른바 계축옥사라는 것은 나 같은 무지렁이도 잘 알지만, 그것과 허균과는 무슨 연관이 있나?"

그러면서 우경방이 현응민을 쳐다보는 중에 박응서가 다시 묻는다.

"교산은 지금 어디에?"

"어디긴. 옛집 애일당이나 초당 별당에 있을 것이지요. 여보게 경방이, 저자는 목숨을 부지하려고 거짓 자백을 해 함께 일을 도모하려는 동지들을 모두 죽음에 이르게 만든, 천하에 없는 배신자라는 낙인이 찍힌 자이니 상종하지 말게. 자, 우린 어서 내려가세!"

발걸음을 내디디며 현응민이 교산 허균과 칠서들의 오래된 관계를 얘기했으므로 우경방은 허균의 어려움을 이해할 수 있었다.

한참을 내리 달려 반정의 주막에서 탁주로 입을 추기고 다시 강릉으로 내달려 초당에 이르렀을 때는 대관령 마루에 막 해가 걸린 무렵이었다. 뒤를 돌아보니 거기엔 내내 예의 그 초라한 몰골의 박응서가 한쪽 눈을 희번덕거리고 짧은 다리로 뒤뚱거리며 분주히 따라오고 있었다.

*

"응민아, 어서 오너라. 그리고 경방은 다시 돌아왔구나. 그래 내 응민이를 기다리고 있었거늘, 서울은 어떠하냐?"

"어르신이 경운궁에 쏘아 넣은 격문의 말이 워낙 강렬하여 장안에 소문이 파다합니다. 특히 '위얼(僞孼)이 외람되이 왕위에 올랐으며, 아버지를 독살하고 어머니를 잡아가두었으며, 형을 죽이고 동생을 죽였다.'는 대목에 이르러 민심이 들끓는 지경입니다."

"어허. 내가 양양 출신 김윤황에게 비밀히 하도록 한 일을 이토록 크게 이르다니. 입을 조심하라! 또 다른 소식은 없느냐?"

"아, 예. 어르신의 고심을 잘 알고 있음에도 이놈의 입이 그만. 그런데 무슨 다른 소식을 기다렸습니까?"

"아니다. 혹 도승지 한찬남에게서 연락이 없었느냐 하는 것이다. 도승지 한찬남이 상곡에 찾아오지 않았느냔 말이다."

"아니오. 다른 일, 다른 얘기는 없습니다, 어른."

"알았다."

두 사람의 대화를 유심히 바라보는 자는 우경방이었다. 손바닥으로 톡톡 치면서 자신에게 눈길을 주길 마다 않는 현응민의 태도에서 교산 성님의 지근거리에서 저자가 놀고 있었구나 하는 생각을 하게 된 우경방은 적지 않은 질투의 감정을 느꼈다. 나는 순간 그걸 느꼈다.

내가 툇마루에서 발을 내디딜 때

"구시화문이라. 저쪽에…, 입이 화를 부르는 문이라는 얘기야. 현응민은 말조심하라."

하는 사람이 또 있었으니, 그는 박치의였다. 우경방과 현응민이 고개를 돌려 대문 밖을 내다본다. 그걸 보고 내가 묻는다.

"밖에 누가 있느냐?"

"아무도 없습니다."

"누군가 따라 오는 자가 없었더냐?"

"…."

현응민과 우경방이 대답을 않고 허리를 굽힐 따름이었다. 내가 다시 물었다.

"들끓는 민심에 대응하는 전하의 근황은 어떠하시냐?"

"영의정 기자헌 대감이 '허(許)' 자를 거듭 얘기하면서 넌지시 알린 이후에도 전하께서 아무 말씀 않으셨다 합니다."

그때 박치의가 끼어들었다.

"기자헌이 교활하게도 그렇게 전했음에도 임금이 아무 말 않는 것은 교산 그대가 격문을 쓴 줄 알면서도 대비를 폐하는 일을 끝내 성사시키고자 하는 당신의 속내를 은연중에 내비친 것이 아니겠는가 싶으이."

"어르신."

"말하라."

"다른 소식이 또 있습니다."

"뭐냐?"

"관송 이이첨 대감과 병조 판서 박승종 그리고 문창 부원군 유희분 어른, 이 세 분이 곧 장원서(掌苑署, 화초 관리 관서)에서 회합을 가진 다는 얘기가 돕니다."

"그렇다? 기이한 이일로고. 그 세 사람은 정파가 달라 서로 뜻이 맞지 않을 터인데, 회합이라? 그렇다면 그것은 곧 이이첨 대감의 뜻이리라."

박치의가 물었다.

"어떻게 알지?"

"사태를 진정시키지 않으면 격문을 쓴 자가 이이첨 혹은 나 허균이라 지목하고서 박승종과 유희분이 지속적으로 이이첨을 몰아붙일 것이기 때문이지. 그렇게 되면 전하의 입지가 좁아져. 따라서 일단 박승종과 유희분을 무마해야 한다고 판단한 것이야."

해가 졌다. 봄이 오는 시절의 서쪽 하늘에 희뿌연 기운이 덮이어 해는 더욱 진홍의 빛을 뿌리며 백두대간을 넘어갔다. 초당의 송림 사이에서 나를 비롯해 박치의, 우경방, 현응민이 모여 앉았다. 잠시 뒤 일단의 다른 무리가 경포호수 쪽에서 다가왔다. 그 무리의 우두머리는 중방이었다. 또 다른 무리가 한송사 방향에서 모여들었다. 그들은 오랫동안 결사를 형성해온 도축패들이었다. 도합 오십여 명이 넘는 사람들이 송림 사이에 모였다.

그동안 중방은 여인 이재영과 함께 도축패에 속해 있었지만, 내가 함열에 귀양 가 있을 무렵에 중방은 개성으로 가서 화류계의 일을 보는 등 그곳에서 또 다른 세력과 교제하고 있었다.

솔바람 소리가 들리고, 바다는 어느 사이에 물결을 키워 올려 해변을 치는 파도소리가 가까이서 들렸다. 사실 우리 집안의 별당이 있는 초당은 바닷가에서 겨우 차 한 잔 마실 정도의 거리밖에 안 된다.

"이미 봄이군."

"봄이 왔음이야."

"다른 뜻인가?"

"특별한 의미이지."

"그래, 이 땅에 진정 봄이 와야지."

쏴아, 하고 바람이 바닷가에서부터 산을 향해 한 차례 지나갔다. 소나무 낮은 가지가 흔들리다가 마치 뭔가 생각하듯 멈춘다. 세상은 이제 변화가 있어야 했다. 동인과 서인이 싸우다가 근래 정권을 장악한 동인이 다시 남인과 북인으로 갈라서 대결을 하다가, 다시 최근에 오직 북인에 의해 조정은 그 발걸음을 바삐 움직이고 있다. 박승종과 유희분이 소북이라 하여 대북파에 저항하지만, 그건 어디까지나 자신의 존재를 알리려는, 후퇴하는 자의 소극적 몸짓에 지나지 않았다. 그러나 그런 낌새조차 사실 대북으로서는 가벼이 여길 계제가 아니었다. 광해는 여전히 사태의 진전을 예의 주시한다. 이쪽에 힘을 실어 주었다가 저쪽의 존재를 스스로 확인하기를 멈추지 않는다. 그게 광해의 전략이다. 사림 사이의 갈등에 적절히 대응하는 광해의 전략에 이이첨 같은 능란한 인사도 쩔쩔매는 형국이다. 그랬으므로 조만간에 박승종, 유희분과 봄꽃 아름다운 장원서에서 만난다 하지 않는가.

거기서 이이첨은 박승종과 유희분을 달랠 것이다. 그들이 이이첨의 인목대비 폐출 의견에 동조하기를 바라기보다 만남 그 자체에 의미 있을 것이란 것을 이이첨도 박과 유 두 사람도 그리고 특히 광해가 먼저 느끼고 있을 터이다. 서궁에 격문을 쏘아 넣은 사실에 대한 논의는 그 경우 결코 자세히 언급되지 않을 것이다. 이이첨이나 내가 그 짓을 했다는 소문이 이미 조정 내외에 파다하게 퍼진 마당에 새삼 그럴 것 없다는 것을 모두 알고 있기 때문이다. 인목 대비의 폐서출을 반대하는 박승종과 유희분의 입장에서는 그 사실이 자신들의 입지를 그나마 유지하게 해주는 방패막이로 활용하면 그만이었다. 세상이 자신들의 의지대로 나아갈 기미를 상실하고 말았음을 이미 잘 알고 있기 때문이다.

그런 생각 속에 있는데, 어디서 큰 목소리가 들린다. 누구? 어두워져 가는 송림 사이에서 한 번 큰 목소리가 난 뒤 서서히 한 사람이 나타났으니, 그는 바로 명허 대사였다. 얼마 전 내가 서울서 부안 정사암으로 내려가기 직전에 금강산으로 연통을 넣었었다. 사실 우리 형 하곡 허봉이 계미삼찬 사건으로 갑산에 유배됐다가 곧 풀려 금강산으로 돌아다닐 때 만났던 그 명허가 이젠 고승이 되어 만나길 요청한 나의 간찰을 받은 지 몇 달이 지났다.

"날세. 내 이미 수년 전에 그대의 형님 하곡이 특별한 인물임을 알았거니와 듣건대 그 아우인 교산 또한 대단한 사람이라 이렇게 찾아왔네. 자세한 얘기는 지금부터 할 것인즉, 우선 곡차 한 잔을 주시게나."

명허 대사는 눈알을 굴려 모여 있는 사람들을 한 차례 훑어본 뒤 탁주 한 잔을 들이킨 다음

“이런 정도로야 무슨 일을 할 수 있나. 인물이 부족해.”

하고 혀를 찼다.

“사대부들은 몸을 사립니다.”

“그럴 터이지. 허나 그들을 설득해야 할 것이야.”

“일부 존재합니다만, 역시 몸을 사립니다. 나로서는 사대부를 빼고, 거사에 참여할 경우도 그 범위를 최소한으로 줄이고 이 사람들로만 시도하려 합니다. 오늘 모임은 그 세력의 실체를 확인하는 자리지요. 간찰에서 이미 말씀드렸거니와 때에 이르렀고, 따라서 더 지체하다가는 모두가 크게 다칩니다. ‘군주가 대과가 있으면 간하고 이를 반복하여도 듣지 않으면 임금의 자리를 바꾼다.’고 하는 아성(亞聖, 맹자) 어른의 옛 말씀을 실천할 때입니다.”

“반복하여도 듣지 않는 임금인가?”

“아니, 나는 일단 본조 6년(1613) 5월의 이른바 칠서의 난 때 서얼들이 처참하게 죽는 장면을 보았지요. 세상은 바뀌어야 한다는 점을 이미 그 전에 몸으로 느껴 가졌습니다. 대사께서는 이에 반론을 펴지 않을 것으로 압니다만.”

“내 이미 이 자리에 참석했으니, 그 까닭이야 말할 필요 없고, 세상은 마땅히 바뀌어야 할 것임을 산속에서도 능히 알 수 있는 법. 이젠 그 방법론을 논해야 하거니와….”

“승병을 맡아 주십시오.”

명허 대사가 고개를 주억거렸다.

“저희 도축 패들은 이미 수십 년 전에 서울 강남에다가 진을 치고 있는 것이나 다름없음을 대감께서는 이미 잘 아시지요?”

"우리도 개성에서 때를 기다리고 있습니다."

중방이었다. 늙어가고 있으나 그의 덩치는 여전히 우람했다.

"자네는?"

현응민이 한 발을 나서며 대답했다.

"어르신의 염려대로 각 고을의 아전들과 접촉하고 있습니다. 곧 뜻 있는 인사들의 연락이 있을 겁니다."

그때 숲속에서 큰소리로 외치며 한 사람이 나타났다.

"나도 있네!"

모두 소리 나는 방향으로 고개를 돌렸다. 어둠 속에서 한 사내가 몸을 앞으로 내민다. 문을 열고 나서듯 사내는 어깨를 펴 보이는데, 아무래도 한쪽으로 기울어져 있다. 한쪽 다리를 내딛자 곧 그의 절룩거림이 노출됐다. 호롱불에 사내의 얼굴이 일렁거렸는데, 그의 얼굴 또한 일그러져, 아니 그의 한쪽 눈이 찌부러져 있음을 모두가 그대로 보았다. 입을 열지 않고 모두 그의 맹렬히 불타오르는 한쪽 눈알을 바라볼 따름이다.

"저쪽에…, 네 이노옴!"

하고 내딛는 사람은 박치의였다. 그 순간 우경방과 현응민이 한 차례 뒷걸음질 쳤다.

"이놈, 여기가 어딘데 네놈의 그 찌그러진 얼굴을 들이민단 말인가. 네 이놈, 저, 저쪽에, 우선 나와 결판을 내야 하지 않겠느냐!"

그러면서 박치의는 천지가 진동할 만큼 큰 소리로 발을 구르더니 땅을 박차고 뛰어올라 한 걸음 뒤로 물러서는 사내의 면전에다가 자신의 주먹을 날렸다. 사내는 다른 사람이 아닌 바로 박응서였다. 현응민과 우경방의 뒤를 좇던 박응서가 어두운 숲속에서 남몰래 허균을 보다가 그리움과 나름 원망에 사무쳐 더 이상 참지 못하고 얼굴을 내민 것인데, 박치의가 몸을 날려 자신에게 닥치는 것을 보고 한 발작 살짝 아래로 몸을 내리다가 곧 두어 걸음 뒤로 물러났다. 그랬으므로 박치의는 박응서에게 헛방을 내지르며 땅으로 굴러떨어지고 말았다.

　순간 박응서는 몸을 돌려 짐짓 달아나기 시작했고, 모두가 그 방향으로 우루루 몰려갔으며, 박치의는 절룩거리는 그를 좇아 바삐 다가가는데, 날이 어두워지고 또 소나무 숲속이라 쉬 찾아내기 힘들었다. 경포 호수 방향으로 도망가는 박응서의 발걸음이 비록 뒤뚱거렸으나 바람이 흔들리는 소나무 숲속에서 그의 그림자 찾기란 쉽지 않았다. 그러나 잠시 뒤 큰 소나무 아래에서 무릎을 꿇고 헉헉거리는 박응서를 발견한 박치의는 서슴지 않고 발을 들어 그의 턱을 올려 쳤다.

　어둠 속에서도 피가 튀는 것이 보였다. 박치의는 다시 한번 놈의 허리를 세게 걷어찼다. 바닥은 거의 늪과도 같았다. 한쪽 다리가 짧은 박응서의 몸이 물구덩이에 빠져 허우적거리는 사이에 박치의가 닥쳐와 치도곤을 안긴 것인데, 그러다가 박응서도 개흙에 발이 박혀 두어 차례 넘어졌다. 두 사람은 한 몸으로 엉겨 붙은 채 나뒹굴었다.

　"이놈아, 네놈이 그렇게 이르지 않았다면 우리들은 모두 무사할 수도 있었어. 이놈아, 네놈이 동지들의 생명을 앗아간 것이 아니고 무엇이더냐!"

　멱살을 잡고 흔들면 박치의가 소리를 지르고, 흔들리며 박응서 또한 소리친다.

　"그게 아니라 사세가 더 이상 어쩔 수 없지 않음을 너도 알지 않았더냐. 괜히 나에게 그 책임을 미루려 하다니, 너야말로 비겁하지 아니한가. 나는 그저 위험한 사태가 어서 끝나길 바랄 따름이었다. 그놈들이 정말 우리 모두를 건져 낼 것이라 믿었던 것이지.”

“이 어리석은 놈아, 이이첨의 더러운 속임수를 네가 진정 몰랐단 말이냐?! 이미 잘 알고 있었음에도 네 한목숨 건지려고 우리 모두를 팔아넘긴 것이 아니더냐. 너는 필히 내 손에 죽어야 하리!”

파암 박치의는 소나무 등걸 옆으로 배신자 박응서를 끌어올려 다시 몇 차례 가슴팍을 걷어찼다.

“나를 죽여라. 그래야 네놈의 의구심이 풀린다면 그걸로 일이 마무리 될 것을. 나를 죽여라!”

“네놈의 보잘것없는 명줄을 끊어내는 것이야 이를 말이겠나. 허나, 문제는 비명에 간 우리 동지들이 네 죄를 용서해 줄 리 만무라는 것이지. 그들은 구천에서 너를 맞을 준비를 하고 있을 터. 그래 진정 죽으려면 내손에 죽는 것이 낫겠지.”

박치의는 주위를 두리번거렸다. 그러나 아무것도 발견되지 않았다. 다시 한번 박응서의 얼굴을 발바닥으로 누른 다음 치의는 눈으로 어둠 속을 헤매다가 머리통만한 돌덩이를 찾아 들고 다가갔다.

“이렇게 죽는다고 날 원망 마라. 모든 것은 다 너의 배신행위로 인한 것이니. 저쪽에… 자, 잘 가라!”

그리고 박치의는 돌덩이를 높이 쳐들고 그것을 박응서의 찌그러진 눈알을 향해 힘차게 내리쳤다. 돌덩이가 정확히 박응서의 일그러진 얼굴 위에서 피를 뿌리며 박혀갈 즈음에, 그러나 박치의는 자신의 몸이 한 두어 척 정도 멀리 날아 나가떨어지는 것을 느꼈다.

"참게나. 할 일이 많으니 사람을 아껴야지. 특히 응서는 더욱 할 일이 많은 것을. 동지들의 원한을 풀기 위해서라도 살아남아야 할 사람. 그러니 파암, 자네가 일단 이해 용서하고 다만 앞일을 도모할 따름."

우경방과 현응민이 들고 있는 횃불 아래 내가 허리춤을 다시 매며 박응서를 잡아 올리는 것을 보며 박치의는 번개보다 빠른 내 솜씨에 새삼 입을 벌렸다. 박응서는 피투성이다. 어둠 속에서도 박응서가 내리친 돌덩이가 그의 눈알이 아니라 이마를 스치고 지나가며 왼쪽 귀를 완전히 짓뭉개버리고 말았음이 보였다. 박치의는 허리를 펴고 일어나 별장을 향해 걸어갔다. 명허 스님이

"파암의 기백이 대단하구나. 우리 동지들이 모두 저런 기개라면 못할 일이 없을 터. 앞날이 기대되는구면."

하고 껄껄껄 웃는다.

다시 초당 별장. 숨소리 하나 없다. 다만 내가 나직이 말해 나아갈 따름이다. 광해군 9년(1617) 춘 3월이었다. 달이 떠올랐다.

"지난 1월에 가인 중 사람인 김윤황을 시켜 경운궁에 격문을 쏘아 넣을 때부터 나는 이미 세상을 바꿀 결심을 굳혔소."

그러나 이런 처연한 분위기를 정면으로 깬 사람이 있었으니, 그는 명허였다.

"비록 그러하나, 다시 말하나니 이 정도로는 어림도 없는 수작이라. 더 치밀한 준비가 있어야 할 것인즉."

"아니, 그렇지는 않아요. 여기 도축패들은 지난 수십 년 동안 개혁을 모색해 왔어요. 이쪽 중방도 이미 이십 년 전부터 나를 따랐고, 지금 개경에서 나름 동지들을 규합하고 있습니다."

중방이 예의 그 큰 덩치에 웃음과 결의를 실은 얼굴을 보내준다.

"명허 스님이 승군을 꾸려 주시면 일은 반 이상 성사된 것이나 다름 없어요."

"내부 지원은 있소?"

"그걸 위해 오늘 이후 나는 경성부로 갈 것이고, 곧 대궐에 들 것입니다. 밖에서 나름 철저히 준비하고, 정치적으로 분위기를 조성해 가면 이룰 수 없는 일이란 없다는 것이 저의 의지요, 신념이요, 결의입지요. 다들 그리 믿고 진정 적절한 때를 기다리시오. 간찰을 보내 내게 연락하길 끊이지 말고, 모든 행동을 부디 신중히 하길 바라오."

이런 대화를 듣는 박응서의 얼굴에선 흐르던 피가 검붉게 말라 갔다. 그런 박응서를 바라보는 박치의의 눈은 여전히 충혈이 된 채로였다.

"그런 다음 금호문의 투서, 남대문의 괘방 사건 등이 일어날 것인데, 그 익명서에 이르러 논란이 일 것이니, 그것이 일의 시작임을 두루 알고 계시오. 그리하여 준비에 더욱 매진할 것인즉 거듭 강조하나니 매사 부디 신중하시길…."

지속 — 기자헌

　기자헌은 강릉으로 내려간 뒤 줄곧 보현사(普賢寺)에 기거했다. 보현사는 대관령의 동쪽 사면 보현산 혹은 만월산으로 불리는 산의 기슭에 자리 잡은 절이다. 경내에 낭원대사 부도가 있고, 고색 짙은 대웅전이 절의 내력이 만만치 않음을 귀띔해준다.

　일인지하 만인지상의 자리를 차지한, 한 나라의 영의정 기자헌은 요사채에 들어앉아 신세를 한탄하지 않을 수 없었다. 그놈의 서궁 흉서가 자신을 이렇게 만들었으니, 허균이 죽일 놈이란 생각을 한다. 흉서에서 인목 대비를 보호하고, 혹은 인목 대비를 외면하려 한다는 등 이상하게 자기를 일그러뜨려서 임금이나 신료 그리고 사림 전반이 의혹의 눈초리를 자신에게 보낸다는 사실은 의심할 수 없다. 이런 정황으로 정사를 볼 수 없음이다. 영의정이 무엇 그리 대단하단 말인가. 이제 나는 오직 사퇴를 얘기할 따름이야.

　날이 훤히 밝아왔다. 들꿩 나는 소리와 계곡 물소리가 정겹게 들려와 방문을 열어젖혔으나, 안개 속에서 소나무 숲 사이로 이어지는 오래된 새들의 길조차 보이지 않았다. 안개가 자욱한 천지에 철철철, 계곡 물소리만 꽉 들어찼다. 기자헌은 심신이 지쳐간다는 생각으로 그만 문지방에 털썩 주저앉아 혼자 중얼거렸다.

여러 날 지났거늘 승지 이홍주는 무엇을 하고 있나? 특히 아들 준격은 어찌하여 아무 연통이 없는고? 올해 23 살 먹은 기준격은 정사년(1617)인 그해에 정언과 병조좌랑을 거치고 예조좌랑을 역임하고 있는 기자헌의 아들이다. 허균의 박식함을 일찍부터 잘 알고 있던 터라 기자헌이 자신의 아들 준격을 일찌감치 허균의 제자로 삼았었는데, 그게 잘한 일인지 늘 되씹어보게 되던 일이다.

아들이 혹여 허균의 언설에 넘어가지 않았나? 아니, 결코 그럴 리가…. 진정 그럴 일은 없었다. 애비가 허균과의 골 깊은 갈등을 넘지 못한다는 것을 너무나도 잘 아는 아들이다. 그 갈등의 장면을 그대로 보아온 준격이다. 기억하라! 기록해 두어라! 이런 주문을 늘 아들에게 해두지 않았던가. 마땅히 무슨 소식이 있어야 하는데, 강릉에 온 지여러 달 지났음에도 별 연락이 없다. 기자헌은 여러 번 하던 생각을 다시 꺼내 든다.

허균이 대론을 지지한다. 대론이란 인목 대비를 폐서인하자는 북인파의 논리와 주장인데, 어림없는 수작이다. 허균은 본디 그 반대쪽에 섰던 사람이다.

기자헌이 알기론 허균은 일찍부터 영창 대군을 세워서 서궁, 곧 인목 대비를 끼고 정사를 보려는 복심을 가졌던 인물이었다. 그런데 어느 날 갑자기 완전히 그 반대편에 편입됐다.

관송 때문일 것을. 아니, 관송 이이첨이 아니라 서얼들의 반란 기미를 사전에 파악하여, 아니, 아니지. 이이첨이 계축년(1613)에 있었던 칠서들의 살인 행위를 반역 음모로 몰아 죽인 이후 서얼과의 친분이 드러날까 두려워 허균은 아예 광해 편에, 아니 이이첨의 편에 서기로 작정했던 것이야. 그건 신념의 바꿈, 곧 완전한 변절이 아니던가. 선왕의 병세가 위독해지자 이때 이이첨이 당대의 큰 인물인 정인홍을 사주해 상소하게 함으로써 화근의 빌미가 싹텄으며, 얼마 후 선조가 승하하자 이이첨은 마침내 유언비어로 남을 위협하고 내외의 이목을 유혹하여 옥사를 일으키지 않았던가.

계축옥사(癸丑獄事), 이른바 칠서지옥(七庶之獄)이 그것. 계축년에 화가 크게 일어나 자전(慈殿, 임금의 어머니, 여기선 인목 대비)을 폐위시켜야 한다 하고, 또 영창 대군이 역모를 꾸몄다고 소리쳤어. 당시 영창은 겨우 여덟 살이었는데 강화로 귀양 보내 참혹하게 죽이고, 인목 대비를 서궁에 유폐시켜 마침내 천기(天紀, 국가의 기강)가 없어지고 인륜이 끊어져 나라가 존립할 수 없게 되지 않았는가 말이야.

여기까지 생각의 끈을 이어가는데, 기자헌은 다다다다, 요란한 발자국 소리가 다가옴을 느꼈다. 눈을 모아 안개 자욱한 절 입구를 바라보니, 드디어 한 사람이 나타난다. 아니, 두 사람. 아니다, 수십 명이 앞 사내의 뒤를 이어 안개를 뚫고 일주문으로 들어서는 것이 보였다. 맨 앞에 선 자를 기자헌은 단박에 알아보았다. 그는 허균이었다.

교산 허균. 평생 원수인 자. 누가 그렇게 만들었는가? 누가 둘 사이를 이토록 심한 감정의 골로 이끌었나? 그인가 아니면 나인가?

*

"사정 형님, 아니 영상 대감님, 역시 여기에 계시는구만!"

나의 이 일갈에 기자헌은 내 어둑한 눈을 보며 비웃음을 웃었다.

"감히 여길 찾아오다니!"

"오면 안 되는 곳이오? 낭원대사의 사리탑이 저기에 자리 잡고, 나말 구산선문의 하나인 사굴산파의 종주 범일국사를 생각하게 하는 이 절에 계시니 온갖 번뇌가 다 씻어지는 듯하오?"

"나는 다만 병을 다스릴 뿐."

"그야말로 칭병이 아니오?"

"칭병이라니. 내가 무엇 때문에 그런단 말인가. 나는 여러 해 전부터 구토증이 있어 때때로 기침이 나면 마치 숨이 끊어지는 것과 같아서 말을 할 수 없었네. 반드시 물을 마셔 목을 적셔준 뒤에야 겨우 말할 수가 있으니, 내 어찌 지중한 영상 자리를 고집할 수 있겠는가."

"그리하여 이 보현사로 급거 하방하셨단 말씀인데, 진정 그러하오? 이른바 그 서궁의 흉서에 대감의 성함이 거론돼 시세가 여의치 않다고 판단하여 피한 것이 아니오? 이리로 오면서 임금께 나 허균을 지목했지요?! 무슨 근거로 그따위 말을?"

"그건⋯."

잠시 말을 멈추고 침을 삼킨 다음 기자헌이 소리쳤다.

"자네가 한 짓이 아니던가?! 마치 내가 모반을 일으킬 듯이 흉서에다가 적어 놓지 않았는가 말이야."

"누가요?"

"바로 자네가!"

"난 그런 일 한 적 없소. 그건 대감이 알고 있을 것. 뭔가 찔리는 바 있어 연신 전하께 영상 자리를 내놓겠다고 하는 것이 아니오?"

"그렇지 않아."

"영상 대감, 이재영입니다."

그때 무리 사이에서 몸을 드러내며 여인 이재영이 말을 잇는다.

"어젯밤에 강릉에 도착했습니다. 그동안 한성부의 일들을 모두 보거나 들은바, 도성에선 대감께서 여러 차례 전하께 벼슬자리를 내놓다 하신 걸로 얘기되고 있습니다. 지금 여기서 끊임없이 상차하여 사직하기를 바란다 하여 인목 대비를 모시고 역모를 꾸미려던 대감의 의도가 덮어지는 것이 아니지 않소."

"네 이놈, 어느 안전에서 그 따위 망발을!"

"망발은 대감이 하신 것이고. 자, 동지들, 여기 그리고 이 시간에 벌어지는 일을 알 자는 결코 없을 것. 그야말로 쥐도 새도 모르게 이 병든 영의정을 지옥 삼정목으로 보내 버리자!"

그렇게 외친 사내는 중방이었다.

"나무관세음보살…. 지나친 바 있으나 그럴 수밖에 없다면 어쩔 도리가 없지."

명허 스님이 그렇게 말하면서 손짓을 하자 박치의, 박응서, 우경방, 현응민이 한 발짝씩 나서고 도축패 역시 기자헌 앞으로 다가서는데, 얼핏 진정이었고 혹은 어딘가 그렇지 않게도 보였으니, 그건 나를 비롯한 무리들의 몸에서 그리 팽팽한 긴장감이 보이지 않았기 때문일 것이다.

"어어, 이건 아니잖아! 교산, 자네가 내게 이럴 수 없지 않은가?!"

놀란 기자헌은 한 걸음 뒤로 물러나다가 벌렁 나자빠지고 말았다.

"형님은 사라져 줘야겠어요. 우리가 움직이기 전에 다른 짓을 하면 만사휴의일 터이니. 동지들, 이 어른을…."

내 말이 끝나기도 전에 도축패가 달려들어 자빠진 기자헌에게 포대 자루를 뒤집어씌웠다. 무리들 각인은 창, 칼, 몽둥이, 물소뿔 각궁, 아니 한 마디로 각종 도(刀), 검(劍), 모(矛), 극(戟), 시(矢)를, 그리고 밧줄과 포대와 자루를 들고 일사분란하게 행동했다.

기자헌은 만월산 산록 한쪽 소나무 가지의 마포대에 한나절을 그렇게 매달려 있다가 보현사 스님들에게 발견돼 염라대왕을 만났다가 다시 살아난 것 모양 핏기 가신 허연 얼굴로 요사채에 돌아와 뉘어졌으리.

그 며칠 뒤 영의정 기자헌이 강릉 보현사를 떠나 서둘러 서울로 올라갔다는 소식이 전해졌다. 거기에 있다가는 나에게 잡혀 언제 어떻게 골로 갈지 알 수 없었기 때문에서일 것이다. 기자헌은 혼쭐이 났을 것이 분명하다. 그리하여 이후 임금에게 여러 차례 체차, 곧 벼슬을 갈아달라고 요청할 것이다.

"이젠 가야지!"

아침을 먹고 송림에 나와 앉아 휴식을 취하던 무리에게 내가 문득 외쳤다. 모두가 일순간 나를 바라본다. 특히 초당에 내려와 있던 나와 박치의를 만나러 이재영과 도축패 그리고 명허 스님이 도착하고, 죽인다고 대드는 박치의와 싸워 적지 아니 다친 한 쪽 눈알의 박응서가 나를 뚫어지게 쳐다보며 중얼거렸다.

“가야지.”

“어딜 말이오?”

중방이 박응서에게 묻는다. 자신이 저 구월산 산채의 여인 우연주의 동생이라고 하며 현응민과 함께 찾아온 이래 마치 친동생모양 따르는 우경방(禹經邦)이 나에게 무슨 말이냐는 얼굴을 만들어 보냈다. 현응민이 도축패 사이에서 앞으로 나와 우경방의 어깨를 툭 치며

“한성부로 가게 생겼네.”

하고 기대 반 염려 반의 표정을 건넸다. 실은 모두가 알고 있었다. 이대로 초당 솔밭에 죽치고 앉아 고요한 경포호를 바라보며 한 세월을 보내고 싶지만, 결코 그럴 수 없는 정황임을! 조만간 이곳을 떠나야 할 것임을 모두가 느끼고 있을 즈음이었다.

“그래, 가야지!”

파암 박치의의 이 말이 신호이기라도 한 듯 모두가 자리를 털고 일어났다.

한성부다.

여름이 오려는 무렵이다. 서울 사람들은 여전히 바쁜 일상을 보내는 중이다. 집 안은 깨끗했고, 하인들은 눈물을 찍으며 대감마님 앞에 허리를 굽혔다. 몇 달 만에 돌아오는 집이었다. 나는 우경방을 현응민의 옆방에 살게 했다. 담 밖 외별당 뒤 느티나무가 바람에 윙윙대며 울었다.

조정의 동정은 계축옥사에서 크게 벗어나지 않은 상태였다. 사헌부와 사간원은 영창 대군을 업고 모반을 꾀하려는 자들을 끊임없이 잡

아 솎아내는 작업을 하고 있었다. 그것은 금상 광해의 피할 수 없는 의구심이 만들어 내는 옥사였고, 그랬으므로 칠서와 가까웠던 나는 여전히 심적 궁지에 몰리지 않을 수 없었다.

건덕방 연지동의 첩 성옥과 용산방 신창동의 첩 추섬에게 연통을 넣으니, 거기서 하인 종남과 돌이가 상곡 본가에 달려와 건네주는 주문진 오징어를 비롯해 동해안 건어물을 한 짐씩 지고 돌아간 즈음이다. 나는 성옥의 풍윤한 몸을 떠올리고, 추섬의 작고 팽팽한 몸을, 그 상큼하고 요염한 얼굴을 떠올리며 그녀들을 오랫동안 비워둔 자신을 나무라기도 했다. 을사년(1604)에 낳은 아들 굉은 열세 살로 어느덧 수염발 잡히는 청년으로 성장하는 중이다.

명례방 상곡의 서재에 앉아 갖가지 생각을 건져 올린다. 가장 중요한 것은 역시 경운궁에 쏘아 넣은 격문에 관한 것이다. 지금 세상은 그 글을 내가 썼다고 믿는 분위기다. 특히 기자헌이 강원도로 가면서, 또 강릉에서 ‘허(許)’ 자를 반복해 쓴 차자를 올렸으므로 광해 또한 거의 의심하지 않는 듯했다.

“돌한이 거기 있느냐!”

큰 소리로 하인을 불렀다. 그런데 놀랍게도

“대감마님, 도승지 어른이 오셨습니다.”

라는 대답이 돌아왔다.

“도승지라?”

나는 천정을 쳐다보며 웃었다.

“에헤, 그러면 한찬남(韓纘男) 대감일 터. 기막히구나!”

사실 나는 생각의 끝에서 한찬남을 끌어올리고, 곧 그에게 만나자는 연통을 넣을 작정으로 돌한을 부른 것이다.

"어서 오세요, 도승지 대감."

"그간 강릉 고향에서 무고하시었소?"

"무고하지 않았습니다. 도승지 대감을 생각하느라 밤잠을 못 이루었지요. 에헤헤. 일은 어떻게 되어 갑니까?"

"할 말이 많아요. 내가 교산을 돕다가 종단에 골로 갈지 모르게 생겼소!"

차려져 나온 술을 크게 한 모금 들이키고 수염을 쓸면서 도승지 한찬남은 내 각진 턱을 바라본 뒤

"교산은 무탈하시지만 나는 위급해요."

하고 초조한 빛을 감추지 않았다.

"궁금하외다. 어서 말씀하세요."

"당연히 궁금할 것인즉. 교산이 강릉으로 발길을 잡을 무렵, 그 전에 간찰로 내게 이른 그대로를 실천에 옮겼지요. 교산을 위한 내 특별한 배려였지."

"고맙습니다. 그런데 누구에게 시켰소?"

"평소 알고 지내던 유학 손활과 박문근에게 부탁했어요. 운명적이라 할 만한데 마침 신점이라 하는 자가 가끔 아는 소리를 한다 하여서."

"그래서요?"

"손활, 박문근, 신점 이 세 사람은 서로 인척간이라 자주 어울린다오. 그런데 격문 사건이 난 뒤 어느 날 신점이 묻더랍니다."

"무엇을요?"

“나라에 무슨 변고가 있는가, 하고요. 손활과 박문근이 별다른 일은 없는데, 다만 얼마 전에 누군가 경운궁 뜰 안에 투서를 한 변고가 있었다고 대답했답니다.”

“그랬더니요?”

“그러자 신점이 막 밥을 먹으려다가 숟가락을 내던지며 눈을 치켜뜨고 크게 놀라면서 말하기를 ‘이 일은 지난겨울에 일어나야 했는데 지금에야 비로소 발생되었다.’고 하더랍니다. 박문근이 ‘자네가 어떻게 아는가?’ 하자, 신점이 또 그 흉서를 유생 안신언이란 자가 썼다고 주장했대요.”

“허어, 그런 구조는 이미 우리가 세운 게 아니었습니까?”

“그렇지요. 허나, 내가 박문근에게 조금 일렀을 따름인데 마침 신점이란 자가 눈을 뒤집으면서 그렇게 주장했으니, 그게 기이한 일이란 말이오.”

“잘된 일이구만.”

“기막힌 우연이지. 아니, 이건 운명이오. 그런데….”

“다른 일 있습니까?”

“신점이란 자가 나를 걸고 넘어졌어요.”

“그래요?”

“신점이 투서된 서궁 격문과 관련하여 나 도승지 한찬남이 깊이 관여했다는 주장을 폈답니다.”

한찬남 도승지의 이마에 땀이 보였다. 나는 술을 털어 넣었다.

“당치 않아요.”

“그러게 말이오.”

"내가 김윤황에게 시켜 서궁에 문서를 쏘아 넣은 이후 모든 의혹의 시선이 나에게 쏟아지자 그 대책을 도승지 어른께 토로한 사실은 있을지언정 그 격문에 도승지 어른께서 직접 관여한 바는 없지요."

도승지 한찬남이 땀을 씻는다.

"한 가지는 부정 못합니다."

"뭡니까?"

"교산에게 쏠린 의혹의 시선을 다른 곳으로 돌려야 한다는 생각을 내가 했다는 점 말이오."

"그걸 생면부지의 신점이 알 리 없지 않습니까."

"그러게 말이오."

"그렇다면 결국 신점에게 '유생 안신언이 격문을 쓴 자'라고 주장하게 하라는 사주를 저와 도승지가 모의했다는 결론에 도달하는군요."

"문제는 그겁니다. 시선을 돌리려다가 되레 더 큰 의혹을 사게 됐어요."

"일단 흉서 작성자가 유생 안신언이라는 새로운 의견이 제기된 것은 긍정적이지만, 신점으로 인해 도승지께서 위기에 처하게 됐다면 아니 될 말입니다."

"그렇지요?!"

"제가 강릉 고향에 가 있는 동안의 추이를 알 만합니다. 도승지 대감은 너무 염려치 마세요. 차후 모든 문제가 스스로 해결될 것입니다. 제가 약조하지요. 그동안 저를 위해 애써 주신 사실 하나만은 결코 잊지 않을 겁니다. 거듭 말합니다만, 일단 염려 놓으세요. 원만하게 해결

될 겁니다. 제가 누굽니까. 교산 허균입니다. 가슴이 크고 전망이 원대하지요. 에헤헤헤.”

그제야 도승지 한찬남은 한 차례 쓴 웃음을 웃은 다음 술을 서너 잔 거푸 마시고 붉게 변한 얼굴로 문밖을 나섰다.

5월이다. 해가 길다. 한여름 그대로 대지에서 훅, 열이 올랐다. 나는 이재영을 불러 신점의 얘기를 하고 해결하기를 부탁했다. 그리고 열흘 뒤…. 스스로의 말재주 때문에 여러 의혹 속에 옥에 갇힌 신점이 옥 안에서 죽었다는 소식이 저잣거리에 퍼져 나아갔다. 이재영이 무슨 독한 수를 쓴 모양이다. 저녁 늦게 찾아온 이재영에게 물었다.

“어떻게 된 일인가?”

그러나 짐짓

“뭘 말인가?”

하고 이재영이 갓을 고쳐 쓰면서 되묻는다.

“신점이 왜 갑자기 죽어?”

“어, 그거? 신점의 심장이 매우 약하다는 얘길 들었지. 그리하여 뇌옥에 찾아가 뼛속까지 파고드는, 차라리 죽음만 못한 압슬의 고통을 맛보기 전에 자진하라는 얘길 신점에게 강하게 했지.”

“그 말을 듣고 신점이 자진했다는 게야?”

“아니.”

“그러면?”

“그 말을 듣고 그의 심장이 얼어붙었던 것이지.”

나는 오랜만에 편하게 잤다. 연지동 성옥의 집에서였다. 종남이 특별히 상곡에 찾아와 만나 뵙고 싶다는 성옥의 뜻을 전했고, 강릉을 다녀온 뒤에도 찾지 못했으므로 서둘러 연지동으로 향했던 것이다. 밤 내내 성옥은 보챘다. 오랜 독수공방 뒤라 몸이 달아올라 비명을 질러 대는 바람에 사랑채에 거하는 아비 송취대의 잠까지 달아나게 만들고 말았다. 살지고 기름기가 돌아 풍성하여 넉넉한 성옥의 품속에서 기쁨을 느끼며 나는 그 날 밤 세상사를 완전히 잊었다.

달포 지나 신창동 추섬의 집에 머물렀다. 겨울이 더욱 깊어가는 즈음이다. 추섬이 석용병을 내놓았다. 나는 순간 풍악산을 떠올렸다. 그 무렵 표훈사에 잠시 거하던 명허 스님이 직접 차려온 저녁상에 떡이 올랐는데, 그것이 구맥(瞿麥, 귀리)을 빻아 체로 여러 번 쳐서 곱게 한 다음에 꿀물을 넣어 석용과 함께 반죽하여 놋쇠시루에 찐 것이라 했다. 맛이 찹쌀떡이나 감떡보다 훨씬 나았다. 만들기 쉽지 않은 석용병을 상에 올린 정성 때문에 추섬이 더욱 예뻐 보였다. 그녀에게 넘어가지 않을 수 없는 이유는 그러려고 하지 않음에도 은연중에 드러나는 교태 어린 몸짓 때문이다. 추섬에게 자신이 너무 늙었다는 사실에서 나는 가끔 진실로 미안한 마음을 갖는다. 가난이 아니었다면 저 귀엽고 앙증맞은 아이가 어떻게 뱃살 처진 늙은이의 차지가 될 수 있을 것인가.

저녁상에는 전주 지방에서 유명한 백산자도 올랐다. 사람들은 보통 이를 박산(薄算)이라 한다. 곡산이나 이천에서 주로 나는 대숙리(大熟梨, 대숙배)도 한 쪽에 놓여 있다. 그것을 속칭 부리(腐梨)라 하는데

맛이 특이하다. 말린 은구어(銀口魚)를 한입 물었을 때 하인 돌이가 큰소리로 알린다.

"대감마님, 손님이 오셨습니다."

손님? 이 저녁에? 곧 밤이 오고, 추섬과 꿀처럼 달콤한 시간을 보낼 것인데, 손님이 와? 누구인지 몰라도 일단 신경 줄이 팽팽하게 당겨졌다. 방문을 열고 내다보니, 석양을 배경으로 대문을 들어선 사람이 보이는데 지는 해 때문에 누구인지 모르겠다. 툇마루로 나서며 못마땅한 어조로 불쑥

"귀댁은 뉘시오?"

하고 내뱉었는데, 의외의 인물이 등장했으니, 얼굴이 길고 눈이 가늘며 특히 눈썹이 짙고 긴 바로 그 영의정 기자헌이었다. 나는 옷매무새를 고쳤다. 가볍지 않은 일이 있으리란 직감 때문이었다.

"여기까지 오실 일이었습니까?"

"좀 늦었지?"

사랑에 앉자마자 나는 좀 퉁명스럽게 내쏘았다.

"선배는 할 일이 많지 않소?"

"그러면 허 형판은 할 일이 없어 늙은 나를 그토록 욕 뵈었나?!"

"그건 일종의 농이었소."

"농이라! 무슨 놈의 농이 사람을 포대 자루에 담아 나무에 걸어 놓는 것 따위인가! 자네는 진정 정신이 있는 사람인가? 자네 정신이 상식적 사대부의 그것이냐 하는 말이야!"

"에헤헤, 그리 크게 소리치지 마세요."

그때 술상이 나오고 추섬이 기자헌을 향해 곱게 목례를 했으므로

조금 누그러진 기자헌은 헛기침을 몇 번 하고 따르기도 전에 스스로 잔을 기울여 벌컥벌컥 마셔 잔을 비워낸 뒤 수염에 묻은 술을 요란하게 털어내더니 입을 연다.

"자네는 마치 진회(秦檜) 같아."

"남송의 간신을 이릅니까? 어찌하여 그렇습니까?"

"서궁 흉격이 자네의 작품으로 알려지자 그것을 면하려고 여러 사건을 만들었다지? 신점이란 사람이 흉격 사건을 말하고 다닌다 하여 그를 죽게 했지 않나. 내가 어떻게 아냐고? 지금 저자에 자네가 죽었다는 소문이 확 돌고 있음이야. 사람을 죽여서까지 피할 일이었다면 진즉 사건을 벌이지 말아야 하는 것. 그로 인한 성상의 괴로움과 조정의 혼란을 보건대 자네는 진정 남송의 진회라!"

"내가 흉서의 저자라는 여론은 차자에 '허(許)' 자를 반복하여 써 넣은 바로 영상 때문이 아니오! 그런데 이 늦은 시진에 찾아와선 내가 알지도 못하는 신점이란 자를 죽게 했다 하며 이 따위 행패를 부리시오!"

"강릉 보현사에서 자네가 내게 행한 행패는 생각 않나?!"

"진정 이러하다면 내 평생의 원수 이야기를, 우리 두 집안이 서로 원수 진 사연을 전하께 아뢰겠소. 그리하여 흉서의 작자를 허균이라고 지적한 이유가 무엇인지 백일하에 드러내게 할 작정이오. 내일 당장 그리해도 좋겠지요?"

기이하게도 그 순간 영의정 기자헌은 멍하게 천정을 바라보다가 눈알을 내려 정자관 속 내 상투를 쏘아보더니

"뭘 말인가?"

하고 묻는다. 그의 목소리가 급격히 낮아지고 나긋나긋해졌다.

"영상이 이홍로를 파직시키려는 근거를 대달라고 부탁했는데 내가 거절했고, 그러자 마음속에 미움을 품은 뒤 우리 형인 허성이 국상 직후에 형수가 죽는 흉사가 일어난 사실을 내가 숨겼다고 나에 대한 나쁜 여론을 형성하는 등의 짓을 해오지 않았소. 그런즉 영상의 내게 대한 모든 설은 그야말로 영상 스스로 만들어 놓은 억측, 곡해, 시기 등에 의한 거짓된 것이란 얘기요. 그 작고 세세한 사실을 전하가 다 듣는다면 영상의 사람됨을 능히 알게 될 것임을!"

내 말이 끝나자마자 기자헌이 이상하리만큼 버벅대더니 바로 일어나 휑하니 대문 밖으로 나가 버렸다. 이상한 사람도 다 보았다고 생각하며 나는 목간을 한 다음 향기로운 추섬의 품을 찾았을 따름이다. 나는 실 하나 걸치지 않은 추섬의 따뜻하고 작고 예쁜 알몸을 안고 중얼거렸다.

'기자헌이 느닷없이 찾아오다니, 참 기이한 일도 있도다.'

퇴행 — 기준격

기준격이 나를 찾아 명례방 상곡 집으로 왔다. 기준격이 내민 종이에서 나는 이런 글귀를 읽었다.

合司三啓 玉堂再劄 答曰 奇自獻遠竄 李恒福放歸田里.
(삼사합계 옥당재차 답왈 기자헌원찬 이항복방귀전리.)

"이것이 스승님이 바라던 결과입니까? 이것이 관송 이이첨이 그토록 원하던 일입니까? 이런 일이 대북이 소망하던 것입니까?!"

느티나무 가지 사이를 바람이 스쳐 지나갔다. 겨울바람은 문풍지를 흔들며 비집고 들어와 심장을 얼어붙게 만드는 듯했다. 시간이 지날수록 젊은 기준격의 숨소리가 거칠어져 갔다.

"아버지는 갑자기 대비의 폐출을 주장한다면 국사(國史)에 기록하기를 '아무개가 제 마음대로 내쫓았다.'고 할 것을 염려하셨습니다. 그렇게 되면 만대의 공론에 죄를 얻을 뿐만 아니라 반드시 성상의 조정에 수치가 될 것이라 믿었습니다."

나는 침묵 속에 기자헌이 추섬의 집으로 나를 찾아온 이유가 이거였구나, 내게 뭔가를 부탁하려는 의도였구나, 라고 생각하며 그의 아들 기준격이 내민 종이를 다시 읽었다.

'합사가 세 번째 아뢰고, 옥당이 재차 차자를 올리니, 상이 기자헌은 먼 곳으로 귀양 보내고 이항복은 고향으로 돌려보내라고 답했다.'

나는 이를 거듭 음미했다. 기자헌이 귀양을 간다. 마침내 귀양을 간다! 이제 이 사안에 관한 내 역할은 끝났다. 그토록 평생 나를 괴롭히던 기자헌이 드디어 귀양을 가는구나! 이홍로와 이이첨도 나를 괴롭혔지! 그들의 무함으로 이 나라 사대부 대부분이 나를 기피했어. 내 재능을 시기하고, 내 기질을 두려워했으며, 내 기상에 겁을 먹었다. 그 세력의 앞자리에 기자헌이 서 있었지. 그의 본디 성정은 그리 완악하지는 않다. 허나 그는 내게 본디의 완악함을 감추려 하지 않았다. 이게 그와 나의 악연이다. 이이첨과는 필요에 의해서 밀월의 한 시대를 건너는 중인데, 기자헌은 그냥 그대로 나와의 거리를 멀리했던 것이다.

천하가 대비를 포기하라 하지만 유독 기자헌은 대비 보위의 소신을 굽히지 않았다. 그리하여 그가 귀양 가게 되므로 그의 아들이 지금 여기 자신의 스승에게 그 악연을 추궁하러 왔다. 이게 엄연한 현실이다. 따라서 기준격과 나는 더 이상 이렇게 한 자리에서 얼굴을 맞댈 필요가 없다. 더 무엇을 들으려는가. 그의 애비 기자헌은 이제 돌아올 수 없는 사람인 것을!

긴 침묵을 깨고 내가 우울한 목소리로 스물여덟 피 끓는 젊은이에게
일렀다.

"자넨 내 제자였지. 이미 이렇게 과거지사인 듯 말하네. 자네 이젠 나
를 스승으로 여기지 말게. 가슴 아프지만 이게 우리의 운명이라면 받
아들일 수밖에."

"어떻게 부를까요?"

"…."

"교산이라 할까요?

"그러게."

"교산!"

하고 불러 놓고 10 년 동안 제자였던 기준격이 한참을 말을 못했다.
긴 숨을 몇 번 더 내리 쉬다가 이른다.

"교산, 당신은 내 아비를 돌아올 수 없는 먼 곳으로 보냈소. 먼저 한
가지 묻습니다. 사산(蛇山)에 몰래 장지(葬地)를 쓴 일을 가지고 상소
하여 제 아비의 죄를 청하려 했습니까?"

"사산이란 곧 신라 이래로 장사지내지 못하도록 금해 오던 지역이
아니냐. 사람들이 모두 만세에 군왕(君王)이 날 곳이라고 말하는 그
곳이 아니더냐."

"거기에 아비의 소첩을 장사지냈다는 소문을 교산이 냈는가 하는
말이오. 나는 지금 교산이 그런 상소를 주상께 올렸는가를 확인하려
는 것이오."

"내가 그런 따위의 짓을 할 사람인가? 자네가 나를 그렇게 이해했다

면 지난 10 년의 인연이 허망하다 아니할 수 없군. 나는 그런 소사에 신경 쓸 만큼 여유롭지도 자잘하지도 않네. 자네가 그걸 잘 알지 않나.”

“한때 나는 교산이 세상에 없는 사람이라 생각했지요. 그런 만큼 지금의 실망은 실로 크오. 오늘날 팔도 전역의 사대부 세계에서 벌어지는 이항복과 제 아비 기자헌에 대한 탄핵의 상소는 교산과 이이첨이 일으킨 것이 아닌가요?”

“들으라. 인목 대비를 특히 두둔하는 자네 아비의 처벌 문제에 대한 유학 이위의 상소를 시작으로 삼사가 합사하여 위리안치를 요청했지. 이후 진사 윤유겸 등의 기자헌의 처벌을 청하는 상소, 유학 송영서의 상소, 삼사가 합사하여 연계하고 옥당이 연차한 기자헌의 위리안치 주장, 그리고 기자헌과 유희발과 이항복 등의 처벌을 청하는 유학 서의중의 상소, 기자헌과 한효순 외에 김효성과 정택뢰 등의 처벌을 청하는 유학 황정필의 상소, 이런 수많은 유학들의 폐비 문제 및 자네 애비 기자헌 등의 처벌에 대한 상소들…. 계속할까? 이들 상소 모두 관송 이이첨과 내가 일으킨 평지풍파란 말인가? 결코 있을 수 없는 일!”

“관학 유생이 올린 상소는 이이첨이 주관하였고, 관학 외의 유생이 올린 상소는 교산이 주장하지 않았소. 그 상소를 많은 사람이 올릴 경우에는 중추부에 모여서 올렸기 때문에 이를 ‘중추부 유소(中樞府儒疏)’ 라 한다는 말까지 돌지요. 상소를 서로 번갈아 가며 올렸고, 적합한 사람이 없으면 이름을 위조하여 올리기까지 하지 않았소. 저 옛날 기축년(己丑年, 1589년, 선조 22년)에 일어난 기축옥사 사건에 이이첨과 함께 칠서의 역모를 조작하던 김개가 이이첨을 멀리하고 요즘 특히 교산만을 따르면서 폐모론이 성공하면 큰 상을 주겠다고 하며 무리들을 끌어들였다는 소문이 세상에 파다하다는 것을 모르오?"

기준격은 흥분을 가라앉히느라 여러 번 심호흡을 했다. 그의 이마에 땀이 배어 나왔다. 두 주먹이 여러 차례 방바닥을 내리치고 또 무릎 위로 떨어졌다.

"거듭 말하오. 교산이 한성부좌윤 겸 동지의금 김개, 정언 이강 등을 시켜 호남과 영남의 무뢰배를 모아서 유생처럼 가장하여 잇달아 소를 올려 대비를 제거하고, 역적 괴수를 비호하는 영상 기자헌의 죄를 다스려야 한다는 소를 올리게 부추긴다는 장안의 소문은 어찌하여 그렇게 자자한 것이오? 해명해 보시오!"

나는 한때 제자였던 젊은이에게 실로 엄청난 실망과 분노를 느껴 더 이상 기준격과 자리를 함께하고 싶지 않았다.

"네 이놈!"

"분명한 것은 교산이 내 아비를 귀양 보냈다는 사실이오!"

"더욱 분명한 것은 네 아비는 묵수(墨守)고 보수(保守)라! 시대의 유물인 것이야. 내 인생에 끼어들어 간여한 너의 아비 기자헌은 새 시대를 기다리는 이즈음에 마땅히 사라져야 할 노옹이야!"

방바닥의 종이를 쥐어 들고 벌떡 일어나 휙 돌아서서 문을 나서려는 기준격을 불러 세웠다.

"붕만(鵬萬, 기준격의 자)아, 그날 나를 노린 자가 너냐?"

"무슨 말이오?"

"그날 밤 관송의 집 앞에서 진즉 쏘아 죽이려 했던 자가 관송이 아니라 나였지 않았냐 하는 얘기야!"

"무슨 말인지 모르겠소!"

그러면서 기준격은 날듯이 빠르게 느티나무 사이로 사라지고 말았다. 시선으로 어둠 속을 쫓았지만 어느 덧 밤이 되었으므로 기준격은 보이지 않았다. 지난 10 년이 그렇게 가버리고 말았다. 나는 그 자리에서 꼼짝도 하지 않았다. 살을 에는 추위였으나 살을 에는 듯한 심장의 아픔을 나는 그냥 그렇게 받아냈다.

다음날. 정사년(1617) 12월 12일. 임금이 나를 좌참찬(左參贊)으로 삼았다. 좌참찬이란 의정부에 속한 정2품 문관 벼슬로 삼정승을 보좌하면서 국정에 깊이 참여하는 벼슬이다. 작년 10월에 형조 판서에서 파직된 후 1 년여 만에 복귀하게 된 벼슬자리이다.

그 며칠 전인 12월 4일. 합사하여 연계하고 홍문관이 연차하여 기자헌을 위리안치시키기를 청하니, 상은 이미 유시하였다고 답했다. 재차 아뢰자 광해는 중도부처(中道付處)하라고 답했다. 중도부처란 관원을 유배시킬 때 어떤 중간 지점을 지정하여 거기에 머물게 하는 비교적 선처의 경우에 해당한다.

며칠 전에 단행된 이런 기자헌의 중도부처의 영을 떠올리며 나는 기자헌의 귀양과 내 좌참찬 교지가 비슷한 시기에 내려졌음을 진정 공교롭다고 생각했다. 자기 아비를 내가 귀양 가게 만들었다고 믿는 기준격으로선 그 공교로운 시점에 분노할 수밖에 없었고, 그랬으므로 기준격이 그렇게 흥분하여 나를 찾아왔던 것이다.

가야 해! 가자! 때가 다가오지 않는가!

그날 밤, 나는 연통을 넣어 가설주부 현응민, 찬집낭청 원종, 의금부 서리 박충남을 불렀다. 현응민은 나의 얼족이고, 원종과 박충남은 젊은 시절부터 아는 사이였지만, 그네들은 특히 최근 기자헌의 파직과 대비의 폐출을 위한 상소를 도운 인물들이다. 기준격의 말처럼 바로 이들을 비롯한 몇 사람들이 내 집에서 그동안 폐모론 관련 작업을 해왔으니, 기준격은 이를 지적하여 모든 일을 내가 꾸몄다고 주장한 것이다. 그러나 그 일은 이미 시대의 흐름이 아니던가!

원종은 거한으로 힘이 장사였을 뿐 아니라 철퇴를 잘 쓰기로 장안에 소문이 자자한 인물이었으므로 나는 진즉에 그에게 일군의 병사를 맡겨도 좋을 것이란 생각을 해두고 있었다. 박충남은 내가 시키는 일이라면 물불 가리지 않고 하삼도나 북삼도를 다녀올 만큼 충직하기 그지없는 자다. 근자 내 집에 거의 붙어살다시피 하는 다른 인물들, 예컨대 사랑채에서 글을 써 남명(南冥) 조식(曺植)을 문묘에 종사(從祀, 배향)할 것과 명나라와의 국경무역인 중강장시(中江場市)를 다시 설치할 것을 상소한 유생 황정필, 나를 유별나게 따르는 좌윤 김개, 나주 출신 김우성 등은 산을 타거나 무기를 들 자가 아니므로 연통을 넣지 않았다.

최근 상곡에 드나드는 사람 중 조카 하인준이 마음에 걸렸다. 그는 이번 폐모 사태에서 관학 유생 100여 명과 함께 인목 대비의 폐출을 주장하는 상소를 올렸다. 그랬으므로 앞으로 할 일이 많은 자라 여겨 나는 그를 특히 아껴 그리고 문약의 일면이 있어 데려가지 않기로 마음먹었다. 사위 이사성과 먼 친척 민인길 역시 무기를 지닐 만한 인물이 아니었으므로 함께 가자는 연락을 하지 않았다.

나는 눈이 내려 추위가 잠시 물러간 날에 이재영이 그동안 면밀히 준비하고 주선하여 만들어 놓은 산채인 한성부 동부 숭신방(崇仁坊) 장위리계(長位里契)로 갔다. 원종, 현응민, 박충남이 나를 따랐다. 김윤황의 연통을 다들 잘 받아 그대로 이행했으리라 믿으며 일행은 장위리 마을 뒤 장위산(獐位山)으로 올랐다.

산 정상이 긴 꼬리를 내리며 어둠으로 다가드는 무렵에 산기슭을 오르며 살펴보니 도성의 동소문인 혜화문에서 그리 멀지 않은 곳에 그렇게 깊은 산이 있는지 놀랄 정도라 나는 만족해했다. 혜화문을 들어서서 남쪽으로 솟은 낙산의 그늘 아래로 조용히 다가가면 귀신도 모르게, 작년(1616)에 다시 세운 창경궁과 지난 계축년(1613)에 재건된 법궁인 창덕궁을 삽시간에 점령할 수 있기 때문이었다.

혹은 낙산 성곽을 치는 척하다가 소서문인 소의문(昭義門)을 들어가 아무도 모르게 종각 등을 지나 서궁 주위의 언덕 자리에서 대기 하다가 밤을 도와 경운궁(서궁, 덕수궁)을 치면 쉽게 인목 대비를 잡을 수 있을 것이었다. 북소문인 창의문으로 들어가 창덕궁으로 갈 수도 있으나 창의문은 폐쇄 상태이고 또 명당자리라 하는 소문이 자자하니 될 수 있으면 삼가는 것이 좋을 듯싶었다. 하여간 그리하여 우선 동쪽을 치자면, 곧 성동격서(聲東擊西)의 그 성동(聲東)을 하자면 우선 장위산에 집결해야 했다.

"에헤헤헤…."

오랜만에 크게 웃으며 눈 덮인 산길을 오르는데, 한 소리가 들려왔다.

"축하하오!"

명허 스님이다.

"무슨 일이오?"

하고 묻는다.

"교산이 좌참찬에 올랐다는 그것."

"그렇게 축하할 일이 아닙니다."

"그렇지 않아요. 이조 판서에 오른 맏형 허성도 있었지만, 나와 함께 지낸 며칠이 있었거니와 지난 무자년(1588)에 서른여덟 젊은 나이로 금강산 밑 김화연 생창역에서 돌아가신 그대의 중형 허봉의 이조좌랑과 교리를 거쳐 창원부사를 역임한 그것을 훨씬 넘어섰으니, 그러므로 저쪽 세상에서 허봉이 느끼는 기쁨이 얼마나 크겠소. 잠시 그걸 생각한 것이오. 하여간 부처님의 가피일 것이오."

"고맙습니다. 행 사직에서 벗어나 좌참찬이 되어 일단은 궐 밖에서 어정거리지 않고 말 그대로의 권력 핵심에 들어가 사태를 파악할 수 있게 된 것으로는 다행스런 일이지요. 오랫동안 가지 못했던 대청(臺廳, 사헌부나 사간원의 관원들이 임금에게 아뢸 일을 의논하던 곳), 정청(政廳, 이조나 병조의 인사 담당인 전관이 궁중에서 정사를 보던 곳), 빈청(賓廳, 비변사의 대신이나 당상관이 정기적으로 모여 회의하던 곳)에 들를 수 있고, 정전인 대전이나 편전에서 전하를 직접 뵈올 수 있으니 우리로선 중요한 거점을 확보한 셈이라 해야겠지요."

명허 스님이 기분이 좋은 모양이었다.

"그렇소. 따라서 이제 문제는 밖이오. 궁궐 밖, 도성 밖에서 어떻게 준비하느냐에 앞날이 달려 있음이오. 그래서 교산이 오늘 여기서 다들 만나자 한 것 아니겠소. 자, 들어 가십시다."

산채였다. 이재영이 진즉에 얘기하던 바로 그곳이다.

"산채를 준비해야 하지 않는가?"

"산채라니."

"허어, 이거야말로! 병사가 주둔할 곳이 있어야 도성을 칠 수 있지 아니한가."

그러면서 이재영은 친구들을 데리고 동부 어느 곳에서 산채를 준비한다 했고, 또 그리로 모두가 일단 한 차례 모여 향후 갈 길을 모색해야 한다고 주장했었다. 물론 지극히 마땅한 준비였으므로 내가 여기서 만날 날을 잡은 것이다.

모퉁이를 돌자 갑자기 앞길이 환히 밝아졌다. 입구에 나무가 촘촘하게 서 있어 앞길을 가늠하기 어려운 중에 갑자기 소나무 가지가 위로 치켜 올려지고 마치 새로운 세상모양 작은 마을이 나타나는데, 그건 무릉도원 같기도 하고 청학동이 있다면 바로 그것이라 할 만한 곳이었다. 밤이 오는 중이라 자세히는 볼 수 없지만, 여러 동의 모옥이 서 있고, 무리의 수장이 기거할 만한 언덕 위의 집은 제법 있을 것이다 갖추어져 한 살림 차릴 만했다.

"여기서 준비하면 되겠구만!"

"자네가 만족해할 줄 알았지."

이재영이 할할할, 하고 웃으며

"저걸 보게!"

하고 가리킨다. 돌아서서 들어온 입구 옆 언덕을 보니 망루가 높이 솟아 있다.

"저기서 자네들이 오는 줄 우리는 이미 알고 있었지. 여간한 관군으론 여길 쉬 찾을 수 없을 것이야. 궁궐, 아니 도성 가까이 이런 곳이 있으리라고 아무도 생각지 못할 것을! 두어 시진 만에 혜화문에 당도할 수 있으니 전략적으로 그야말로 지리(地利)를 얻은 셈이지.”

“그럴 만한 곳이군. 그러면 언제 여기에 모두 모이지?”

“그건 자네에게 달렸지. 천시(天時)는 자네 몫이야.”

“음.”

이재영이 물었다.

“정세에 무슨 변화는 없는가?”

“없지는 않아.”

“어떻게?”

“북쪽 지방에서 해마다 계속 가뭄과 황충(蝗蟲, 누리)과 홍수의 피해로 거주민들이 절반 이상이나 죽었고 살아남은 자들은 오랑캐들 속으로 들어갔다는 사실이야. 노추(奴酋, 여진)가 만일 일개 부대의 군사를 시켜 한 곳의 보루를 점거한다면 인심은 내부에서 와해되고 도성 안도 어수선해져 반란자들이 사방에서 일어날 것이라는 우려가 제기될 것이란 점이 주목되지. 이 어수선한 가운데 일을 치러야지. 거사를 성공적으로 이끌 기회가 노추의 움직임에서 비롯된다는 얘기 아닌가.”

나의 이런 분석에 이재영이 이의를 달지 않았다. 그때 눈을 쓸어낸 넓은 마당으로 동지들이 모이니, 그들은 명궁 김윤황, 우연주의 동생 우경방, 파암 박치의와 그의 수하 봉학, 눈이 찌부러진 박응서, 중방과 명허 스님이었다. 그리고 거기에 철퇴의 명장 원종과 내 얼족 현응민, 충직한 서리 박충남이 가세했다. 두툼한 옷을 입고 모두가 화톳불을 중심으로 모였다.

"여기서 무엇을 하자는 것이오?"

조금 전부터 박응서를 흘겨보는 중방이다.

"어제 여기 도착한 뒤 줄곧 느끼는 바입니다만, 이런 자와 무슨 일을 하자는 것인지!"

중방이 침을 뱉었다. 화톳불에 장작을 던지며 우경방이 물었다.

"무슨 말이야?"

"어, 땡중. 내 말 들어 봐. 우리가 일단 중대사를 논하는데, 이 자리에 있어선 안 되는 자가 끼었단 말이거든."

"누군데?"

하고 우경방이 물었다.

"저 사람!"

그의 시선 끝에 찌부러진 눈으로 불속을 응시하는 박응서가 서 있었다. 불빛에 반사된 그의 얼굴이 무섭게 일그러졌다. 내가 낮게 말했다.

"자네보다 나이가 위인 분에게 그리 막말을 하다니."

"대감, 그의 과거사가 신경 쓰입니다."

"뭐?"

"계축년의 일입지요."

내가 잠시 입을 다문 사이에 박치의가 나선다.

"이 사람, 저쪽에, 지, 지, 지나치게 가볍지 않나!"

"가볍다니요. 그런 파암은 무겁습니까? 저는 사안이 중대할수록 사람을 선별해야 한다고 봅니다. 언제 배신할 줄 모르는….”

배신이라는 말이 떨어지기 무섭게 박치의가 몸을 날려 중방을 걷어찼다. 오십 줄에 다가가는 사람으로서 결코 쉽지 않은 몸놀림이었다.

역시 나이가 먹어가는 중방이 큰 덩치에 몸을 피하지 못하고 그대로 나자빠지고 말았다.

"진즉에 말하려 했는데, 이런 식이라면 나는 이 일에 참여할 수 없소!"

중방의 그 말이 끝나자 모두가 입을 굳게 다물고 숨도 쉬지 않았다. 실로 중방의 말은 치명적이었다. 그에게뿐 아니라 그 자리에 모인 모든 사람들의 가슴을 도려내는 언설이었다. 비밀은 결코 가벼이 얘기되어선 안 되었다. 비밀은 비밀이 지켜질 때에 진정 그 가치가 드러나는 법이다. 오랜 세월 동안 관계해 온 중방이었지만, 특히 나와 황해도에서 그리고 근래 부안 정사암에서 황부자와의 일을 해결하는 데에 결정적 도움을 준 사람이었지만, 나는 그 순간 너무나도 가슴이 떨려 조용히 일어서서 화톳불을 등지고 떨어져 앉았다.

"한 판 붙읍시다. 그렇지 않아도 여기 이 산채에서 우리 서로 자신의 무력을 시험해 보자는 뜻도 있으니, 자아, 누군가 나와 한판 붙읍시다. 겁나요? 이래서야 무슨 혁명이니 새로운 세상이니 합니까. 자아, 붙어 보자니깐. 내가 승리하면 저 찌그러진 배신자 박응서는 제척하는 것이오!"

박응서가 일어나 뒤뚱거리며 중방 앞으로 다가섰다. 그러나 누가 보아도 그는 중방의 상대가 되지 못했다. 사태를 관찰하던 김윤황이 활을 꺼냈다. 허나 그것은 아니었다. 전후를 살피던 원종이 품어 두었던 작은 철퇴를 꺼내 들고 몇 차례 돌렸다. 그러나 그 경우도 교각살우(矯角殺牛)였으므로 아니었다. 한 때 도둑이었다는 봉학이 중방 앞으로 나서자 박치의가 말렸다. 거드름을 피우며 중방이 거듭 외친다.

"말리지 마소! 진정 나는 이런 따위의 인물들과 함께 도모하는 것이 기껍지 않소. 교산 대감에겐 미안한 말씀이지만, 며칠 전에 황해도에서 출발해 어제 여기에 도착했는데, 성사가 될지 아니 될지 알 수 없는 일을 놓고 사실 지난밤 내내 고민했지요. 거사란 무엇인가? 과연 성공할 수 있는 일인가? 이런 점을 밤새 생각했지요."

"듣고 싶지 않아. 우리는 평생 그런 생각과 고민 속에 살아 왔네만, 이것이 우리의 운명이라 여기고 이제 실행만 남았다고 믿지. 저쪽에 이, 이, 이런 차원에서 여기서 나가야 할 사람은 자네구먼. 자넨 한 마디로 지, 지나치게 위험해!"

박치의가 그렇게 말하자 중방이 죽이려는 듯이 다가들었다. 중방이 박치의의 멱 줄을 거머쥐려 할 때, 봉학이 얼른 박치의를 밀치고 몸을 날려 중방을 막았다. 두 사람은 서로 멱살을 쥐고 온 몸에 힘을 다해 상대를 밀어냈다. 양다리에 힘을 주고 상체를 앞으로 내미는데, 한순간 조금 뒤로 밀리던 봉학이 뒤로 누우면서 자신의 다리를 올려 뒤로 밀쳐내니, 중방의 큰 몸이 하늘로 솟았다가 앞으로 휙 날아가 땅바닥으로 얼굴부터 내리 박히고 만다. 피가 튀었다. 몇 번 꿈쩍거리던 중방이 이후 다리를 버둥거리고 얼굴을 감싸 쥐면서 비명을 질러댔다. 철퇴를 내려놓고 원종이 중방을 방으로 데려갔는데, 이후 중방은 이틀을 누워 있다가 얼굴 상처가 구덕구덕해지자 아무도 몰래 사라지고 말았다.

"교산, 중방은 애초부터 의식이란 게 없었지. 저 옛날 그냥 어쩌다가 우리들과 황해도를 다녀온 뒤 자네와 나를 따르며 가까워졌지만, 그건 어디까지나 우리에 대한 호기심 정도라 할 것이야. 그가 어디 가서 이상한 소릴 하고 다닐 자는 아니니, 입만 조심한다면 그냥 내버려 두지."

이재영이 이렇게 말하자 내가 그만 말을 맺었다.

"입을 조심할 만한 자라면 살려 둬야지 어쩌겠나."

*

아무도 모르게 산채를 떠나는 중방을 뒤따르는 자가 있었으니, 그는 박응서였다. 계축옥사 때 고문당해 한쪽 다리가 짧아져 뒤뚱거리며 걷는 박응서가 낙산 쪽으로 발길을 잡았다. 박응서는 중방이 얼굴이 벗겨진 그 몰골로 길을 나서자면 낙산 그늘 사이로 갈 수밖에 없으리란 판단을 했다. 보기보다 발걸음이 빠른 박응서가 샛길로 먼저 낙산 입구에 도달해 바위 아래에 몸을 숨겼다. 저 아래에서 중방이 허위허위 걸어오는데 아무 의념이 없는 모양새였다. 적지 아니 다친 그는 마치 근무를 마치고 홀가분한 기분으로 귀가하는 포도청의 장졸 같아 보였다.

"거기 서!"

이런 소리에 놀라 중방이 한 걸음 물러섰다. 그러면서 소리쳤다.

"어, 응서. 너는 배신자가 아니냐!"

"이렇게 사라지려 하니 분명 네가 배신자가 아니냐. 그러니 살려 둘 수 없지 아니한가."

"네가 나를 죽이겠다고? 강아지가 웃을 일이군!"

그때 박응서가 품속에서 단도를 꺼내 들었다. 단도는 날카로워 주위의 빛을 품었다가 일시에 뿜어내듯 파랗게 빛을 발했다. 중방이 피할 방도를 찾는 중에 쥐었던 칼을 허공으로 던져 올렸다가 다시 잡았다 싶은 순간에 단도는 박응서의 손을 떠나 곧바로 날아가 중방의 목줄기에 정확히 박혔다. 캑, 소리를 지르다가 중방이 앞으로 푹 거꾸러지며 피를 토했다. 다리에 몇 번 경련을 일으키고 뭔가 소리치려다가 눈을 허옇게 까뒤집은 잠시 뒤에 거구의 중방이 그대로 까맣게 숨을 거두었다.

"신념이 없으면 사라져야지!"

박응서는 중방의 목에서 빼낸 칼을 눈에다가 비벼 피를 닦고, 피에 젖은 시신을 관목 사이에다가 밀어 넣고 눈으로 덮어 버렸다. 눈이 쌓인 산은 새소리도 들리지 않았다. 저쪽에서 무언가가 휙 지나가는 듯해 찌그러진 눈으로 자세히 보니 나뭇가지에서 눈가루가 떨어지고 그 바람에 굴러가는 굴밤나무 마른 잎이었다. 중방의 피가 서서히 눈 속에 퍼져 가다가 곧 얼어 버리는 것을 본 뒤, 숲이 그 그림자를 길게 늘이는 저물녘에 박응서는 산채로 가지 않고 청량리 쪽으로 걸음을 옮겼다. 다음 날 산채에선 중방도 박응서도 보이지 않았다. 모두가 수군거렸으나 이재영이 한 마디로 거론하는 것을 막아 버렸다.

"두 사람은 오늘 새벽에 산채를 떠났네. 더 이상 찾지도, 관심 갖지도 말게나. 배신은 배신을 부를 따름이니, 이후 배신을 그 누구도 입에 담지 말아야 할 것을!"

그리고 김윤황의 활이 소나무 마른 가지를 관통하는 것을, 박치의와 봉학의 무술의 한 경지를, 원종의 철퇴가 머리와 몸을 중심으로 원을 그리며 돌아가는 그 환상적인 장면을, 명허 스님이 좌선하다가 한

길이나 높이 뛰어올라 소나무 가지를 잡고 순식간에 나무에 오르는 기이한 모양새를 그야말로 놀람과 함께 감상하고, 기별이 있을 때에 동지들을 규합해 다시 산채에 집결하는 계획을 세운 뒤 무리는 도성의 동소문인 혜화문에서 그리 멀지 않은 장위산을 등지고 밤길을 따라 각자의 자리로 돌아갔다. 우경방은 강원도 동주(철원)로, 명허는 전라도로, 박치의는 봉학을 데리고 황해도 쪽으로 갔다. 나는 박응서가 살아 있다면 경상도로 갔으리라 믿었다. 이재영과 김윤황만이 나를 따라 한성부로 들어갔다.

목멱산(남산)이 보이자 도성으로 돌아왔다는 마음에 천천히 걸었다. 눈길이라 앞서가던 이재영이 기우뚱하다가 옆으로 넘어졌다. 내가 그를 잡아 일으키려는 찰나 휘익, 하며 살 하나가 날아와 내 어깨를 관통했다. 순식간에 일어난 일이었다. 내가 움직이지 않았다면 살은 목줄이나 가슴팍을 꿰뚫었을지 모른다. 내가 거꾸러지자 이재영이 내 몸을 감싸 안았다. 김윤황이 등 뒤의 활을 꺼내 어둠을 향해 겨눴지만, 아직 화살이 어디에서 날아왔는지 감을 잡을 수 없어 이곳저곳을 겨눌 따름이었다. 콸콸 피가 솟자 이재영이 자신의 웃옷을 찢어 내 어깨를 묶으며 소리친다.

"저쪽이야!"

"정상 쪽이군."

그러면서 김윤황이 활을 겨눈 자세 그대로 앞으로 달려나갔다. 그 순간 휘익, 또 하나의 화살이 김윤황의 가슴을 향해 날아왔다. 김윤황은 가슴에 화살을 정통으로 맞고 뒤로 벌렁 나자빠졌다. 그랬음에도 김윤황이 곧바로 일어나 다시 앞을 향해 돌진하는 것이 아닌가. 실로 겁나는 진격이었다. 그때 또 하나의 화살이 정확히 김윤황의 가슴으로 날아들었다. 그랬음에도 한 차례 휘청거린 뒤 소나무 사이를 잽싸게 지나서 관목 낮은 가지를 발길질로 헤쳐내고 바위를 돌아, 아니 바위 바로 옆에서 김윤황은 천둥 같은 괴성을 질렀다.

"이놈, 꼼짝 마라!"

주위가 조용했다. 눈 속에서 세계가 다만 하얗게 보일 따름이었다.

"이놈! 손을 들지 않으면 그대로 쏘아 버린다!"

무엇인가 부스럭거리는 듯하더니

"쏘지 마십시오!"

하고 떨리는 목소리가 터져 나왔다. 그제야 이재영이 어깨를 감싸 쥔 채 얼굴이 백짓장 같아진 나를 데리고 가는데, 곧 쓰러질 듯하여 시간을 지체할 수 없다고 생각한 김윤황이 바위 뒤 사내의 얼굴에다가 한주먹을 날리고 목덜미를 잡으며

"앞 서거라!"

하고 벼락같이 소리쳤다. 그리고 이재영에게서 나를 옮겨 받아 등에 업고 놈을 따라 산 아래로 달려갔다. 그리고 두어 시진 뒤에 일행은 상곡 집에 도착했다. 가슴에 맞은 화살을 제거하지도 못하고 온몸을 내 피로 목욕한 듯한 김윤황은 자객을 단단히 묶어 곳간에 처넣은 뒤 의원을 불러 즉시 치료토록 했다.

신열이 오르면서 나는 며칠 동안 사경을 헤맸다. 뼈가 쑤시는 고통 중에도 마음이 답답했다. 누구냐? 무엇 때문에? 나를 죽여야 할 이유는? 내게 적인 자는 누구인가? 이를 어떻게 해야 하나? 나는 상체가 떨어져 나갈 정도의 아픔 가운데서도 화살을 맞아야 할 이유나, 화살

을 쏜 그 주체에 대해 생각하면서 결코 이대로 죽을 수 없다는 결의를
여러 차례 했다.

"자네는 어떻게 된 거여?"

이런 이재영의 물음에 김윤황이 크게 웃었다.

"하하, 기막힌 일입니다. 이 '운급칠첨(雲笈七籤)'이 저를 살렸습지
요."

"운급칠첨?"

"놀라운 일이지만 하여간 그렇습니다."

"운급칠첨이라면 신선의 서책이 아닌가?"

"왜 아니겠습니까. 태청 세계에 구선(九仙)이 있고, 상청 세계에 구진
(九眞)이 있으며, 옥청 세계에 구성(九聖)이 있어 모두 27 위라 하더라,
하는 등 신선들의 이야기가 적힌 책입니다."

"자네가 그걸 읽는단 말인가?"

누워 있는 나를 보며 김윤황이 대답한다.

"교산 대감께서 준 것입지요."

김윤황은 중앙에 두 개의 구멍이 뚫린 책을 흔들며 신기하다는 표
정을 감추지 않았다. 실로 기막힌 일이었다. 자객이 쏜 화살이 날아가
김윤황이 가슴에 품고 있던 '운급칠첨'이란 도교 경전에다가 두 개의
구멍을 뚫어낸 것이었다.

"아하, 그러니까 결국 교산 어른이 널 살린 거구나! 할할. 교산의 가
계는 아비인 초당 허엽 어른 시절부터 서화담(徐花潭, 서경덕)을 가까
이 했으니 마땅히 선풍(仙風)을 좋아하게 됐다네. 그러하니, 자네에게
그런 책을 줬으리."

"저는 이 책을 읽으며 제 고향 양양을 생각하곤 했지요. 어릴 때 그곳 어성전(漁城田) 어디에 신선이 살리란 상상을 늘 했었으니까요. 진정 이 책이 날 살릴 줄이야!"

김윤황은 허리춤을 뒤적거렸다.

"뭔가?"

"이것!"

"무슨 물건?"

"봉상시 주부 어른께선 이게 뭔지 알 수 없을 게요."

"화살촉이 아니냐?"

"교산 대감의 어깨에서 빼낸 수노기의 촉입니다."

"수노기?"

"여러 개의 화살을 연속적으로 발사할 수 있는 활로 쇠뇌라고도 하지요."

"모르지 않아. 저 옛날 낭랑 시절에도 그게 있었단 글을 읽은 바 있네."

"그렇게 오래됐습니까? 아!"

"뭔가?"

"얼마 전에 이이첨 대감이 집 앞에서 맞은 촉이 바로 이것이었는데!"

"그래?!"

"그렇다면 저놈이 또한 그놈일 듯!"

나를 업고 이재영과 김윤황이 곳간으로 달려갔다. 문을 지키던 돌한이 자물쇠를 열고 문을 열어 주었다. 세 사람이 갑자기 어두운 곳에 들어갔으므로 동공이 열릴 때까지 기다리다가 묶인 자객을 보려는데, 이 어쩐 일인가! 자객이 보이지 않았다. 묶었던 끈이 떨어져 있고, 창살이 뜯겨 나가 하늘이 훤히 보였다. 자객이 그리로 도망친 모양이었다.

*

정사년(1617)은 쉽게 저물지 않았다. 허균이 엄청난 고통을 겪으며 병석에서 신음하는 중에 삼사가 합계(合啓)했다.

"기자헌을 비롯하여 대론을 극력 반대하는 이항복, 정홍익, 김덕함을 의금부에서 마땅히 극히 먼 국경 지방에 귀양 보내야 될 것인데, 이에 감히 사정(私情)을 따르고 국법은 지키지 않아서 모두 내지(內地)에 편리한 곳으로 배소를 정한다 하였으니, 당상관과 낭청을 모두 파직하고 네 흉인은 국경 가까운 땅으로 옮겨 귀양 보내기를 청합니다."

이에 고무되었는가. 양사에서도 비밀히 아뢨다.

"남해는 섬나라의 오랑캐와 아주 가까우므로 반드시 통할 염려가 있으니 북도로 옮기기를 청합니다."

그리하여 12월 17일에 의금부에서 이항복은 용강으로, 기자헌은 정평으로 결정하니, 승지 한찬남이

"이들이 매우 중한 죄악을 졌는데 어찌 편리한 땅에 귀양 보낸단 말인가."

하고 소리쳤다. 이런 강력한 항의 이후 12월 21일에 기자헌은 삭주, 이항복은 창성, 정홍익은 종성, 김덕함은 온성으로, 그러나 다시 12월 24일에 기자헌은 회령으로, 이항복은 경원으로 옮겨 귀양 보낸다는

전교가 내려졌다.

교산 허균을 만난 뒤 기자헌의 아들 기준격은 아비의 머나 먼 저 북쪽 회령에서의 귀양살이를 생각하며 피눈물을 흘리길 멈추지 않았다. 아비 기자헌이 안방에 누워 떠날 날까지 심신을 추스르는 중에 삼촌인 기윤헌이 등을 다독이며 위로했지만, 기준격은 허균의 집에 다녀온 뒤 며칠 동안 식음을 전폐하고 누워 울기를 멈추지 않았다. 그리고 자신을 위로하던 삼촌 기윤헌이 돌아간 즉시 자리를 박차고 일어나 서재로 들어가 서상을 앞에 놓고 연상을 끌어다가 먹을 갈기 시작했다.

'삼가 생각건대, 나라가 불행하여 역변이 계속 일어났습니다.'

여기까지 쓰고 기준격은 바깥에 나가 하늘을 보며 기도를 했다.

"천지신명이여, 이 상소가 부디 하늘, 아니 임금께 닿아 바른 처사를 내려보내 주사이다!"

기준격은 무릎을 꿇고 북쪽을 향해 재배한 다음 들어와 다시 붓을 들어 듬뿍 먹을 찍었다. 그리고 마음이 가는 그대로 붓 길을 돌려 잡아 써 나아갔다.

'역적의 뿌리는 실로 허균인데 그가 아직도 목숨을 부지하고 있으니 신은 몹시 분통합니다. 지금 허균이 역적 영창 대군을 세워서 서궁을 끼고 정사를 보게 하려 한 진상을 일일이 진달하겠습니다. 그리고 나면 전하께서는 아마 죄인을 알게 될 것이고 종묘사직도 공고해질 것입니다.'

여기까지 일필휘지한 다음 물을 여러 번 마셨다. 몸에 열이 났음으로다.

‘어느 날 허균의 집에 갔더니, 그자가 내 백형 허봉의 사위인 이의창이 선왕이 아끼던 자식이었으므로 매번 왕으로 옹립하려 했으나, 너의 아비 기자헌의 저지로 옹립할 수가 없었다, 하고 말했습니다. 또 신해년(1611) 겨울에도 영창의 외할아버지인 연흥 부원군 김제남이 나로 하여금 심정세의 딸을 며느리로 삼도록 윤수겸에게 청혼해 달라고 하였다, 연흥 부원군은 윤수겸이 일찍이 도감의 군사들에게 호감을 산 장수이기 때문에 군사력이 있는 그와 혼사를 맺고서 드디어 도움을 받아 마침내 큰일을 시행하여 시체 두 구를 끌어내고 영창 대군을 세워서 인목 대비로 하여금 정사를 대행하게 하려는 것이다, 라고 했습니다. 신은 이 말을 듣고 깜짝 놀라 뼈가 저리고 가슴이 막히는 것을 느꼈습니다. 얼마 후 두 시체는 누구를 말하느냐고 천천히 물었더니 임금과 동궁이다. 오늘 내가 연흥 부원군 김제남과 함께 가서 윤수겸 장수를 만나보고 청혼을 했다. 윤수겸 장수가 비록 싫더라도 어찌 따르지 않을 수 있겠는가, 라고 하였습니다. 신이 묻기를 윤이 뭐라고 하던가요? 하니, 들어줄까 말까 망설이는 중이라고 하였습니다.’

이렇게 써 놓고 기준격은 스스로에게 물었다. 사실인가? 실제로는 그때 허균이 윤수겸을 만났다는 사실은 확인하기 어렵다. 그러나 정황상 허균이 일단 윤수겸을 만났을 가능성이 높다. 세월이 지난 지금 기억이 가물가물하므로 모든 글을 결국 개연성으로 쓸 수밖에 없다. 기준격은 자신에게 이렇게 이른 다음 계속하여 써나갔다. 밤이 깊어 자시를 넘어가는 즈음이었다. 목이 또 말랐다.

‘허균이 광해가 적자가 아니기 때문에 이미 폐지하고 적자인 영창 이의를 세웠다고 한다면 은을 1만여 냥까지 쓰지 않아도 일은 순조롭게 될 것이라고 하였습니다. 이렇게 허균은 역적의 주모자입니다. 대개 허균은 선왕 선조 임금을 해치려고 음모하였으나 이루지 못하였습니다. 공주 목사로 있다가 파면당하고 부안으로 돌아갔을 때 그 고을 수령은 바로 심광세였는데, 허균은 그와 함께 영창 이의를 왕으로 세우고 권세를 잡을 것을 음모하였습니다.'

이후 기준격은 계축옥사의 그 칠서들이 모두 허균의 친구임을, 그리하여 칠서의 격문을 허균이 지었음을 강조했다. 기준격은 그 무렵 허균이 했던 말을 기억에 되살리려고 애를 썼다.

'이이첨의 집에 머리가 큰 뱀이 있는데 최영경과 김직재의 귀신이라고 한다. 그러니 얼마 후에 망할 것이다.'

이렇게 말했던가? 기억이 가물가물했다. 내가 허균에게

'전에는 어찌 대비로 하여금 영창 대군 이의를 왕위에 앉혀놓고 수렴 청정하게 하겠다고 해놓고 오늘날은 그를 폐위시키겠다고 합니까?'

이렇게 물었던가? 기억이 명쾌히 떠오르지 않았다.

그때 허균이 이렇게 대답했던가?

'너는 나이가 어리니 무엇을 알겠는가. 말로(末路)를 걷는 사람은 화살이 떨어지는 곳에다가 과녁을 세워야 세상을 무사히 지낼 수 있는 것이다.'

시세의 움직임에 몸을 맡겨야 잘 살아갈 수 있다는 말인데, 그런 말을 한 기억이 명확하지 않았음에도 기준격은 생각나는 대로 적어 나아갔다. 황촉이 아물아물 시간을 녹여가는 축시(밤 2시) 무렵이었다. 피곤이 어깨를 짓눌렀으나 기준격은 저 차가운 북쪽 먼 배소로 곧 떠날 아버지의 처진 어깨를 떠올리고 눈물을 흘리면서 잠을 쫓았다.

'이렇듯 무뢰한 데다 흉악하기까지 한 허균의 죄는 이루 다 셀 수 없을 만큼 많습니다. 지금은 대론이 이미 결정되었으니, 허균과 같은 역적의 도움이 없더라도 일을 변론할 수 있을 것입니다. 그러므로 삼가 원하건대, 처음 자신의 조카사위를 상에 세우려 하다가 성상을 모해하고 영창 이의를 세우려 한 죄와 영창 이의를 내세워 서궁의 인목 대비로 하여금 수렴청정하게 하려 한 허균의 죄를 다스리소서.'

예조 좌랑(정6품) 기준격이 아무도 모르는 사이 이렇게 밤이 늦도록 상소를 쓰고 있을 때에 문밖 가까이에서 한 소리가 다가왔으니, 기준격은 순간 소스라치게 놀랐다. 비밀한 일을 하는 중이라 소리가 너무 가깝고 또 갑작스러웠으므로 기준격은 붓을 놓고 숨을 멈추고 한참을 기다렸다. 다음 소리 역시 낮게 들려 왔다.

"소인 종돌입니다."

기준격은 벌떡 일어났다. 종돌이란다! 며칠이 지났으므로 그가 죽었거나 어디론가 사라졌으리라 믿었는데, 그가 심야에 찾아왔다. 기준격은 침을 삼키고 다시 아무 대답을 하지 않았다. 붓을 살며시 놓고 등촉을 껐다. 그리고 일어나 방문을 열자 어둠 속에서 마당 끝에 그가 서 있는 것이 보였다. 동녘이 푸르게 밝아지려는 기색은 아직 보이지 않았으므로 까만 공간 속에 우두커니 그가 서 있는데, 옷을 검게 입어서인지 잘 보이지 않았다. 그가 늘 쓰고 다니던 흑립도 보이지 않았다. 혁대를 두른 그가 바지를 한 번 추기고 무릎을 꿇는다.

"소인을 죽여주소서."

마당을 내려서며 기준격은 주위를 살핀 다음 낮게 속삭였다.

"어찌 된 것이냐?!"

머리가 터진 것 같아 보였다.

"몸은 괜찮으냐?"

"견딜 만합니다."

"어디서 오는 길이냐?"

"교산의 곳간에서요."

"허어, 소리를 낮추어라. 어떻게 됐느냐?"

"죄송합니다. 그를 상처 내고 오히려 잡혔다가 도망쳐 나온 겁니다."

"알 만하다. 너는 할 일을 마치지 못했다. 벌써 두 번째니라. 관송 이이첨의 집 앞에서 허균을 쏘아 죽이려다가 이이첨을 쏘아 실패했고, 이번 또한 허균이 상처 입었지만 모든 것은 그야말로 미수에 그치고 말았다. 이로부터 사라져라. 내 필요할 때 다시 부르마. 온전히 몸을 숨겨라. 알겠느냐?!"

"예, 소인 물러갑니다."

허균을 죽이지 못한 점 매우 안타까웠으나, 아직 하늘이 그가 죽을 때가 아님을 알려주는 것이라 생각하며 기준격은 우물로 갔다. 두 번씩이나 자객이 실패했더라도 차후 어떻게든 그자를 반드시 죽이고 말 것을! 내 아비를 적소로 가게 만든 교산에 마땅히 천벌이 내리게 할 것임을! 기준격은 어금니를 물고 우물로 가 두레박으로 차가운 물을 길어 올렸다. 한 모금 길게 마시고 두어 차례 아, 아, 크게 소리를 지른 뒤 두레박을 들어 얼음같이 찬물을 머리에다가 들이부었다. 확, 한 순간에 냉기가 온몸을 얼게 했다. 얼음처럼 찬물이 기준격을 더욱 격렬하게 만들었다. 기준격은 대문을 열고 도랑 옆으로 난 소로를 따라 힘을 다해 내달렸다. 눈썹이 얼어붙고, 귀가 찢어지는 듯했다. 그리고 방으로 돌아와 깨끗한 옷으로 갈아입고 깊은 잠에 떨어졌다.

어제 상소 하나를 대궐로 보내고, 이틀 뒤 기준격은 다시 새로운 상소를 시작했다. 하나의 상소로 저간의 사정을 다 이를 수 없다고 생각했기 때문이었다.

'삼가 생각건대 엊그제 상소를 올리고 한편으로 명을 기다리는 외에 반역을 꾀한 허균의 죄상을 가지고 다시 성상께 자세히 진달하겠습니다. 대체로 선조 때에 허균과 이홍로가 한마음으로 반역을 꾀했다 하여 제 아비가 그들을 먼 곳으로 귀양 보내려 하자, 그들은 김공량의 첩으로 하여금 궁중과 내통하여 선조를 현혹시키고 이어 옥사를 일으켜 신의 아비로 하여금 죄를 받게 하는 한편 그와 이홍로가 조정의 권력을 모두 장악하려 하였습니다. 신의 아비가 그러한 기미를 미리 알고 두루 방지하였으므로 그들의 계책이 이루어지지 못하였던 것입니다. 전하의 처지가 외롭고 위태로운 때를 당하여 허균이 감히 이러한 반역 음모를 꾀하였으니, 신의 아비가 죄를 받는 것은 오히려 작은 문제이고, 장차 전하를 어느 위치에 있게 한다는 말입니까.'

예조 좌랑 젊은 기준격은 온몸에 힘을 주며 붓을 놀렸다.

'생각하면 어찌 한심한 일이 아니겠습니까. 허균의 마음에는 전하께서 필시 왕위에 오르지 못할 것이라고 여겼기 때문에 전적으로 이홍로에게 마음을 주었던 것입니다. 이홍로는 병오년(1601) 이후로 심엄의 집과 혼인을 하였는데, 심엄의 아들 심정세는 곧 역적 김제남의 사위입니다. 이홍로가 심엄의 집과 혼인을 한 것도 역시 김제남의 외손자인 영창 이의를 위한 것이었습니다. 그리고 허균과 이홍로는 절친하기 때문에 드디어 심 씨 집안과 의기투합이 되었던 것입니다. 그런데 심엄은 무신년에 전하께서 왕위에 올랐다는 말을 듣고 놀라 자진하고 말았는데, 사람들은 그가 목을 매달아 죽었다고 하였습니다.’

그리고 이어서 기준격은 허균이 계축옥사의 역적 심우영과 얼마나 친밀한 관계인지 구구절절 아뢰길 마다하지 않았다.

*

“아들아, 기윤헌 스승님과는?”

“예, 여전히 공부하고 있습니다.”

서재에서였다. 날씨는 춥고 해가 기울었다. 실로 오랜만에 나는 아들 굉을 가까이서 본다. 아들은 이미 코가 커지고, 목젖이 나왔으며, 턱에 수염발이 잡혀갔고, 목소리가 남자다워졌다. 이미 아들은 온전한 사내였다.

“학문하는 사람이란 홀로 제 몸만을 착하게 하려고 하지 않느니라.”

“아버지는 어떻게 했습니까?”

“애비는 대체로 천하의 변화에 대응하려 했지. 그렇게 하는 것이 유자(儒者)의 선무(先務)가 아니겠느냐.”

“요즘 그런 사람이 많지 않은 듯합니다. 귀로 들은 것만을 주워 모아 겉으로 언동을 꾸미는 데에 지나지 않는 유생도 적지 않아요.”

"소위 진유(眞儒)란 세상에 쓰이면 요순시대의 다스림과 우(禹), 탕(湯), 문(文), 무(武)의 공적이 사업에 나타난 것처럼 해야지. 쓰이지 못하더라도 공맹의 가르침과 염(濂), 낙(洛), 관(關), 민(閩)의 학설에 따라 해야 할 것이야."

"염낙관민이라시면."

"주돈이, 정호와 정이, 장재, 주희가 살던 곳을 말한다. 즉, 그것이 송나라의 성리학을 지칭하지 아니하더냐. 또 탕을 도와 은나라의 왕도 정치를 이룩한 이윤이나 은나라 고종 때의 재상 부열을 닮아야 할 것인즉, 아니면…."

꿩은 다음 말을 기다리다가 아버지의 분위기가 평소와 다름이 느껴져 물었다.

"무슨 일이 있습니까?"

"아무 일 없느니라. 우리 조선에선 김굉필, 정여창, 조광조, 이언적 그리고 이황의 처신을 따라야 할 것이야."

"좌참찬에 오르지 않았습니까. 하실 일이 많지요?"

"아들아, 애비는 진정 할 일이 많다. 그런데…."

고비와 필가가 걸려 있는 서재엔 오늘따라 특히 필통, 지통, 필격 등 문방용품이 방바닥에 펼쳐져 있다. 방안이 어두워지자 아버지는 좌등에 불을 켰다. 망건통과 목침, 팔걸이, 좌경 그리고 얼레빗, 참빗과 상투를 고정시키는 동곳 등이 방구석에서 먼지를 뒤집어쓰고 주인의 손길을 기다리는 듯 보였다. 꿩은 아버지가 오랫동안 당신의 몸을 살피지 않았음을 깨달았다. 무슨 일에 몸과 생각이 그토록 깊이 빠지셨는가?

"굉아, 이젠 다른 말을 해야겠다. 애비가 유자의 바람직한 도리를 말했으나, 그렇다고 성리학이 세상을 온전히 바꾸리란 기대는 하지 않는다. 지금 우리 조정은 국론이 두 갈래로 나뉨으로부터, 사사로움에 치우친 의논들이 치열해져 더러는 저들 만이어야 한다고 이들을 헐뜯고, 더러는 갑만을 높이고 을은 배척하여 소란하게 결렬되어서 그 옳고 그름이 정해지지 않는다."

굉은 아버지의 목소리가 높아짐을 느꼈다.

"굉아, 저 야은 길재 같은 충성심으로 우탁과 정몽주의 학통을 직접 전해 받고, 서화담의 초월한 경지를 혼자 터득하거나 이율곡의 밝은 식견과 큰 아량까지를 따르고자 하는 자가 적지 않은 것이 사실이다. 허나, 후중함이 적으니 취할 게 없다고 하여 그들을 전혀 거론하지 않는 자들도 있다. 나아가 그들을 헐뜯는 사람도 있으니, 이 점 또한 사심과 거짓의 해악이 아니겠느냐."

굉은 아버지의 뜬금없는 말씀에 조금 당황스러웠다. 도대체 무엇을 말하려는 것인가?

"만약 한훤 김굉필과 일두 정여창이 불행히도 백 년 후에 태어났다면 어떻게 그러한 헐뜯김을 당하지 않으리라고 보장하랴. 또 율곡으로 하여금 다행히도 백 년의 앞에만 태어나게 했다면 그분이 존숭을 받지 않으리라는 것을 어떻게 보장할 것인가? 자, 말하고자 하는 것은 이 애비가 지난 수십 년 동안 수많은 헐뜯김을 받아 왔다는 사실의 환기다. 애비는 가끔 시대를 잘못 타고 났는가를 스스로에게 묻는다. 진정 지금 이 시대가 문제다. 아니, 정작 문제는 임금이다. 임금이 진실로 공과 사의 분별을 밝게 한다면, 참과 거짓도 알아내기 어렵지 않으리라. 그러면 커다란 시비도 역시 따라서 정해지리라. 그렇다면 그러한 기틀이 어디에 있을까? 임금의 한 몸에 있으며, 역시 임금이 그 마음을 바르게 해야 이뤄진다. 그런데 오늘날 그게 보이지 않으니 나라가 시끄럽고, 특히 이 애비가 사림의 비판을 받는 것이니라.”

“아버지!”

“지금 조정은 대론에 휩싸여 있음이야. 대론이란 인목 대비를 폐비하자는 의견이니라. 대론은 아비가 일으킨 점이 없지 않다. 네 스승 기윤헌의 형님이신 기자헌 대감이 대론에 반대하므로 관송 이이첨 대감과 더불어 아비가 주로 주장하여 그를 저 변경으로 귀양 보냈다. 아비는 지금 회오리바람 속에 홀로 서 있음이야. 이를 너에게 알려야 할 것 같아 미리 말해 둔다. 기자헌 대감처럼 애비의 앞날 또한 그 누구도 예측할 수 없다. 진정 애비는 지금 이런 세상이 싫다.”

“아버지, 무슨 말씀인지 알 듯도 합니다만, 부디 몸과 정신을 중히 여기소서. 아버지의 다치신 어깨가 열을 내듯 지금 아버지의 얼굴이 백짓장 같습니다. 아버지, 쉬셔야 합니다. 세상 사람들이 아버지를 헐뜯는다 하여도 제가 있으니, 염려치 마셔요.”

“그래, 아비 말이 요령부득이지만 익히 들어두어라. 하여간 세상이 바뀌어야 하는데, 과연 애비는 어떻게 해야 하느냐?”

“아버지.”

“애비는 지금부터 어찌해야 하는지 생각해야 해.”

“예.”

굉이 방을 나가자 나는 신열이 오르는 몸을 겨우 추스르며 누우려 하는데, 그때 이재영이 찾아왔다. 뭔가에 흥분했는지 아니면 이미 술

을 적지 아니 마셨는지 얼굴이 붉어진 그가 서재에 들어오자마자

"교산, 일이 터졌음이야."

라고 이른다. 그의 얼굴에 비장감이 흘렀다.

"자네 얼굴이 그렇게 이르고 있구만. 무슨 일인지는 몰라도 지레 겁먹지 말게. 나야 겪을 만한 일을 겪었으므로 크게 염려할 것 없으이."

"그렇지 않아. 기준격이 비밀 상소를 했다는 소식이니, 다 그의 애비 기자헌의 조정이겠거니와 자네를 극력 비방했다 하네. 기준격의 소장을 상께서 보관하고 그 어떤 계하(啓下, 임금에게 올린 계문에 대한 임금의 답이나 의견으로 내려진 것)도 하지 않으시니 그 내용이 궁금하기 짝이 없어. 그러나 이미 알 만한 것이 다 알려져 그가 자네를 극도로 증오하여 무함하기를 이를 데 없을 정도라 하더구먼."

나는 한참 동안 봉창 밖을 바라봤다. 검은 하늘에 찬바람이 스친다. 느티나무의 바람소리를 따라 나는 그리로 뛰어가며 소리를 지르고 싶었다. 또 무엇이냐?! 그렇게 중얼거리다가 고개를 흔든다. 아니다. 사실은 기자헌에게 귀양이 떨어진 순간에, 기준격이 찾아온 그 순간에 이미 그의 상소를 예감하고 있지 않았더냐. 그러므로 본격 대결은 지금부터다.

"그 내용은 짐작할 만해. 애비를 구하자면 스승 따윈 애초에 그 의미가 없지. 그 아이도 이미 어릴 적부터 나와 자기 애비의 갈등을 몸으로 느끼고 있었으니, 무함의 상소를 하고도 남음이 있으리."

"자네가 그에 대응하여 상소를 한다면 마땅히 그러한 무함을 사전에 막지 못한 자책의 내용이어야 해."

"그대는 역시 나의 장자방!"

이재영이 다녀간 지 며칠이 지났다. 조금 신열이 가시자 나는 비밀리에 상소하여 자책을 가했다. 나는 당초 서로 불교를 싫어하지 않았기에 기자헌과 가까웠다고 전제했다. 그랬으므로 기자헌의 아들 기준격을 제자로 받아들였음을 세세히 일렀다. 그렇게 지낸 지난 10년 동안 마치 자기 집인 양 드나들던 기준격이 자기 애비를 반대한 것이 대론이라는 공적 문제 때문임을 인정하지 않고 어릴 때에 듣고 보고 한 사실을 왜곡하여 상소함으로써 자기 스승을 음해하려 하니 실로 개탄스럽다 하였다. 그러나 그러한 모든 일이 나 자신이 부덕하여 벌어졌으니, 삼가 목을 내어 대죄한다고 아뢨다.

몸이 어느 정도 나아지자 나는 무거운 몸을 이끌고 궁궐로 갔다. 돈화문 옆의 회화나무가 추위에 떨고 있다. 주나라 때 외조(外朝)에 회화나무 세 그루를 심고 조정의 세 정승이 마주 앉아 정사를 논했거니와 이제 자신 또한 그렇게 할 날이 있으리란 확신을 가져 본다. 기자헌이 가버렸으니 이에 그럴 날이 얼마 뒤 찾아올 것! 이이첨이 문제이나 그 또한 사라질 날이 있을 것을!

나는 어깨의 통증을 느끼며 금천교로 다가갔다. 버드나무 역시 섣달추위에 떨고 있다. 금천교로부터 인정문에 이르는 길옆으로 단풍나무와 앵두나무가 높고 낮게 움츠리는데, 측백나무만이 추위를 이기며 부드럽게 흔들거리는 것이 보였다. 곧 한해가 가고 새해가 오면 저 부드러운 잎을 따다가 관복에 꽂아 나라의 번영을 기원해 볼 것을.

관대를 한번 추겼다. 관모를 벗었다가 다시 썼다. 통증이 남은 어깨에 힘을 빼고 나는 사헌부와 사간원의 언간들이 모이는 대청으로 갔다. 빈청으로 갈까 하다가, 또 정청에도 들르려 하다가 곧장 대청으로 가기로 마음먹었다. 기자헌이 배소로 갈 것이 결정된 이후 오늘의 중대사는 역시 대론이 아니겠는가. 좌참찬에 올랐으니 언간들의 논의에 참여한다 하여 문제 삼을 사람 없을 것이었다.

나는 어떤 사람이던가. 관송과 더불어 시대의 격랑을 앞서서 헤쳐 나아갈 인물이 아니던가. 비록 지금은 관송의 뒤에 서 있지만, 곧 이 나라 사림의 선두에 서서 임금을 도와 대소 간에 나랏일을 처결해 나아갈 사람이 아니던가. 이런 생각을 하며 저 쪽 연경당 선향재 위의 시리도록 파란 겨울 하늘을 잠시 바라본 뒤 나는 아픈 어깨를 한 차례 만지고 대청 안으로 들어섰다.

"마침 잘 오셨소, 좌참찬 대감!"

나는 의정부의 좌참찬이다. 우찬성 우참찬과 함께 대소 국정에 참여하는 인물이다. 이런 내가 살펴보니 이조 판서 유희발과 병조 판서 유희분 같은 소북(小北)의 인물은 보이지 않았다. 나를 반가이 맞는 인사는 폐모론에 앞장서는 대사간 윤인이었다. 그 옆에 사헌부 사람으로서 사간 남이준, 헌납 조정립, 정언 박종주와 이강, 그리고 사간원 관원인 대사헌 이병, 집의 임건, 장령 강수와 한영, 지평 정양윤과 김호 등이 모여 앉았다.

"대감, 피습당했다는데 참으로 그만하길 다행이오!"

대사헌 이병이 일어서며 병색을 벗어나는 내 얼굴을 바라본다. 다른 일행 모두 자리에서 일어나 나를 반가이 맞으며 너도 나도 불행 중 다행이라고 말한다.

"천행이지요. 하늘이 아직 저에게 할 일이 많음을 역설적으로 알려

준 사건이라 여깁니다.”

“누굽니까? 대감을 이렇게 만든 놈이!”

대사간 윤인의 물음에 대답한 사람은 내가 아니라 남이준 사간이었다.

“내가 생각하기로…. 우리끼리니 하는 말입니다만, 기자헌이 아니겠소이까.”

집의 임건이 나선다.

“기자헌은 이미 정배되지 않았소. 그가 어찌.”

“아직 떠나지 않았소이다. 그리고 그의 인척이 있음이오. 가령 기윤헌 같은.”

독백처럼 내가 말했다.

“그는 아닙니다. 그는 나를 개인적으로 지지해요. 내 아들을 자신의 제자로 삼을 만큼.”

“그렇다면 기자헌의 아들?”

“예조 좌랑 기준격 말이오? 아직 어린데?”

“그자일 겁니다! 물론 그의 애비 기자헌이 적극 일렀을 것이지만.”

불쑥 그렇게 단정하는 사람은 남이준이다. 그는 얼마 전에 집의를 거쳐 사간이 되었거니와, 이에 앞서 대북의 이이첨과 정인홍 등이 영창대군을 폐하여 서인(庶人)으로 한 뒤 살해하고, 국구(國舅) 김제남을 처리한 등의 일에 적극 가담하여 광해로부터 활 한 정을 하사받은 인물이었다.

“과연!”

나는 다만 이렇게 한마디 말을 낼 따름이었다. 그리고 그걸로 내 어깨 이야기는 더 이어지지 않았다. 모두들 내 넓은 이마 밑의 깊은 눈과 각진 턱을 한 번 본 뒤 폐모 얘기로 들어갔다.

"오늘날 정당한 논의가 거세게 일고 의리를 앞세운 상소가 여기저기서 구름이 일듯 모여들었습니다. 폐모를 해야 한다고요. 그러니 이때야말로 신하된 자들은 목숨을 바쳐 충성을 다할 시기입니다."

헌납 조정립의 일갈이었다.

"우리들은 언관의 자리에 몸담고 있으면서 그저 대열만 따랐을 뿐, 한마디 말을 해서 대의를 밝혀 만 분의 일이나마 임금의 원수를 갚지 못하고 있어요. 이렇듯 녹봉만 타 먹는 살아 있는 송장 같고 소리 없이 서 있는 의장말과 같으니, 직책을 다하지 못한 죄를 사실상 면하기 어렵게 되었습니다."

장령 강수의 주장이었다. 나는 뭐라 보태려다가 슬며시 자리를 떠나 밖으로 나왔다. 이는 그야말로 언간이 어련히 잘 알아서 할 일이었다. 이미 폐모론은 거국적 중대사로 부각되고 있지 아니하던가. 나와 이이첨이 사람들을 보내 전국을 누비며 이 같은 방향으로 몰아간 당초의 의도 그대로 말이다.

*

허균이 방금 나간 대청에 도승지 한찬남이 들이닥쳤다. 허균이 대궐을 빠져 나와 의정부로 향할 무렵이었다.

"대감들 그리고 양사 관원 여러분, 중대한 일이 생겼어요."

"뭐요?!"

“기준격이 비밀 소장을 올렸어요. 그것도 두 차례나. 그리고 더욱 주목되는 것은 좌참찬 허균 또한 즉각 그에 반하는 소를 올렸다는 겁니다.”

“두 사람이 서로 상반된 의견을 냈단 말이오?”

“그 자세한 내용은 성상께서 내려 주시지 않으니 잘 알 수가 없어요.”

“성상께서 보여 주시지 않는 상소라?”

“그렇소. 전하께서 감추고 계십니다.”

헌납 조정립이 대들 듯 물었다.

“그럴지라도 전하께 올리기 전에 한 차례 읽었을 게 아닙니까? 도승지 이방 대감이시든 좌승지 호방 대감이시든 아니면 우부승지 형방이든 누군가는 한 번 보았을 것이지요.”

“우부승지가 읽었어요. 그래서 내용의 대강은 모르지 않습니다만, 일단 성상께서 묶어두고 계시니 쉬 발설할 수도 없고 답답합니다.”

듣고만 있던 집의 임건이 관모를 고쳐 쓰고 수염을 쓸면서 엄숙한 얼굴로 나섰다.

“일단 발설하셔야 할 듯합니다. 그래야 그 내용에 따라 양사에서 의견을 모을 수 있을 것이 아닙니까?”

“그래요.”

“그래야 합니다.”

도승지 한찬남이 팔을 휘휘 저으며 여러 말을 막았다.

“간단한 것 외에 더 알 수 없어요. 기준격의 주장인즉 좌참찬 허균 대감이 전날에 모반의 뜻을 두고 구체적으로 움직였다 합니다. 사실이라면 진정 놀라운 일이지요.”

“기막힌 일이구먼.”

“어허, 단정은 금물!”

지평 정양윤과 김호의 놀람을 호들갑이라 여긴 장령 강수가 동료인 장령 한영에게 동의를 구하는 눈길을 보내며

“허균 대감의 얘기도 들어 봐야 할 것을!”

라고 주장했다. 도승지 한찬남이 즉각 이어 갔다.

“예판 이이첨 대감과 허균 대감이 서로 긴밀한 사이이나, 이 경우 대응 방식이 같지 않은 듯하오. 즉, 관송 대감은 은밀히 그리고 서서히 조여 가면서 해결하려 하는데, 허균 대감은 즉각 반응하여 자책 상소, 즉 반대 상소를 보냈어요.”

“그러니 결국 기준격의 공격에 허균이 즉시 반론을 폈다는 얘기 아닙니까. 지극히 당연한 처사! 기준격의 말로 허균이 모반의 행위를 했고, 허균의 반론으로 그렇지 않다 했다면, 허균이 그 근거를 무엇이라 했답니까?”

“기준격이 어릴 때의 일을 나름 곡해하여 함부로 말했으니 믿을 것이 없고, 기준격의 자신에 대한 비판은 결국 아비 기자헌을 귀양 보낸 것에 대한 원한이라 했지요. 이 경우 두 집안 사이에 오래된 갈등이 전폭 작용한 것이 아닌가 하는 생각이 듭니다만.”

“공감할 만한 판단인 듯싶소.”

침을 삼키고 한찬남이 물었다. 그는 목이 타는 모양이었다.

“이를 논의하고 뜻을 수의하여 성상께 양사의 의견을 올려야 할 줄 압니다. 이게 보통 문제가 아니지 않습니까.”

대사헌 윤인과 대사간 이병이 고개를 끄덕였다. 양사 관원들이 갑자기 추위를 느끼며 몸을 부르르 떨었다. 서산으로 해가 기울어 북삼도의 칼바람이 실로 서서히 대청에 스며드는 무렵이었다.

"임금을 모해했다는 기준격의 고변이 사실일 경우 허균은 더할 나위 없는 역적인 것이며, 반면에 날조하여 무고한 것이라면 기준격 또한 역적일 것이오. 어느 쪽이든 간에 이미 역적인 이상 역적을 성토하는 거조를 잠시라도 늦추어서는 안 됩니다."

이런 윤인의 주장에 이병 또한 다르지 않은 의견을 내놨다.

"기준격의 상소가 두 번씩이나 올라왔고 허균도 이미 상소를 올려 자책을 가하였는데, 국문을 실시하라는 명이 아직 나오지 않으니, 진정 문제가 아닐 수 없소. 상께서 상소를 보여주지 않는 것은 후설지신(喉舌之臣, 언론 담당 승지)의 입장으로 삼가 말하건대 손바닥으로 하늘을 가리는 행위가 아니겠소."

그러자 정언 박종주가 침착함을 가장하여 천천히 말을 꺼냈다.

"우리가 임금의 이목(耳目) 역할을 하는 관직에 몸담고 있는 이상 어찌 비밀 상소라는 이유로 핑계대고 정성을 다하여 역적을 성토하는 일을 조금이라도 늦출 수가 있겠습니까. 기준격의 상소는 사실 기자헌의 지시에서 나온 것일 터이나, 일단 일이 발생한 만큼 청컨대 기자헌, 기준격, 허균 모두에게 국문을 실시하여 실정을 밝혀냄으로써 신명과 사람의 분함을 씻도록 해야 합니다."

그의 분연한 의지적 말에 다른 의견을 내는 언관이 없었다. 그리하여 다음날부터 당장 광해 임금에 대한 압박이 들어갔으니, 우선 지평 김호가 피혐(避嫌, 헌사에서 논핵하는 사건에 관련된 벼슬아치가 벼슬

에 나가는 것을 피함)했다. 김호가 편전으로 가서

"책임 완수를 하지 못한 실책을 신이 면하기가 어렵습니다. 버젓이 버티고 있을 수가 없으니 신의 관직을 파척하소서."

하고 아뢴 뒤 사헌부로 등청하지 않았다. 이후 대사간 윤인과 정언 이강, 정언 박종주의 피혐이 있자 대사헌 이병이 부랴부랴 탑전에 이르러 간절히 아뢰었다.

"전하, 기준격과 허균의 비밀 상소와 관련하여 지금 간원들이 피혐한 내용을 보건대 직무수행을 제대로 하지 못한 죄는 신도 면하기 어렵습니다. 이 어찌 감히 그대로 버티고 벼슬자리에 연연하는 모양새를 보일 수 있겠습니까. 신의 관직을 파척하소서."

섣달 그믐날 집의 임건과 지평 정양윤이 피혐하고, 사간 남이준과 헌납 조정립도 피혐했으며, 장령 강수와 한영 역시 피혐을 논했다.

"신이 어제 삼가 간원의 여러 관리들과 동료들이 인피(引避, 공동으로 책임을 지고 일을 피함)한 내용을 보건대 간언을 드리지 않은 죄와 충성을 다하지 못했다는 조롱은 신도 면하기 어렵습니다. 신들의 관직을 파척하소서."

담론 ― 폐모정청

새해가 밝았다. 광해 10년 무오년(戊午年, 1618)이다. 새해 벽두부터 성균관 유생의 우두머리 격인 장의 하인준(河仁俊)이 '아, 서궁 인목 대비의 죄악을 말한다면 참혹하다.'로 시작하는 통문(通文)을 팔도에 보냈다. 나는 하인준이 팔도에 내려 보낸 통문을 읽으며, 조카 하인준의 듬직한 태도에 술을 마시며 큰 소리로 웃었다. 성균관 유생들에 의해 장의로 선출되었다는 소식을 듣기 전부터 이미 비범한 아이임을 알고 있었으므로 삼촌인 나는 조카의 과감한 행동을 칭찬하지 않을 수 없었다. 모든 사람들의 시선을 끄는 대론(大論, 폐모론)을 그야말로 벼락처럼, 천둥같이 일시에 그리고 요란하게 세상에 드러낸 하인준을 나로서는 귀하게 여기지 않을 수 없다.

"잘했느니!"

"숙부님, 저는 처음에 광해가 세자로 책봉되었음에도 적통론(嫡統論)을 내세워 영창 대군을 세자로 옹립하려는 일부의 움직임을 옳다고 보았습니다. 그러나 광해가 이미 즉위했거늘 영창을 세자로 옹립하려는 유영경 일파의 금상에 대한 여전한 음해가 심각한 혼란을 야기함을 깨달은 뒤부터, 그것이 조정이나 백성을 위해 좋을 것 하나 없다는 판단 아래 대북 정권이 들어서는 것을 긍정하기 시작했지요.”

“인목 대비를 서궁에 유폐시킨 일련의 일들에도 온전히 긍정하느냐?”

“고민되던 대목이었는데요, 하지만 이미 시대의 흐름이 되었으니, 이젠 그 누구인들 막을 수 없음입니다.”

“허나, 그 물결 또한 다만 한 때의 것일 수 있느니.”

“무슨 말씀인지요?”

“다음에 말하자. 그건 그렇고 일전에 내가 도성 밖을 다녀오지 않았더냐.”

“그러셨지요. 저도 따라가고 싶었습니다만.”

“나는 너를 아끼느니. 앞으로 할 일 많은 너는 자중할 따름. 더 깊은 얘기는 뒤에 하도록 하자.”

“예, 숙부님.”

“나는 갈 데가 있다. 거듭 말하거니와 너의 통문 발송은 실로 중한 일이었다. 이후 상곡에 자주 들르라.”

돌한을 앞세우고 교자에 올라 쌍리동으로 갔다. 이미 약조된 일정이었다. 남부 명철방의 청교를 건너 다시 태평교를 지나 개울 옆 언덕 위 이이첨의 집으로 가는데, 길 위에 수많은 교자와 남여, 말과 당나귀가 넘쳐 사람이 통행할 수 없을 지경이었다. 새해 벽두라 당대 최고 권력자 예조 판서 관송 이이첨의 집에 조정 신료들은 물론 당하관 그리고 서리들까지 몰려와 새해의 기쁨을 함께 나누려고 했다. 교자가 대문 가까이 다가갈 즈음, 갑자기 '물럿거라!' 하는 시위소리와 함께 의장병을 앞세운 고관의 요란한 행렬이 나타났다. 고개를 돌려 보니 우의정 한효순(韓孝純)이었다.

"별일이로다!"

위상으로 보아 예조 판서 이이첨이 우상의 집으로 새해 인사를 가는 것이 일반적일 터인데…, 지금은 진정 관송의 세상. 대문 앞에 먼저 도착한 나는 우상이 다가오길 기다렸다.

"우상 대감, 어찌 여기에?"

"좌참찬 대감, 듭시다."

우의정 한효순은 조금 겸연쩍은 얼굴로 하늘을 본다. 대문 앞에 따사로운 햇볕이 내리 쏘이는 듯했지만 정월 기온은 그야말로 차디 차 한효순은 양손을 옷깃 속으로 집어넣고 고개를 어깨 속으로 들이밀며 다시 한번 되뇌었다.

"어서 듭시다."

사랑채의 광경은 실로 놀라웠다. 우선 형조 판서 조정이 보였다. 판중추 노직, 한평군 이경전, 우찬성 이충, 이조 판서 민몽룡도 와 있었다. 관송의 힘이 이 정도임을! 그뿐이 아니었다. 호조판서 최관, 우참찬 유간, 행 동지 심돈, 행 사직 김경서와 조의 그리고 이조참판 유몽인도 보였다.

좌참찬인 나는 우의정 한효순의 뒤를 따라 이이첨의 곁으로 가 앉았다. 그런데 방안의 분위기가 예사롭지 않다. 상석에 앉은 관송이 조금도 눈을 돌리지 않고, 정1품 우의정과 정2품 좌참찬이 왔음에도 전혀 관심을 두지 않은 척하다가 수염을 쓰다듬으며 마치 미리 작정한 것 모양 고개를 돌려 방금 도착한 우의정 한효순을 노려보듯 하면서 노기 어린 목소리를 내지 않는가.

"우상은 폐모론이 일자 소극적인 자세로 관망하는 동시에 여러 차례 사직을 청하셨지요? 대감의 그러한 태도를 문제 삼아 폐모론자들이 기자헌 등과 함께 처벌할 것을 주장하지 않았소!"

"무슨 말씀이신지?"

"합사하여 올린 상소문에 기록됐으되 '한효순은 본래 견해를 달리했던 사람인데 인재가 부족했던 탓에 정승 자리를 차지하였습니다. 당초 대론이 일어났을 때 관망한 채 거취를 결정하지 않았는데 공의가 발의되자 어쩔 수 없이 일어나긴 했으나 본래 성의가 없어 겨우 책임만 때웠을 따름입니다.' 하고요. 우상은 지금도 역시 달라지지 않았지요?"

우상 한효순은 정신이 번쩍 들었다. 분위기가 그것이 아니었다. 이이첨의 공격적 언사에 밀리면 그 순간 모든 공직은 헛것이 된다고 생각해 강하게 반론을 폈다.

"그렇지 않아요. 전하께서 양사의 아룀에 대하여 '번잡스럽게 소란 떨지 말라. 고관대작으로서 서궁을 비호한 자가 한효순 한 사람만이 아닌데, 그렇다면 일일이 죄를 주어야 하는가?' 하지 않았소이까. 굳이 소신만을 지나치게 탓하지 마세요!"

그렇게 주어 삼키고 눈알을 돌려 살피니, 영돈녕부사 정창연, 진원부원군 유근, 행 판중추부사 이정귀, 해창군 윤방, 행 지중추부사 김상용, 행 부호군 이시발 등이 보이지 않았다. 그런 폐모를 반대하는 자들이 수두룩하거늘 어찌 자신에게 이토록 무엄하게 구는지 한효순은 속으로 열불을 냈다. 한효순이 강단 있게 대거리를 하자 짐짓 놀라는 양하며 이이첨이 말을 바꾼다.

"어, 여기 좌참찬 허균 대감도 오셨군. 그래서 하는 말인데, 그동안 대론을 일으키시느라 애 많이 쓰시었소. 유생들의 뜻을 한 데 모으려고 실로 고생이 많으셨지요? 여러 대신들은 교산이 있음을 알아야 할 줄 아오! 내일 소신은 교산과 함께 탑전에 나아가 상께 서궁의 폐서인을 진언할 작정인데, 다들 어떻게 생각하오? 함께 가시겠소?"

몇 사람이 대답했다.

"마땅히 참여해야지요."

"당연히 그리 해야 합니다."

이이첨이 수염을 쓰다듬으며 대신들을 둘러본 다음에 술잔을 기울이며 웃는다.

"실로 감사할 일이오. 내일 대전에서 봅시다. 내가 지나치게 언성을 높인 것은 미안한 일이거니와, 그런데 이 일은 그 성격상 우상께서 인도하셔야 할 줄 압니다. 이를 거절하지는 않으시겠지요?"

"흐음."

목에 힘을 주다가 이이첨의 얼굴빛을 흘깃 살핀 뒤 우상 한효순이 자신이 이이첨의 갑작스러운 공격에 속은 줄 그제야 알고 잠시 후회하다가 그만 어쩔 수 없이 대답했다.

"그럽시다. 말이 나왔으니 하는 말입니다만, 영상도 없는 지금 내가 아니면 그 누가 이 난제를 감당하겠소. 내일 다시 한번 대론을 일으켜 봅시다!"

하고 대놓고 소리치며 사랑채를 가득 채운 대신들을 일별하는데 혹
자는 눈빛을 정면으로 향하고 혹자는 고개를 외로 꼬며 다른 짓을 하
는 양하면서 한효순을 외면했다.

정월 보름께다. 우의정 한효순이 백관을 인솔하여 인정전으로 들어
갔다. 당상관은 물론 당하관 신하들 또한 적지 않아 구름처럼 모인
사람들이 대전에 꽉 차자 일부는 인정문 밖 정전의 앞마당 박석(薄
石) 위에 멍석을 깔고 앉기까지 했다. 여러 신하들의 등 뒤로 겨울 해
가 희미한 빛 뿌렸으나 바닥에서부터 한기가 올라왔다. 그러나 누구
하나 숨소리를 내지 않고 무릎을 꿇은 채 다만 정정 안으로 눈빛을
쏘았다.

용상 위에서 임금이 굳은 얼굴로 단하를 내려다보았다. 임금의 익
선관과 곤룡포와 옥대가 잠시 흔들렸고, 검은색 녹피화 또한 한 차례
옮겨졌다. 광해는 예사롭지 않은 대신들의 입시 혹은 부복에 적지 아
니 신경을 쓰는 듯 보였다.

"전하!"

하고 우의정 한효순이 아뢰자 이하 모든 대신들이

"전하, 통촉하옵소서."

하고 합창했다.

"우상은 말 하시오."

한효순이 다시 한번 불렀다.

"전하!"

인정전 정면 5칸, 측면 4칸의 중층 팔작지붕 다포집엔 용마루에 조

선왕실을 상징하는 배꽃 문양이 새겨져 있다. 기단은 이중으로 되었으며, 중앙과 좌우 측면에 석계를 설치하고 바닥면에는 전석(塼石)을 깔았다. 상하층으로 된 기단은 장대석으로 쌓았으며 상하층 월대에는 돌계단을 설치하였다. 돌계단 난간에는 여덟 마리의 석수(石獸)를 새겼는데, 가운데 계단에는 답도(踏道)를 설치하여 특히 봉황을 새겨 넣었다.

그 인정전의 정전 안과 밖 그리고 장대석 아래에 수많은 신하들이 숨을 죽이며 탑전의 분위기를 전해 받았다. 그것은 말이 아니라 기운으로서였다. 우상 한효순의 음성이 나오기 전까지 실로 무시무시한 정적이 흘렀다. 추웠음에도 땀을 흘리는 신하도 보였다. 석수와 봉황이 금방이라도 튀어나올 듯해 신하들이 외경의 눈으로 정전을 바라보지 않을 수 없었다. 모두들 귀를 곤두세웠다.

"정청(庭請)을 시작합니다. 오늘의 불붙는 의기를 억누를 수 없어 모든 대신들이 행하고자 하는 일이니 전하께옵서 굽어 통촉이 계시기 바라나이다."

"시작하시오."

"전하, 역적을 토죄하는 일은 '춘추'를 법으로 삼아야 하고, 변고에 대처할 때에는 종묘사직을 중하게 여겨야 합니다. 구차하게 사정(私情)을 따르다 보면 의리가 밝혀지지 않고, 혹시 차마 못하는 점이 있게 되면 난망(亂亡)이 필연적으로 따르기 마련입니다. 이것이 바로 신하가 오늘날 정청하고 있는 이유입니다. 생각건대 서궁이 화를 길러 난을 빚어낸 것은 서적에서도 보기 드물며 고금 역사상에도 듣지 못했던 일입니다."

우상 한효순은 목소리를 우렁차게 냈다. 어제 이이첨의 집에서 여러 대신들 앞에서 받은 수모를 그렇게 풀어내야 한다고 생각했다. 이어 예조 판서 이이첨이 앞으로 내달렸다.

"주상전하, 서궁은 역적 영창 이의를 처음 낳았을 때 은밀히 유영경으로 하여금 속히 진하(陳賀)하는 예를 드리게 하여 인심을 동요시켰고, 또 흉악한 점쟁이를 사주하여 지극히 귀하다고 칭찬하게 하는 한편, 날마다 요사스러운 경문을 외어 큰 복을 기원하게 하였습니다."

형조 판서 조정이 그다음에 나섰다.

"선왕께서 건강이 좋지 못하셨을 때 서궁은 자기 소생을 세우려고 꾀하여 역적 유영경과 결탁하여 안팎으로 상응하면서 언문으로 은밀히 분부를 내려 전위하지 못하게 막았습니다. 또 초야에서 대현 정인홍이 충성을 다 바쳐 항소를 올리자, 이것을 기회로 감히 세자를 바꿔 세우려고 도모하여 눈물을 흘리며 선왕께 권한 나머지 여러 차례 엄한 분부를 내리시게 하고 아직 책봉을 받지 못했다는 등의 말씀이 있도록 함으로써 듣는 이들을 크게 놀라게 했습니다. 그 죄가 얼마나 큰지 헤아릴 수 없음입니다, 전하아."

잠시 말이 끊겼다. 정전 안은 옷자락 스치는 소리조차 들리지 않았다. 그때 좌참찬인 내가 반 발짝 앞으로 나서며 그 무겁고 깊은 소리를 냈으니 모두가 더욱 귀를 기울인다.

"전하!"

그리고 나는 잠시 말을 끊었다. 모두가 나를 주시했다. 차가운 바람이 도열한 신료들의 얼굴을 스치고 지나갔다.

"선왕께서 승하하셨을 때 유명(遺命)이라고 사칭하고는 환관인 주제에 흉악하고 간교스럽거니와 오랫동안 내수사 제조로 있으면서 권세를 빙자하여 폐단을 한없이 일으켜서 팔도에 폐해를 끼친 내관 민희건으로 하여금 어필을 위조하여 쓰게 한 다음, 칠흉(七兇)에게 영창 이의를 부탁하여 합심해서 보호케 하고, 그가 장성하기를 기다려 대위를 뺏으려고 획책하였으니, 이것이 어찌 서궁의 죄업이라 하지 않을 수 있겠습니까. 영창의 외조부 김제남을 가까이 끌어들여 궁중에서 유숙케 하고, 흉도와 결탁하여 밤낮으로 역모를 꾀하는 한편, 궁노를 단속하여 은밀히 부서를 정해서 행하게 하고 양식과 군기(軍器)를 비축하여 급할 때 대비토록 하였습니다. 전하, 궁중에 제단을 설치한 뒤 손바닥을 뒤집듯이 쉽사리 축문을 모아 차마 말할 수 없이 성상의 몸에 위해를 가하려 하였고, 눈먼 무당을 시켜 못할 짓 없이 저주를 행하게 하면서 닭, 돼지, 쥐, 개 등을 잡아 궁궐 안에서 낭자하게 술수를 자행했는가 하면, 열여덟 가지의 비법을 써서 기필코 계책을 이루려 했습니다. 서궁이 지은 죄업은 이것으로도 다가 아닙니다. 능침을 파내고, 가상(假像)을 만들었으며, 칼과 활로 흉악한 짓을 자행했는가 하면 고기 조각에 어휘(御諱, 임금의 이름)를 써서 까마귀와 솔개에게 흩어줘 먹임으로써 감히 선령을 욕되게 하고 성상의 몸을 해치려 하였습니다."

　나의 긴 아룀이 끝나는가 싶었는데, 갑자기 햇무리가 서고 어두워지더니 일순간 지진이 일어 대전 안의 신료들이 천지가 흔들리는 기운을 느꼈다. 인정전의 모든 신하들이 즉시 무릎을 깊이 구부리고 천정이 무너지지나 않나 올려다보았다. 그러나 곧 진동이 멈췄으므로 나는 박식을 드러내면서 전례를 들고 또 아뢰는데,

"전하, 그리고 보면 자신이 황제로 오른 당나라 측천무후의 죄악들도 여기에 비하면 오히려 적고, 한나라 성제의 황후 조비연이 후계자를 없앤 것도 여기에 비하면 심한 것이 아니라 하겠습니다. 한 나라의 국모로서 행해야 할 도리를 잃은 이상, 신자가 된 처지에서는 같은 하늘 아래 살 수 없는 의리만이 있을 뿐인데, 당나라 때 종묘에서 각종 범죄 행위를 들추어 낸 것처럼은 할 수 없다 하더라도 한나라 때 폐출시켰던 것은 따르기에 합당한 관대한 은전이라 할 것이니, 삼가 원하건대 성명께서는 종묘사직의 큰 계책을 깊이 생각하시고 온 나라의 여론을 굽어 따르시어 화의 근본을 제거하시옵소서. 그러면 더 이상의 다행이 없겠나이다."

하고 고개를 두어 번 조아렸다. 사실 이런 논의는 이이첨과 이미 깊이 한 바 있고, 이이첨이 제학 이경전과 유몽인을 불러 떡 먹듯이 거듭 일러 이는 대북파가 취하는 일반론이었다. 이이첨과 나 사이를 드나들며 그 논점을 익힌 좌윤 김개 또한 일관되게 주장하는 입론이었다. 그랬으므로 좌윤 김개는 내 주장을 들으며 속으로 미소를 지었으나, 겉으로는 긴장한 모양새를 흐트러뜨리지 않았다. 내 논설이 워낙 조리 있고 분명하였으므로 한효순은 자기가 결코 이이첨에게 내몰려 부림을 받은 나머지 이런 정청을 일으킨 것이 아닌, 그것이 마땅히 시대의 정론이란 착각을 일으킬 정도였다.

그런 기분은 탑전 가까이에 있는 연원 부원군 이광정, 행 지중추 박홍구, 좌찬성 박승종, 병조 판서 유희분, 공조 판서 이상의 등 모인 사람 모두가 비슷하게 생각하는 중이라 믿어졌다. 가히 내 논설은 시대의 중핵적 지배 이론이었다. 그 논설에 아무도 이의를 달지 않았다. 처음부터 끝까지 정청에 불참한 영돈녕부사 정창연, 진원 부원군 유근, 행 판중추부사 이정귀 등을 제외하곤 말이다. 이후 정청의 전반적 분위기는 서궁(西宮, 인목 대비) 폐출이야말로 반드시 그리고 마땅히 행해져야 하는 중대 국사라는 주제와 내용에서 한 치도 벗어나지 않았다. 내 논설이 거의 정점이었다.

*

그때 인정전 마당 저 끝에서 한 신하가 고개를 들고 기어들어 가는 목소리로 중얼거렸다.

"허나, 지나치게 서궁을 탓하지 마셔야지. 그래도 국모인데 예의지국으로서 그럴 수는 없습니다요."

그 옆의 누군가가 속삭인다.

"그럼 자네는 여기 무엇 하러 왔나?"

"나야 다른 일로 궁궐에 들렀다가 우연히 정청을 만나게 됐네만, 하여간 죄를 물어야 하긴 하는데, 그래도 국모라…."

그러자 여럿이 나무랐다.

"그 사람 뭔지도 모르고! 자넨 누군가?"

"이신의, 김권, 권사공 등 내 친구들은 폐모를 반대하던데…. 나요? 나는 김지수라 하오. 봉상시 참봉(종9품)이오."

하며 어리둥절 우물쭈물했다. 그리하여 또 누군가가 분명한 어조로 낮게 내질렀다.

"그 사람 이쪽과 저쪽을 모두 편들면서 양쪽 어깨를 다 드러낸 채

사는구먼!"

여기저기서 킥킥 웃는 소리가 났다. 그러나 무시무시한 분위기는 김지수의 엉뚱한 말에도 풀리지 않았다. 얼어붙은 분위기는 임금의 떨리는 옥음으로 곧 처연하게 변해갔다.

*

"내가 덕이 없는 사람으로서 운명까지 기구하여 무신년과 계축년의 변고가 모두 천륜에서 나왔으니, 이 어찌 사람의 상정으로 볼 때 참아 넘길 수 있는 일이었겠소. 그러나 종묘사직이 중한 탓으로 애써 정신(廷臣, 조정에서 벼슬하는 신하)의 요청을 따르긴 했다마는 날이 가면 갈수록 애타고 아픈 마음이 깊어지고 있음이오. 그런데 이제 와서 또 이런 논을 듣게 될 줄이야 어찌 생각이나 했겠소."

임금이 용상에서 일어섰다. 몸을 돌려 어좌 뒤의 일월오악도를 바라보며 옥음을 내렸다. 그건 당신에게 하는 것이며 동시에 여러 신료들에게 내리는 어명이기도 했다.

"하늘이여, 하늘이여. 나에게 무슨 죄가 있기에 어쩌면 이다지도 한결같이 혹독한 형벌을 내린단 말이오. 차라리 신발을 벗어 버리듯 인간 세상을 벗어나 팔을 내저으며 멀리 떠나서 해변에나 가서 살며 여생을 마치고 싶소. 나의 진심을 살펴 연민의 정을 가지고 다시는 이런 말을 하지 말도록 하시오!"

"전하, 항공하여이다!"

이를 끝으로, 아니 광해가 곤룡포의 팔소매를 한 차례 휘두르자 모두가 우르르 인정전을 물러 나왔다. 인정문을 나선 직후 한효순이 사모를 고쳐 쓰면서 입술을 굳게 다문 우윤 김개에게 물었다.

"대감, 관송이 무슨 말을 하지 않습디까?"

"아무 말도 없습디다."

"잘했다는 말을 해 줄만한데….."

"대신 내가 말하리다. 정청을 선도하느라 수고하시었소."

"하긴 그대의 말이 곧 이이첨의 말이지."

"무슨 말씀이오?"

"아니, 혼잣소리요."

한효순이 빈청이 있는 방향으로 가고, 많은 신하들이 느린 걸음으로 돈화문을 빠져 나간다 싶을 때였다. 누군가가 뛰어나오며

"신료들, 아니 특히 당상관은 돌아오시오!"

하고 소리친다. 그는 이우춘 내관이었다.

"예판 대감이 하실 말씀이 있다고 빈청으로 오시랍니다."

이이첨이 누군가. 당대 하늘의 소리개도 소리쳐 떨어뜨릴 만한 권력을 쥔 자가 아니던가. 그랬으므로 여러 경재(卿宰)를 비롯해 당상관들이 되돌아 빈청으로 몰려갔다. 이이첨이 전하의 명을 받들어 무슨 지시를 하려 한다고 생각했다. 물론 그 곁에 분명 내가 함께 있을 것이었다. 그러나 빈청에 다다라 보니 우상 한효순이 앞자리에 앉았다가 일어서며 이른다.

"여기에다가 둘 중 하나를 쓰세요."

그는 종이에 '폐삭(廢削)' 이란 글자를 써 놓으며 당당한 표정을 지었다.

"이는 좌의정 정인홍 대감이 제시한 방식이오. 서궁을 폐삭하는 데에 동의하시면 이 종이에 '가(可)' 자를 쓰시고, 동의하지 아니하시면 '부(否)'를 쓰시오!"

내암(來庵) 정인홍(鄭仁弘)이 그렇게 하자고 했다는 것이다. 정인홍이 누구던가. 그는 당파가 동서로 양분되자 다른 남명학파와 함께 동인 편에 서서 서인의 정철과 윤두수 등을 탄핵하려다가 도리어 해직당하고 낙향한 불운을 겪는다. 그러나 기축년 정여립 옥사 사건을 계기로 동인이 남북으로 분립될 때 북인에 가담하여 영수가 되지 않았는가. 왜란 땐 합천에서 성주에 침입한 왜군을 격퇴하는 등 많은 전공을 세워 영남의병장의 호를 받았고, 의병 3천을 모아 성주, 합천, 고령, 함안 등지를 방어했으며, 그 의병 활동을 통해 강력한 재지적 기반을 구축했다. 대사헌에 승진하여 동지중추부사와 공조 참판 등을 역임했다. 서애 유성룡을 임란 때 화의를 주장했다는 죄로 탄핵하여 파직케 한 다음, 홍여순과 남이공 등 북인과 함께 정권을 잡은 인물이 아니던가. 이어 유성룡 성혼 등이 화의를 주장했다 하여 서인 전부를 탄핵했고, 북인이 선왕 말년에 소북과 대북으로 분열되자, 이산해 이이첨 등과 더불어 대북을 영도한 당대 권력 제일인자라 하여 지나치지 않은 자이었다.

이제 선조의 계비 인목 대비에게서 영창 대군이 출생하자 적통을 주장하여 영창을 옹립하려는 소북에 대항하여 광해군을 적극 지지하는 인물이 아닌가. 정인홍은 선왕 선조가 광해군에게 양위하고자 할 때 소북의 영수 유영경이 이를 반대하자 탄핵했다가 이듬해 소북파 이효원의 탄핵으로 영변에 유배되기도 했었다. 그러나 광해군이 즉위하자마자 이이첨과 더불어 유배 도중 풀려나와 대사헌에 기용되어 소북 일당을 추방하고 대북 정권을 수립한 당대 최고의 공신이었다. 대북 정권의 고문 내지 산림의 위치에 있던 그는 유성룡 계의 남인과 서인 세력을 추방하고 스승 조식의 추존 사업을 적극 추진하는 한편, 문묘 종사 문제를 둘러싸고 이언적과 이황을 비방하는 소를 올려 두 학자의 문묘 종사를 저지시키려 하다가 팔도 유생들로부터 탄핵을 받아 성균관 유생들에 의하여 청금록(靑襟錄, 유교 전적)에서 삭제되는 등 집권을 위한 싸움으로 정계에 큰 파문을 일으켰지만…, 하여간 금상 초기에 우의정이 되고, 이이첨과 계축옥사를 일으켜 그는 드디어 영창대군을 제거하고 서령 부원군에 봉해진 정치적으로 거대한 인물임이 분명하다. 좌의정에 올라 임금의 궤장(几杖, 안석과 지팡이)을 하사받으며 오늘에 이르렀다. 이제 곧 영의정에 오를 큰 인물일진데, 그 누가 감히 그의 제안을 거부할 수 있으랴!

'가'와 '부'를 목전에서 선택하라는, 평생 그런 일을 당해보지 않았으므로 더욱 두려운 감정에 빠진 대부분의 대신들이 곤혹스러운 표정으로 서로를 살필 따름이었다. 누군가의 목구멍에서 침이 넘어가는 소리가 들렸다. 정적 속에서 발가락 꼼지락거리는 소리까지 들릴 지경이었다.

"망설일 것 없소이다. 중대사인 만큼 소신껏 하세요!"

그때 한 대신이 일어나 큰 소리로 부르짖으니 그는 의외로 근자 이이첨과 나의 신임을 받는 우윤 김개였다.

"이 일을 어찌 이런 식으로 물을 수 있습니까. 따르지 않는 사람이 있으면 따르지 않은 사람의 의논을 따를 것입니까? 가부를 이를 정황이 이미 넘었음인데 어찌 드러내 가부를 쓰라는 겁니까."

이 의외의 반론에 우상 한효순(韓孝純)이 감히 어찌할 수 없으므로 잠잠히 머리만 수그리고 있을 뿐이었다. 조정이 떠들썩해지고 곧 흩어져 나가려는 기색이 있었는데, 밤은 벌써 사경(새벽 1시)이었다. 그때 이이첨이 바닥에 발을 굴리며 큰 소리를 냈다.

"이것은 나라의 대사인데 주저하는 사람이 있으면 신하가 아니도다!"

그리고 붓을 들어 계문(啓文)의 초안을 지으면서 바로 '폐출'이라는 말로 글을 시작했다. 그러자 유희분이 큰 소리로 나섰다.

"모든 정청은 으레 대신에 따르는 법이오. 내암 정인홍이 이미 서궁에게 조알을 거두어 치우고 분사(分司)를 폐지하기로 의논을 하였으니 다만 이것으로 글을 만들 것입니다. 만약 이 의논으로써 불가하다고 한다면 마땅히 먼저 내암 정인홍 대감을 죄주고 그 후에 그 글을 고침이 좋겠습니다."

이이첨과 유희분, 이 두 정승이 결국 '폐출'이란 어휘를 넣을 것인가 말 것인가를 놓고 서로 다투어 밤이 되어서도 결정이 나지 않았다.

"조정에서 모임을 갖는 것이 쉽지 않구나!"

우의정 한효순의 한탄이 나오자 그 순간 기회를 잃지 않고 내가 나서서 한 말씀을 들이밀었다.

"이렇게 새벽이 올 때까지 결론이 나지 않으면 성상께서 어떻게 생각할까를 모두 한 번쯤 상상해 보세요. 정인홍이니, 이이첨이니 그리고 유희분이니 하는 분들의 의견에 연연하지 말고, 어떻습니까, 근본적으로 폐출을 계초에 담을 겁니까, 말 겁니까. 여기서 하나 주목해야 하는 것은 비록 눈물을 보이며 대신들을 물러가라 했지만, 분명한 것은 성상께서 당신이 처한 곤혹스런 정황을 탄식할 따름 그 깊은 속내를 따라 신료들이 알아서 처리해야 한다는 점입니다. 소신은 '다시는 이런 말을 하지 말도록 하라.' 는 전하의 말씀을 이런 수준에서 받아야지 폐모 논의를 아주 하지 말란 말이 아니라고 봅니다. 따라서 더 시간을 끌지 말고 이쯤에서 결론을 냅시다. 그리고 기왕 폐출을 계초한다면 이이첨 대감의 뜻을 좇는 것이 대신들의 단호함을 드러내는 데 제격이 아닌가 싶습니다.”

유희분이 뭐라고 반론을 펴려는 몸짓을 보이다가 피가 떨어지는 듯한 내 강렬한 눈빛에 주눅이 들었는지, 아니면 이미 형세가 불리하여 권토중래할 수 없을 것이라 판단했는지 더 고집부리지 않고 그만 뜻을 굽혀 결국 이이첨의 뜻대로 결말이 나고 말았다.

'폐삭' 이라는 용어를 넣어 계초 쓰기를 마치니 닭이 울었다.

하여간…. 하여간에 일단 시선은 폐모론으로 갔도다! 나는 길게 숨을 쉬었다. 상곡으로 돌아오는 길에 기준격의 비밀 상소로 자신에 대한 임금의 의혹, 아니 신료들의 시선이 일단 폐모론으로 쏠렸으므로 나는 스스로 긴장감을 조금 풀었다.

그날 이후 매일 폐모의 주장을 백관이 세 번 아뢰고, 종실은 두 번 아뢰고, 양사는 세 번 아뢰고, 옥당이 두 번 차자를 올리고, 성균관과 사학이 두 번 소를 올렸다. 성균관의 상소는 하인준이 주도했다. 유학 윤로(尹魯)는 '우상 한효순이 지연시키면서 즉시 대의를 거행하지 않은 죄를 먼저 다스리고, 다음에는 삼사가 한효순을 비호해 준 죄를 다스리소서.' 라는 강력한 소도 올렸다. 우상 한효순이 이를 보고 분명 놀라 턱수염이 벌떡 일어날지 모를 일이었다. 대궐 밖으로 나오자마자 이재영을 만났다. 나는 좌우를 살핀 다음 속삭였다.

"동지들은 준비에 철저한가?"

"그러하네. 문제는 시기야!"

"이젠 서둘러야 해! 중방이 온전히 사라져 좀 안심이 되긴 하나, 그야말로 소문이 나 꼬리가 길면 잡히지 아니하겠는가 말이야."

벌써 어둑해지는 담 너머 하늘을 바라보며 나는 심한 갈증을 느꼈다. 평생 따라다니는 그놈의 소갈병 때문이었다.

*

같은 시각 육조 거리 서편 사헌부 청사엔 언관 등 아직 퇴청하지 않은 관원이 그대로 있었다. 그들뿐 아니라 사간원 간언들도 모여 앉았다. 대사헌 유간이 합사(合司)하는 모임을 연 것이다. 홍포에 협각사모를 쓰고 삽금대를 두른 유간의 검은 얼굴이 긴장을 담은 듯 보였다. 청포를 입은 간언들이 소은대를 흔들며 들어와 흰빛이 도는 수염을 매만지다가 대사헌 유간을 바라보며 회의 주제를 묻는다.

"지난번에 제기되었던 바 기준격과 허균 두 사람 모두 국문하도록 청한 논을 양사가 마땅히 결말지어야 하는데, 여러분은 어떻게 처리하려 하는가?"

대사간 윤인이 느릿하게 대답했다.

"그거 말이지요. 사실 대론이 바야흐로 치열해지고 있는 만큼 다른 일은 돌아볼 겨를이 없었어요. 그리고 기준격의 비밀 원소(元疏)를 상께서 아직 내리지 않았으니 우선 논의를 정지하는 것이 좋지 않겠소?”

“아니오. 무엇보다 먼저 척결해야 할 사안이지요.”

집의 임건이었다. 그가 눈을 부라린다.

“간언이란 하루라도 그 직에 있었으면 그 하루만큼이라도 직책을 성실히 수행해야 마땅하니, 신이 어찌 감히 그 관직에 있었던 날수가 얼마 되지 않는다는 핑계를 대면서 태연하게 그대로 자리에 있겠습니까. 어서 허균과 기준격의 비밀 상소에 관해 논의해야 합니다.”

“그렇지 않습니다!”

장령 한영이 소매를 들어 올린다.

“역적을 다스리는 데에는 선후가 있는 법입니다. 대체로 이번 대론이 역적을 다스리는 것 중에서도 얼마나 중요한 것인데 화의 근원을 미처 제거하기도 전에 또 어찌 다른 역적을 손댄단 말입니까. 대론을 결정 본 뒤에 허균과 기준격의 일을 다루어야 할 것이오!”

정언 박종주는 참을 수 없었다.

“허균은 이곳에 있지만 기자헌은 이미 배소에 갔는데, 어떻게 기준격과 대질 신문을 벌이며 기준격에게 어떻게 열 살 이전의 일을 물어볼 수 있겠습니까. 더구나 소에 첨부한 서찰 다섯 통은 배소로 떠나기 전에 실제로 기자헌이 지었다고도 볼 수 있는데, 어찌 기자헌에게 묻지 않고 그 아들에게만 물을 수 있겠습니까.”

대사헌 우간이 물었다.

“그럼 기준격과 허균의 국문을 그만두라는 말이오?”

박종주가 팔을 들어 올린다.

“대론에 앞서 국문하려고 한다면 반드시 먼저 기자헌을 중도에서 서울로 도로 잡아 오게 한 뒤에야 조사할 수 있다는 말입니다.”

“그거 쉽지 않으니, 오늘은 일단 여기까지 합시다. 더 깊은 애기는 다른 날로 잡지요.”

대사헌 유간이 폐회를 선언하자 간언 모두 교자와 남여를 타고 퇴정하여 집으로 돌아갔다. 그들이 떠나자 저녁이 되어 기온이 차지면서 육조 거리엔 강아지 새끼 한 마리 나돌아다니지 않았다.

＊

판서, 참판, 참의 세 사람의 집무실인 당상청은 정면 8칸, 측면 3칸 반의 큼직한 남향집이었다. 그 집 안에서 나는 불편한 심기로 첫날 일과를 마친 다음 밤늦게 퇴청하는데,

“어이쿠!”

하는 소리를 들음과 동시에 교자가 한쪽으로 넘어가는 바람에 나는 그만 굴러떨어지고 말았다. 돌한이 즉시 일으켜 세웠으나 허리가 쑤셔왔다. 그리고 바라본 길가 숲속으로부터 또 하나의 화살이 날아오는 것을 직감한 나는 넘어진 교자 난간 아래로 몸을 구부렸다. 터엉! 교자 난간에 꽂힌 살이 부르르 떤다.

또 하나의 화살이 날아와 돌한의 상투를 꿰뚫었다. 거한 돌한의 몸이 기우뚱 넘어갔다. 그러나 천만다행! 돌한의 머리는 그 장대한 몸체 위에서 무사하여 앞으로 내닫는 몸을 이끌기에 장애가 되지 않았다. 돌한이 숲속으로 달려간 뒤 날아온 화살에 맞아 오금에 피를 토하는 교자꾼을 데리고 신속히 집으로 돌아왔다. 한 시진 뒤 돌한이 흐트러

진 몸의 한 사내를 앞세워 대문으로 들어왔다. 나는 사랑채 툇마루에 서서 내려다보며

"너는 또 누구인고?!"

하고 노기 섞인 고함을 질렀다. 키가 7척에 가깝고 턱수염이 사방으로 뻗은 40대의 사내가 돌한의 억센 주먹에 두어 번 맞았는지 눈가에 피멍이 들어 눈알이 튀어나올 듯 보였다. 별당에서 놀라 뛰어나온 김 윤황이 발을 들어 무지막지하게 그자의 오금을 내리치자 사내가 소나무 쓰러지듯 앞으로 거꾸러졌다.

"소인은."

"어서 일러라!"

"예, 소인은 신경달의 부탁으로 누군 줄도 모르고 골목 어귀에서 기다리다가 화살을 쏘았습니다. 용서하여 주소서. 진정 소인은 대감이 누구인지 몰랐습니다."

"신경달? 그가 뭐하는 자인지 아느냐?"

"복자인 줄 압니다."

김윤황이 묻는다.

"대감, 신경달이라면?"

"점쟁이."

"아, 예. 그런데 그자가 웬일로?"

"그자 또한 나를 죽이고 싶었겠지."

"어찌하여?"

"그자는 이이첨의 인척으로 그의 개 노릇을 하고 있느니, 스스로 이리했겠는가? 관송의 사주로 했겠지. 그는 내가 대전으로 드나드는 일

로 자신을 미워하는 줄 잘 알고 있음이야. 내가 죽기를 바라겠지. 기자헌이나 이이첨처럼!"

여기까지 듣고 김윤황은 입을 다물었다. 자객이 땅에 닿을 정도로 몸을 굽히고, 돌한이 그를 지키며, 김윤황이 마당에 시선을 떨어뜨리고, 내가 북향하여 꼼짝도 않은 채 밤은 그렇게 깊어갔다.

주체
— 대
화

허승연 그림

주체 ― 대화

산천에 꽃이 흐드러지게 피었다. 진달래, 개나리, 철쭉은 물론 등꽃, 싸리, 영산홍, 작약, 찔레, 모란 등이 온 세상을 희고 붉게 물들였다. 그랬음에도 내 마음은 편치 않았다.

"여인, 각 지역의 동지들이 다시 한번 모여야겠어."

"정황에 변화가 있나?"

"변화를 일으켜야지."

"그런데 자네, 이 중요한 시기에 첩실 추섬의 집에 머무는 이유는 뭔가?"

그때 추섬이 술상을 내왔다. 추섬은 물겹저고리에다가 장식연(裝飾緣)을 두른 치마로 조용히 나타나 웃음을 머금으며 이재영에게 목례를 했다. 이재영은 입을 벌려 안채로 들어가는 추섬을 끝까지 바라보았다.

"여기 머무는 까닭이 있구먼. 저렇게 젊은 미인을 자네가 어찌 총애

하지 않으리."

"허허, 군침을 삼기는 자는 내가 아니라 자네구만."

"그녀의 미래를 끝까지 살펴야 하리."

"그건 저 아이의 운명!"

"무책임한 말."

"자네 알다시피 나는 언제나 산림으로 돌아갈 수 있음이야. 그녀가 따라갈지는 알 수 없어. 그는 그의 삶을, 나는 나의 생애를 살아갈 따름. 참, 여기 원고 하나를 엮었네."

원고 뭉치의 표제는 '한정록(閑情錄)'이었다.

"자네답군."

"내가 경술년(1610)에 병으로 세간사를 사절한 채 문을 닫고 객을 만나지 않은 관계로 긴 해를 보낼 방법이 없었네. 그러던 중 보따리 속에서 마침 책 몇 권을 들춰냈는데, 바로 명나라 주지번 태사가 준 '서일전', '옥호빙' '와유록'을 반복해 보면서 곧바로 이 세 책을 4문(門)으로 분류하여 '한정록'이라 제했지. 헌데 이게 지나치게 간략하여 다른 글을 보탰네."

"산림으로 돌아가고 싶은 자네 마음이 이로써 드러났구먼."

"그런 셈이지. 또 하나의 정리야."

"이제 시작인데 무슨 정리!"

'정리야!'

속으로 외쳤으나 결코 밖으로 드러내지는 않았다. 나는 앞날이 어렵게 전개될 것 같은 예감이 들었음에도 말없이 대청에 앉아 피어오르는 봄 안개를 바라볼 따름이었다. 그리고 술잔을 꺾고 수염을 닦으며 마치 눈물을 떨어뜨리듯 말했다.

"하여간 여인, 동지들을 부르게. 거사를 깊이 논의할 때야. 기준격과 나에 관해 박승종, 유희분 일당과 함께 겉으로 나와 뜻을 같이하는 척하는 늙은 여우 이이첨이 어떤 식으로라도 결론 내기를 바라는 분위기가 아닌가. 내가 목멱산에서 한 번, 집 앞에서 야심 간에 또 한 차례 피침당한 일이 예사롭지 않지 않나. 조직적 계획적 공격에 대응해 나 또한 반전 기회를 잡아야 할 것임을! 동지들을 모아 주게."

"곧 연통을 넣지."

이재영이 사립문을 나서자마자 덩치 큰 돌한이 상대적으로 몸집이 작은 신창동 비복 종남을 앞세워 추섬의 집으로 들어서는 것이 보였다. 돌한은 아침부터 상곡에서 쉼 없이 걸어서 목멱산을 돌아들어 정오를 막 넘을 무렵에 신창동에 도착해 주인마님을 반갑기 그지없다는 얼굴로 본다.

"무슨 일이냐?"

"오늘 밤에 궁궐로 드시라는 연통을 받자와."

"알았다. 종남을 앞세워 갈 테니 너는 염려치 말고 상곡으로 돌아가라. 집안에 별 일 없겠지?"

무심히 그렇게 물었는데 의외로 돌한이 머리를 긁으며 멈칫거렸다. 무슨 일이 생겼다는 직감에 다시 물었다.

"일이 있느냐?"

"인영(仁影) 아씨가 다녀갔고요, 도련님이….”

"굉이 어쨌다는 것이냐?"

"도련님이 집을 나갔습니다. 당분간 들어오지 않는다 하여 마님이 붙잡았지만, 스승님 댁으로 가니 염려 놓으란 말을 남기며…."

"알았다. 오늘 밤 집으로 가겠다. 내일 새벽이 될지도."

맏딸 인영이 친정에 들른 것이야 남편 이사성과 함께 상곡과 멀지 않은 건천동에 살고 있으므로 무시로 그럴 수 있고, 특히 최근에 대론 관련 상소 쓰기를 도와주는 등 사위가 집에 자주 들렀으니 별일 아니라 하겠지만, 아들 굉이 자기 스승 기윤헌의 집으로 갔다는 것은 무엇인가.

나는 마음이 조금 복잡해졌다. 굉의 나이 열셋. 무슨 새삼스런 가출이라 이르나. 돌한이 그리 말하는 것을 보니 사연이 있는 듯한데, 그의 스승 기윤헌의 집이 경복궁 옆의 대안동(大安洞, 서울 종로구 소격동)이라 아주 먼 곳도 아니므로 별일은 아닐 것이나, 나는 뭔가 쓰린 기분을 느끼지 않을 수 없었다. 아마도 아들 굉이 이 애비에게 불만 혹은 깊은 의혹을 품고 있지 않은가 싶다. 목젖이 커가는 때라 예민한 감수성에 심적 동요를 일으킬 만하다는 생각이 들었다. 곧 보면 알 일이라 나는 일단 임금 만날 일에 신경 썼다.

그날 밤. 승정원이 보낸 관원을 따라 돈화문을 들어선 나는 다시 내관이 든 조족등 불빛을 좇아 편전인 희정당으로 가며 '이 늦은 밤에…' 하며 나직이 입술 파닥인다. 허나 그럴 까닭이 분명 있을 것. 내가 인정전 담을 옆으로 하여 느티나무 사이로 선정전을 지나 희정당으로 다가가 관모를 고쳐 쓸 때

"좌참찬인가?"

하고 이르는 소리에 돌아보니, 예조 판서 이이첨이 표정 없는 얼굴로 다가왔다.

"별이 보이지 않는구먼."

우리는 희정당 앞마당에 나란히 서서 하늘을 올려다보았다.

"춘절엔 늘 그렇지요. 오늘은 자미원과 태미원도 보이지 않습니다."

"좌참찬도 요즘 통 볼 수가 없어."

"아팠어요."

"나아가나?"

"거의 나아갑니다. 다만 그 뒤에도 화살이 몇 차례 더 날아와 항상 주위를 살피게 되는군요. 지금도 대감의 발자국 소리를 듣고 놀랐습니다. 심야에 무슨 일일까요?"

"들어가 보면 알 게 될 터."

"아니, 화살이 말이오."

"들어가 보면 전하가 우리를 부른 이유를 알게 될 것이오."

나는 조금 언성을 높였다.

"누가 내게 화살을 쏘았나 하는 말이오!"

대답 없이 앞장서는 이이첨의 뒤를 따라 편전 안으로 들어갔다. 용상에 앉은 광해는 입시한 두 신료를 무심하게 보는 듯했으나, 나는 정신 차려 임금의 일거수일투족을 살폈다. 내 몸은 이이첨의 짐짓 태평한 태도와는 다른 긴장을 담아낸 것으로였다.

"경들은 편히 앉으시오."

이이첨과 나는 무릎을 꿇어 두어 번 조아리고 서로 마주 보며 탑전에 앉았다.

"과인 쪽을 보고 앉으라. 내관은 차를 내고."

김상준 승전색이 차려 내온 옥잔에서 은은한 향기가 흘러 이이첨이 돌연 크게 재채기를 하고 미안해하며 두어 번 고개를 조아렸다.

"지난해 이맘때 군공 주부 강로가 '격양가'를 바쳤지. 신하가 되어 조정을 칭송하는 것이야 항차 있는 일이거니와 그 무렵의 '격양가'란 좀 느닷없는 것이었어. 예판이 사주했나?"

"아니옵니다. 스스로의 감읍일 터이지요. 소신은 사주한 적이 없습니다."

이이첨의 목소리가 떨렸다.

"작년 여름에 과인이 예판에게 안구마(鞍具馬) 한 필을 내렸지?"

"그렇사옵니다. 난망지은입니다."

"예판, 작년에 전라 감사 이홍주가 역적 김제남의 노복 억이를 체포하여 형틀을 채워서 보냈지 않았겠소."

"그런 일이 있었습니다."

"인목 왕후의 친부 김제남을 역적으로 만든 이후 실로 많은 사람이 잡혀 죽음의 길로 가고 있음이야."

"전하, 그들이 천은을 거슬렀으니 마땅히 천벌을 받아야 합니다."

"과인이 죄가 많음이오."

우리는 고개를 조아렸다.

"여전히 김제남의 역모와 무관하지 않은 대론이 이어지는 것이 옳은가 하는 생각이 드오. 여길 보시오."

광해는 문서를 펴 보이며

"지난달에 올라온 상소요."

하고 손짓을 하니 김상준이 옥반에 냉큼 받아다가 두 대신에게 돌려 보였다. 이이첨과 내가 차례로 상소를 읽었다. 다시 김상준에게 주

려는데

"예판이 읽으시오."

하고 이르니, 이이첨이 상소문을 들어 읽기 시작했다. 차 마시던 정
겨움은 완전히 사라지고 편전은 갑자기 서늘한 분위기로 바뀌었다.

"먼저 유의남의 '무모(無母)'에 대한 설을 신문하여 법전을 분명하
게 보이시고, 다음으로 이간의 '불인(不忍)', 성시량의 '심의(心議)',
민진홍의 '결신(潔身)' 따위의 말에 의한 죄를 다스리신 다음에, 속히
서궁에 대한 절목을 내리시고 즉시 중국 조정에 주달(奏達, 임금에게
아룀)하시어 종묘사직을 평안케 하소서."

읽기를 마치고 이이첨이

"전하, 누구의 소입니까?"

하고 묻는다. 광해는 순간 이이첨을 빤히 내려다보며

"그대 쪽 사람이 아니었나?"

하고 되묻자 이이첨이 대답한다.

"그런 일 없습니다."

"그자는 유학 최숙이오."

이이첨이 눈알을 올려 천정을 보았다. 눈알을 쳐들었으니 무엄한 짓
이었다.

"전하, 아무리 생각해도 최숙이란 자는 소인의 옆에 있지 아니합니
다."

전하가 이번엔 나를 쏘아본다.

"그렇다며 좌참찬의 무리인가? 관송도 그러하거니와 요즘 좌참찬
집에 사람이 구름처럼 모인다더니, 그중 한 자인가?"

내가 즉각 대답했다.

"전하, 우선 소신은 '무모', '불인', '심의', '결신'이란 말이 어디서 비롯된 것인지 알지 못합니다. 소신의 집에 모이는 자로서 시정잡배는 있을지언정 당상관이 있지 아니하니 어찌 신료들의 말을 얻어들을 수 있겠습니까. 소신 또한 그 같은 말은 듣지 못했나이다."

광해는 얼굴을 다시 이이첨 쪽으로 돌렸다.

"그렇다면 관송 쪽이 유력하지 않은가. 문제는 누가 썼느냐에 있지 않음이야. 거기 아래 대목에 '서궁에 대한 절목을 내리고 즉시 중국 조정에 주달하라.'는 것에 대한 의견을 물으려 경들을 불렀거늘 괜한 염려는 접으시오. 이 사안에 대한 신료들의 견해는 이미 들었거니와, 허나 오늘 밤 경들과 다시 논해 보자는 것이야. 과인은 이미 절목을 내려 인목을 일러 '대비'라 하지 말고 '서궁'이라 이르라 했소. 그런데 폐모 대론을 중국에 주달하라니, 이게 진정 조선 유학의 뜻일 수 있는가? 의견을 내시오!"

이이첨이 냉큼 나섰다. 그는 흰 수염을 흔들며 하얀 얼굴에 미소를 만들었다. 그것은 그가 냉정함을 잃지 않았다는 뜻이다. 나는 그런 이이첨을 바로 앞에서 또한 냉정히 바라보았다.

"전하, 소신의 의견인즉 중국에 주달하시어 종묘사직을 편안하게 하라는 진언은 그럴 만하다고 봅니다."

"그렇다?! 그러면 과인이 하나 묻겠소. 경이 말하는 중국은 어디이지요?"

"예?! 소신 무슨 말씀인지 알지 못…."

이이첨이 당황해하는 중에 말을 자르며 핏빛 어린 광해의 날카로운 시선이 나에게 이르렀다.

"좌참찬! 이 경우 중국은 어디인가?"

나는 주저하지 않고 대답했다. 멍하게 쳐다보는 이이첨을 일별한 뒤 크고 무거운 목소리로 아뢰니, 잠깐 졸던 승전색 김상준이 깜짝 놀라 눈을 비빈다.

"전하! 지금 대륙엔 두 개의 세력이 존재합니다. 하나는 명이요, 다른 하나는 후금입니다. 명은 우리와 더불어 왜란을 물리쳐 재조(再造)의 은혜를 베푼 기존의 세력입지요. 허나 다른 한 세력, 곧 불같이 일어나는 새 세력이 있으니 그것이 노추입니다. 여진, 아니 후금입니다."

그때 놀란 눈으로 광해와 나를 번갈아 보던 이이첨이 드티었다.

"전하! 이 무슨 망발입니까?! 우리가 그들을 '노추(老酋)' 혹은 '견양(犬羊)'이라 부르는 데는, 그것 그대로 그들에 대한 우리의 멸칭(蔑稱)이 아닙니까. 노추가 을묘년(1616)에 건주여진을 세웠다 하더라도, 그것이 금이니 은이니, 혹은 전금이니 후금이 하고 떠들어댄다 하여도 조선에 비해 분명 열등한 존재, 곧 오랑캐로 보는 것은 이 시대 사대부들의 공통된 인식입니다. 따라서 좌참찬의 두 세력의 중국 운운은 재조의 은혜를 입은 명에 대한 배반의 생각 아래 헛되이 세우는 그야말로 패륜지도라 하지 않을 수 없습니다."

이이첨은 임금 모르게 나를 외로 꼬아 보았다. 그걸 온전히 무시하며 나는 강경한 반론을 전개하기를 멈추지 않았다.

"전하! 예판의 견해는 실로 케케묵은 입론이라 하지 않을 수 없습니다."

"뭣이!?"

"예판은 참으시오. 과인은 좌참찬의 의견을 듣고 싶소."

"전하, 정미년(1608)에 성상께서 보위에 오를 때 노추, 곧 여진의 누르하치가 초피(貂皮, 담비가죽)를 선물로 보내왔습니다. 허나 순조롭게 가던 조선과 노추는 이후 누르하치가 배를 만들어 장차 조선을 공격하려 한다는 소문에 긴장했고, 경술년(1610)에는 조선이 명과 연합하여 건주여진을 토벌할 것이며, 이미 조선의 병마가 압록강에서 대기하고 있다는 풍문이 돌아 긴장하기도 했습니다. 허나, 수 년 동안 성상께서 누르하치의 침략 가능성을 염두에 두시고 각종 정보를 수집하는 등 비변사 신료들에게 대책 마련을 촉구해 큰 사변 없이 오늘에 이르고 있습니다."

"전하, 더 들을 까닭이 없나이다."

"예판은 잠자코 있으라!"

"그리하여 전하, 신해년(1611)에 누르하치 진영에 포로로 억류되어 있다가 돌아온 역관 하세국(河世國)에게 6품직 사과 벼슬을 제수하기도 했지요. 그의 여진 말 실력과 견문을 활용하기 위한 포석이었습니다. 이는 누르하치의 건주여진 또한 인접 국가의 정보를 파악하는 능력이 뛰어나다는 점, 특히 간첩은 물론 반간계를 이용해 상대의 허를 찌르는 능력이 탁월함에 대한 적절한 대응이라 할 것입니다."

"상준아!"

깜짝 놀란 승전색이 쪼르르 탑전으로 왔다.

"경들에게 다시 차를 내라."

새로 내온 차로 목을 축였다. 이이첨은 꼼짝 않고 마치 얼음 덩어리인 듯 차갑게 나를 쏘아본다. 나는 낭랑하게 일렀다.

"전하! 전하의 정책은 기미책(羈縻策)이온데, 기미란 굴레를 가지고 소나 말의 얼굴을 붙들어 매는 것을 말하지 않습니까. 즉, 중국이 흉노 등 주변 민족을 대했던 방식, 곧 그 핵심은 철저히 견제하되 관계를 끊지 않는다는 방책이지요. 진정 탁월한 전략입니다. 백 번 물러나 '무식하고 사나운 오랑캐에게 인륜과 이치를 내세워 사사건건 따져봐야 소용이 없다.'는 이 생각이 조선을 전쟁의 참화로 몰아가지 않는 데에 기여할 것이라 믿습니다. 노추를 자극하여 환란을 부르지 않고, 적당히 경제적 욕구를 채워주며 관계를 유지는 전하의 전략은 실로 감동해 마땅한 그것이옵니다. 그러니 소신은 폐모 논의가 우리의 문제이므로 기본적으로 중국에 진주 진달할 필요가 없다고 보거니와 나아가 국제간 형세의 측면에서도 굳이 후금을 자극하면서까지 명나라를 가까이하는 것은 하지하책이라 하지 않을 수 없습니다."

"예판의 생각은 어떠하신가?"

"성상께서 다시 한번 깊이 생각하시어 곧 명나라에 폐모 의사를 진달하시고, 이후 서서히 그 여부를 결정해야 할 줄 압니다. 소신은 좌참찬의 논의가 무엇을 하자는 것인지 진정 알 수 없습니다. 북쪽 오랑캐를 온전한 한 국가로 받아들이자는 좌참찬은 진정 제정신입니까? 세인들의 말처럼 과연 그는 패륜지자인 듯합니다. 소신은 오늘 집에 돌아가 즉시 허유와 소부처럼 영수의 물에 귀를 씻고, 기산 속에 은거해야 할 것 같습니다."

비유가 조금 지나쳤으므로 광해의 눈이 폭사하듯 이이첨에게 쏟아졌다. 그러면서 물음은 나에게 향했다.

"좌참찬은 폐모 논의를 어찌해야 한다고 보오?"

"전하, 폐모는 당장 이뤄져야 합니다. 전하께서 노추를 의식하여 병력 확보를 위한 근본 대책으로 호패법을 실시하려 했고, 수시로 무과를 열었듯이 전하, 해야 할 일은 마땅히 즉시 실행해야 합니다. 폐모론도 마찬가지라 이미 다양한 논의를 한 이상 더 미룰 까닭이 없습니다. 서궁을 즉시 폐서인하소서!"

"알겠도다! 오늘 심야 논의는 유익했소. 경들을 그동안 대론에 의견을 같이했으니, 바람직한 결론에 이를 때까지 화합을 흐트러뜨리지 마시오! 과인이 심야에 논의한 까닭은 유희분, 박승종 등 다른 대신들을 의식했기 때문이오. 두 경들이 있어 과인은 진실로 든든하도다. 날이 밝았으니, 물러가시오!"

나와 이이첨은 편전에서 나온 뒤 한마디의 말도 없이 건양문(창덕궁 동쪽 문) 근처 별감방으로 갔다. 은밀한 대화가 필요할 때면 찾곤 하던 곳인데, 날이 밝아지는 즈음에 사람이 없었으므로 아무도 듣고 보지 않는 가운데 할 말을 다할 수 있어 좋았다.

"야, 교산!"

이이첨이 침을 튀기며 소리를 내질렀다. 그의 흰 턱수염이 부르르 떨었다.

"너지? 최숙이란 자의 상소는 결국 너의 짓이 아니냐! 성균관이나 사학이나 유학으로서 그런 자가 없다는 사실을 내 이미 알고 있음이야. 너는 가짜를 만들어 임금을 농락했다. 또 중국에 진달하자는 내용은 내가 기왕에 펴던 주장이고, 당장 절목을 제시해 대비를 완전히 폐하자는 주장은 네 것이니, 이건 교묘히 우리 두 사람의 주장을 함께 적어 놓은 것이 아니고 무엇인가!"

"내가 올린 상소라는 근거가 없지 않습니까. 무리한 주장으로 얻을
게 없지요. 공연히 목소리를 높이다간 당직에 추한 꼴을 보일 수 있어
요. 먼저 갑니다."

"저, 저, 저거. 교산!"

나는 뒤돌아보지 않고 종남을 앞세워 교자를 상곡으로 몰아갔다.
최숙은 존재하지 않는다. 이이첨의 상상처럼 진정 만든 인물이다. 대
론 상소를 올린 유학들 일부도 사실 나, 친구 이재영, 조카 하인준 그
리고 사위 이사성이 마치 조화옹처럼 만들어낸 인물이다. 물론 영남의
동인파 인물들이 많은 상소를 했다. 허나, 누가 한 것인지는 중요하지
않다. 열에 한두 명 창조된 사람을 끼워 넣은들 그게 무엇 그리 잘못
된 일일 터인가.

교자 위에서 맞는 새벽 봄바람은 내 기분을 훈훈하게 만들었다. 이
이첨은 자기가 폐모론을 강행하면 나중에 그것이 일단 성사되고 나서
악명을 얻을 것, 그리고 악명을 얻으면 광해의 총애 또한 사라질 것
등을 걱정하여 먼저 중국의 허락을 받은 뒤, 곧 명나라에 알린 뒤에
폐출하자는 소위 선주설(先奏說)을 주장하지만, 폐모론은 시일을 끌
일이 아니다. 기본적으로 이 같은 우리 조정의 일을 언제까지 중국에
의존한다는 말인가!

일렁이는 교자는 위에서 나는 아버지의 권유로 우리의 역사책 '동
국통감'을 읽던 저 유년 시절을 떠올렸다. 나는 그 무렵에 익힌 역사
관이 최근 명나라와 후금의 충돌로 빚어지는 세계적 전운 속에서 조
선이 살아갈 방도를 조명할 차원 높은 시각을 가져다주었다는 자신감
에 젖었다.

조선은 조선다워야 해. 광해의 외교력은 탁월하다. 내 뜻과 같아! 고정된 옛 시각일 따름인 이이첨은 그러므로 사라져야지!

나는 광해의 완벽한 신임을 얻기를 바랐다. 그랬으므로 대비를 곧장 폐출해야 한다고 주장했다. 나는 광해의 온전한 신뢰를 확보해야 새 세상을 일으키는 대사를 성사시킬 수 있으리라 믿었다. 특히 기준격의 비밀 상소 이후 역적으로 몰릴 위기에 처한 나로서는 대론이야말로 의존해야 할 마지막 언덕이라 판단했다.

"마님, 댁에 당도했습니다."

종남의 외침이 아니었다면 나는 아버지, 형, 초희 누님을 떠올리며 한참 동안 유년에 대한 그리움에 잠겼을 것인데, 교자꾼들이 바람같이 뛰어 그새 상곡에 도착한 모양이다. 역시 아들 굉이 보이지 않는다. 조만간에 대안동 기윤헌의 집으로 가볼 생각을 한다. 무엇에 연유하는지는 알 수 없지만, 가슴 속에 여유로운 기운이 돌고 피곤이 몰려왔으므로 나는 일단 침소에 들어 깊은 잠에 떨어졌다.

머칠 뒤 임금이 부른다는 연통이 또 날아왔다. 깊은 밤이다. 광해는 긴요한 일은 밤에 해결하려 하지 않던가. 저번엔 이이첨과 함께였거니와 오늘은 어떤 일인가. 해시 말미(밤 11시)다. 희정당 앞에 도착한 나는 몸을 조금 떨었다.

"전하, 불러계십니까."

곤룡포 앞에서 나는 허리를 숙였다. 한 나라 국왕의 위엄은 스스로 생겨나는 것인지 나는 등촉이 어스름하게 밝히는 내당에 엎드려 광해를 잠시 우러렀다. 방바닥은 차갑지 않았다. 윤4월의 그믐은 더위를 머금은 대기를 무겁게 짓누르는 듯 느껴졌다.

"날씨가 무더워."

광해는 마련해 둔 옥좌에 앉으며 내 어깨를 본다. 내 몸엔 언제나 그렇게 힘이 느껴질 터다.

"옥체 만강하시온지요."

"과인은 무탈하지만, 교산은 그렇지 않은 듯."

광해가 좌참찬이란 관명이 아니라 '교산'이라 불렀다. 나에겐 그것이 지금 그 자리가 사적이라는 의미로 들렸다.

"소신이 얼마 전에 자객의 살을 맞고, 근래에는 심야에 자객이라 생각되는 자들을 또 만나 마음이 편치 않사옵니다."

"그런 일이!"

임금은 그렇게 외면서 먼 옛일을 생각하듯 한다. 나는 그 순간 스물여덟부터 평생 따라다니는 예의 그 갈증을 심하게 느꼈다. 마침 김상준 승전색이 내오는 술상을 보고 나는 옥병을 그대로 들어 단숨에 마시고 싶은 충동을 침을 삼키는 것으로 참았다. 소년 시절의 광해군은 친형 임해군이나 배 다른 형제들에 비해 학문에 특히 힘을 쓰는 총명한 젊은이였다.

"교산, 그대가 세자시강원의 설서(정7품)가 되어 과인을 가르치던 때는 정유년. 그해 왜병의 재침이 있었어요."

"허나, 전하께서는 군무 중에도 공부를 게을리하지 않으셨습니다."

"경은 세자였던 과인에게 '대학연의' 읽기를 강조하지 않았던가."

"저 태종 임금 시 세자 양녕 대군에게는 그 책이 필독서이지만, 충령 대군은 드러내놓고 볼 수 없는 금서가 아니었습니까. 송나라 진덕수의 본디 뜻이 '대학'을 정리하여 왕위에 오를 세자가 반드시 공부해야 할 이른바 제왕학의 교재를 엮자는 것이었습니다. 왕이 될 수 없는 대군이 이 책을 공부한다면 이는 역심을 품고 있다고 의심받을 만한 책이옵니다."

"임금의 학문은 마음을 바르게 하는 것이 근본이니, 마음이 바른 연후에야 백관이 바르게 되고, 백관이 바른 연후에야 만민이 바르게 되는데, 마음을 바르게 하는 요지는 오로지 그 책에 있다고 강조하던 교산의 목소리가 지금도 귀에 쟁쟁하오."

"황공하옵니다. 거듭한다 하여도 다 이룰 수 없는 것이 공부이옵니다."

"그래서 과인은 지금도 '대학연의'를 펴보고 있음이오."

광해는 은밀히 나를 가까이하라 이른다. 임금의 체온이 느껴질 만한 거리였다. 광해의 구레나룻이 흔들리는 것이 그대로 보일 거리였다.

"교산, 엊그제 과인은 상소문을 올린 곽영이란 자를 추국하는 중에 양사와 추국청의 빗발치는 요구에 그동안 보관하던 기준격의 그 비밀 상소를 드디어 내려보냈소. 양사와 추국청의 요구는 무엇 때문이라 보오?"

"소신의 생각대로 아뢰어도 좋은지요?"

"그러자고 심야에 희정당을 찾은 것이 아니오?!"

광해는 옥잔을 들어 시원하게 마시고 손을 들어 나에게도 권했다. 내 큰 어깨가 하관이 큰 얼굴을 받쳐 올리고 고개를 꺾어 한 잔의 술을 목구멍으로 집어넣는 것을 도왔다. 술은 저릿하게 목줄을 타고 흘러 속을 뒤흔든다.

“전하, 관송이 그러하라 한 것입니다.”

“진정 그러하오?”

“그가 아니면 움직일 수 없나이다. 지금 양사는 누구의 손아래에 있음이옵니까. 추국청 또한 그럴 것이니, 곧 그가 아니면 아무것도 할 수 없는 정황이옵니다. 의정부는 반드시 그렇다 할 수 없을지언정 비변사나 삼사는 확실하게 장악하는 자가 관송이니, 그야말로 어느 안전이라고 그의 뜻을 거절할 수 있겠습니까. 하오니, 이는 분명 이이첨의 솜씨입니다.”

“이해할 수 없도다. 교산과 관송은 마치 형제 같은 사이가 아니었소? 그리고 기자헌 또한 그러한 것으로 보였는데, 언제 어떻게 서로 간에 소원하게 되었는지, 과인은 이해할 수 없소.”

“전하, 기자헌과는 이홍로 대감과 제 백형인 허성과의 사이에 혼사 관계가 틀어지면서 얽히고설키고 하여 진즉에 원수지간이 되었고, 이이첨과는 본디 그리 가까운 터수가 아닌데다가 근자 대(對)중국 논의에서 의견 차이가 드러나 아마도 이이첨으로선 간단치 않다 여겼는지 최근 소신을 사시(斜視)로 보고 있나이다.”

옥잔을 들던 임금이 탁, 소리 나게 잔을 놓았다. 대론 정청 이후 부쩍 늘어난 흰 수염을 쓰다듬으며 목소리를 조금 높였다.

“사시라? 허나, 그대 교산만이 옳지는 않을 듯!”

광해는 지긋이 나를 바라본다. 먼 옛날 일들이, 아니 생각해 보면 그리 멀지 않은 지난 시절에 일어났던 수많은 일들이 광해의 머리를 스치고 지나갔을 듯싶다.

“과인은 세자로 책봉된 그 순간부터 마침내 조선의 왕으로 설 때까지 인정받지 못한 세자로 16 년, 승인되지 못한 왕으로 1 년, 그렇게 17 년이라는 가시밭길을 걸어야만 했소. 과인에게 정통성, 즉 적자도 아니고 장자도 아닌 그 위상에 문제가 있었기 때문이 아니었겠소. 왜란은 역설적이지만 과인에게 새로운 운세를 가져다주었지. 피난길을 모색하던 다급한 상황에서 신료들이 민심을 진정시키기 위해 세자 책봉을 주장했어요. 선왕 즉위 25 년을 넘기고 있었음에도 그때까지 세자 책봉이 미뤄지고 있었던 것은 왕비 소생의 적통 대군이 없었기 때문이 아니었소? 서출의 장자였던 임해군이 성품이 거칠고 하여, 어쩔 수 없이 차자인 과인을 세자로 세우자니 그 역시 곤란한 점이 적지 않았지요.”

“하오나 전하, 전하가 아니면 왜란이 어찌 평정되었겠습니까. 전하는 또 얼마나 지극한 효성을 지녔습니까. 전하가 아니고선 누가 과연 이 풍전등화의 종묘를 건질 수 있었겠습니까. 따라서 전하의 보위 계승은 당연한 일이옵니다.”

“회고해 보면 진정 기막힌 일이었지요. 왜란 직후 선왕의 중전 박 씨가 돌아가시자 선왕께선 2 년 후 김제남의 딸인 인목 왕후를 새 중전으로 맞아들였고, 곧 영창을 낳았으니 이미 선왕의 마음은 과인에게서 멀어졌었지요!”

“황공하나이다.”

“그대가 황공해 할 것 없어요. 하여간 지천명의 연치이신 선왕이 당 열아홉인 인목 왕후와의 사이에서 열네 번째 만에 처음 적통 영창 대군을 보았으니, 선왕께서 특별한 사랑이 있을 수밖에. 당시 과인은 스물여덟, 당시 영의정이었던 유영경 등 소북 세력은 선왕의 뜻을 간파

하여 세자를 영창 대군으로 바꾸고자 했지요.”

“하오나 전하, 하늘에 뜻이 있어 선왕은 가시고, 보위는 자연스럽게 전하의 것이 되었나이다. 하늘의 뜻이라면 지난 일을 되짚을 이유가 없다고 봅니다. 영창을 세우려던 유영경 일파도 그렇게 가고, 보위가 당당히 전하의 것이 된 지 10 년이니, 지난 일로 인하여 그 어떤 갈등도 느낄 필요가 없나이다, 전하.”

“그렇지 않소! 교산은 들으시오. 과인의 보위 등극을 돕는 자들이 분명 있었음이오! 그들이 북인인 산림 대신 정인홍과 관송 이이첨이 아니던가. 그리하여 초기에 과인은 당파 불문하고 그 두 어진 인재를 거두어 시대의 어려움을 헤쳐 나아가고자 했소이다. 서인과 남인의 원로들에게 정승으로서 과인을 보좌케 하고 상대적으로 연소한 북인들을 인사와 언론을 담당토록 했지요.”

“전하께선 선혜청을 설치하고 대동법을 실시함으로써 조세를 경감하였고, 왕실의 위엄을 높이기 위해 ‘용비어천가’를 복간했습니다. ‘고려사’와 ‘국조보감’ 등을 새로 찍어냈으며, 사신들 편에 중국에서 서적을 구입해 오도록 하여 수시로 열람했습니다.”

“우리 조정에 대한 중국의 잘못된 기록을 교산이 수정한 적도 있지 않았던가.”

“황공하나이다. 전하께선 선왕 말에 시역한 창덕궁을 즉위년인 무신년(1608)에 준공하고 곧 경덕궁이, 그리고 얼마 뒤 인경궁이 중건될 것이오니, 이는 왕권의 위엄을 보여 주는 쾌거라 할 것입니다. 특히 최근 북방 정책에 이르러 탁월한 전략을 보여 주시니, 전하가 아니면 조선은 있지 아니함과 같습니다.”

"문제는 바로 지금이오. 영창은 그렇게 갔소. 임해군도 엮이어서 함께 갔지요. 의안군은 어려서 죽었고, 신성군 또한 피난 중에 가지 않았던가요 허나, 정원군, 인성군, 인흥군, 경창군, 흥안군, 경평군, 영성군 그리고 의창군이 살아 있어요. 누가 이들을 업고 역변을 일으킬지 아무도 알지 못함이오! 어찌 과인이 평소에 편히 잠들 수 있겠소!"

광해는 분노인지 슬픔인지 모를 기묘한 표정을 짓다가 문득 생각난 듯 승전색이 따라 놓은 옥잔을 집어 들어 후딱 마신다.

"과인의 보위 이후 수많은 반역 사건이 일어났음을 누구보다 잘 보았지 아니하오! 과인이 이러고도 편이 잘 수 있다면 이렇게 병약하여 늘 쉬고 싶어 하는 임금이 아니라 진정 영웅일 것을!"

"전하!"

"그러므로 교산만이 내 곁에 있는 것이 아니며, 교산만이 모든 일을 해결할 비법을 지닌 옳은 사람이 아니라는 말이오. 정인홍과 이이첨 또한, 아니 진정 정인홍과 이이첨이 과인의 곁에 있음이오!"

가슴이 끓었지만 나는 아무 말을 하지 않았다. 전하, 대론엔 소신이 더 강경했지요! 전하의 근심의 근원을 뽑아내는 데엔 소신이 확실한 행동을 보일 것입니다! 저 서궁의 격문을 기억하시길. 눙치며 에둘러서 혹은 직접적으로 강경하게 그대 광해를 비판한 것이 대론을 일으키는 전초로서 얼마나 고도한 전략이었는지를 기억하소서!

"허나 교산, 그대 또한 매우 소중하고 귀한 인물이거늘!"

갑자기 밤바람이 방문을 치고 지나갔다. 훅, 땅 냄새가 문틈으로 들어와 나는 기침을 한 차례 했다. 봄꽃의 그 미세한 꽃가루가 날려 나를 자지러지게 한 것이다. 갑자기 무거운 옥음이 방안의 공기를 휘저었다.

"양사는 교산을 괴물이라 했어요!"

"소신은 괴물이 아닙니다."

"하나의 은유일 터! 허나 그대는 진정 괴물인 것을!"

"예?!"

"시를 2만 수나 외지 않나요. 또 다른 괴물인 이달에게서 시를 배웠다지요?"

얼마 전에 이달 스승이 평양에서 작고했다는 소식을 나는 순간 떠올렸다.

"그는 불우했어요."

"진정 그러합니다."

"그대가 스승을 기리려 '손곡산인전'을 짓고 최근 '손곡집'을 엮었다는 얘길 들었지요."

"최경창, 백광훈 등과 함께 시회를 조직하여 문화의 전성기를 이루어 목릉성세(穆陵盛世)로 불리는 시대를 시로써 풍미하게 된 그를 평가해 주어야 한다고 봅니다."

"후에 분명 그럴 날이 올 것을."

광해가 갑자기 이달의 시 한 수 읊는다.

"구름 속에 절이 있는데, 구름이라 스님은 쓸지를 않는구나, 손님이 와서 비로소 문을 열어보니, 모든 골짜기의 송화가 이미 진 뒤더라."

"전하, 실로 자연의 섭리를 군더더기 하나 없이 노래한 절창이라 할 것입니다."

그러나 광해는 목소리를 높였다.

“허나, 손곡 이달은 우아하지 못 한데다가 성품 또한 방탕하여 검속할 줄을 몰랐으며, 또 속례에 익숙하지 못해 사람들에게 소외당하기도 했어요. 한때 한리학관이 됐지만, 마음에 들지 않는 일이라 버리고 떠났지 않았나요. 그가 한때 서얼을 모아 의식을 불어넣었다는 얘기도 들렸지요.”

“소신에게 미친 영향은 크다 할 것입니다.”

“시로서 아니면 의식으로서?”

“둘 다이옵니다.”

그 순간 광해가 벌떡 일어섰다. 곤룡포를 한 차례 크게 휘두르고 나를 중심으로 크고 작은 원을 몇 번 그린 뒤에 본디 자리에 딱 서서 나를 쏘아본다. 옥음을 내리자 구레나룻이 춤을 추는 듯했다.

“교산은 답하시오! 선왕 때 이경준이라는 자가 격문을 사대문에 붙여 민심을 동요케 한 뒤 곧바로 군사를 일으키려 하였지요? 그가 교산의 수하라?”

“소신은 그런 일을 듣지 못했으니, 분명 무함입니다.”

“양사의 탄핵도 그러하나 특히 기준격의 상소에 근거하여 묻겠소. 사실대로 대답하시오.”

“예, 전하!”

광해는 핏발 선 눈으로 나를 내려다보며 다시 묻는다. 이 사람이 내 사람이 되면 걱정할 것이 없지만 의문은 마땅히 풀어야 했으므로 어금니를 물며 옥음을 내릴 수밖에 없다는 표정이었다.

“의창(義昌, 선조의 서자인 왕자 이광)을 옹립하려 했소?!”

“전하! 천부당만부당한 일이옵니다! 기준격은 어렸을 때 아버지 기자헌의 부탁으로 소신에게 와서 배웠지만 일상적 이야기를 나눈 적은 없습니다. 의창군이 소신의 형 허성의 사위이므로 기왕에 원수진 사이인 기자헌의 집안이 소신의 집안을 망하게 하려고 꾸며낸 이야기입니다”

“영창 옹립은?”

영창을 언설에 올리며 광해는 몸을 떨었다. 희정당 내당이 부르르 떠는 듯했다.

“소신의 큰 형님댁이 의창군과 혼인한 후 소인은 바로 파직되어 시골로 내려갔고, 갑진년 8월에 수안 군수를 제수 받고 부임, 을사년 11월에 파직됐습니다. 12월에 원접사 종사관으로 되었고, 병오년 3월에 의주에서 영창 대군이 탄생했다는 것을 알았는데, 그땐 이미 전하가 세자로 확정돼 백성이 따르고 있었습니다. 또 소신은 전하의 모친인 공성 왕후의 촌수에 드는 친척이라 전하를 추대하려는 마음이 다른 사람보다 더 컸으니, 어찌 영창 대군을 세우려 했겠으며, 그런 것에 대한 말을 원수인 기자헌의 집안에 어찌 말했겠습니까.”

“영창 외조부 김제남의 집안을 무인 윤수겸의 집안과 혼인시키려 했소?”

“혼인을 권한 적이 없습니다. 신해년에 유배지에서 사면을 받고 11월 12일에 서울에 들어와 형을 만난 뒤 24일에 도로 부안으로 갔다가 임자년 2월 초에 돌아왔습니다. 그동안 기준격은 한 번도 찾아오지 않았고, 소신의 백형 허성이 김제남과 사이가 좋지 않아 소인 또한 그의 집에 간 적이 없는데, 어떻게 혼인을 권하는 일 때문에 김제남과 함께 윤수겸에게 갔겠습니까. 그 해 겨울에는 겨우 10여 일 동안 서울에 머물러 있었기 때문에 윤수겸을 만나보지 못했으니, 윤수겸이 지금 있으니 물어보면 알 수 있을 것입니다. 김제남과 소신이 만날 방법도 없었습니다."

"심광세와는 어떤 관계요?"

"예, 무신년에 소신이 공주 목사에서 파직되고 나서 전사(田舍)를 구해 볼 요량으로 부안에 갔다가 산거할 만한 곳을 바닷가에서 얻은 뒤 경영하던 중 오래지 않아 도로 서울로 올라왔고, 그 뒤 과거 부정 사건 죄로 유배될 적에 꼭 함열을 원했던 것은 대체로 그곳이 부안과 가까워 석방되면 곧바로 갈 수 있었기 때문이었습니다. 계축년 봄에도 부안에 내려갔는데, 이는 노복과 전토가 모두 그곳에 있기 때문이었습니다. 기준격의 말대로 소신이 어찌 심광세와 역모를 모의할 목적으로 부안에 내려갔던 것이겠습니까."

"경이 참서를 가지고 있다며?"

"얼토당토한 일입니다. 기준격이 꾸며낸 것이 분명합니다. 참서를 집에 두는 것은 죽을죄이기 때문에 갖고 있었을 리가 없고, 또 참서에 대한 얘기를 원수 집안의 아들인 기준격에게 할 리도 없지 않습니까. 천도(遷都)에 관한 설은 임자년에 이미 나온 것입니다. 어찌 소신이 만들어낸 이야기겠습니까."

"'그대는 보지 못했는가, 삼군부 앞에 무기 벌여놓고는, 임금 잊고 적자 바꿔 강상을 어긴 일을, 계책을 세우자마자 정도전이 죽었으니, 다리에서 폭사한 것 사람의 재앙 아니라오.' 이 시를 지은 자가 경이오?"

"그러하옵니다. 소신은 정도전을 흠모한 것이 아닙니다. 국초의 인물이었기에 시집의 앞에 놓은 것일 뿐이요, 오히려 소신은 정도전을 배척하는 시도 지은 적이 있고, 정도전과 권근을 배척하는 글을 짓기도 했습니다. 방금 전하의 시가 바로 그것이옵니다. 통촉하옵소서. 전하, 요청하거늘 상소하여 소신을 능멸한 곽영과 함께 신문을 받게 하소서.”

광해는 은근한 눈웃음을 보이며 옥음을 내리기를 마다하지 않았다.

“양사에서 과인에게 친국하라고 이르나 과인은 우선 병이 회복될 때까지 기다려야 하겠다며 뒤로 미루었나니, 교산은 경거망동을 하지 말고 차분히 기다리시오.”

“성은이 망극하옵니다.”

희정당을 물러나 상곡으로 돌아오는 나는 마음이 오히려 공허해짐을 느꼈다. 이게 무엇인가? 광해만을 바라보는 이 시대의 삶이란 도대체 무엇인가? 그로부터 시작되는 모든 세상사는 내게 무슨 뜻을 갖는가? 언제까지나 이렇게 위로 눈을 돌리고 좌우를 살피며 근근이 생애를 이어가야 하나. 이재영을 만나 봐야겠다. 동지들을 만나야겠다. 자, 이제 동지들과 어떻게 할 것이냐! 나는 서둘러 상곡 집으로 돌아왔다.

우편 ― 미끄러짐

북서쪽 변방의 일로 시끄럽다. 여진족의 누루하치가 강력해져 후금을 세워 지난 윤4월에 드디어 명나라를 공격했고, 다급해진 명이 조선에 원병을 요청했으며, 조선은 후금을 함부로 건드릴 수 없다 하면서도 명의 요청을 거절할 수 없어 곤란해졌다.

나는 임금과의 긴 대화 뒤 집에서 몸을 쉬었다. 일단 이이첨의 공격에 방어망을 친 것으로 여겼다. 어디까지나 혼자만의 생각이었지만 임금이 이이첨을 견제하는 기제로 자신을 내세우는 것이라 믿어 기준격의 비밀 상소 및 대론과 관련하여 최근의 심적 압박으로부터 조금 벗어나 비교적 편한 마음이 되었다. 그런데 북방의 정세가 심상치 않으니 온전히 쉴 수도 없다.

"편히 쉴 때가 아닌즉!"

이재영이 저녁 으스름 무렵에 나타나 이른다. 그의 얼굴이 심각하다.

"서북쪽에 긴장이 짙어지는 정황이야. 이즈음에 동지들도 이미 도착해 있고 말이야. 자네가 이러고 있을 때가 아니란 말이거든.”

“숭신방 장위리계의 장위산 산채에 동지들 모두 모였다는 말인가?”

“여기 상곡에 찬집낭청 원종, 가설주부 현응민, 의금부 서리 박충남만 있고 다들 장위산 산채에 모였다가 어젯밤에 일부가 반촌 우리 집에 내려와 있네. 요즘 우경방이 잘 보이질 않아. 어딘가에서 잘 지내고 있겠지. 자, 노추가 다시 움직이기 시작했어.”

이재영은 노추의 움직임을 강조하며 내 결단을 촉구하려 했다. 후금이 움직이면 명나라가 조선에 지원군을 요청할 것이고, 그러면 서울의 병력 상당수가 북쪽으로 이동하지 않을 수 없으며, 그렇게 되면 평소 내 주장 그대로 호민군의 활동이 시작돼야 할 것이란 말을 이재영은 그런 식으로 했다. 내가 갓을 쓰며 나지막이 외쳤다.

“장위산은 머니 일단 일부가 내려와 머문다는 반촌 자네 집으로 가세!”

밤이었다. 나와 이재영이 나란히 명례방 상곡을 떠나 동지들 일부가 모인 반촌으로 이동 중이다. 달이 중천에 떠 있었으므로 대낮처럼 밝지는 않았으나 그렇게 어두운 편도 아니었다. 상곡을 떠나 오장삿골(서울 오장동 일대)을 지나는 중 몇 걸음 앞에서 교자 한 대가 일렁거리며 천천히 앞으로 나아가는 것이 보였다.

내가 탄 교자가 빨리 달려 그 옆을 지나갈 때, 눈을 돌리니 그쪽 교자에 앉은 사람이 낯익어 보였다. 누구던가? 이재영도 보았으므로 우리 둘은 고개를 갸웃거렸다. 어?! 그는 놀랍게도 선조와 인빈 김 씨 사이에서 태어난 정원군(定遠君)! 그가 아닌가! 이 야심지간에 어디로 가나? 이재영이 재빨리 내 교자로 다가와 속삭인다.

“기이한 일이구먼.”

“누구야?”

“정원군이야.”

“능양군(綾陽君)의 아비 말인가?”

“왕실이 야심 중에 홀로 출타라니 수상하지 않나? 그렇지 않아도 심약하다는 소문이던데, 그런 사람이 밤중에 나다니는 것은 무슨 일이 있음을 뜻하지 않는가 말이야!”

“어쩐다?”

“저쪽 골목으로!”

골목으로 들어가 교자에서 내렸다. 그리고 교자꾼을 남기고 우리는 어둠을 타고 정원군을 좇기 시작했다. 내가 다시 이른다.

“여인, 이거 우리 같은 중늙은이가 할 일이 아니잖아.”

“그렇지 않아. 정보를 가벼이 여기면 안 될 터. 저 자가 누구인가, 정원군이야. 광해의 형제란 말일세. 그런 사람이 깊은 밤에 저렇게 나댄다? 어떤 느낌이 오지 않나?”

“가세!”

우리는 종자 하나 거느리지 않고 조심스럽게 천천히 나아가는 정원군의 교자를 따랐다. 동부 숭신방으로 가기 전의 연화방과 건덕방 경계 부근에서 정원군의 교자는 낮은 언덕 위의 한 집으로 들어갔다. 허름한 초가였는데, 사립문 안으로 작은 대청에 등촉이 켜지고 교자에서 내리는 정원군을 몇 사람이 반가이 맞이하는 것이 보였다. 나와 이재영은 집채 옆으로 잽싸게 돌아 싸리나무 담장 사이로 대청을 볼 수 있는 곳에 자리 잡았다. 마침 달이 구름 안으로 숨고, 낮게 드리운 어듬 속에 그들의 목소리가 그대로 잘 들려왔다.

"이쪽은 소생의 아우 시방(時昉)이고 소생은 이시백(李時白)입니다. 진즉에 대감을 봬야 할 터인데, 어쩌다가 지금에야 인사드리게 됐습니다."

가늘고 낮은 음성은 정원군이다. 달빛 아래서 그의 얼굴이 병색처럼 파리하게 보였다.

"반갑소. 그대의 아비는 병진년에 숙천 부사로서 해주 목사에게 무고를 받고 수감된 최기(崔沂)를 만난 일로 탄핵을 받아 이천에 유배됐지요?"

"그렇습니다. 허나 곧 풀릴 것이라 믿습니다. 특히 정원군 어르신께서 우리와 힘을 합치면 말입니다."

한창 젊은 나이의 이시백의 목소리가 대청에 쩌렁쩌렁 울렸다. 목소리만으로는 정원군의 기세가 한풀 꺾일 것이 분명해 보였다. 그러했는지 역시 가늘고 낮게 정원군이 누군가에게 질문을 던진다.

"군수(君受)는 대북파가 정권을 장악해 관직에서 물러난 이후 지금은 어떻게 지내시는가?"

"저야 신립(申砬) 제 아비의 꿈을 이룰 기대로 살고 있지요."

목소리가 우렁차다.

"그대 아비야말로 왜란의 영웅인 것을!"

"그렇지 않아요. 제 아비 신립 장군은 왜란 초기에 충주 탄금대에 배수진을 치고 적군과 대결했으나 결국 패하지 않았소. 그 패배를 제가 되갚아야 할 것인데, 저는 그야말로 그 일념으로 살고 있지요. 정원군 대감은 무엇으로 사시오?"

의외의 질문을 받았으므로 정원군은 뭐라고 더듬거리다가 또 누군가에게 질문한다.

"북저(北渚)는 또 어떻게 지내십니까?"

나는 몸을 웅크리며 이재영에게 속삭였다.

"앞의 사람은 신립 장군의 아들 군수 신경진(申景禛)이고, 북저라 함은 김류(金瑬)의 아호인 것을! 저들이 대체 무슨 짓을 하려는 것인가?!"

"그러니까 지금 대청에 신경진, 김류, 이시백, 이시방 그리고 정원군이 앉아 있다는 말씀?"

"그렇다네."

그들이 심야에 무엇을 하려는가를 되물으려는데, 다시 신경진의 목소리가 들려왔다.

"이대로 대북에게 정권을 온전히 그리고 오랫동안 다 내어줄 수는 없는 일. 반전의 기회를 찾아야 하지 않겠소."

북저 김류가 차분한 목소리로 일렀다.

"정원군 대감, 정사년에 북인들로부터 역적을 비호한다는 대간의 탄핵을 받아 쫓겨난 저로서는 특히 이 시대를 참고 견딜 수 없음이오!"

그러자 이시백이 다시 분명한 어조로 목소리를 높였다.

"소생은 과거를 치르지 않았고, 그래서 중년까지 이렇다 할 세속적 경력이 없지만, 지금 이런 세상에서 소인의 아비 이귀 어른의 뜻이 그러하다면 소생 또한 아우 시방과 함께 기꺼이 아비를 따르려 합니다."

"북인의 권력 독점에 명백히 반대하는 최명길(崔鳴吉)과 무신인 구인후(具仁垕)도 우리와 뜻을 한가지로 함을 확인했습니다. 이제 다만 정원군 대감께서 뜻을 정하면 진정 거사를 계획할 만합니다."

이런 김류의 말에 정원군이 일렀다.

"목소리를 낮추세요. 주어조문(晝語鳥聞) 야어서문(夜語鼠聞)이라 하지 않았소."

"여기는 궁벽한 곳이고 지금은 자시(밤 11시)요. 새와 쥐는 숲속이나 시궁창에 있을 터. 우리야말로 진정 참새와 쥐새끼를 잡아내 죽여 버리고 나라를 새롭게 만들어야 합니다. 머뭇거릴 시간이 없어요. 대감만 결정해 주시면 나머진 우리가 알아서 할 터이니, 오늘 결단을 내리세요!"

신경진의 우렁찬 다그침이 있었지만 정원군은 아무 대답을 하지 않았다. 김류가 다시 나섰다.

"저는 아시다시피 왜란 당시 여기 군수의 부친인 신립 장군 휘하에서 종군하다가 탄금대 싸움에서 이슬이 되어 사라진 종사관 김여물(金汝吻)의 아들이 아닙니까. 이후 우리 두 사람은 의형제로 지내고 있습니다. 우리가 대사를 도모함으로써 생애를 마칠 각오로 오늘날까지 구차한 삶을 이어왔습니다. 저는 한 때 체찰사 이항복의 요청으로 경원 부사와 벽동 군수가 되었지요. 그런데 얼마 전에 전 영의정 오성 부원군 이항복 대감께서 북청 유배지에서 돌아가시지 않았습니까. 저는 백사 어른께 특별한 감회를 가지고 있습니다. 따라서 그분의 의기를 느껴 이대로는 있지 못하겠습니다. 그분의 죽음이 누구 때문입니까? 이이첨을 비롯한 불의 불충한 대북파 때문이 아니겠습니까. 내 그 원수 놈들을 처단하지 않으면 결코 흙속에 묻히지 않을 것이오!"

숨소리만이 들려올 따름 대청이 조용해졌다. 잠시 뒤 숨소리처럼 작은 목소리가 들려왔다.

"나는 아니오."

정원군이 사양했으므로 순간 모든 사물이 땅으로 내려앉는 듯했다. 나와 이재영이 그렇다는 것이 아니라 군수 신경진, 북저 김류 그리고 이귀의 아들 시백과 시방이 마치 땅이 꺼져버리는 것 같은 까마득함을 느꼈을 것이었다. 실제로 이시방이 대청 귀퉁이에 앉았다가 그 순간 섬돌 아래로 떨어졌다. 김류가 무릎을 뒤집어 앉으며 정원군 앞으로 다가갔다.

"실망스럽소! 그렇다면 야밤에 여기엔 무엇 하러 오시었소?!"

"나는 그럴 만하지 못하오. 보위에 오를 인물이 아니란 말이오. 나는 그저 겨우 목숨을 부지하고 있을 따름. 광해의 형제로 태어난 것이 죄일 뿐…."

"왕족으로 태어난 것이 죄라?!"

김류와 신경진이 개탄을 금할 수 없다는 표정으로 정원군을 쏘아보았다. 그때 대청에서 떨어진 이시방이 섬돌로 올라서며 품에 숨겨둔 칼을 꺼내 들었다. 그걸 보고 너무나도 놀란 나머지 정원군이 자리에서 벌떡 일어서며 온몸을 벌벌 떨었다.

"나, 나는 그럴 수 있는 인물이 아니오! 나를 그만 놓아둬요. 이 일을 아무에게도 이르지 않을 것이니 염려 놓으시고 다른 사람을 찾아봐요. 그 칼은 치우고."

"그러면!"

키 큰 신경진이 목소리를 높이며 자리에서 일어섰다. 키 작은 김류가 그의 옆에 바싹 붙어 떨고 있는 정원군을 매섭게 노려본다. 나와 이재영이 그 긴장된 분위기를 보는데, 칼을 빼어든 이시방이 섬돌에서 대청 바닥에 손바닥을 타악, 내리치고 잠시 모두를 훑어보았다. 나와 이재영도 그가 그러는 양을 보며 침을 삼켰다. 순간 이시방은 누구도 말릴 사이 없이 자신의 손등에다가 칼을 내리 꽂았다.

아아, 저런 장면을 보았었지! 나는 저 부안 정사암에서 계축옥사 이후 다시 만난 파암 박치의가 그러는 것을 본 기억을 또렷이 되살려 보았다. 이시백은 아우의 견결한 의지를 드러내는 그 과격한 행동을 보고 비명을 질렀지만 박치의처럼 이시방 역시 피를 뿌리는 손을 내려다보면서도 조금도 비명을 지르지 않았다. 모두가 놀란 가운데 특히 얼굴에 피가 튀인 정원군이 두어 걸음 물러섰다. 이시백이 아우에게 달려가 힘을 다해 칼을 빼내고 저고리를 찢어 급히 손을 감아주며 소리쳤다.

"정원군 대감! 그러고도 왕족이라 할 것이오?!"
때를 놓칠세라 신경진이 다시 다그친다.
"그렇다면 할 수 없지요. 우린 다른 사람을 찾을 수밖에!"
정원군이 자리에 앉으며 의외로 차분하게 물었다. 돌이킬 수 없는 일이란 판단 때문에 차라리 마음이 가라앉을 것 같다는 의태였다.
"다른 사람이면 누구?"
"여보시오, 정원군! 왕족으로서 대감만 있는 것이 아니지요. 그렇다 하여 허균의 조카사위인 의창군을 세울 수는 없으니, 그는 허균에게 맡겨 두고…. 그렇다면 대감의 아들 능양군(綾陽君, 뒷날의 인조)을 세움이 어떠하겠소?"

“능양!”

이렇게 되뇌던 정원군이 다시 자리에서 일어섰다. 그때 이시백이 양해를 구하며 아우 시방을 데리고 먼저 사립문으로 나갔다. 사립문을 막 빠져나가며 돌아서서 마지막 한마디를 했다. 그의 날카로운 눈빛이 정원군에게 날아가 꽂혔다.

“능양군을 세우면 그 아비 정원군 어른은 세상에 없어도 좋을 것을!”

정원군의 몸이 벌벌 떨리는 것이 싸리 울타리 밖에서도 그대로 보였다. 달은 여전히 구름 속에 있고, 앞에 펼쳐진 장면이 충격적이라 나와 이재영은 침도 삼키지 않고 사태의 추이를 따라갔다. 이재영이 속삭였다.

“저들이 모반을 꿈꾸고 있음이야.”

“우리보다 한발 앞선 듯.”

“그렇지는 않아. 이제 두령을 정하려는 것을 보니, 그야말로 기획 중이 아닌가.”

“놀라운 장면!”

“기막혀!”

그때 정원군이 한 마디 무거운 소리를 내뱉었다. 희미한 달빛 아래서도 키 크고 허우대가 좋으며 눈이 부리부리한 것이 그대로 드러나 보이는 신경진이 상체를 앞으로 내밀었다. 키 작고 목이 붙은 김류가 그 곁에서 귀를 곤두세운다.

“그렇다면 일단 다시 한번 생각해 보는 것으로 오늘 자리를 파합시다. 나는 그럴 인물이 아니나 다른 도리가 없다면, 특히 내 아들을 내

세운다면 그를 위해 먼저 내가 나서야 하지 않겠소!"

"진정 그렇게 하셔야지요!"

긴장된 얼굴을 펴며 김류와 신경진이 동시에 일어나 큰절을 하는 모양이다. 마침 달이 구름 밖을 나와 그 그림자가 마당에 일렁거리고, 장옷을 펄렁이며 정원군이 대청 아래 섬돌에서 머뭇거리다가 다시 마당으로 내려서자, 나와 이재영은 더 보고 들을 것이 없다 여겨 옷 스치는 소리 하나 내지 않고 그 자리에서 가뭇없이 사라졌다.

한 시진 뒤에 다시 교자꾼을 앞세워 연화방을 떠나 반촌으로 향했다. 숭교방에 이를 때까지 우리 두 사람은 아무 말을 하지 않았다. 반촌에 들어서서야 이재영이 마치 혼잣소리하듯 물었다.

"그들의 모반의 뜻이 서궁에 들어갔을까?"

"그렇지 않고서야 저렇게 당당할 리 없지. 마치 모반의 성공 따윈 물을 필요 없는 듯 자신 있게 요구하지 않던가. 문제는 우리야…."

다시 말이 끊어졌다. 잠시 뒤 이재영이 또 물었다.

"정원군이 허락할까?"

내가 어금니를 물며 대답했다.

"그럴 것이네!"

"어찌 아나?"

"생각해 보게. 정원군은 지난 을묘년에 똑똑한 맏아들 능창군(綾昌君) 이전(李佺)을 잃지 않았나. 소명국이 의금부에서 국문을 당할 때 신경희, 양시우, 김정익, 소문진, 김이강, 오충갑 등이 능창군을 추대하여 역모를 도모하려 한다고 고발함으로써 신경희 등은 사형에 처해졌고, 능창군은 강화도 서쪽에 있는 교동에 귀양 보냈다가 나중에 죽이지 아니했는가 말이야.”

“무함으로 죽였지. 그러니 정원군으로서는 갈등하지 않을 수 없었겠네.”

“결국 서인들의 모반에 정원군이 반드시 동참하게 될 것인즉! 그것은 그대로 흘러갈 것이거니와 정작 문제는 우리야. 자, 어서 가서 동지들의 뜻을 들어보세!”

어슴푸레 새벽이 다가올 무렵 우리가 반천 이재영의 초가에 도착해 보니 동지들이 이미 깨어나 마당가를 어슬렁거리는 것이 보였다. 가장 먼저 눈에 띠는 것은 먹장삼에 대삿갓을 쓴 승려들이었다. 그들이 헛간 앞에 앉아 반야심경을 외며 병기를 닦았고, 그들을 감독하던 명허 스님이 사립으로 들어서는 나를 보자 합장하며 고개 숙였다. 놀라운 일이었지만 중방과 더불어 사라졌던 문제의 그 박응서가 절룩거리며 허리춤을 잡고 측간에서 나오다가 나를 발견하곤 찌그러진 한쪽 눈에 웃음을 담는다. 겸사복 김윤황이 마루에 앉아 동개를 펼쳐 놓고 화살을 다듬고, 박치의와 그의 수하인 봉학이 대련 중이었으며, 그런 모양새를 우연주의 동생 우경방이 보다가 나를 발견하여 달려오고, 하인준과 이사성과 민인길 그리고 황정필이 방에서 나오며 인사한다.

환도뿐 아니라 쌍수도, 언월도, 협도곤이 달린 협도 등 다양한 크기와 형태의 칼이 마당에 가득했다. 어디서 구했는지 궁중에나 있을 법한 운검과 참사검도 헛간에 세워져 있다. 장창과 죽장창 옆의 기창, 표창 또한 빛을 냈다. 심지어 길이 8척이 넘는 낭선(狼筅, 가지가 달린

긴 창)도 보였다. 사뭇 전장에 나아가는 분위기였는데, 이 새벽에 명허 스님의 기상이 맑고 우렁찼다.

"교산, 어서 오시오. 기다리고 있었소."

"스님, 그동안."

"준비 잘했지요. 여길 보세요. 우리 몇 승군은 함경도 강원도 그리고 전라도를 출발해 그제 관악산에 도착해 있고 소승만 여기에 있지요. 이제 교산의 명을 기다릴 따름이오."

아침을 먹으며 자연스럽게 이야기가 이어졌으니, 특히 나주 출신 공조 좌랑 김우성, 조카인 진사 하인준, 사위 이사성, 친족 민인길 그리고 유생 황정필이 다그쳐 묻기를 마다하지 않았다.

"교산 어르신, 북방 정세가 어떠하지라?"

김우성이 웃음을 머금은 얼굴로, 그러나 눈을 매섭게 하여 묻는데, 답을 한 사람은 봉상시 주부 여인 이재영이었다.

"노추가 대국을 모욕하고 황제의 위엄을 범하였으니, 명이 우릴 보고 도우라 요구하네."

"그에 대한 답으로 무능한 조정이 그렇게 하겠다고 했겠지요?"

그렇게 대답하는 하인준에게 내가 손을 저었다.

"그렇지 않아. 조정은 왜란 이후 병적이 감축돼 군사와 물자가 얼마 되지 않는데 바다를 방어하는 곳의 화수(火手)를 보면 병적을 통틀어 모두 7천 명밖에 되지 않는다고 전제한 뒤, 경영(京營)의 제색군(諸色軍)을 취합하고 중외(中外)의 여정(餘丁)을 뭉뚱그려 겨우 7천의 병력밖에 없다면서 한 마디로 기다려 보자고 답했네. 이 경우 광해는 천부적 전략가라 할 수 있지. 때문에 우리는 좀 더 기다려 봐야 할 것 같네.”

김우성이 밥알을 튀기며 나선다.

“그리 되면 우리만 새중간서 찡게서 홀태질 당허느라고 피보틀 일이 아니여?”

이사성이 내 눈치를 살피며 조심스럽게 이른다.

“장인어른, 우리 조정에서 명나라에 말미를 달라 했지만, 우리 스스로 서북방을 지키는 대책을 마련해야 할 것이고, 그에 따라 군사들이 국경으로 달려갈 것이니 경기 지역의 방어에 결국 구멍이 뚫리지 않을 것입니까. 허니 이 기회에 우리는 더 나아간 전술을 구사해야 할 것이라 봅니다.”

민인길이 고개를 끄덕이며

“기회는 자주 오지 않습니다.”

하였고, 유생 황정필이 강조했다.

“며칠 전에 경상도 선두의 군사와 강원도의 군사를 함경도로 보내고, 양호(兩湖)의 포수 2천 명은 관서로 들여보냈다는 정보도 있고 보면 우리의 대사를 더 지체할 일이 아니라 봅니다.”

파암 박치의가

“저쪽에……”

하고 발어사를 낸 다음 적이 근심스러운 낯빛으로 말했다.

“조정 내부의 분위기 또는 도정 안의 분위기를 잡아가는 것이 전제돼야 할 터인데, 그 마땅한 방법이 없어……”

“왜 없겠는가! 깊이 생각해 보면 얻을 수 있을 것을.”

얼마 동안 사라졌다가 어느 날 다시 나타난 박응서의 이 말에 모두가 차가운 눈빛으로 그에게 눈총을 쏘았다. 박응서의 눈빛에 분노가 담겨 보였다. 오늘 박응서는 다른 사람의 의견과 시선은 아랑곳할 일이 아니라는 듯 무리를 일별한 뒤 조목조목 이른다.

"들어들 보시게. 노추의 준동이 가벼운 것이 아닌지는 이미 상식이 아니던가. 지난 윤사월에 광해는 강홍립을 도원수로, 김경서를 평안 병사로 삼지 않았나. 곧 강홍립에게 서북 양변으로 출발하라는 영이 내려질 것이고, 따라서 경기에 군사가 확 줄어들 것이 분명한 정황이야. 실제로 비변사가 원수와 여러 장수를 차출한 지 이미 오래됐으니 차례차례 출발시켜 보낼 것이라고. 또 하나 주목해야 할 대목은 비변사가 변방의 일로 소요스러운 도성 백성들을 진정시키는 일로 고심한다고 있음이야."

갑자기 박치의가 주먹을 들어 밥상을 꽝 하고 내리쳤다.

"네 말이 사실인지 확인해 봐야 할 것이고, 저, 저쪽에, 설령 그렇다 하더라도 네가 주장하는 것 모두를 진정 우리 모두 믿을 수 없다는 것에 이르러 너는 말을 하지 말아야 하느니. 저, 저쪽에, 어디에서 배반의 그 더러운 아가리를 벌리고 있느냐!"

박치의 옆에서 술을 퍼마시던 봉학이 술잔을 내려놓고 박응서의 뒤로 가 떡 허니 버티고 섰다. 봉학의 손엔 어느 결에 긴 낭선이 들려 있었다. 그는 낭선을 들어 두어 번 휘돌리며 박치의의 지시를 기다렸다.

"저쪽에, 너는 주둥아리질을 하지 말고 다만 가만히 있으라! 네가 지금 이곳에 우리와 함께 있는 이 현실을 나는 이해할 수 없다. 여인이 다시 너를 불렀다면 그는 분명 실수한 것이야!"

"어쨌거나 일단 그만둡시다. 힘을 모아야 할 때가 아닌가. 자, 이젠 교산이 의견을 내게나! 결국 자네가 결정할 일이 아닌가.”

이재영의 이 말에 나는 이마의 땀을 한 차례 닦았다. 도포를 벗고 갓을 풀어 내리며 대청에 올라 마당 하나 가득 나름의 열기가 담긴 무리를 바라보고 침을 삼켰다. 진정 그 어떤 결정을 내려야 할 시점이었다.

“북방의 위기감은 사실이야. 서쪽 변경에서 소식이 한 번 오자 도성 내 인심이 경동하여 안정되지 못한 것이 내 눈으로 확인하진 않았네만, 사실일 것이라 봐. 이는 대개 우리에게 의지할 만한 곳이 없는 데다 일찍이 왜란을 겪었으므로 허탄한 말에 빠져들 수밖에 없지. 백성들의 혼란을 좌·우 포청으로 하여금 통렬히 금지하여 단속하게 하고 범하는 사람이 보이는 즉시 잡아내게 하여 엄중하게 다스려 용서해 주지 않는 현상이 벌어질 수도 있음이야. 이제 말하니, 그런 도성 내 분위기를 확인한 다음 내 결정을 곧 연락하도록 하지. 그리고….”

“뭔가?”

“응서의 말과 관련하여 하여간 특단의 전술이 필요하다는 것엔 공감하네. 이것도 내가 곧 결정하여 동지들로 하여금 계획된 행동에 들어가도록 조치하지. 날 믿게. 사실 우리의 결단은 지난 수십 년 기획해 온 것이라 마음만 먹으면 즉시 실행할 수 있으므로 지나치게 조급해할 것 없으이. 이제 호민(豪民)이 되는 것은 시간의 문제라, 모두 마음 속 준비를 단단히 할 따름!”

반촌에서 하룻밤 머물고 다음날 일찍 여인 이재영과 함께 상곡으로 돌아왔다. 밤새 깊은 생각 속을 헤맸다. 인목 대비 폐비의 일, 곧 대론은 어느 정도 그 가는 길이 잡히기 시작했다. 그동안 동지들의 준비

역시 나름 그 진척이 눈에 보일 정도다. 이제 도원수 강홍립만 북쪽으로 떠나 준다면!

“자비를 놓아라.”

날이 밝자 나는 교자를 달려 징청방(澄淸坊, 서울 종로구 청진동 부근)에 있는 강홍립의 집으로 향했다. 지난 윤사월에 광해는 강홍립을 도원수로 삼았으나 몇 달 지나 7월 하고도 초순이 지나가는 즈음임에도 그는 여전히 임지로 떠나지 않고 한성에 머물며 집밖으로 나오지 않고 방구석에만 박혀 있었다. 병색이 짙은 것 같기도 하고 그렇지 않은 듯도 보이는 강홍립의 흐트러진 머리카락을 보며 웃음기를 가리지 않고 던지는 나의 말 한마디.

“이렇게 칭병(稱病)하면서 여직 출발하지 않으시니 상께서 실로 염려가 크십니다.”

“좌참찬도 나를 염려하시나?”

방안엔 이불이 개켜져 구석에 박혀 있고, 약탕관에선 김이 모락모락 피어났다. 이건 전술인가? 그런 의미를 담고 내가 빈정댄다.

“그렇소. 그러니 그만 떨치고 일어나세요. 귀신은 속이지 저는 못 속입니다.”

“무슨 소리?”

“세상 사람들이 다 공의 칭병을 믿을지 몰라도 제겐 통하지 않는다는 말씀이오.”

“그게 무슨 소리. 이렇게 약 항아리에서 김이 나는데도?”

“제가 사랑채에 오르기 전에 비녀 아이가 급히 방에다가 저걸 들여다 놓는 걸 보았지요, 허허. 공께선 그만 떨치고 일어나셔야 합니다. 노추(여진)의 움직임이 심상치 않아요. 이 방안에 있으면서도 사실 공은 그걸 다 잘 알고 계시지 않나요.”

흐트러진 앞머리를 쓸어 올리며 강홍립이 웃음 짓기를 마다하지 않았다.

“흐흐⋯. 귀신을 속이지. 허나 만약 내가 지금 이 방을 나서면 그 길로 곧장 변방으로 가야 할 것이고, 그렇게 되면 다시는 집에 돌아올 수 없을 것. 그러니 내 어찌 고심하지 않을 수 있겠는가.”

나는 짐짓 아무 예감이 없다는 듯이 물었다.

“출병하면 다시는 못 돌아오신다는 말씀이시오?”

“좌참찬도 이미 알지 아니한가. 저 소리가 들리지?”

“무슨 소리요?”

“왜 그러는가. 지금 도성 백성들이 너도 나도 피난 간다는 걸, 아니 그런 정황을 직접 보지 않았는가.”

“저는 아직 보지 못했습니다.”

“그걸 못 봤다는 말씀? 그렇다면 요 며칠 어디에 있었지? 나는 이 방구석에서도 이미 소란스런 사태를 파악하고 있는데. 지금 도성에선 무지렁이 백성은 물론 대관 명사로서 가속을 내보내고 짐을 옮겨 나르며 상여를 따라서 나간 사람까지 있다는 것 진정 모른다는 말씀?”

“며칠 동안 산에 다녀왔지요.”

“산에? 무슨 일로?”

“저는 가끔 산엘 갑니다. 젊은 시절부터 가끔 산에서 수련을, 아니

심신을 닦는 수행을 하곤 했지요.”

“과연, 대감의 아비 초당 선생도 그렇게 하셨단 얘긴 들었네만.”

“서화담 선생의 영향을 받은 저의 집안의 오래된 풍습입니다.”

“신선도에 빠진 것 말이오?”

“하하. 빠졌다. 그리 말씀하셔도 좋지요. 저는 지금도 그냥 그대로 산속에 들어가 살고 싶습니다.”

“대론은 어쩌려고.”

“말씀하시니 하는 말이지만, 대론은 이미 정론이 되지 않았습니까. 극구 반대하며 완고함을 스스로 내보이길 마다 않던 기자헌이 저렇게 귀양 가고 난 지금 더 이상 지체할 것이 없이 서궁은 마침내 폐서인 돼야 마땅합니다. 세월이 지나면 그리 될 것이고, 따라서 지금 다시 문제는 변방이오. 도원수께서 하루라도 빨리 출병하셔야.”

허엄! 하고 한 차례 헛기침을 하고 강홍립은 양손을 들어 사래를 쳤다.

“그렇지 않아요. 나는 아직 전하의 뜻을 알지 못하겠소. 전하의 진정한 의도를 모르겠다는 말씀. 중신들은 임란을 도운 명나라의 이른바 그 재조지은을 강조하고, 반면 전하께선 그들의 의견을 고루하다 여기시니 나로선 어느 장단에 맞춰야 할지.”

“그리 어렵지 않은 문제입니다.”

“어렵지 않아요?”

“도원수께선 전하의 마음을 살피셔야 합니다. 재작년 병진년에 노추가 후금(後金)을 세우지 않았습니까. 여진은 이미 과거의 그네들이 아닙니다. 명백히 새로운 세력이지요. 보세요, 앞으로 그들을 무시 외면하다간 필시 큰 난리를 겪게 될 것이니. 후금의 세력 앞에 풍전등화가 되다시피한 명나라는 이미 과거의 낡은 힘일 따름입니다. 조선이 살기 위해선 명과 후금, 이 양 세력을 잘 조정 조절해 가야 합니다. 이게 현실입니다. 위기에 처한 명나라를 도와야 한다는 주장은 오직 명분일 따름 나라의 방책으로는 하책이라 하여 조금도 지나치지 않습니다.”

“그렇다면 명이 바라는 대로 후금을 치려고 출병하려 하는 이런 짓을 하지 말아야 하는 것 아닌가?”

“그것 또한 그렇지 않아요. 명의 강한 요구를 들어주는 척해야 할 것입니다. 출병하세요. 그러곤 그냥 그만하게 견디세요. 적극적으로 도전하여 노추를 분노하게 만들지 말란 말씀입니다.”

“이해할 수 없어!”

“이게 전하의 진정한 뜻이란 걸 어찌 모르십니까?!”

“전하의 뜻이 출병하되 진퇴를 적당히 하라?”

“예, 바로 그겁니다. 전하께서 이미 말씀하지 않았습니까. 명나라를 적극 도우라는 여러 대신들의 주장에 반하여 ‘명국을 천자의 나라라 하는 것은, 명국이 조선을 통치해도 좋다는 것인가?!’ 하고 통렬히 반문하시지 않았습니까.”

“그렇다면?”

“일단 북으로 떠나세요. 나중엔 전하께서 필히 명하실 겁니다.”

“뭐라고 명하신단 말씀?”

“ ‘싸움하는 척 하다가 형세를 봐 적당히 투항한 뒤, 후금에게 우리 측의 난처한 처지를 설명해 오해가 없도록 하라.’ 하고 말이지요.”

"그렇다고?"

"저로선 명백히 그럴 것이라 믿습니다. 부득이한 출병이었음을 후금도 곧 알게 될 것이고, 그렇게 되면 도원수께선 곧 귀향하게 될 것이라 확신합니다. 서슴지 마시고 출병하세요!"

강홍립 도원수는 고개를 들어 천정을 보았다. 그의 눈길을 따라 파리똥이 붙어 있는 천정을 바라보다가 족자가 붙은 벽으로 눈을 돌려서 그걸 읽었다.

圓而方之(원이방지) 坐而起之(좌이기지)….

족자엔 긴 문장이 이어져 있었다. '동글게 했다가 모나게 하고'로 시작되는 글이었다. '앉았다가 일어서게 하고, 가다가 그치게 하고, 왼쪽으로 했다가 오른쪽으로 하고, 앞으로 했다가 위로하고, 나눴다가 합치고, 뭉쳤다가 푼다. 매양 변하는 것이 다 익숙해야 이에 그 군사를 준다. 이것이 장군의 일이다.'

병서 '오자(吳子)'였다. 내가 손을 들어 족자를 가리키며 갑자기 목소리를 높인다.

"저렇게 하세요!"

"음?"

아직 출병할 결심을 세우지 못한 강홍립 도원수가 눈을 들어 족자와 나를 번갈아 바라보며 얼굴이 일그러졌다가 곧 펴지고 눈 주위가 붉은색으로 물들어 갔다.

"공은 비록 문관이지만 선대인께선 정여립의 역모를 평정하여 평난

공신에 책록되셨지요. 공 또한 함경도 도사로 재직하면서 여진족을 공략하는 방안을 조정에 건의하지 않았습니까. 공의 집안은 분명 무신의 피가 흐르고 있음이오. 함경도 병마절도사로 그리고 순검사를 지내면서 함경도 일대 군비를 점검한 분이 공이십니다. 그 공적을 인정하여 전하께서 도원수로 임명한 것이 아니겠습니까. 명을 받은 지 백여일이 돼 가는데 더 이상 미룰 것이 아니라 병상에서 일어나 출병을 서둘러야 합니다. 가서서 할 일, 취할 자세도 이미 분명히 드러나지 않았습니까. 더 주저할 것이 무엇 있습니까. 오직 떠날 따름입니다.”

징청방 강홍립 도원수의 집을 떠나며 나는 얼굴에 은근한 미소를 만들어 하늘을 보았다. 날이 더웠다. 뭉게구름이 동쪽으로 느릿느릿 기어가는 중이었다. 그런데 명례방을 막 들어서자 나는 전립에 까치두루마기를 입고 손에 육모방망이 또는 주장(朱杖)을 든 한 떼의 포졸을 만났다. 그들의 허리에서 오랏줄이 덜렁거렸다. 내 교자를 보자 포졸들이 잠시 길을 비켜주긴 했으나 그들의 눈빛이 여간 매섭지 않았다. 돌한에 일러 나는 교자를 멈추게 했다.
“어디 소속이냐?”
“좌포도청에서 나왔습니다.”
그 자리가 좌포도청이 있는 정선방 파자교에서 그리 먼 곳이 아니니 당연히 거기 소속의 포졸들임을 알 만했지만, 일단 나는 그들의 발걸음을 멈추게 하여 대낮에 떼로 몰려다니는 까닭을 알고 싶었다. 그런데 느닷없이 포도부장일 것이 분명한 포졸 떼의 우두머리가 묻는다.

“대감께서는 어디에서 오시는 길입니까?”

키 큰 그의 눈이 또렷하다.

“자네는 내가 누군 줄 모르는가?”

“잘 알지 못하여 여쭙는 것이니 양해하여 주십시오. 어디에서 오십니까? 아니, 어디로 가십니까?”

“집으로 가네. 그리고 나는 강홍립 도원수 집에 다녀오는 길이고. 무슨 일이 있나?”

“무슨 일이라니오! 말씀을 못 들었습니까? 아니, 보시지 않았습니까? 저렇게 사람들이 우왕좌왕하는 걸요.”

포도부장의 눈길을 좇으니 남부여대하고 길을 나선 사람들이 보였다.

“저들이 무엇인가?”

“진정 모르십니까?”

포도부장이 눈을 흘기며 교자꾼들을 세밀히 살핀다.

“내 짐작은 하고 있음이야. 자세히 말해 보라.”

“벌써 한 달 동안 도성 안의 백성들이 난리를 치는 중이 아닙니까. 노추가 쳐들어온다고 산으로 골짜기로 피난을 간다는 것 아닙니까. 저기 보세요. 황소를 앞세워 길을 떠나는 사람들을 보세요. 가관이거니와 진정 문제는….”

“백성들이 소요하는 것이 문제이지만 그들을 먼저 개유(開諭)하면 될 것인즉.”

“개유라굽쇼! 백성을 타이르라고요? 그게 말처럼 쉬운 줄 아세요? 북쪽에선 노추가 쳐내려오고 남쪽에선 왜가 임란 때처럼 다시 전쟁을 준비한다는 소식이 온 천지에 퍼져 나아가는 형국인데 누가 누구를 타일러요. 이미 도망 다니는 게 대세가 된 정황이 아닙니까. 정작 문제는 다른 데에 있습니다.”

“다른 문제?”

“며칠 전에 지엄하신 상께서 방민(坊民)들을 효유(曉諭, 알아듣도록 타이름)하는 것도 중요하지만, 그들이 소민이라 소문에 민감하여 그렇다 할지라도 사대부 집안이 그에 뇌동하여 피난을 간다 어쩐다 하면서 가솔이나 친인척들이 도성을 빠져나가도록 내버려 두는 일이 적지 않아 대로하셨다는 말을 못 들어 봤습니까? 실로 큰일입니다. 이러다가 도성이 텅 비어 귀신이 나돌 정도가 될까 염려됩니다. 한갓진 소민이 경동하여 피난 가는 것이야 백번 양보하여 괴이할 것이 없다 하여도 당상 대부 일가들이 놀라 피하는 일이 없도록 단속해야 소민이 안정을 구하게 되지 않겠는가 하는 말씀입니다. 대감께선 지금 도피하려는 게 아니지요?”

“네 이놈, 나는 걱정 말고 네 일이나 할 것이야!”

내 일갈에 고개를 외로 꼬다가 말고 포도부장은 다시 한번 교자꾼에게 눈길을 준 다음 일단의 포졸들을 이끌고 남소문 쪽으로 달려 나아갔다. 그들의 뒤를 따라 교자는 명례방을 향했다.

“저놈들도 잡아라!”

앞서가던 포도부장이 한 차례 소리치자 포졸들이 떼로 몰려 소나무 아래로 달려가는데, 잠시 뒤 와장창 장독 깨지는 소리가 요란했다. 곧 자지러지는 소리가 들렸다.

“아이쿠, 이건 아니지요. 우리가 무얼 잘못했습니까?!”

"네 이놈들, 어디로 가느냐. 도성을 벗어나지 말라 이르지 않았느냐?!"

"여기는 아직 도성 안인데 무어 그리 심하게 하시오?!"

"너희들은 산으로 도망치려 하느냐? 관악산으로 갈 요량인가? 하여간 단 한 발도 더 내디뎌서는 안 되리. 어명을 듣지 못했는가? 곧장 집으로 돌아가라!"

"북로가 침범하고 남쪽에 왜가 상륙한다는 소문이 도성에 퍼졌는데 피하지 않으면 어쩌란 말이오? 지난 임진년에도 도성을 반드시 지킨다는 어명을 믿다가 그렇게 참혹한 꼴을 보지 않았소!"

이미 박달나무 육모방망이에 몇 차례 맞았는지 가솔을 이끌고 가던 중년 가장의 머리에선 피가 흘렀다. 그 옆에서 아이들이 울고 아이들 어미는 깨진 장독 앞에서 눈물을 흘린다. 먼지를 뒤집어쓴 이들의 얼굴이 피와 눈물로 범벅되어 못 볼 지경이다. 특히 피를 흘리며 가장은 바락바락 덤벼들기를 멈추지 않았다.

"이놈들아. 너희는 애비 에미가 없느냐? 이렇게 무가내로 사람을 치다니, 내가 무얼 잘못했느냐!"

"이 쌍. 피란 가지 말라는 데도! 곧바로 집으로 돌아가지 않으면 진정 경을 칠 것이니."

그러고선 바지가랑이를 붙잡은 가장의 어깨 죽지를 다시 두어 번 내리치니 가장은 털썩 땅바닥에 윗몸을 떨구고 만다. 이번엔 그의 아내가 포도부장의 가슴을 부여잡으며

"이놈들아. 나를 죽여라!"

하고 소리치니 키 크고 눈이 또렷한 포도부장은 차복(車輻, 몽둥이)

을 내리치고 즉시 여자를 걷어차자 아이들이 동시에 비명을 지르며 에미 애비에 달려들어 부둥켜안고 울고불고하길 멈추지 않는다. 그 순간 내가 일갈했다.

"포도부장, 이게 무슨 짓인가!"

"대감은 어명을 가벼이 여기지 마세요!"

"그래도 이건 아니지 않나. 저들에게 무슨 죄가 있느냔 말이야!"

"어명을 어겼으니 죗값을 받아야지요. 전하께서 각자 집을 지키라 했거늘 저들은 도망하기에 급급하여……."

"진실로 말하자면 도성 백성의 십 중 아홉이 다 피란을 서두르는 중인데 어찌 저들을 이리도 심하게 다루는가?!"

"그런 사실을 알기는 아시는 모양이구면요. 저희는 다만 어명을 따를 뿐이오이다."

"도망가는 아홉을 이렇게 다루었나?"

"한 달 이상을 이렇게 잡으러 다니자 하니, 이젠 정말 신물이 납니다. 저네들도 우리도 모두 미칠 지경이 아니오!"

"자중하시게! 하늘이 무섭지도 않나. 자고이래 백성을 중히 여겨야 하거늘."

"그거는 당상 어른들께서 그야말로 당 위에서나 하시는 말씀! 자, 저리 비키세요. 자칫하면 대감께서도 다칠 수 있습니다."

그의 태도가 너무나 방자했으므로 돌한이 나섰다. 돌한은 한마디도 하지 않고 포도부장에게 다가가 녀석의 어깨를 쥐더니 한 바퀴 공중으로 뒤집어 돌리다가 땅바닥에 머리부터 내리박았다. 순간 정신이 달아난 포도부장이 스스로 무너진 자리에서 허둥지둥 일어나 나를 바라보자 나는 손을 들어 그의 뺨을 한 차례 세게 쳤다. 포도부장이 다시 한번 땅바닥으로 꼬꾸라지고 말았다. 다른 포졸들이 몇 차례 돌한과 나를 번갈아 보다가 그 기세를 넘지 못할 것이라 생각했는지 포도부장을 앞세워 나 살려라 하는 양 저쪽 소나무 숲으로 냅다 달려 내빼 버리고 말았다.

"미안하오!"

내가 피를 흘리고 쓰러져 있다가 겨우 정신을 차리고 일어서는 가장에게 그렇게 한 마디 던졌다.

"서둘러라!"

교자꾼에게 이르는 말이 아니었다. 나는 스스로에게 소리쳤다.

'서두르라. 때에 이르렀음이야.'

'바야흐로, 아니 마침내 움직여야 하리.'

교자꾼들이 발걸음을 빨리하여 상곡에 도착하고 보니, 거기엔 한성부 좌윤 김개와 사간 신광업을 비롯해, 반천에서 언제 돌아왔는지 하인준, 황정필도 있고, 도사 이국량, 유생 서상안도 모여 앉았다. 사랑채 마당가엔 가설 주부 현응민이 늘 그러하듯 대기 중이었다. 바람이 휘익 불자 사랑 앞마당의 능소화 두어 송이가 떨어졌다.

"돌한아, 모두 데리고 밖으로 나가 내 명이 있기 전에 사랑채에 아무도 얼씬거리지 않도록 하라."

"예."

비복들의 발소리가 멀어져 잠시 뒤 사위가 조용해졌다. 7월 한여름 더위도 물러가는 듯했다. 매미 소리조차 들리지 않았다. 사랑채 섬돌

아래에 장승처럼 서 있는 현응민을 내려다보며 와송주 한 잔을 단숨에 마신 뒤 나는 눈을 감고 새삼 좌정했다. 어깨가 넓은 김개가 목울대를 울렁이며 침을 삼키고, 눈이 작은 사간 신광업이 고개를 돌리고 술을 목구멍에 털어 넣었다. 조심스럽게 그러나 단호한 표정을 감추지 않으며 진사 하인준이 조바심을 낸다.

“교산 어른, 말씀하시지요.”

그러나 나는 마치 부처처럼 그 자리에 붙박여 움직이지 않았다. 도중에 있었던 일 때문에 흘린 땀이 아직 마르지 않은 듯했다. 미동 없는 그 순간 사랑채에 자리한 모두가 멈춘 시공간을 견딜 수 없어 몸을 조금씩 오물거렸다. 잠시 뒤 문득 내가 입을 열었다. 목소리가 조금 떨린다 싶었다.

“요(堯) 시절의 은자에 소부(巢父)가 있었네. 산 속에 살며 세속의 이욕을 도모하지 않는 자였지. 그는 늙자 나무 위에 집을 만들어 거기에서 자므로 당시 사람들이 ‘소부’라 했다지. 요가 천하를 허유(許由)에게 양여하려 할 때였어. 허유가 소부에게 가서 그런 말을 하자 소부가 소리쳤다 하지 않나. ‘자네는 어찌하여 자네의 형체를 숨기지 않고 자네의 빛깔을 감추지 않는가?’ 하고 말이지. 그리고 소부가 허유의 가슴을 밀쳐 버리므로 허유가 서글픔을 주체하지 못하여 차가운 물가를 지나다가 귀를 씻고 눈을 씻으며 ‘전일에 탐욕스러운 말을 들음으로써 나의 벗을 저버리게 되었도다.’ 하고 속삭이며, 드디어 떠나 일생을 마치도록 서로 만나지 않았다 하는 옛 얘기가 있어.”

모두가 잘 아는 일화였다.

“나는 소부도 아니고 허유도 아니네. 그게 부끄러워.”

이 말을 끝으로

"아니오!"

하는 소리가 있어 모두가 움찔 놀라 바라보니, 그는 여인 이재영이었다. 반촌 자신의 집에서 출발해 막 도착한 그는 내 이른바 요의 '양여론(讓與論)'에 대응한 허유의 '은둔론(隱遁論)'을 듣고 단호히 반대의 목소리를 냈다.

"그렇지 않네. 나는 허 대감의 주저함을 이해할 수 없어. 맹자의 얘기가 떠오르는구먼. '하늘이 어떤 사람에게 장차 큰 사명을 맡기려 할 때는 반드시 먼저 그 마음과 뜻을 괴롭게 하고, 그 몸을 지치게 하고, 그 육체를 굶주리게 하고, 그 생활을 곤궁하게 하여, 하는 일마다 어지럽게 하느니, 이는 그의 마음을 두들겨서 그 성질을 참게 하여, 지금까지 할 수 없었던 하늘의 사명을 능히 감당하도록 하기 위해서이다.' 라고 하지 않았나."

"아니네. 여인, 자네는 내 뜻을 오해하고 있어. 요임금과 허유 같은 사람이 아니라 세상에 실망 분노한 나는 지금 내 결심을 말하려는 참이야. 나는 괴롭지 않아. 이 순간 나는 조금도 주저함이 없어."

"그, 그런가?"

"그렇다네."

"그럼 어쩌려고?"

"마침내 움직여야지!"

순간 세상의 모든 움직임이 멈추는 듯했다. 아니, 이재영은 문지방을 넘다 말고 딱 그 자리에 멈춰 서서 숨을 한 번 깊이 들이쉬다가 내뱉었다. 그리고 자신의 오랜 친구인 나에게 다가와 손을 잡고 두어 번 흔들었다. 우리 두 사람은 그러고 잠시 그대로 있었다.

"그럼 실제로 어떻게 하자는 겁니까?"

조카 하인준이 물었으나 나는 쉬 대답하지 않았다. 사랑채 앞마당을 휘돌던 바람이 능소화를 몇 송이 더 떨어뜨리고 곧 잦아들자 어느덧 해가 서쪽 담 너머로 기울어져 갔다.

주름 ─ 남산과 숭례문에서

　5경(새벽 4~6시)에 혜성이 중태성 아래에서 나왔는데, 꼬리 길이가 1장 남짓 되고 빛깔은 희었다. 불길한 징후였다. 일찍 일어난 나는 툇마루에서 하늘의 혜성을 걱정스런 눈빛으로 쳐다보았다.

　지난밤엔 신창동 추섬의 집 안방에서 나는 가녀린 추섬의 허리를 잡고 잤다. 어제 밤늦게 나는 이재영과 함께 반촌에서 술을 거나하게 마셔 거의 정신없는 상태로 교자에 올라 신창동에 들렀던 것이다.

　"추섬아."

　"갑자기……."

　"네게 늘 미안하구나. 그래, 나는 여기 신창동에 늘 갑자기 왔었지. 그건……."

　그건 추섬을 보고 싶은 마음이 늘 존재하는 것이 아니라 어느 때 불연히 일어나므로 그러했다는 말을 나는 할 수 없었다.

　"술이 오르는구나."

추섬이 꿀물을 건넸다.

“몸을 보전하셔야지요.”

“내 몸은 내가 안다. 지천명이 돼 가나 아직 쓸 만하다. 이리 오라.”

“아이, 밖이 아직 밝지 않습니까.”

“시각도 모르느냐, 벌써 삼경이다. 달이 밝아 창호가 훤한 게지.”

“하오나….”

“이리 오너라.”

나는 바지를 벗고 거의 알몸으로 요 위에 누웠다. 며칠 전부터 내려
가던 기온이 다시 올라 식어가던 대지가 요 며칠 끓는 듯했다. 부스럭
거리며 추섬이 저고리를 벗고 치마를 내려뜨리더니 슬그머니 그러나
분명한 태도로 엉덩이를 흔든 다음 누워 바라보는 내 코앞에다가 자
신의 가슴을 가져다 댔다. 흐음, 나는 깊이 숨을 들이쉬었다. 신창동에
서 늘 이렇게 젊어지는 자신을 느끼게 된다. 나이 어린 추섬이다. 그만
큼 관능을 자극하는 추섬이다. 십 년이 두어 바퀴 지나 귀밑에 흰머리
가 보이기 시작하지만 추섬은 여전히 어린, 아니 진정 농염한 여인으
로 나를 구름 위로 오르게 하는 성적 기쁨을 주곤 한다.

“이리로.”

지아비의 지시대로 추섬은 내 배 위로 올라갔다. 치자 혹은 설백의
살결이 내 몸의 성적 촉각을 스치고 지나갔다. 추섬은 내 상체, 아니
내 배 아래로 내려가 다리 사이에 얼굴을 묻었다. 어느 사이에 내 주
체가 붉고 힘차게 솟아 터질 지경이다. 추섬은 가볍게 부드럽게 정성
스럽게 내 자신을 만지고 쓰다듬고 했다. 너무나도 자극적이었으므로
나 또한 두어 번 자지러지게 하체를 비틀다가 참지 못하고 몸을 일으

켜 추섬의 다리 사이로 얼굴을 묻었다.

"늘 기다리게 되는 지아비인데, 항상 그리워만 하게 되는 남정네인데, 그럼에도 좀체 자주 찾아오지 않는 남편인데, 그러므로 이렇게 한 차례 만날 때마다 화염에 불타오르게, 몸부림과 비명을 지르게 되지 않나요. 온몸을 떨며 여러 차례 희열을 쏟게 됩니다."

그렇게 말하며 추섬은 다리를 오므리다가 발가락을 펴고, 허리를 올렸다가 내리기를 거듭했다. 몸을 움츠리다가 활처럼 휘면서, 몸으로 표현할 모든 방법을 동원하여 즐거움을 그대로 느껴 가지려했다. 나 역시 나이 더 먹어 풍만한 추섬의 엉덩이와 풍성한 가슴을 연신 쓰다듬었다.

"이렇게……. 대감, 이렇게 우리는 늘 목말라 하며 살아야 합니까?"

"그러게 말이다."

"오늘은 힘이 있으세요."

"그런가?"

"탕재를 드셨나요?"

"아니다."

"무슨 일이 있으시지요?"

"특별한 일은 아니다."

달빛이 갑자기 방안으로 들어오는 듯했다. 나와 추섬이 거의 동시에 비명을 지르고, 특히 추섬이 감탕의 소리를 크게 내지른 뒤 우당탕 방 한쪽 구석으로 처박히고 말았다.

"특별한 일이 있으시죠?"

나는 그녀의 허리와 둔부를 어루만지며 대답하지 않았다.

"무슨 일이 있으신 게 틀림없어요."

몸을 꼬며 묻는 추섬이 사랑스러웠으나 나는 친절하게 대답하지 않았다.

"이 순간 천인합일을 느낄 따름. 다른 일을 생각할 필요가 없음이라."

"오늘 뭔가 달라요."

"네가 알 일이 아니다."

추섬은 매무새를 고치지 않고 문득 일어나 앉아 가슴을 그대로 드러낸 채 따지듯 물었다.

"대감의 일을 누가 알아야 합니까?"

"내가 너와 함께 한 지가 얼마나 되느냐?"

"새삼스럽게."

"늘 미안하다. 이 미안함은 앞으로도 여전할 것을."

"새삼…. 도대체 무슨 일예요?"

나는 한숨을 쉬었다. 달빛이 잠시 구름에 가려 방안은 어두컴컴해지고 문을 조금 열어 놓자 쏴아 새벽 공기가 몰려들었다.

"작년에 서궁에 흉서가 떨어졌었지."

"사람들이 다 알지요."

"나와 관련이 있느니라."

"대감이 그랬나요?!"

"그런 말이 아니니라. 목소리를 낮춰라. 그리고…."

나는 숨을 쉰 다음 아랫배에 힘을 주고 속삭였다.

"내가 얼마 동안 여길 들르지 않는다 하여 다른 마음 품지 마라."

“다른 마음이라니요? 무슨 일을 하려는 거예요?”

“스스로 자중하여라.”

그러고 방을 나서 툇마루에서 바라본 하늘이었다. 새벽하늘은 혜성이 중태성 아래에서 흰 꼬리를 길게 늘이는 불길한 하늘이었다. 나는 혜성을 불쾌감을 느끼며 쳐다보았다.

“추섬아, 내일 남산에서 큰 소리가 날 터이니 놀라지 마라. 그냥 그러려니 여겨라.”

추섬이 아무 대답 않고 나를 마치 남 보듯 멀뚱히 바라보기만 했다. 그녀의 그런 백치 같은 모양새가 너무나도 아름다워 나는 발걸음이 떨어지지 않았지만, 해가 중천에 뜨자 신창동 비복 돌이를 앞세워 상곡으로 발을 돌렸다.

*

“쉿, 조용히 해.”

현응민이 손가락을 입술에 가로로 댄다.

“크큭.”

김윤황이 웃음을 참지 않았다.

“뭐가 웃으워?”

“자네가 웃기지 않나”

김윤황이 목소리를 높였다.

“이봐, 뭐가 웃기냐고?”

“뭐가 웃기냐고? 그런 자네가 웃긴다는 얘기야.”

“그래, 내 뭐가 우습다는 거냐니깐?”

현응민이 미간을 일그러뜨리며 김윤황을 바라보았다. 달빛이 교교하다. 사방이 훤한 남산이었다. 이경이 지난 시각이었지만 이상하리만큼 남산 산록이 어둡지 않았다. 달빛 때문이었다. 그 어느 때보다도 밝은 달이 충천에 떠 소나무와 참나무가 낮게 깔린 남산의 그 어두운 속살을 훤히 드러나게 한다. 현응민 옆에 박치의의 수하 봉학이 낭선을 들고 참나무 그루터기에 앉아 있고, 김윤황이 쇠뇌를 들고 소나무 아래에 서 있다. 옆에서 김윤황이 한쪽 다리를 흔들며 현응민을 내려다보며 여전히 뱅글뱅글 웃는다.

“이눔아, 뭐가 우습다는 거냐니까?”

현응민이 참지 않고 목소리를 높였다.

“그게 바로 우습다는 거야?”

“뭐? 내가? 내 목소리가?”

그러다가 그제야 깨달았는지 현응민이 벌떡 일어나며 한바탕 껄껄 웃는다.

“나 이거야! 내가 조금 긴장한 모양이구먼.”

소나무 사이에 등불을 달아놓고 ‘살고자 하는 사람은 나가 피하라.’고 소리칠 각오로 남산 중턱에 모여 그렇게 준비하는 중인데 무슨 ‘쉿, 조용히 해라.’ 하는 말인가 하는 얘기였다. 머리를 긁적이며 현응민이 달빛 밝은 남산의 저 아랫마을을 새삼 내려다본다. 그리곤 곧 손바닥을 모아 입에다 대고 큰 소리를 지르기 시작했다. 조용히 행동할 필요가 없었다. 가능하면 도성 사람들이 다 깨어 일어날 정도로 크게 소리쳐야 했다. 그러자고 깊은 밤 삼경 즈음에 이렇게 남산에 오른 것이 아니더냐. 진즉에 도망가는 사람들에게 또다시 기름을 붓자고 하는 일이 아니더냐. 하지만 이들의 눈은 붉게 충혈돼 있었고, 긴장하여 반면에 목소리는 제대로 돼 나오지 못했다.

"흠흠, 여러부은~."

하다가 현응민이 목을 놓고 캑캑거렸다. 그러자 이번엔 우경방이 큰 소리를 내지르기 시작했다.

"도성 백성드을~"

하고 소리치고, 이어

"도성 백성 여러부으은, 드디어 유구(琉球)의 군대가 조선의 섬에 숨어 들었습니다아!"

하고 소리치자, 현응민이 용기를 내어 다시 한번 소리쳤다.

"서쪽의 노추도 벌써 압록강을 건넜습니다아!"

"도성 백성 여러분, 어서 떠나세요. 지금처럼 그대로 있다간 유구의 군대와 북쪽 오랑캐가 도성에 쳐들어 와 모두 죽음을 면할 수 없을 겁니다아."

봉학도 낭선을 흔들며 소리쳤다.

"유구국 사람은 바다 섬 속에 와서 매복하였으니, 성안의 사람은 도성을 빠져나가 피해야 죽음을 면하게 될 것이요오!"

그때 강원도 양양 사람 김윤황이 언제 그렇게 준비하였는지 한바탕 노래를 부르기 시작했다.

"유구 군대 섬에 숨고, 금나라 군대 압록강 건너, 조선 사람 어찌 살꼬, 조선 백성 어디 갈꼬. 임란처럼 죽어가고, 호란이 일 것인데, 어쩔거나 이내 조선, 우리 목숨 어쩔거나. 성은 들판 못 미치고, 들판 강 건너 못하니, 어쩔거나 조선 백성, 어쩔거나 이내 목숨. 성 넘어 강 건너, 어서어서 도망가세. 조선 사람 어쩔거나, 조선 백성 어쩔거나.”

“무슨 노래여?”

김윤황이 대답했다.

“내가 지은 ‘도망가’ 일세.”

진양조 육자배기 같기도 하고 어깨 흔들거리게 만드는 장타령 같기도 한 곡조였지만, 김윤황의 노래는 보다 슬프고 보다 우울하여 금방 바위가 깨어질 것만 같았고, 곧 위기에 처해 죽어 자빠질 것 같은 분위기를 자아냈다. 김윤황이 두어 번 노래 부르자 곧 모두가 따라 합창을 하게 됐으니, 그들의 노랫소리가 밤바람을 타고 사방으로 번져 남산 아랫마을 사람들이 잠결에 듣고 깨어나 문을 열고 남산을 쳐다본 뒤에 모두가 부스럭거리며 침을 챙기기 시작하는 것 같았다. 남산 아랫마을에서 도성 밖으로 도망쳐야 살 수 있다는 분위기가 다시 일었고, 그것이 삽시간에 북촌에까지 이르러 양반네들도 주섬주섬 짐을 싸기 시작했다.

사실 여러 날 전에 이미 도성 안은 그 같은 분위기가 조성돼 사람들이 이웃의 눈치를 보는 중에 있었고, 그런 위기적 분위기를 참지 못한 일부, 아니 상당히 많은 백성들이 주섬주섬 주뼛주뼛 도성을 빠져나가는 정황이었다. 포도청 당국이 아무리 말렸으나 사람들은 가족을 데리고 도성을 빠져 달아나는 분위기를 무산시킬 도리가 없는 상황인데, 현응민 일파가 남산서 이른바 예의 그 ‘도망가’를 불러대자 도성 안 남은 백성들이 이제 도저히 견뎌내지 못하고 너도나도 도성을 빠져나갈 궁리만 하게 됐다. 목이 쉬도록 그렇게 노래를 불러대는 중에 남산 아랫마을 사람 몇 명이 현응민 무리에게 다가와 물었다.

"정말 그래여어?"

"증말이오. 우리는 이미 조선의 앞날을 다 알아여."

낭선을 들고 선 6척 장신 봉학을 곁눈질하며 아랫마을 사람들이 쇠뇌를 들고 선 김윤황의 장담을 듣고 나자 허리춤에서 꽹과리를 꺼내더니 들입다 쳐대기 시작하는 것이 아닌가.

"무슨 짓이요?!"

"당신네들의 말이 사실이라면 모두가 도망쳐야지요."

현응민이 한마디 더 했다.

"모두가 힘을 모아 나가 싸워야 하는 것이 아니오?"

"그럴 마음도 자신도 없수다. 백성이 곤란지경인 줄 모르고 양반네들은, 아니 조정은 서궁 폐출만 얘기하니 우리가 믿을 데가 어디 있겠소. 사실 그렇지 않아도 노추가 내려온단 얘기가 돌아 수천 백성이 이미 도성을 빠져나간 뒤가 아니오. 우리는 남아 사실을 확인하고 싶었는데, 당신네들이 그리 소리치니 더 이상 기대할 바 없소. 이제 마침내 도망쳐야 목숨을 부지할 수 있을 것을!"

뎅강뎅강뎅강, 띵카띵카띵카 하며 한 시진 동안 꽹과리를 쳐대다가 일군의 아랫마을 사람들이 이를 끝으로 서둘러 자리를 뜨고 말았다.

"됐어!"

현응민이 속삭였다. 노랫소리가 끝나고 아랫마을 사람들이 내려가자 남산은 삽시간에 조용해지고 말았다. 그때다. 쉬익, 하며 화살 한 대가 날아와 현응민의 노립(蘆笠)을 뚫고 지나갔다. 아니, 현응민의 노립이 날아온 화살에 딸려 가며 갓끈이 목을 감는 바람에 현응민이 나가떨어지고 말았다. 순간 동지들이 산위로 치달았다. 굴러 떨어진 현응민도 일어나 정신 차려 남산 위로 치달아 도망을 쳤다. 발 빠른 봉학, 김윤황을 따라 치올라 가는데, 뒤로 일군의 검은 그림자들이 그들을 뒤쫓아 달려갔다.

사실 달포 전에 임금이 도성을 넘어 앞다투어 나가는 사람들에게 방문(榜文)을 써 붙여 알리더라도 널리 효유할 수 없으니, 한성부와 오부로 하여금 관아에 앉아서 방민을 소집하여 상세히 개유하여 경동하지 말게 하라 했지만, 이를 듣는 백성은 한 사람도 없었다. 며칠 전에 임금이 다시 한번 '간특한 사람의 선동으로 놀라고 미혹되어 어지러이 흩어지는 것은 아닌가. 매우 통탄스럽다. 비변사로 하여금 각별히 강구하여 빨리 민심을 진정시키도록 하라.' 는 하명이 있었으므로 현응민 일당을 쫓는 그림자는 한성부와 오부의 포졸들일 것이 분명했다.

'근래에 도성이 더욱 텅 비었다 하니 무슨 연고로 인해 이 지경까지 이르렀는지 모르겠다. 관원 중에 먼저 가속을 내보내거나 짐바리를 실어내는 자는 법부로 하여금 적발해서 아뢰어 다스리게 하고, 서민은 한성부로 하여금 오가통(五家統)을 만들게 해서 만약 숨겨주고 보고하지 않는 자가 있으면 통주(統主)를 중하게 다스리도록 하라.'

엊그제 다시 임금이 이같이 전교했으므로 이번엔 비변사 군졸이 출동한 것인데, 이를 이미 예감하고 있던 현응민 일파는 화살이 날아오자 곧장 산 위로 줄행랑을 치는 것이다. 그러나 비변사 군졸은 포도청 포졸과는 달랐다. 빠른 발걸음으로 쫓아와 막 바위를 넘던 현응민의 뒷덜미가 한 군졸에 잡히고 말았다.

"어이, 윤황이!"

뒤로 넘어지면서 현응민이 순간 단말마의 비명 모양 자지러지게 소리치자 가던 길을 돌아 다시 달려온 자는 봉학이었다. 봉학은 지체하지 않고 낭선을 휘둘러 한 군졸의 가슴을 그어 버렸다. 순간 피가 사방으로 튀었다.

"으아 아!"

비명을 지르며 나가떨어진 군졸의 달빛에 비쳐진 가슴은 찢겨지고 코가 부러져 금방 죽을 것 같아 보였다.

"너 이놈!"

다른 군졸이 달려들어 현응민의 허리를 잡고 늘어지자 뒤이어 되돌아온 김윤황이 편전을 날렸다. 앞서던 군졸이 퍽 하고 앞으로 고꾸라졌다. 김윤황이 다시 쇠뇌를 쏘아대자 가슴에 정통으로 살을 맞은 군졸이 한 길이나 튀어 오르다가 바위 아래로 나가떨어져 머리통이 깨지는 참변을 맞고 숨을 거뒀다. 그것을 본 다른 군졸들이 참나무 뒤에 몸을 숨기고 기웃거릴 따름 섣불리 달려들지 못했다.

그 사이 일행은 다시 치달리기 시작했다. 뒤를 쫓는 군졸들. 군졸의 장창이 뒤를 쑤시고 들어왔지만 현응민이 몸을 구부렸다가 일시에 일어나며 내지른 발길질과 억센 주먹질에 턱이 돌아간 군졸도 있고, 눈알이 터진 군졸도 보였다. 삼경이 다가오는 즈음의 달빛 훤한 남산 능선은 피가 튀고 처절한 비명이 퍼져 나아갔다.

6척 장신 봉학이 낭선을 내려놓고 옆에 있던 바위를 들어 올렸다. 순간 군졸들이 서너 걸음 뒤로 물러선다. 봉학이 머리 위로 들어 올린 바위를 지체 않고 아래로 던져 버리자 휘잉, 날아간 바위를 미처 피하지 못하고 머리로 그대로 받아낸 군졸 두어 명이 목이 부러지고 머리통이 박살이나 나자빠지고 말았다. 창자가 튀어나온 군졸도 있었다. 그것을 보자 남은 그림자들이 산 아래로 꽁지가 빠져라 도망을 치는 것이 아닌가.

광해 10년 8월 8일. 전날 밤 남산에서의 이 정황을 보고 받은 광해는 도성의 안정을 해친 일당이 누구인지 그 실체를 밝혀내지 못한 책임을 물어 좌·우 포도 종사관, 한성부 해당관, 각 성문의 별장을 모두 파직하라 명하고, 엄중히 금지하는 뜻을 거듭 밝혀서 금법을 어긴 것이 더욱 심한 자는 효수하여 다른 사람들에게 경계를 보이도록 하라고 전교했다.

*

그 이틀 뒤. 나는 명례방 상곡 집에서 새벽에 일어났다. 머리가 가벼웠다. 신창동 추섬의 집에서 자고 온 다음 날은 늘 그렇게 정말 몸이 가뿐했다. 운우지정이란 그야말로 한 섭리라는 생각을 다시 한번 해보며 빙긋 웃어 본다. 그런데, 조금 전부터 무슨 소리가 들렸지? 아하, 아침 일찍 가설 주부 현응민을 보자 했지.

현응민이 다리를 절룩거리며 행랑채를 지나 사랑채로 다가왔다.

"다쳤나?"

"예, 조금. 그리 불편할 것은 없습니다."

"남산에선 대단했다지? 사람이 죽었다며?"

"비변사 군졸 서너 명을 어쩔 수 없이…."

"상께서 남산의 일로 좌·우 포도 종사관, 한성부 해당관, 각 성문의 별장을 모두 파직하라 명했는데, 그게 그리 쉬운 일이 아니지. 도성이 시끄럽고 북방이 위태로우니 보직을 바꿀 때가 아니지 않나. 성상께서도 잘 알고 있음이야."

잠시 말문을 닫았다가 솟을대문 위로 밝아오는 새벽하늘을 바라보며 문득 묻는다.

"어젯밤에 행랑채에서 밤을 샜다지?"

"그러했습니다. 진사 하인준과 함께 문장을 가다듬느라고요. 현장에서의 행동과 말도 이미 다 맞춰 놨습니다. 대감께서 하명하시면 오늘에라도."

"그럼세. 바로 지금 숭례문으로 가게나!"

"지금요? 제가요?"

"자넨 잠을 좀 자 두고, 택부(하인준의 별칭)가 가야지."

"그럼, 유생 하인준을, 대감의 조카를 보내시려고…."

조금 의외라는 듯이 나를 쳐다보던 현응민이 곧

"예, 그렇게 이르겠습니다."

하고 허리를 굽힌다.

"택부를 이리로 보내게."

그러는 중에 마침 하인준이 두 사람에게 다가왔다. 머리는 크고 발이 빠른 조카 하인준의 얼굴이 백지처럼 하얗다.

"불편하냐?"

하인준은

"아닙니다. 머리가 조금 무거울 따름…."

하며 말끝을 흐린다.

"지나치게 신경 쓸 일이 아니야. 이미 마음을 먹었으면 담대하게 행할 따름. 너의 의지나 신념이 일을 잘 처리하게 해 줄 것이야. 지금 곧바로 가라. 시각을 조금 지체한 다음에 비로소 당국에 사실을 이르고 말이야. 무슨 말인지 알겠지?"

"예, 숙지하고 있습니다."

"당당하게!"

"예, 당당하게…."

하인준은 그러나 어깨를 내려뜨리고 크게 허리를 굽혀 절을 한 다음 돌아서서 힘없이, 아니 곧 허리를 곧추 세우고 두어 걸음 보폭을 크게 하여 장엄한 걸음걸이 모양새 그대로 대문을 빠져나갔다. 나는 '조카야, 미안하다.'고 입술 파닥이며 하인준의 자취를 따라 하염없이 대문 밖을 바라보았다.

*

사헌부 장령(掌令, 정4품)은 보일 리 없었다. 지나가는 사람도 보이지 않았다. 아니, 해가 떠오르자 한두 행인이 지게를 지고 빠른 걸음으로 도성 안으로 들어간다. 숭례문(崇禮門, 남대문) 별장(別將)도 찾아볼 수 없었다. 밤새 문을 지키던 당직 군사만이 물끄러미 하인준을 바라보다가 곧 고개를 어깨 안으로 집어넣고 꾸벅거리며 졸 따름이었다.

하인준은 품속에서 재빠르게 벽보를 꺼내 들고 남대문 담벼락으로 다가갔다. 얼른 풀을 발라 머리 위 높이로 벽보를 붙이고, 아직 해가 비치지 않아 여전히 어둑한 담장 아래로 몸을 숙이며 서둘러 멀어져 갔다. 보는 사람이 있을 것 같지 않았다. 때가 일렀음으로다.

아니, 때에 이르렀고, 진실로 허균 대감, 허균 삼촌은 때를 타고 난 사람임을 그로써 새삼 느낄 수 있었다. 골목길로 들어서면서 한 번 고개를 돌려 숭례문 앞을 건너다보았으나, 역시 아무도 보이지 않았다. 마침 지나는 행인도 없었고, 문지기 군졸은 여전히 고개를 주억거리며 졸고 있다.

골목길 안으로 들어서며 다시 한번 고개를 돌려 주위를 살폈으나 강아지 한 마리도 지나가지 않았다. 아니다. 이제 한 사람이 숭례문 안으로 들어선다. 아니, 아니다. 그가 들어서려 하다가 담벼락에 붙은 종이를 발견한다. '이게 뭐지?' 그러다가 고개를 갸웃거리며 담벼락으로 다가가더니 문구를 읽는다. 하인준은 덜컥 가슴이 내려앉았다. 쿵쾅, 가슴이 요동치기 시작했다. 고개를 돌려 골목 안을 보고, 다시 머리를 돌려 남대문 앞 광장으로 눈빛을 날려 보냈다. 한 사람, 아니 두어 사람이 벽보를 보고 있다. 곧 세 사람…. 한 시진이 지나자 열댓 사람이 모여 수군거리며 벽보를 읽는다. 혹은 숨소리가 들리지 않게, 혹은 숨소리 크게 내며 놀란 눈으로 벽보를 뚫어지게 바라본다.

"이건!"

누군가 그렇게 소리쳤다.

"이건 흉서야!"

다른 사람이 받았다.

“이거 놀랄 일이로군.”

한 사람이 담벼락에서 떨어져 나가며 손을 젓다가 내빼버린다.

“나는 보지 못했어. 난 아니야!”

다른 사람이 소리쳤다.

“잘 보아 두어야지. 그래야 의심을 사지 않아. 다들 분명 보았지요?”

그때였다. 남대문 별장 몇 명이 출근하다가 사람의 무리로 다가갔고 곧 벽서를 발견하고 읽으니, 이 무슨 흉칙한 문장이던가! ‘조선은’으로 시작하는 벽보는 그 끝에 ‘백성을 조문하고 죄를 벌하려고 하남 대장군(河南大將軍)이 장차 이를 것이다.’ 하고 있다. 별장들의 다리가 벌벌 떨렸다. 금상에 욕을 보이는 등의 너무나도 흉측한 내용이라 눈을 들어 제대로 볼 수 없을 정도였다. 벽보의 내용은 읽는 사람의 심장과 쓸개가 찢어지듯 몹시 경악스러웠다.

“다들 헤어지시오! 갈 길을 가시오!”

하고 소리친 다음 숭례문 별장 장응명이

“이걸 어떻게 한다?”

했고, 별장 한진하가

“어서 떼어내 가지고 갑시다.”

했으며, 별장 서유일이 손을 떨며 벽서를 떼어내 남대문 안으로 달려 들어갔다. 다가가 그러는 양을 보는 하인준은 순간 당혹스러웠다. 저들 별장들이 벽서를 어디로 가져가나? 아주 치워 버리는 것은 아니겠지? 하인준은 조바심이 일었다. 그렇게 사라지고 말면 만사휴의였다. 그렇게 진행되어선 안 되는 일이었다. 그리하여 하인준은 곧바로, 아니다, 몇 시진 지난 뒤 진시 말엽(오전 9시 경)에 이르러 장령 한명욱을 찾아갔다.

하인준을 맞은 한명욱이 물었다.

"이 아침에 무슨 일이지?"

"아니, 별일은 아니오. 참 오랜만입니다. 그런데 이런 일을 아오?"

"무슨 일?"

"내가 아침에 남대문 밖에서 흉서 한 장을 보았지요."

"흉서라?!"

"내가 보기엔 흉서였어요."

"흉서라면 이미 작년에 반란을 일으키겠다는 격문이 화살에 매어져 서궁에 떨어진 그런 종류란 말이 아닌가? 그때의 그 흉격 사건이 임금의 심기를 극도로 불안하게 만들었는데. 그것이 폐모론을 성사시키기 위해 허균인가 누군가가 사주한 일이라는 소문이 있었지. 그것과 같은 흉서란 말인가? 그것이 숭례문에 붙어 있더란 얘긴가? 내가 입궐할 때 보지 못했는데? 사실이라면, 이거 큰일이로구면!"

"하여간 여간만 대단한 언설이 아니었던 것만 기억하오. 내가 대론에 관한 상소 일로 소청(疏廳)에 있다가 아침 전에 남대문을 나가는데 행인들이 많이 모여서 벽을 바라보았어요. 말을 타고 지나가면서 흘깃 보니 '대장(大將)'이라고 쓴 글 아래에 서명을 하였고, 첫머리에는 '조선'이라는 두 자를 썼는데, 그 이하의 말은 극히 흉악하고 참담하여 신하로서는 차마 눈뜨고 보지 못할 것이었지요."

"그걸 왜 내게 말하나?"

"불연 생각이 나기에."

"허어, 그걸 말이지, 다시는 말하지 말게."

"그럼 흉서는 어딜 갔지요? 숭례문 별장들이 떼어 가지고 갔는데 말이오."

"별장들이? 그들이 어찌하여 보고하지 않지?!"

"그럼 나는 이만 갑니다."

"이봐, 다시 말하지만 다른 사람에겐 흉서 얘길 함부로 하지 말게나."

"알았소."

하인준은 서둘러 자리를 떴다. 할 일을 다 했으므로 궁궐을 빠져나온 즉시 상곡 허균의 집으로 향하며 하인준은 그제야 몸에 힘이 빠져 더 이상 가지 못하고 말에서 내려 길가에 털썩 주저앉고 말았다.

그 한 시진 전, 숭례문 별장들이 별실에 모여 앉았다.

"이걸 어떻게 할 거여?"

"이 흉서는 사라져야 해!"

선임인 숭례문 별장 장응명이 벽서를 든 손을 떨며 그렇게 말했으므로 침을 꿀꺽 삼키며 후임 별장 한진하와 서유일이 즉각 동의했다.

"우리 마음대로 그렇게 치워 없애도 되는 일인가?"

동의하면서도 서유일은 뒤가 켕기는 모양인지 선뜻 나서지 않았다.

"적지 않은 사람들이 보지 않았나."

한진하의 이 말에 장응명이 버럭 소리친다.

"그러면 어떡하겠다는 건가. 우리가 이미 보았거늘 누가 흉서를 거기다가 붙여 놓았는지 알지 못하는데, 그것을 추궁하면 자네들 뭐라 답할 터인가 말이야. 그러니 아예 처음부터 있지 않았던 일로 만들자 하는 얘기야. 동의하지? 그러면 이걸 아궁이에 처넣어 태워 버리겠네. 더 이상 이를 생각지 말게. 알았지? 그러면.”

하고 아궁이에다가 벽서를 던져 놓고 곧 불을 지펴댔다. 활활 흰 종이가 타들어 갔다. 그때 서리 김애천이 달려들 듯이 나타나 벼락같이 외쳤다.

“뭐 하는 짓이야!”

그러면서 김애천은 아궁이 속에서 종이를 꺼내 뜨거운 줄도 모르고 손바닥을 쳐 불을 끄니, 벽서는 그 가장자리가 탔을 따름 내용은 그대로 남아 있었다.

“어디로 가져가오?”

장응명이 묻자 김애천은

“포도부장 김진명에게 가져가야지. 그 사람이야 물론 사헌부 장령에게 가져갈 것이고. 예삿일이 아니잖아. 자네들 큰일 날 짓을 할 뻔했어. 이로써 일단 기다리고 뒷날 추궁에 대비할 따름이야. 내가 문지기 당직자에게 들었으니 망정이지 아니었으면 자네들 그야말로 골로 갈 뻔했어.”

하며 횡허니 가버리고 말았다. 잠시 뒤 김애천이 한명욱 장령을 만나 종이를 건네며 어깨를 올린다.

“장령, 그렇게 하여 이 종이가 겨우 살아난 겁니다. 제가 한 일입지요. 사안의 중대성으로 보아 결코 사라지게 해선 안 되지 않습니까. 대간청의 양사가 제회하는 곳에다가 보내야 하지 않아요?”

"그리 할 것이오. 이거 큰일 낼 내용이구먼. 하여간 일단 김 서리는 할 일을 제대로 했어요. 그러면 내가 대간에 알리고 이것을 감봉(監封)하여 성상께 비밀리에 입계합니다."

사헌부 장령 한명욱은 남대문 괘방 사건으로 자신이 심각한 곤란 지경에 처할 줄 그 무렵엔 미처 깨닫지 못했다.

*

이재영이 달려왔다. 그에게서 심상치 않은 낌새를 느끼지 않을 수 없었다.

"무슨 일이 있나?"

"우경방이 포도청에 잡혀갔다네."

"요즘 보이지 않더니. 대체 무슨 일로?

"허, 이거야!"

"무슨 일이냐고?"

"우경방이 임금의 인신(印信, 도장)을 위조하였다는 혐의로 대역죄로 잡혀갔다는 말이야. 거기서 곤장을 맞고 운신을 못할 지경이 된 모양이야."

"그래? 그런데 그가 인신을 위조할 까닭이 없지 않은가?"

"사람들 얘기로는 그가 다른 사람의 재물을 빼앗으려고 문서를 위조했다는구먼."

"저런, 이 중요한 시기에 그딴 짓을 하다니? 그러다가 우리의 계획이 드러나지 않을까 염려되네."

"그러게 말이야. 교산, 자네가 우경방의 구명을 요구하는 편지 한 장을 써 봄이 어떠한가?"

나는 우경방을 볼 때마다 황해도 구월산에서의 아름다운 여인 우연주를 떠올리곤 한다. 우경방의 누님인 우연주는 탁 방사와 함께 내 젊은 한 시절을 위무해주는 주제어라 하여 지나치지 않았다. 한때 중이 되었다가 환속한 우경방은 자신의 집안의 불행을 뛰어넘으려 황해도의 황부자는 무너뜨리려고 했었고, 그것을 공교롭게도 내가 하게 되어 이후 소문을 듣고 찾아와 함께 지내게 된 인물이다. 그리하여 우경방이 마치 피붙이처럼 느껴지는 사람인데, 그가 포도청에 붙잡히다니. 나는 그에 관한 모든 것이 내 잘못이라 여겼다. 그가 인장을 도용했고, 그것이 재물을 탐하려 그리 한 것이라면, 그의 인생을 잘 보살피지 못한 자신의 잘못이 크다고 생각했다.

"유생 한보길에게도 부탁해 놓았거니와 우선 교산 자네가 구명 편지 한 장을 써서 주게. 내가 포도청의 대장에게 전해 줄 것이니."

여인 이재영이 그렇게 말하며 생각 속에 잠겨 있는 나를 바라본다.

진퇴 — 강홍립

　창덕궁은 가을 하늘 아래 고아한 지붕의 선을 더욱 분명히 드러냈다. 돈화문으로 들어가 금천교를 지나면서 나는 신료들이 삼삼오오 무리지어 걸어가면서 내는 두런거리는 말소리를 들었다. 며칠 전에 인사 발령이 났다. 광해는 박승종을 좌의정으로, 박홍구를 우의정으로, 이이첨을 판의금부사로 제수했다.

　판의금부사란 의금부의 으뜸 벼슬인 판사로 종1품의 관직이다. 이이첨이 누구던가. 이이첨은 대북의 영수로서 그 적합함을 주장하여 우여곡절 끝에 광해군을 즉위하게 하였고, 이후 조정에서 소북파를 숙청했으며, 영창 대군을 죽게 하고, 인목 왕후 소생인 영창 대군을 추대하려 했다는 죄목으로 영창의 외할아버지 김제남을 사사시킨 냉혹한 인간이다.

　나는 바로 앞서 걸어가는 현재의 권력 핵심인 예조 판서, 이젠 동시에 판의금부사를 겸임하는 이이첨에 대해 새삼스런 생각을 하며 흘깃

한 차례 비켜보다가 어험, 헛기침을 하고 바싹 다가갔다. 폐모론을 내세우는 것에 있어 나와 뜻을 함께한 이이첨이다. 그러나 방법론에 있어선 서로 의견이 달랐다. 머리가 무거웠다. 요즘 나는 잠을 제대로 이룰 수 없다. 소갈증이 더해가는 듯하다. 그렇지만 그런 병색 또는 약한 모양새를 이이첨에게 보이고 싶지 않다.

"대감은 별일 없지요?"

빙긋 웃으며 이이첨이 대답했다. 그의 눈은 항상 웃지만 그의 마음은 늘 싸늘하다.

"좌참찬이구먼. 그간 별고 없으신지?"

"별일 있으란 말씀 같으오."

"무슨 말씀! 나는 좌참찬이 폐모론에 있어 중국 조정에 먼저 진주해서는 안 된다는 것과 노추를 중하게 여기라는 것 등에 있어 나와 의견을 달리하지만 늘 교산의 건령을 바라고 있지요."

"기자헌 대감이 저렇게 적소로 간 이후 마음이 편합니까?"

"지나친 말씀. 그동안의 정리로 보면 모질게 말씀할 게 아니지!"

"그 점에선 대감도 별로 할 말 있을 것 같지 않습니다."

"언중유골이로다!"

"이제 조옥(詔獄, 의금부)의 수장이 되시었으니, 하실 일이 더욱 많아질 것이지요?"

이이첨이 되묻는다.

"아비 기자헌을 배소로 가게 만들었다며 연일 공격하는 그의 아들 기준격 앞에 그대가 속수무책이라며?"

"그렇지 않아요. 소신은 지금 배은망덕의 극치를 맛보는 중이오. 제

자가 스승을 구렁텅이로 몰아붙이는 그 쓰디쓴 부도덕을 말이오. 대
감께선 그걸 즐길 참이오?”

“그럴 리 있나. 나는 그저 좌참찬이 염려스러워하는 말이지.”

“염려 고맙소만 소신에게 대처할 방책이 아주 없지는 않습니다.”

“기준격의 그대에 대한 상소와 그에 대응한 그대의 반대 상소. 이
두 상소를 전하께서 곧 내려 주실 것이란 소문이 도니 기다려 보세나.
상께서 긴한 일로 부르시었으니 일단 대전에 듭시다.”

기준격과 나의 비밀 상소가 이이첨의 손에 들어간다고? 이마에 땀
이 조금 배어났다. 가을바람이 슬쩍 스치고 지나가자 언제 그랬냐는
듯 나와 이이첨은 인정문을 지나 인정전 안으로 몸을 드밀어 넣었다.
대전 안엔 문창 부원군 유희분, 전시 총사령관 바로 아래 자리인 부
체찰사 장만이, 아니다, 군사 지식에 있어서 타의 추종을 불허할 그는
어찌 됐는지 빠지고 없고, 이번 어전회의는 유희분과 이이첨이 주도하
는 듯했다. 후금의 침공에 대비하여 명나라가 조선군의 파병을 요구
한 지난 윤4월 이후 장만은 조선군의 파병을 반대했다. 그러나 많은
신료들의 주장을 받아들여 광해는 당시 일단 파병을 허락하지 않을
수 없었다.

그리하여 강홍립에게 5도 도원수가 되어 명나라를 도우라 명하지
않았던가. 하지만 군을 총괄하는 임시직으로 현장에서 통수권을 쥔
막중한 임무의 도원수를 제수했음에도 강홍립은 이 핑계 저 핑계로
여전히 북방 임지로 떠나지 않았다. 광해는 물론 내가 그토록 절실히
요청했건만 말이다. 아, 예의 그 도원수 강홍립도 대전에 나와 앉았다.

“과인의 영이 이토록 서지 않으니, 이를 어떻게 이해해야 하는가?

도원수 강홍립은 대답하시오."

짐짓 병색임을 꾸민 강홍립, 얼굴이 누렇게 뜬 강홍립에게 광해가 엄한 어조로 하명했다. 그러나 찌그러드는 명나라를 위해 가능하다면 조선 군사의 파병을 원치 않는다는 것이 임금의 뜻임을 모르는 신료가 없었으므로 누군들 먼저 나서서 입론을 펴려 하지 않았다. 하지만 정황은 간단하지 않았다.

"전하, 엊그제 진주사 윤휘가 후금의 누루하치가 명나라 청하성을 함락시켰다고 알려오지 않았습니까. 노추가 지난 21일에 청하성을 포위하고 4경에 성을 공략하여, 22일 미시에 성이 마침내 함락되었답니다. 명의 유격 중군(游擊中軍)과 첨병 유격(添兵游擊)이 모두 피해를 입었고, 군병과 거주민 5만 명이 포로가 되거나 피살되었습니다. 요동 총병과 도사는 병사를 이끌고 성으로 올라가 방비하고 있는데, 요녕과 광동 지역은 소란스러워 5, 60리 정도 인적이 통하지 않는다 합니다."

유희분이 이렇게 내밀자 임금이 탄식하듯 중얼거렸다.

"사정이 그러한 고로…."

"전하, 진정 정황이 그러하나이다."

이렇게 내비치고 말을 이은 사람은 바로 나다.

"국사가 위급하므로 사직하지 말고 몸조리한 뒤 속히 내려가서 삼군을 통솔하여 장대한 계책을 이루어 나라의 근심을 덜어주어도 시원찮을 판에 도원수 강홍립은 칭병하며 출전치 않으려 하니, 이를 가벼이 여겨서는 아니 될 줄 압니다."

그 순간 복잡한 생각이 골을 흔들고 지나갔다. 서울의 동부 별시위에 1천500 명과 대졸(隊卒) 3천 명, 서부의 족친위와 친군위 4천 명, 중부 의흥위 갑사(甲士) 1만4천800 명, 남부의 군사 2천500 명, 그리고 서울 남부 충순위 정병 380 명과 장용위의 600 명 등이 뭔가 다른 일에 집중해야 해. 그리고 마침내 군국기무를 관장하는 문무 합의 기구인 비변사가 국경의 위기로 인해 그리로 몰입할 상태에 들어가야 허술해지는 궁궐, 특히 우선 서궁(덕수궁)을 접수할, 바야흐로 그 범궁(犯宮)이 허락될 것이야!

박홍구, 유희분, 이상의, 이시언, 조정, 유공량, 이경선, 심돈, 장만, 우치적, 권반, 임곤, 박자흥, 그리고 이이첨과 강홍립. 이들 15 인이 그 무렵 국방을 관장하는 비변사에서 힘을 쓰는 중이다. 말은 그리 돌지만 사실은 이이첨이 이들의 심리적 현실적 수장이었으므로 탑전에서 신료들은 이이첨의 얼굴을 살피느라 누구 하나 과감히 나서서 의견을 내려하지 않았다. 유독 나만이 그런 분위기를 반전하려 하거나 이이첨을 무시하려 할 따름이었다.

"강홍립 도원수가 북으로 나아가 과연 어느 편을 들 것이냐가 중요합니다, 전하."

하고 이이첨이 나섰지만,

"판의금부사 이이첨 대감은 또다시 조재지은이라 하며 명나라를 도우라 할 것이오?"

하고 나선 힘찬 목소리는 역시 나다.

"좌참찬은 들으시오!"

이이첨이 나에게 시퍼런 눈빛을 쏘아댔다. 흥분해 있었으므로 이이첨의 하얀 수염이 흔들렸고 역시 하얀 얼굴에 홍조가 돌았다.

"함경도의 수비가 매우 급한데 군대의 증원과 방수 등의 일이 관서나 삼수와 갑산 지역만 못하니 극히 고립되어 위태롭지요. 철령의 방수에 있어서는 일각이 급합니다. 그런데도 아직도 조처하지 않고 있으니 만일 갑자기 후금이 조선 땅에 깊이 쳐들어오는 변란이라도 생긴다면 장차 어떻게 할 것이오? 강홍립 도원수가 출병을 지체할 일이 아니지 않소."

"문제는."

나 또한 참지 않았다.

"출병하여 어찌할 것인지를 먼저 정해야 합니다. 도원수가 나아가기를 저어하는 것의 핵심에 바로 그 문제가 놓여 있다는 겁니다. 무너지려는 명나라를 도울 것이냐, 아니면 새로 일어서는 금나라를 고려할 것이냐, 하는 문제 말이오."

나는 관모를 고쳐 쓰고 임금을 우러렀다.

"전하, 하나의 묘책을 아뢰고자 합니다. 지난 무오년(1618) 윤4월 23일 명나라가 요동 반도를 침범한 후금을 토벌할 때 명의 요청이 있어 전하께선 강홍립으로 하여금 보국숭록대부, 5도 도원수가 되게 하여 군사를 거느리고 요동으로 출정하게 했습니다. 도원수가 아직 임지로 가지 않았으나 하나의 상정을 한다면, 출정 이후 다음해쯤에 명나라가 사르후 전투에서 대패하고, 또 아부달리에서 잇따라 격파를 당하고, 이어 유정과 강 도원수가 이끄는 조명연합군도 부차 전투에서 패할 개연성이 높습니다. 도원수 강홍립이 앞서는 우리 조선군은 편제를 좌영, 우영, 중영 등 삼영으로 나눠 조총과 장창으로 전면에 방어선을 구축하고 맞아 싸우게 될 것이나, 후금군 기병의 돌격에 선봉부

대가 역시 괴멸될 가능성이 높다고 봅니다. 지세가 험난하고 특히 기상이 돕지 않을 경우 밤이 되면 조선군 중영 본영 5천 명이 고립되어 포위될 수도 있습니다. 후금은 조선군에 항복을 권할 것이고, 결국 이틀을 굶은 강홍립과 조선군은 남은 병력을 이끌고 누르하치에게 투항하게 될지도 모릅니다. 그리하여 다시 묻게 됩니다만, 과연 누구를 위한 파병이냐는 겁니다. 전하, 그리하여 삼가 진언하는 것은 명과 후금의 싸움에 출전하는 것을 피할 수 없다면 진정 누구를 도울 것인지 내적 고민이 더 필요함을 환기하나이다. 이 경우 하나의 묘안은 후금에 대항하되 곧 바로 투항함으로써 우리 조선의 군졸도 살리고 명을 도와 후금과 싸움을 하지 않은 것이 아님을 드러내면서…. 전하, 곧 중립의 길로 나아가는 것이 어떠하냐 하는 말씀입니다. 이의 선택은 전적으로 전하의 판단에 달렸습니다. 저희 신료들로선 여기까지이고 전하께옵서 결단과 묘안을 내어 강홍립에게 긴히 그리고 비밀히 하교하심이 옳을 줄로 아옵니다.”

이이첨이 소리쳤다.

“아니되옵니다. 이는 배명(背明)하자는 불순한 의도라 동의할 수 없는 견해이옵니다. 하오니, 전하.”

그때 임금의 옥음이 들렸다.

“알겠도다. 오늘의 논의는 이쯤에서 끝내야 하리. 도원수만 남고 모두 퇴궐토록 하라!”

광해는 어좌에서 일어나 김상준 승전색을 앞세워 강홍립과 함께 편전인 선정전 안으로 들어가 버렸다.

신료들이 빈청에 모여들었다. 일본서 건너와 요즘 조정 대신들에게 유행인 그 남령초(南靈草, 담배)를 피우느라고 빈청 안이 자욱했다. 신료들이 얼마나 남령초를 좋아하는지 이를 요망한 풀이라는 뜻의 '요초(妖草)' 라 부르기도 하고, 한 번 입에 댔다 하면 상사병에 걸린 듯 헤어날 수 없는 풀이라 하여 '상사초(相思草)' 라고도 불렀다. 일전에 임금이 '국정을 논하는 자리에서 남령초를 피우지 말 것!' 을 명했으나 신료 대부분이 듣는 둥 만 둥 했다.

자욱한 남령초 연기 속에서 이이첨의 하얀 수염이 흔들렸다. 화가 머리끝까지 치밀어 오르는 것을 겨우 참는 모양새다. 나는 그런 그를 슬쩍 한 차례 살핀 이후 근래 잠을 제대로 자지 못해 몸이 피곤하여 팔짱을 낀 채 눈을 감고 마치 혼잣소리를 하듯 입을 열었다.

"조선 원정군의 도원수로 문관 출신의 강홍립을 임명한 것이 무엇 때문인 줄 아시오?"

누구에게 하는 말인지 알 수 없었기에, 그 순간 모두 마치 졸음 오는 듯 눈을 감고 있는 나에게가 아니라 이이첨을 보았다. 나는 대전에서 과도히 신경을 썼는지 갑자기 몸에 기운이 빠져 나가며 몽롱한 기분에 젖어 들었고, 순간 졸음에 취해 고개를 꺾고 말았다. 그러다가도 불연 고개를 다시 들어 중얼거렸다.

"강홍립 도원수는 어전통사(御前通事), 곧 왕의 직속 통역관을 역임할 정도로 중국어 실력이 뛰어난 인물이오. 이는 무엇을 뜻하는 것이겠소? 누가 설명해 보시오."

나는 잠시 말을 멈추고 다시 고개를 숙였다. 빈청엔 침묵이 돌았다. 아니, 식식거리는 이이첨의 숨소리만 들렸다. 나는 여전히 팔짱을 끼고 마치 잠을 자다가 잠꼬대라도 하듯 말했다.

"그건 상께서 명군 지휘부가 강홍립 도원수를 몹시 닦달할 것이란 사실을 예측하고 유창한 중국어로 명나라 장수를 잘 요리하라는 뜻이오. 다시 말하면 상께서 조선 원정군의 도원수로 문관 출신의 강홍립을 임명한 것은 명의 강요에 밀려 내키지 않는 출병을 단행한 이상, 병력의 손실을 최소화하려면 적어도 명군 지휘부와 직접 대화할 수 있는 인물이 필요했던 겁니다. 그래야만 작전권을 틀어쥔 그들에게 일방적으로 휘둘리지 않을 수 있지요. 소신이 예상하건대 성상께선 출정하기 직전 강홍립에게 지침을 줄 것이오. '그대는 조선군의 정예 병력을 이끌고 있으니 명군 지휘부의 명령을 일방적으로 따르지 말고 신중하게 처신하여 패하지 않도록 하라.' 는 것을 말이오."

그러고 나서 나는 아주 잠깐 홀연히 잠에 떨어진 듯한데, 갑자기 빈청의 창문을 울리는 큰 소리가 있었으니, 이이첨의 것이었다.

"너 교산, 네 견해가 다인 줄 아나?! 임란이 누구에 의해 종결됐는지 모르느냐? 명의 군대가 아니면 지금쯤 우리는 지옥에서 어정거리고 있을 것이야."

내가 대응했다.

"아니오! 조선의 승전은 우리 광해 임금의 탁월한 분조(分朝)의 운영 때문이었고, 우리 정예병은 물론 의병과 승군의 노고를 결코 간과해서는 안 될 것이오. 충직한 이순신 장군을 비롯해 만백성의 간고 또한 무시할 수 없을 터. 어찌하여 예판 대감은 명군의 위용만 앞세우려 하시오. 그렇다면 대감은 조선의 대신이요, 명의 신하요?"

그때 강홍립이 빈청에 들어서는 것이 보였다.

"무슨 하명이 있었소?"

박홍구, 유희분, 이상의, 이시언, 조정, 유공량, 이경선, 심돈, 우치적, 권반, 임곤, 박자흥 그리고 이이첨이 거의 동시에 묻다가 서로의 얼굴을 보고 멈칫거렸다. 강홍립이 신료들의 얼굴을 한 차례 쭉 살핀 다음 한숨을 내쉬며 말했다.

"대감들, 소신이 내일 출정하기로 했습니다."

그리고 털썩 자리에 앉으며 중얼거렸다.

"어쩌겠소. 명이 저렇게 재촉하고, 상께서 돈독히 유시하여 속히 출사해서 군국의 일을 다스리라니. 또 특히 출정 이후의 비책을 일러 주셨으니 더 이상 칭병해선 안 되겠지요. 내일 묘시에 숙정문(肅靖門, 한양 도성 북쪽 문)에서 출병합니다."

내가 즉각 물었다.

"좌우 포도청, 훈련도감, 내금위, 의금부의 관원 모두 데리고 가는 것은 아니겠지요?"

"물론입니다. 상께서 출정하시는 것이 아닌 한 그들은 남아 도성을 지켜야 하지요. 소신은 동부 별시위, 서부 족친위, 중부 의흥위, 남부위 군사 그리고 서울 남부 충순위 정병과 장용위 군사와 함께 출발할 것이오. 지난번에 여기 순변사 우치적 대감이 7월 17일에 떠나는 것이 길하다 하고, 소신은 7월 27일에 떠나는 것이 길하다고 했습니다만, 끝내 내키지 않아 주저했었지요. 허나 이제 마침내 출정하고자 하니 대신들께서는 그리 아시고 성상을 도와 도성을 책임져 주세요."

"염려 놓으시오."

그렇게 말하며 이이첨이 사시를 만들어 흘깃 나에게로 시퍼런 눈빛을 쏘아 보냈다. 그것을 눈치챈 사람은 아무도 없었다. 도원수 강홍립이 말을 이었다.

"의정부 좌참찬인 제가 도원수이고, 중군관은 원임 절도사 이계선, 총령 대장 부원수는 평안도 절도사 김경서, 중군관은 우후 안여눌, 분령 편비의 방어사는 문희성, 좌조방장은 김응하, 우조방장은 이일원 등이오. 소신만 문직(文職)이고 저들 모두 무직(武職)이니 북쪽 전장의 일은 염려 놓으세요."

내가 무심히 묻는다는 어조를 잃지 않으며 물었다.

"어느 군사를 데려갑니까? 우리 조선군이 파수할 요충지는 강계, 상토, 만포, 고산리, 위원, 이산, 아이, 벽동, 창주, 창성, 삭주, 의주입니다만."

강홍립이 기억을 되살린다.

"그곳의 방어를 위해 이미 뽑아 놓은 병정 가운데 포수가 3천5백 명인데, 평안도 포수가 1천 명, 전라도 포수가 1천 명, 충청도 포수가 1천 명, 황해도 포수가 5백 명입니다. 사수도 3천5백 명인데, 평안도 사수가 1천5백, 전라도 사수가 5백, 충청도 사수가 5백, 황해도 사수가 1천입니다. 살수(殺手, 칼과 창을 가진 군사)는 3천 명, 평안도 살수가 1천, 전라도 살수가 1천, 충청도 살수가 5백, 황해도 살수가 5백 명입니다. 이상을 통틀어 1만 명. 일부는 이미 현장에 가 있고, 소신이 내일 나머지 군사와 함께 출동할 겁니다. 자, 그러면…. 참, 신료들께서는 내일 숙정문 앞으로 나오지 마세요. 명과 후금의 간자 혹은 반간자들 여럿이 이미 경기 지역과 도성에 숨어 있을 것이므로 요란하지 않게 갈 것이니 대신들께선 나와선 안 됩니다. 제가 묘시라 했습니다만,

사실은 그보다 빨리 자시 말미쯤에 떠날 수도 있습니다. 그렇게들 아시고 뒷날을 기약합시다. 그러면…."

　도원수 강홍립은 비장한 음색을 띠며 그렇게 말한 뒤 곧바로 빈청을 떠나 사라지고 말았다. 아니다. 그 전에 강홍립이 다가와 속삭였다.

　"지난번 교산이 우리 집에 찾아와 출정을 권유할 그 때 이미 마음을 굳혔네. 오늘 교산의 의견은 우리 집에서의 애기 그대로, 그야말로 역시 탁견이었어. 편전에서 성상께서 대감과의 견해와 똑 같은 말씀으로 언명하셨어요. 교산, 잘 다녀오리다. 아니, 그곳으로 가서 다시는 조선 땅에 들어올 수 없을 것이지."

　강홍립의 눈에 눈물이 고였다. 아무도 보지 못하는 것을 나만이 그의 눈에서 피 같은 눈물을 보았다. 아니, 보았다기보다 읽었다 해야 할 것이다. 강홍립이 큰소리로 외친다.

　"좌참찬 대감, 조선의 앞날이 어떻게 될지 진정 걱정이 앞서요. 소신이 할 나름이라면 저는 거기서 죽는다 하여도 여한이 없을 것이지요. 오늘 다시금 느꼈습니다만, 조선에 좌참찬같이 앞날을 내다보는 사대부가 없다면 앞날이 우려된다는 말씀을 하게 됩니다. 하여간 소신은 이렇게 떠나요. 부디 건승하세요!"

　강홍립이 다른 이가 다 듣도록 큰소리로 그렇게 말한 뒤 다시 한번 여러 대신들을 돌아본 다음, 특히 이이첨의 하얀 얼굴을 뚫어지게 쳐다본 뒤 빈청 밖으로 사라져 갔다. 이이첨 옆에서 강홍립과 나 사이의 은밀한 대화를 들으려 하던 한성부 우윤 김개가 내게 시선을 고정하고 얼굴에서 무엇을 찾으려 애를 쓰는 듯 보였다. 나는 그 순간 홀로 속삭였다.

'그와 함께 거개의 병사가 도성과 경기 지역을 떠난다!'

나는 가슴에다가 이렇게 금을 긋고, 즉각 빈청을 떠나 돈화문을 빠져 나왔다.

"좌참찬 대감, 일이 바쁘오?"

하며 뒤이어 나오던 이이첨이 그렇게 물었고, 우윤 김개가 뭔가 말을 하려다가 멈춘다. 허나, 그들을 무시하고 나는 곧바로 상곡으로 돌아왔다.

밤이 되었다. 사랑에 봉사시 주부 여인 이재영이 들어섰다. 그의 이마에 땀이 맺혀 있고, 얼굴이 창백하다. 무슨 일이 생긴 것이 분명하다. 그러나 나는 묻지 않았다. 그가 말을 하지 않아도 남산에서 밤에 소리쳐서 도성의 인심을 흉흉하게 만든 것을 수사하는 과정 속에 현응민 등이 추적당할 것이 분명했음으로다. 이재영이 목소리를 낮추었다.

"남산 소란으로는 아직 아무도 잡히지 않았네. 하지만 숭례문에 벽서를 써 붙인 자네 조카 하인준이 추적을 벗어날 길이 없어. 잡히는 것은 시간문제가 아닌가."

"나는 이미 하인준을 피신시켰네. 쉽게 잡히지 않을 것이야. 여인, 중요한 사실은 강홍립이 내일 새벽에 떠난다는 거네. 아니, 오늘 자정쯤에 이미 서대문에서 출발해 무악재를 넘어 파주와 개성 쪽으로 발길을 잡게 될지 몰라. 그가 숙정문(북문)으로 나간다 했지만, 군사의 일을 제대로 알려줄 리가 없지. 하여간 수천 병사를 인솔하고 북으로 가고 있을 터."

"그렇다면 궁궐의 방책이 더 허술해져야 한다는 자네의 의견이 그대로 들어맞지 않나. 지난 경술년(1610)에 중수한 창덕궁 신궐(新闕), 곧 법궁(法宮) 역시 방비가 더 허술해졌다고 봐야겠지. 그렇다면 이제 할 일은?"

"그대로 법궁이야! 우선 서궁을."

그렇게 말하고 나는 창문 밖으로 귀를 고정시켰다. 이재영 역시 수염을 내리 쓸며 방문 창호지를 뚫고 밖의 동정을 살폈다.

"도성엔 좌우포도청 포졸들과 훈련도감의 일부 병사들 그리고 내금위 군졸과 의금부의 관원이 있을 따름. 경기 지역 병사는 다 북으로 떠났단 말이지. 알겠는가? 지금이 절호의 기회란 말이야. 향후 강홍립이 북으로 가는 그 열흘 안이 거사할 적절한 때라 할 것이지. 그러니 자네는 지금 즉시 우리 동지들, 그래 나는 지금부터 우리 동지들을 호민군(豪民軍)으로 부르겠네, 우리 반촌의 호민군에게 준비하라 이르게. 아니지! 자넨 내 곁에 있게. 외별당에 지금 누가 있나?"

내 수염이 조금 떨고 있음을 보고 이재영은 시선을 외면하며 대답한다.

"찬집난청 원종이 있네."

"거한으로 힘이 장사이고, 철퇴를 잘 쓰기로 장안에 소문이 자자한 그 인물이 지금 여기에 있구만!"

나는 한 차례 침을 삼켰다.

"오는 17일 밤에 낙산 성곽을 쳐야 해. 성을 넘는 짓은 하지 말고, 아주 강력하게 치는 흉내만 내고 뒤로 빠지라는 명을 장위산 산채에, 그리고 반촌 장정들에게 전달하게."

나는 다시 한번 침을 삼키고 눈을 돌렸다.

"박치의는 관악산으로, 박치의를 따라 봉학이 함께 가겠지. 명허 스님은 승도를 데리고 혜화문(동소문) 쪽으로 가게 하게. 원종은 내 곁에 바짝 붙어 있어야 해!"

나는 조금 허둥댔다. 눈알이 붉어졌다. 수염을 여러 차례 훑어 내리며 같은 말을 반복했다.

"호민군이 각각 돈의문(서대문)에서 경운궁(덕수궁)으로, 또 소의문(소서문)으로도 경운궁으로 가도록 하고, 상곡에 남아 있는 우리도 경운궁 쪽으로 닥쳐 가야지! 17일 밤에 일부는 명허 스님을 중심으로 하여 일단 동쪽 낙산 성곽을 치고 난 뒤 18일 밤에 말이야. 오랫동안 준비했으니 별 문제 없다면 우리의 거사는 마침내 성공할 것이야!"

"그래야지!"

이재영이 외별당으로 달려갔다. 나는 일어서서 방안을 서성거렸다. 아랫배에 힘을 주고 눈알을 부라려 보았다. 이제 가야 해, 하고 혼자 반복하여 중얼거렸다.

"이제 난 호민이야. 진정 호민이지. 그동안 나는 그저 그렇게 살아가는 항민이며, 항상 원망을 품은 원민일 따름이었어. 내 비록 사대부였으나 나는 항상 특히 불만이 많은 원민이었지. 이제 나는 전적으로 세력을 키운 호민이 되어 적에게 나를 처절히 부딪쳐 갈 것이야. 그래, 가고야 말 것! 서궁의 인목 대비는 기다리라. 그 와중에 이이첨 그대도 기다리라! 기준격 너도. 그리고 광해는…."

나는 '광해'를 여러 번 반복하다가 자리에 풀썩 물러앉아 천정을 바라보았다. 그때 누군가가 사랑채의 문을 두드렸다. 놀라 얼른 열어

보니 젊은 유생 황정필이 문밖에 서서 내 말을 다 들은 듯한 얼굴로 들여다보고 있다.

"자네, 다 들었나?"

"그게 대수입니까. 사실 우리는 그동안 이를 위해 다양하게 모색해 온 것이 아닙니까. 대감, 염려 놓으세요. 제가 직극 돕겠습니다."

황정필은 유생으로 조식을 문묘에 종사(從祀)할 것과 명나라와의 국경무역인 중강장시(中江場市)를 다시 설치할 것을 상소한 인물이다. 근자 그는 하인준, 김개, 김우성, 김윤황, 우경방, 현응민 등과 가까이 지낸다.

"자네도 여기 내 곁에 있어야 해."

"그러겠습니다."

나는 믿음직한 황정필의 등을 두드려 주었다.

*

숭례문 담벼락에 격문을 붙인 하인준은 그날 하오 늦게 고향인 용인으로 출발했다. 지난 임자년(1612)에 진사시에 입격한 하인준은 무오년(1618) 들어 인목 대비가 서궁으로 유폐된 이후에 좌참찬 허균을 모시고 다양한 정치 활동을 해 온 자신을 조금도 후회하지 않았다. 수백 명의 다른 유생들을 선동하여 폐모론을 주장하는 상소를 써서 올리기를 주저하지 않았다. 그게 순리라 믿었기 때문이다. 정통성이란 다만 혈통의 문제가 아니다. 정통성이란 이 시대 고통스런 전란인 임진왜란과 무관하지 않다. 왜란에 이겨 다시 나라를 일으킨 것은 광해다. 그를 위한 모든 행위 바로 그것이 정통성이다.

이렇게 생각하는 하인준은 삼촌 허균이 하는 일이 옳다고 믿어 의심치 않았다. 하인준은 종자를 붙이지 않고 과천을 스쳐 남으로 말을 몰아 달렸다. 날이 밝을 무렵에 수원과 기흥을 지나 용인에 도착했다. 말이 쓰러질 듯 허우적거리자 하인준은 길가 수양버들 아래의 우물에서 물을 퍼 먹이고 잠시 쉬는 무렵이었다.

"이놈!"

길가 풀숲에서 세 명의 포졸이 들이닥치며 하인준의 멱살을 잡았다. 한 포졸은 하인준의 팔을 뒤로 돌려 오랏줄을 매고, 다른 포졸은 육모방망이로 하인준의 등짝을 내리 찍었다. 하인준은 끽 소리 한 마디 내뱉지 못하고 졸지에 묶이고 패이고 하여 길가 땅바닥에 배를 대고 납작 엎어져 거품을 내뱉을 따름이었다.

"하인준, 너를 숭례문 흉격 사건 피의자로 나포하니 그리 알라."

'이렇게나 빨리.' 하인준은 그렇게 생각할 뿐 아무 저항을 하지 못했다. '고향에 가서 깊이 숨어 있으라.'는 허균의 말을 듣고 당일 오후에 출발하여 여기에 이르렀는데, 이렇게 졸지에 사로잡히고 말았으니 앞으로 어떻게 될 것인지, 하인준은 포졸들이 몰아가는 대로 갈 뿐 전혀 손 쓸 일이 없었고, 다음날 정오 무렵에 의금부로 압송돼 하인준은 마침내 옥에 갇히고 말았다.

그리고 하루 지난 다음 날 아침에 옥문이 열리자 나졸 셋이 들어와 하인준의 족쇄와 옥문 사이에 연결된 사슬을 풀었다. 함부로 취급당하자 하인준이 속으로 열불이 났으나, 나졸들은 아랑곳하지 않고 익숙한 손놀림으로 족쇄의 줄을 풀고 목덜미를 끌어 일어나라고 소리친다. 나졸에 이끌려 여남은 걸음쯤 걸었을까. 옥사 창살에 비스듬히 걸린 햇빛 탓인지 눈 밑이 검은 금부도사가 책상에 걸터앉아 시큰둥한 표정으로 하인준에게 일러 의자에 앉으라 하였다.

심문이 시작될 모양이다. 하인준은 숨을 들이마셨다. 아랫배에 힘을 주고 눈을 힘껏 감았다가 떴다. 의금부는 바로 추국청으로 변해 있었다. 의자에 앉은 얼굴 하얀 사람은 누구인가? 그는 판의금부사, 곧 의금부의 수장인 이이첨이 아닌가. 하인준은 덜컥, 가슴이 떨어지는 소리를 들었다. 운종가 이문동(里門洞, 현재의 공평동) 쪽을 지나가다 보면 보이던 그 무시무시한 의금부에, 그것도 막 차려진 추국청에서 지금 자신이 국문을 당할 즈음이다. 이이첨뿐 아니라 그 옆에 금부 당상 윤선, 우윤에서 근자 좌윤으로 옮긴 김개가 동의금(同義禁, 의금부 종2품)으로, 또 동의금 윤수민도 앉아 있고, 집의 임건, 사간 신광업도 옆에 있다. 관(冠)과 대(帶)를 온전히 차려 입은 그들은 짐짓 엄숙한 얼굴로 하인준을 내려다본다. 그럼에도 하인준은 그 무렵 이이첨에서 허균으로 지지의 방향을 바꾼 한성부 좌윤 김개를 상곡에서 본 기억이 났기에 조금 안심이 됐다. 사간 신광업도 상곡에서 본 적이 있다.

"국청(鞫廳, 국가적 중죄인 재판정)으로 의논하여 처리하라는 성상의 전교가 있었다. 그리하여 이렇게 묻나니, 그대는 숭례문 담벼락에 붙어 있는 흉서를 문을 나갈 때 어떤 연유로 볼 수 있었으며, 본 뒤에는 즉시 수문 장사에게 힐문하지 않고 단지 한명욱에게만 가서 말을 전한 전후의 곡절을 일일이 바른 대로 고하라."

어느 명이던가 하인준은 사실 그대로를 고했다. 아니, 스스로 사실이라 믿는 그대로를 말했다. 그때 나장들이 다른 한 사람을 데려다 하인준 옆에 꿇어 앉혔다. 이이첨이 그에게 처음처럼 묻는다.

"너는 서리 김애천인가?"

"그러하옵니다."

"어떻게 된 일인가?"

"한 장령이 남대문 밖에서 들어와 저를 불러 묻기를 '이 문에 방이 붙어 있었다는데 네가 아는가?' 라기에 모른다고 답하니, 장령이 말하기를 '네가 별장에게 물어보고 즉시 와서 알려라.' 하였습니다. 별장들이 가져갔다기에 달려가 그들이 머무는 청사의 부엌 아궁이에서 벽서를 구해내 대간에 바쳤습니다."

"그걸 장령 한명욱이 봉투에 넣어 올린 것이고?"

"이후의 일은 소신이 알지 못합니다."

"그렇게 된 것이라…."

추국청이 조용했다. 침 넘어가는 소리도 들리지 않았다. 이이첨이 금부 당상 윤선에게로 고개를 돌렸다.

"윤 대감, 저기 하인준은 다만 방을 본 것에 불과한 것이오?"

"소신에게 묻는 것입니까? 그렇다면 소신으로서는 납득하기 어렵다는 의견을 폅니다. 즉, 여러 사람이 그 방을 보았을 것인데 굳이 하인준이 고변할 것이 무엇인지 의문이 들지 않을 수 없습니다. 하인준, 혹 그대가 방을 붙이고 그대 스스로 고변한 것은 아닌가?"

하인준은 가슴이 뜨끔했다.

"그럴 리 있겠습니까. 벌써 해는 높았고, 사람들이 모두 방을 보고 있는 중에 소신 또한 보았을 따름입니다."

"대감, 그렇다면 장령 한명욱도 부르고, 숭례문 별장 장응명, 한진하, 서유일도 이 자리에 나와 앉아야 진상을 살필 수 있을 것입니다."

"그래야 한다고 봅니다."

집의 임건과 사간 신광업이 동시에 대답했다. 좌윤 김개는 아무 말 않고 하인준을 내려다보았다.

"좌윤 대감은 어찌 생각하시는지?"

이런 이이첨의 물음에 김개는 한 차례 허헛, 하고 헛기침을 내뱉고 천천히 말했다.

"저기 저렇게 무릎 꿇고 앉은 하인준은 결코 대낮에 흉서를 붙일 자가 아니라 봅니다. 생각건대 흉서를 대낮에 붙인 것이 아닙니다. 인준이 지나갈 때 해가 중천에 솟아 있었다고 하였으니, 그렇다면 인준이 대관에게 말한 것도 이미 늦었다 할 것입니다. 이 사람이 어찌 잡아두고 오랫동안 신문해야 할 자이겠습니까. 소신이 알기에 하인준은 평소에 충분(忠憤)을 지니고 임금을 사랑할 줄 알았기에 대관에게 전하여 임금에게 이르도록 하고자 한 것이니 그 정성이 가상합니다. 원컨대 추관께서는 쾌히 그를 석방해 인심을 진정시키는 게 옳다고 봅니다."

이이첨이 고개를 갸웃거리며 김개와 하인준의 얼굴을 번갈아 바라보다가 관모를 고쳐 쓰고 관대를 치켜 올린다.

"문제는 흉서를 누가 쓰고 누가 언제 거기에 붙여 놓았느냐 하는 거지요. 더욱 중대한 것은 지난 정사년 1월에 서궁에 화살로 쏘아 넣은 흉격과 이번 것의 내용이 별로 다르지 않아, 그때에 허균이 의심을 샀거니와 이번 것에도 의문 혹은 의혹이 적지 아니하니 더 깊이 따져 보아야 한다는 얘기요. 허나 오늘은 여기까지만 합시다.”

하고 추관 이이첨은 횡 허니 추국장을 빠져 나갔다.

욕망 — 이이첨으로부터

파란 수레국화와 자색 금낭화가 흐드러지게 피어 있는 장원서(掌苑署, 현재의 서울 종로구 화동)의 오솔길에서 푸르다 못해 검게 변해가는 백악산을 바라보며 병조 판서 유희분이 수염을 쓸며 걱정스런 얼굴을 만들고 섰다. 그 옆에 햇빛에 내리 쬐이는 얼굴에 주름을 만들며 이이첨이 헛기침을 했다.

"허균을 이젠 어떻게 해야 하지 않나, 하는 게 내 뜻이오."

유희분이 목소리를 약간 높였다.

"그 일로 판의금 대감께서 이렇게 만나자 했으니, 오늘 여기 장원서에서 해결의 길을 마련해 봐야 하겠는데, 그러니까 광창 부원군(이이첨)은 허균을 진정 해하자는 얘기요?"

"작년 말 무렵의 서궁 흉격 사건이 허균의 소행이라는 것이 조정의 정평이고, 그것을 주장하다가 기왕에 허균과 원수 진 기자헌이 저렇게 유배를 가지 않았소. 그것도 그러하고, 엊그제 남대문 괴방 사건도 허균 쪽 사람의 소행으로 밝혀질 개연성이 높아요. 그렇다면 허균의 의도는 충분히 드러난 셈이 아니오이까. 허니, 나는 허균을 처리할 때가 왔다고 봅니다.”

그 말을 듣고 유희분의 마음이 적지 아니 상했다.

“허균을 처리해요? 누구 맘대로! 추국하고 결안을 내리려면 갈 길이 천 리인데 아직 조사도 시작하지 않은 상태임에도 그렇게 단죄를 전제하자는 말씀이오? 결코 있을 수 없는 일이오!”

그러는 유희분을 이이첨은 뜨악한 눈으로 바라보았다. 이자가 어느 안전에 이렇게 목소리를 높이나, 하는 눈빛이다. 그걸 무시하고 유희분이 다시 내지른다.

“관송 대감이 허균을 특별히 총애하여 오늘날 저렇게 정치적 입지를 넓히도록 해 놓고 이제 와서, 허균의 기세가 크다고 보아 다시 그를 제거하자는 식이라면 나라 정치가 과연 어디로 가야 하는지 묻지 않을 수 없소이다. 나는 허균 같은 자가 조정에 있지 아니하면 조선이, 아니 조선의 구태의연한 신료들이 명나라의 조재지은만 강조하다가 이 땅이 노추의 습격을 받을 정황에 이르도록 만들지 않을까 염려되오. 허균은 노추와 명나라의 힘 사이에 서서 사태를 관망하자는 의견을 내지 않았소이까. 나는 그 점에선 허균의 생각에 동조하오. 허균 같은 그야말로 의외의 인물이 필요하다고 봅니다. 그러니 내 경우 대감처럼 허균을 제거하자는 생각 같은 것이랑 당최 없습니다!”

“그게 어찌 나만 위하자는 판단이겠소! 이 모두 종묘의 근심, 아니 주상전하의 깊은 뜻을 헤아려 보자는 얘기 아닙니까.”

“성상의 뜻을 헤아려요?!”

문창 부원군 유희분은 어리둥절한 표정을 감추지 않으며 광창 부원군 이이첨을 몰아세웠다.

"성상의 뜻 말입니까? 그렇다면 성상께서 진정 허균을 제거하라 하십니까? 그런 영을 비밀리에 내리기라도 했답니까? 판의금 대감께서 스스로 지어낸 말이 아닙니까? 필요할 땐 늘 그러지 아니했소이까. 성상의 뜻이라고 말이오!"

"명백하게 그렇게 말씀하신 것은 아니오만…. 허나 꼭 대놓고 말해야 알게 되는 것이오? 저간의 정황상 나는 성상께서 적잖이 허균을 부담스러워한다는 것을 느낍니다."

"느껴요? 대감의 그 느낌이 얼마나 많은 사람을 해치는 줄 아십니까? 자중하셔야지요. 사람을 살리고 죽이는 일엔 특히 그렇습니다. 정여립 사건 때 성상의 뜻이라 믿어 우리 동인을 그렇게 죽인, 무려 5백, 아니 천여 명을 죽음으로 몰아넣은 송강 정철의 전철을 밟을까 진정 염려됩니다. 그런데, 대관절 주상의 뜻이 어떠하기에 대감께서 허균을 반드시 제거해야 한다는 생각을 하게 됐습니까?"

그렇게 말하는 유희분의 손가락이 이이첨의 가슴을 향했다.

"어허, 손 치워요! 자, 그자에 관해 분명히 말씀합니다. 작년의 서궁 흉격 사건이 허균 쪽의 소행인 줄 잘 아시면서도 아무 조치를 취하지 않으신 것은 성상께서 허균의 폐모 주장을 받아들이는 것으로, 즉 군신 사이에 일종의 거래를 했다고 이해하자는 겁니다."

"거래? 그러니까 폐모론을 기회로 성상의 운신을 넓히는 것에 허균이 도움을 주고, 그러므로 성상께선 흉격이 곧 서궁의 힘을 빼어 버리는 쪽으로 작용한다고 믿어 흉격의 주도자인 허균을 모른 척 했다는 얘기요?”

“허나, 남대문 흉서 괴방 사건으로 더 이상 허균을 내버려 둘 수 없다는 겁니다. 폐모에 대한 허균의 역할이 이미 끝났다고 판단하여 허균의 진정한 의도가 무엇인지, 이를 테면 서궁을 폐하는 것에 그치지 아니하고 정말 혹 불궤의 의도를 가지고 있는지 이젠 의심해 봐야 한다는 얘깁니다. 그러니 이쯤에서 제거를 도모함이….”

“그건 어디까지나 판의금 대감의 판단이고, 나는 생각이 달라요. 특히 폐모론과 관련하여 허균의 역할이 끝났다는 대목에선 대감의 용렬함이 느껴질 따름이오.”

“뭣이라, 용렬함? 이자가 어디서 함부로!”

“이자라니! 대감의 말본새가 날이 갈수록 지나치니, 그 오만이 어디에서 비롯됐는지 묻지 않을 수 없소! 대감의 외손 박 씨가 세자빈이라 하여 그러하오? 그렇다면 나는 성상의 처남이오. 그렇다 하여 나 또한 대감처럼 방자히 군다면?”

유희분이 길가 메꽃을 걷어차니, 대궁이 부러져 꽃이 저만치 나가 떨어졌다. 이이첨 역시 화가 머리끝까지 치밀어 올랐다.

“내게 못하는 소리가 없군! 용렬하다고? 곧, 오만하고 방자하다는 얘긴데, 도대체 뉘 앞에서 그따위 소리를!”

이이첨은 갓을 벗어 땅바닥에 내팽개쳤다. 하얀 이마가 햇빛에 반사되어 이이첨의 머리가 반짝이는 갯가의 조약돌 같아 보였다. 이이첨이 씩씩거리며 대들었다.

“유희분 대감은 들으시오. 나는 곧 허균을 정리하자는 밀계를 상께 올릴 겁니다. 그 밀계엔 대감과 박승종 좌상의 의견도 같다고 할 것이오. 허균을 더 이상 내버려 둬선 안 됩니다. 대론은 나와 그가 주도했지만, 이제 조정은 온전히 우리 삼창(三昌, 廣昌 이이첨, 文昌 유희분, 密昌 박승종)이 담당해야 합니다. 허균 같은 사문난적이 횡행하게 내버려 둘 수는 없소! 알겠소? 대감도 사태를 알 만한 사람이니, 더 이상 다른 논의는 하지 맙시다!"

"허나, 충분한 조사 없이 허균 등 사람을 해하는 일을 계속하신다면, 나는 결코 동조할 수 없다는 점을 분명히 해둡니다. 그럼 먼저."

유희분이 두루마기 자락을 휘날리며 북촌 방향으로 휭 하니 사라진 다음 이이첨이 백악산을 바라보며 혼잣소리를 했다.

'이거 진정이야, 허균은 마땅히 제거돼야 해!'

그 순간 이이첨의 머릿속은 김개시로 꽉 들이찼다. 부서진 갓을 집어 들지 않고 맨머리 그대로 장원서를 떠나 이이첨은 쌍리동을 돌아가 잠시 생각을 가다듬은 뒤 설렁줄을 흔들어 상노아이를 불렀다. 아래채에서 상노놈이 뛰어온다.

"출타한다."

이이첨은 체경을 보며 탕건과 의복을 정제한 뒤 남여에 올랐다. 구종배들이 어디로 갈 것인지를 물었다.

"동궁으로!"

외할아버지가 들어왔다는 전갈을 받고 세자빈 박 씨는 잠시 몸을 떨었다. 언제나 외할아버지는 두려움을 주는 어른이다. 외할아버지가 자신보다 상대적으로 품계가 낮다고 스스로 마음을 다잡아 보지만, 현실적으로 늘 두려움과 거리감을 느끼게 되는 분이다. 그가 누구인

가. 공중에 나는 새도 떨어뜨리는 당대의 명신, 실제로 이 시대 권력의 중핵이 아니던가. 그분이 오셨다. 그분은 외할아버지.

"후궁전에 가서 김 상궁 마마를 불러 오너라."

"예."

시녀가 사라지자 세자빈 박 씨가 외할아버지를 맞는다.

"빈궁마마, 그동안 잘 계셨는지요? 어허, 새삼 떠올리지만 지난 신해년에 영의정 이덕형과 좌의정 이항복 등이 삼가 성상의 하교를 받들고 살펴보자 하니, 처녀 단자에 들어 있는 박 씨의 가세가 명벌(名閥)에 속하고, 종사의 제사를 주관하도록 맡기기에 정말로 잘 어울린다는 회계를 올렸었지요."

"허나 외할아버지, 그리하여 간택된 이 외할아버지의 손녀는 아직 세손을 생산하지 못하였습니다. 그게 늘 가슴이 아픕니다."

"그래서 오늘 이렇게 외할애비가 왔어요."

외할아버지 이이첨은 웃음 띤 얼굴을 사위 박자흥의 딸로 세자 이질에게로 시집간 외손녀 빈궁 박 씨에게 가져갔다. 가까이서 보니 금실로 용을 수놓은 아름다운 당의를 입었으나, 그 화려함과 달리 빈궁의 얼굴은 말이 아니었다.

"요즘 마음이 심란하지요?"

"외할아버지, 이번 달 초에 전하께옵서 소훈(昭訓, 세자궁에 딸린 종5품 내명부의 품계)의 처녀단자를 봉입하는 일로 전교하시지 않았나요."

"그게 신경 쓰이는 것은 인지상정. 허나 안심하세요. 다양한 방법으로 막을 것이니, 그리 아시고 마음을 편이 가져요. 김 상궁은?"

"아이를 보냈으니 곧 올 것입니다."

"김 상궁이 대안을 낼 것이오. 김개똥, 아니 김개시(金介屎), 아니 아니, 김 상궁은 지난 계축년 이후 이 외할애비와 수년 동안 마음을 맞추어 왔고, 그 또한 진정 후궁이니 내명부 세상에서 살아가야 하는, 아이를 두지 못한 아녀자의 마음을 잘 알 것이지. 허니, 대안은 마련될 것이고…. 일단 소훈 간택을 지켜봅시다. 다만 지난 7월에 상께서 권여경의 딸 권 씨를 숙의(淑儀, 후궁에게 내리던 종2품 내명부 품계)로 삼은 것은 지나친 바 없지 않아요. 조종 조에 숙의는 세 사람을 넘을 수 없었는데, 일찍이 허경의 딸, 홍매의 딸, 윤홍업의 딸, 원수신의 딸을 뽑아 들였고, 지금 다시 권여경의 딸을 합하여 다섯 사람이나 되었으니, 이젠 좀 참아야 하거늘…. 물론 그와 다르지만, 다만 궁 안에 여알(女謁, 대궐 안에서 정사를 어지럽히는 여자)이 날로 성하는 것이 문제라."

"외할아버지, 진정 누가 간택되느냐 하는 겁니다. 명문대가의 처녀라면 소녀에게 적지 아니 영향을 미칠 것인데, 소녀는 그것이…."

아직 어린 아녀자로서 가녀린 손녀의 마음이 심란할 수밖에 없다는 사실을 어찌 모르랴. 이이첨은 빈궁이 더욱 쓸쓸해 보여 눈시울이 붉어졌다. 그때 김 상궁이 들어왔다.

"만난 지 며칠 되지 않은데 한참 지난 것 같네요, 반갑습니다."

"내게 하는 말이오?"

이이첨의 물음에 상궁 김개시가 싱긋 웃는다.

"빈궁에게도 해당되는 안부 인사입니다."

"여전하구먼. 좋은 소식 있어요?"

“전하의 전교가 있었지요.”

“무슨?”

“처녀 단자를 많은 수로 봉입할 것을 여러 번 하교하였는데, 단지 십여 명만으로 구차하게 충당시켜 봉입하여 책임을 메우려 하는 관리들을 추고하라는 전교입니다. 즐거운 일입지요. 한성부와 오부의 해당 관리를 추고하여 다시 더 봉입하도록 독촉하고, 처녀를 내놓지 않는 집의 가장은 조사하여 다스리라는 어명이 이어졌습니다.”

“그렇다면 아직 말미가 있구먼. 문제는 기왕에 들어온 단자에 주목할 만한 아이가, 아니 주목되는 가문의 여식이 있는가 하는 점이지.”

이이첨은 선조의 총애를 받고 다시 그 아들 광해의 사랑도 받는 이 기이한 여자 김개시를 새삼스럽게 바라보았다. 김개시가 다시 배시시 웃는다. 그녀의 입술이 붉다. 요즘 유행하는 명나라 식 화장을 했을 것이다. 저런 것에 상께서 넘어가셨을 것이라 생각해 본다.

“저 옛날 태종 때 경복궁에서 경외(京外)의 처녀를 함께 선발했지요. 내사 황엄이 처녀 중에 미색이 없다고 노하여 경상도 경차 내관 박유에게 경상 일도가 나라의 반인데 어째서 미색이 없겠느냐? 네가 감히 개인 뜻을 가지고 미치지 못하는 여자들을 뽑아 올린 것이 아니냐. 더욱이 계집아이들이 멀리 부모 곁을 떠날 것을 근심하여 먹어도 음식 맛을 알지 못해 날로 수척해진 때문이니, 중국의 화장을 시켜 놓고 다시 볼 수 있도록 하라고 하달했지요.”

“곤장을 쳐야 할 것을.”

“그에 비해 오늘 우리의 세자빈은 비교할 수 없을 정도로 아름다워요. 간택 당시 전하의 옥음이 지금도 들리는 듯합니다.”

“김 상궁은 이번 소훈 간택에 어찌 대응하려 하나? 여기 우리 손녀를 세자빈으로 들일 때 내가 자네 그리고 안악 군수 조국필과 더불어 은밀히 성상께 아뢰어 선발토록 하지 않았는가 말이야.”

“그랬지요.”

“자네의 지기(志氣)와 언론(言論)은 나와 대략 서로 비슷하니, 그 힘으로 이번에 우리 세자빈에게 해가 덜 되는 쪽으로 간택이 되도록 힘을 써 보게나.”

“그래야겠지요. 그런데 좌참찬 허균의 딸이 기왕 들어온 처녀단자에 있다 하더이다.”

“뭣이?!”

세자빈과 김 상궁은 너무나도 놀라는 이이첨을 바라보며 또한 놀랐으나, 그녀들 역시 흔들리는 가슴을 어쩌지 못했다. 허균의 딸이 미색인가? 아니면 허균이 두려운 존재인가?

“외할아버지.”

세자빈이 간절히 부르자 이이첨은 놀람에서 돌아와 다시 체통을 차리고 정좌한다. 김 상궁은 일어서서 얼굴이 하얘진 빈궁과 본디 얼굴이 하얀 그녀의 외할아버지 이이첨에게 목례를 하고 밖으로 나갔다. 이이첨은 걱정 말라는 눈빛을 빈궁에게 주고 김 상궁의 뒤를 좇았다. 두 사람은 인적이 보이지 않는 경훈각(景薰閣) 앞뜰에 섰다. 늦여름 하오. 측백나무가 검푸른 경훈각 정원은 누구도 찾지 않아 숙연히 조용했다.

“김 상궁, 자네는 선왕의 총애를 받고, 이어 금상의 믿음 또한 받고 있네. 나는 금상의 자네에 대한 믿음 바로 거기에 그야말로 내 믿음 또한 걸고 싶어. 허나, 무슨 일이 생기면 실낱같은 임금의 그대에 대한 신뢰는 곧 부서져 버리고 자네는 한순간에 영락을 면치 못할 것이야. 자네 친정 삼대는 멸족할 것이며, 자네는 천추에 오명을 남기게 될 것을! 여기서 정신을 바짝 차려야 해. 그렇지 않으면 지난 죄업이 천하에 드러나고, 그리하면 마침내 자네는 피점 하나까지 다 불태워지며 온전히 사라질 수도 있어.”

“지난 죄업이라면 계축년 서자들의 옥사를 이르는 것입니까?”

“그 옥사는 전적으로 우리가 만들지 않았나. 인목 왕후 소생인 영창 대군을 추대하려 했다는 공격을 하면서 선왕의 빙장인 김제남을 얽어 죽이려고 말이야. 그 계축옥사는 생각 속에서 늘 마치 어제의 사건 같단 말이거든!”

“허균이 그 서자들의 친구라는 사실이 이후 속속 확인되지 않았습니까.”

“그걸 안다면 이번 세자의 소훈에 허균의 딸이 절대로 간택되도록 해선 안 되지 않겠는가 말이야! 허균이 임금의 총애를 독차지하는 신하가 되면 지난 계축옥사가 칠서들의 구체적 모반의 그것이 결코 아니었음이 세세히 드러날 것이고, 그렇게 되면 우린 어떻게 되겠는가. 허균이 우리에게 품은 한이 얼마나 깊은지 능히 알 만하지 않나.”

“잘 압니다. 서얼들이 허균에게 ‘이 사건에서 빠져 부디 살아남아 저희의 원한을 풀어 달라.’는 말을 남겼다지요? 끌려가는 서자들을 보며 허균이 얼마나 이를 갈았겠습니까. 그리고 계축옥사를 꾸민 진

범이 대감과 소인인 줄 의심하고도 짐짓 자존심을 버리고, 머리를 조아리며 대감을 찾아 허균이 도생을 하고자 함을 저도 잘 압니다. 그러므로 문제는 허균입니다. 그가 무슨 짓을 할지 모릅니다. 그러니 그를 조심해야지요.”

이이첨과 김개시의 눈알이 벌겋게 변했다. 날씨가 아니라 속에서 일어나는 심화 때문에 이이첨은 이마에 땀을 흘리고 김개시는 손에 땀을 쥐었다. 그 순간 저쪽 측백나무 몇 가지가 바람이 불지 않는데도 흔들렸다.

한성부 좌윤(佐尹, 종2품) 김개(金鎧)가 헐레벌떡 달려가 의정부 좌참찬 허균을 찾았다. 저녁 무렵이었으나 해는 아직 산을 넘어가지 않았다. 그림자가 운종가 집들의 지붕 위에서 내려오며 길게 길 위를 긋는 중이었다. 김개는 궁내 정청(政廳)에서 돌아와 한성부에서 일을 정리하고 즉시 육조거리에 접어들어 광화문을 바라보고, 그 동쪽에 위치한 의정부 청사로 달려갔다.

*

막 퇴청하려는 즈음이었다. 김개가 다짜고짜 내 소매를 끌고 청사 뒤뜰 나무 아래로 데려간다.

“허어, 김 좌윤. 무슨 일 났소?”

“나다마다. 사달이 날 것 같아 이렇게 한 걸음으로 달려 왔습니다. 대감, 문제가 생기게 됐어요.”

“무슨?”

“제가 오늘 일을 보러 대궐에 들어갔지 않아요.”

“그런데?”

“정청에서 나와 대조전 낭청을 지나가다가 이이첨과 김개똥이 걸어오는 것이 보여 일단 기둥 뒤로 몸을 숨겼지 않습니까.”

“김개똥, 그러니까 김개시 말인가? 말하자면 좌윤 김개가 김개똥이라 불리는 상궁 김개시를 봤다는 얘기라. 그래서?”

“조심히 그들을 따라 경훈각으로 갔어요.”

“경훈각이라면 선왕께서 명나라 신종(神宗)에게서 받은 망의(蟒衣, 관복)를 보관하는 곳이 아니던가? 거긴 왜?”

“인적 없는 앞마당 측백나무 가지 사이에서 두 사람의 얘기를 엿들었습니다.”

“그래?!”

“대감에 대한, 그리고 대감 여식의 소훈 단자에 대한….”

“무어?!”

나는 등골이 갑자기 휘는 듯한 충격을 받았다. 좌윤 김개는 내 허리를 잡고 잠시 말을 끊었다. 바람이 불어와 이마의 땀은 씻길 듯했지만, 나는 등줄기에서 시퍼런 땀이 등판을 긁으며 흘러내리는 것을 분명히 느꼈다. 지난 5월에 상께서 세자궁의 소훈 간택을 위해 11세에서 19세까지의 처녀단자를 봉입하라 하여 나는 둘째 딸을 한성부에 올리지 않았나. 그것을 떠올리며 내가 목소리를 긁었다.

“자네가 소운 단자의 담당 부관이 아니던가.”

“새로 올라온 처녀단자를 승정원에다가 들이고 나오는 길이었지요.

그런데 두 사람이 바로 그 얘기를 하는 게 아닙니까.”

좌윤 김개는 주위를 살피다가 내 귀에다가 보고 들은 내용을 자세히 일렀다. 정황이 이렇게 돌아간다면 더 이상 머뭇거릴 일이 아니라는 생각을 하지 않을 수 없다. 나는 좌윤 김개와 헤어져 퇴청하여 교자를 달려 곧장 상곡으로 돌아왔다. 일이 꼬이면 안 되지. 내 저 이 이첨을!

상곡 외별당엔 이재영이 초조히 나를 기다리고 있었다. 그 옆에 유생 황정필이 항시 대기하듯 붙어 눈을 쏘듯 하면서 나를 맞는다. 김윤황과 현응민도 그곳에 함께 있었다.

“내가 오늘 취현방(聚賢坊, 서울 중구 정동)엘 다녀오지 않았겠나.”

여인 이재영이 기침을 한 차례 하고 딱 부러지는 소리로 이른다.

“엊그제 장위산과 우리 집에 대기하던 동지들을 도성에 더욱 당겨들게 해놓고, 오늘 정황을 살피느라 이곳저곳을 걸어 다니다가 어느덧 취현방에 도달했지 뭐야.”

“그런데?”

“거기서 누굴 만났는지 아나?”

“누굴 보았어?”

“이귀(李貴)를 보았지. 그뿐 아니라 그의 두 아들 시백과 시방도 보았어.”

“그들 서인 집안이 한데 모였더라는 얘기?”

“중요한 것은 내가 그들의 대화를 엿들었다는 점이지. 집 밖 정자에서 하는 말을 나무 뒤에서, 정말 우연히 그렇게 나무 그림자 속에서 듣게 됐는데….”

“무슨 말을 했어.”

“일언이폐지 왈, 영창 대군과 임해군을 사사(死事)하고 인목 대비를 서궁에 유폐한 패륜, 그리고 전통 사대국인 명나라를 멀리하고 오랑캐 나라인 청나라를 가까이 하는 이른바 배명(背明) 친청(親青)의 현실을 이대로 두어선 안 된다고 개탄하더구먼.”

“청이라면 후금을 이르니……. 그들 서인패들이 종당엔 무슨 일을 저지를지 알 수 없구나!”

“서인이 당장 힘을 쓸 수 없는 정황이니 크게 신경 쓸 일은 아니지만, 내 말은 이런 저런 사정상 그리고 특히 강홍립이 도성에서 떠난 지금이 거사를 실행할 적기가 아니던가 하는 말이야. 이대로 가다간 서인들의 반정이 먼저 발생할 수도 있다는 말씀이야. 그리하여 나는 지금 하루가 여삼추네. 교산, 자네의 명령이 있어야 하지 않나?!”

황정필이 느닷없이 일렀다.

“대감 어른, 이젠 서궁을 공격해야지요!”

그러나 나는 독백하듯 중얼거렸다.

“서인들의 저 시대 흐름을 파악하지 못하는 우둔함이 뒷날 이 나라에 큰 화를 부를 것이야. 왜란보다 더 무서운 환란을 말이야. 그것이 병자년에 일어난다면 병자호란이라 이를 것이고.”

“교산, 그러니 17일의 계획은 적절하다 할 것이지!”

외별당에서 내가 이재영, 황정필과 이런 말을 하고 있을 때, 후다다닥 하는 발자국 소리와 함께 불연 방문이 열리며, 아니 방문을 열기 전에

“대감, 들어가겠습니다.”

하고는 대답도 듣지 않고 문을 열고 들어와 가쁜 숨을 내쉬며 좌윤 김개가 이른다.

“대감, 대감의 상소를 상께서 추국청에다가 내렸다 하더이다. 기준격의 상소와 함께 말이에요.”

세 사람 모두 입을 벌렸다. 여인 이재영이 묻는다.

“소문에 기준격의 상소 내용이 흉칙하기 그지없다는 얘기가 났으니, 그걸 보는 추관들의 반응은 보지 않아도 알 듯.”

김개가 어두운 얼굴을 만들어 받았다.

“좌참찬 대감께서 의금부에 잡혀간 우경방을 감싸는 편지를 올린 것이 빌미가 된 듯합니다.”

“드디어 대신 모두들 나와 기준격의 상소를 보았을 것.”

나는 눈을 감았다.

“우경방을 주시하던 이이첨 등이 내 편지를 보고 가만히 있을 것이라는 생각은 하지 않았어. 우경방과 나를 한 끈으로 묶어 모반의 혐의를 씌우려 할 것이고, 거기다가 남대문 흉서 괴방 사건도 끼워 넣어서 나를 아주 옭아매려는 수작이지!”

“더 기다릴 것 없습니다. 곧 나졸들이 이곳으로 들이닥칠 개연성도 없지 않습니다.”

“그러기까지야. 아직 나는 이 나라의 당상관이지 않나. 나의 항민적 모양새를 성상이 여전히 아끼는 듯하니, 당장 무슨 일이야 생기겠나. 다만….”

세 사람이 나를 바라보며 다음 말을 기다린다.

"다만 이이첨이 문제야."

이재영이 말을 받았다.

"그런 예상은 당연해. 처녀단자에 자네 여식이 들어가 있으니, 이이첨으로선 위기라 할 수 있지. 만약 자네 여식이 소훈으로 낙점되고 세손이라도 낳으면 이이첨의 외손녀 박 씨 세자빈은 그야말로 낙동강 오리알 신세가 될 것이 아닌가. 그러면 이이첨의 권좌가 땅에 떨어질 위험성이 없지 않으니, 그럴 가능성 때문에 이이첨이 자네를 가만히 둘 리 없지 않나."

"이이첨의 반격은 우리를 사지로 몰 것이 분명합니다. 그의 정적에 대한 무자비한 적대 행위가 상상을 넘지 않습니까. 그자는 차라리 뱀이요 여우입니다. 그러니 우리 이제 정말 살 길을 찾아야 합니다."

내가 다시 입을 열었다.

"성동격서야!"

그렇게 말하고 고개를 들어 천정을 보았다.

"그대로 전하지."

이재영이 엉덩이를 일으키려 할 때 나주 출신 공조좌랑 김우성이 외별당으로 들어서는 것이 보였다. 김우성은 퇴청 길에 바로 상곡에 들른 모양이다. 늘 웃던 그 얼굴이 아니었지만, 그의 말은 아직 여유를 풀어냈다.

"풀대죽도 못 먹고 팅팅 부황든 사람들이 허천나게 많은디?"

"무슨 말이여?"

"자그들이 그렇단 야그야. 대감, 그냥 흘릉할릉 세월만 보냄서 살제라. 허나, 인자 더 이상으로 어쩔 도리 읎당게?"

황정필이 물었다.

"뭔 소리여?"

"뭔 소린 뭔 소리여. 다 죽게 생겼단 말이재. 기준격과 여기 허 대감의 소를 추국청에 내려 의논해 아뢰게 해쌓는데, 추국청에서 회계하기를 아함, 얘기가 될랑가 몰라. 그대로 옮겨 보자잉. 음, 에에…, '기준격이 고한 허균의 죄상은 극히 흉악하고 참담한 것으로 고금 천하에 어찌 일찍이 이와 같은 난역이 있었겠습니까. 그 소의 내용은 온통 차마 보고 말하지 못할 흉측한 것으로 온 나라 신민들이 듣고 놀라지 않는 이가 없습니다. 즉시 분명하게 조사하고 엄히 국문하여 죄인을 잡아내고자 한 지 오래입니다. 두 죄인을 국문하라는 명을 이제야 비로소 윤허를 내리셨으니, 이는 바로 신민들이 살점을 씹어 먹고 가죽을 깔고 싶어 하는 때입니다. 다만 생각건대 이 옥사의 죄상은 전고에 비할 데가 없는 것으로 진실로 심상하게 추국해서는 안 되는데, 대신이 출사하지 않아 추관이 갖추어지지 않았으니 오늘은 조사하기가 어려울 듯합니다. 그대로 잡아 가두어 두었다가 대신이 나오기를 기다려 추국하소서.' 그랬단 말이재. 그러니까잉 상께서 그리 허라 하는 명을 내렸다지야!"

김우성이 웃음기 하나 없는 얼굴로 그렇게 말하자 순간 좌중의 분위가 싸늘히 식어갔다.

"요로커름 말하는 놈의 대갱이럴 팍 조사뿌렀으먼 속이 씨언허겄네만……. 그눔덜언 정적을 징허고 무작스럽게 쥑였는디, 지리산으로 쫓김서 구례 짬에서 일어난 일듯기 우리덜 모두 이젠 쫓길 모양이여."

그러고 김우성은 입을 다물었다. 내 눈에서 불이 튀었다. 드디어 나는 가슴을 펴고, 수염을 한 번 쓸어내린 뒤, 오른 손으로 허벅지를 몇 차례 두들기고, 손등으로 두어 번 눈을 비빈 다음 허험, 하고 헛기침을 했다. 그리고 긴 시간 아무 말 없이 허공을 바라보다가 마침내 목소리를 높였다. 내 눈은 핏빛이었고, 내 몸은 신열로 끓어올랐다.

"파암 박치의가 관악산에 있지, 북한산? 북한산은 아니고 그럼 인왕산? 아니, 하여간 여인, 자네는 그에게 일러 동지들을 서대문 안으로 이끌도록 하고, 다시 곧바로 돌아들어 서궁 옆 언덕에서 동지들과 대기토록 하게. 현응민, 자네는 오늘 밤 낙산 성곽을 공격하게. 김윤황, 자네도 그와 함께 하게. 내 이미 영을 내렸으니…, 명허 스님도 동쪽에 있을 것이야. 그가 승군을 맡아야지. 그리고…."

일어서다 말고 일행은 잠깐 움직임을 멈췄다. 내가 또 다시 명령을 내렸음으로다.

"잘 들어. 성동격서야! 첫째, 오늘(16일) 밤 해시(밤 9시)에 동쪽에서 명허를 대장 삼아 낙산 성곽을 먼저 칠 것. 둘째, 낙산 성곽을 친 뒤 곧 남산으로 가서 관악산 등에서 내려와 대기 중인 동지들과 합쳐 박치의를 수장 삼아 서대문이나 소서문을 통과할 것. 셋째 다음날(17일) 해시 말미(11시경)에 서궁(덕수궁)을 점령할 것. 넷째, 내가 덕수궁에 도착하면 그때부터 서안동, 수진동, 대안동을 지나…. 그 다음은 내가 지휘하지! 그럼 바로 지금 떠나라. 다시 말하네, 성동격서야!"

*

동지들이 그날 밤 모두 등패(藤牌)와 칼을 들었다. 구름 사이로 희미하게 내리는 달빛 아래서 낙산 성곽이 마치 용마름처럼 길게 옆으로 드리워져 보였다. 내사산(內四山), 곧 북악산, 낙산, 남산, 인왕산이 병풍처럼 감싸고 있는 한성부, 그 동쪽 일부를 장악하라는 명을 받았다. 아니다. 장악하지는 말고 도성의 친병이 동쪽에 신경을 곤두세우도록 하라는 영을 내렸다. 이른바 성동격서의 그 성동이다. 김윤황, 현응민, 명허. 세 사람이 주장이 되어 승군으로 구성된 일단의 장정들이 낙산 성곽을 공격하려 어둠 속에서 성벽 가까이 다가가기 시작했다. 숲에서 일던 귀뚜라미 소리가 그친 지 오래다.

"이상하네. 귀뚜라미가 울지 않어."

"이거야 증말, 우리가 이렇게 순작(순찰)을 도는데 그 녀석들이 어찌 울겠나. 자넨 늘 그렇게 멍청한 소리만 하니 모두 꺼벙이라 부르지 않나."

"모르는 소리. 나야 얼핏 꺼벙하게 보이지만, 자넨 귀뚜라미 소리가 들리지 않는다는 것도 모르지 않았나. 그러니 자네야말로 진짜 꺼벙이네, 킥킥."

"잔소리 말고 사위를 잘 살피란 말이야. 상께서 남대문에 흉서가 걸렸다며 도성을 잘 지키라 하지 않았나."

"자네야말로."

그들 뒤를 바짝 따라가던 병졸이 황색 더그레를 추켜 입으며 앞을 바라보다가 좌우를 살폈다.

"이보게들, 뭔가 조금 이상하지 않나?"

앞서 가던 두 병졸이 걸어가던 발걸음을 멈춰 고개를 돌려 묻는다.

"뭐가?"

"저기에 보이던 부대 깃발이 보이지 않잖아."

"그거야. 바람에."

"아니, 증말 없구먼!"

그때였다. 휘익, 쇠뇌가 날아와 뒤따라가던 병졸의 등판에 파악, 소리와 함께 꽂혔다. 순식간에 닥친 일이라 당파창을 놓고 병졸은 한 길이나 앞으로 밀려 엎어져 버렸다. 끽, 소리도 지르지 못하고 나자빠진 것이다. 놀라 시퍼렇게 변한 죽음의 얼굴이 아주 잠깐 달빛에 뻔들거리다가 어둠 속으로 사라졌다. 휘익, 하는 소리에 본능적으로 허리를 굽힌 병졸의 전립 위로 날아간 쇠뇌가 성벽에 부딪쳐 비명 소리를 내고 튕겨져 날아갔다.

남은 두 병졸은 얼른 숲속으로 몸을 숨겼다. 전광석화 그대로였다. 하지만 그들 성곽 순작대의 움직임을 처음부터 따라잡던 승군들이 숲 가까이로 좁혀가자 더 이상 숨지 못하고 한 병졸이 일어나 번개처럼 달려들며 앞서 다가가던 승군의 목을 향해 장창을 들이밀었다. 어둠 속에서 갑자기 나타났으므로 미처 피하지 못하고 승병의 목이 그만 창끝에 뚫리고 말았다. 캑, 하며 승군은 그 자리에 푹 쓰러져 몸부림쳤다. 김윤황이 활을 들어 풀숲으로 몇 번을 쏘아댔다. 그냥 그러는 줄 생각했으나, 곧이어 아악, 하며 비명을 지르더니 남은 한 병졸이 몸을 일으키며 두어 바퀴 돌다가 앞으로 처박힌다. 창을 들고 덤비던 군졸이 그 순간 나 살려라 하며 도망치기 시작했다. 그러

자 죽어 나자빠진 승병을 안고 어쩔 줄 몰라하던 명허 스님이 일어
나 그 뒤를 좇았다. 하지만 그때 성 위에서 화살이 날아오기 시작했
다. 와아, 하는 함성 소리도 들려왔다. 소리가 크다. 비변사 소속 군
졸들인가?

  좌·우 포도 종사관이 한자리에 모였다. 한성부의 해당관들도 오랜
만에 장창을 들고 성곽에 올라 어두운 밤하늘에 무성한 별을 보고 서
로 뭔가 중얼거리고, 서울 동부 별시위대 50여 명의 군관과 군졸이 옹
기종기 모여 콩의 싹을 말린 대두황권을 나눠 먹는다. 좌포도청 종사
관 최진해는 부장 정효일과 군관 정인영을 데리고 특별히 차출돼 낙
산 성곽에 머물게 됐다.
  "느에미, 집 떠나면 고생이라더니, 이렇게 차출돼 성곽에 올라보니
따뜻한 포도청 내실 부엌이 그립구먼."
  최진해 종사관은 그렇게 늘 푸념이다.
  "무슨 소리요, 아직 여름의 끝이 아니니 춥지 않고 시원하여 좋기만
하구먼. 엄살을 떨지 마소. 여긴 그래도 보급이 잘 돼 이렇게 쪼글쪼
글 말라가는 호박오가리와 가지와 채반에서 누렇게 말린 늙은 호박고
지를 얻어 씹을 수 있잖아요. 거 별미구먼. 자네야말로 이게 본직이라
생각하지 않나?"
  볼이 벌건 정호일 부장이 호박고지를 씹으며 최 종사관에게서 눈을
돌려 정인형 군관에게로 말머리를 바꾸었다. 전립을 벗어 만지작거리
며 정 군관이 침을 튀긴다.
  "강홍립 대장을 따라 노추를 치러 가는 건데…. 지가 가면 오랑캐

놈들이 보기만 해도 줄행랑을 치고 말 것을. 이건 뭐 낙산 성곽에서 오지도 않을 모반군에 대항하라는 이이첨 대감의 명을 받고 이렇게 지키고 있으니 감질나기도 하고 싱겁기도 하고 좀 그렇습니다. 놈들이 뭐 성동격서라는 전술을 쓴다나? 그렇다면 공격하는 척 하다가 정작 서쪽을 치겠다는기 전술이 아닝감?! 드러났으니 이미 전술도 아니게 됐지만 말이야. 하여지당간에 말씀이야, 증말 온대도 걱정 붙들어 매시고들. 이래봬도 지가 택견에 고수이지 않습니까. 품밟기를 한 번 보시것소?”

“이봐, 지금이 어느 때인데 그렇게. 가만히 그리고 조용히 있다가 쳐들어오는 역적을 제압해야 하지 않겠나. 성상께서 특별히 하명하신 일이야. 아니, 이이첨 대감이 그런 예감을 가졌다 하던가? 그래서 미리 대비하라 했던가? 하여간 그들이 성동격서라는 전술을 구사한다지 않아. 일단 이 동쪽 성곽으로 온다 하잖아.”

“성동격서, 여기 도성 동쪽 지역에서 도발하는 척 하다가 도성 서쪽 그러니까 취현방 쪽으로 들어온다는 얘기라. 사실 내가 하더라도 범궁을 하자면 그런 이중 전술을 펼 것이거늘. 그래서 일단 도성 수위의 주력 부대가 창덕궁을 지키려고 서쪽으로 갔구만.”

“그렇다네. 거기도 관군이 적지 않을 것이야. 강홍립 장군이 북쪽으로 갔지만 남은 병졸이 여전히 적지 않으니 적이 우릴 가벼이 여기다간 큰 코 다칠 것!”

최진해 종사관의 대답을 듣자마자 늘 볼이 발간 정호일 부장이

“그렇다면 정말 별거 아니네. 놈들의 주력 부대가 서쪽으로 가면 여긴 고래고래 소리치고 말 졸개들만 오겠구먼. 정 군관 안 그런가?”

하고 동의를 구했다.

"그렇습니다요. 제깟 놈들이 별 수 있깐디? 지가 그저 한 방에 처박을 터이니 안심들 하시고 푹 쉬세요."

그때 타악, 하고 뭔가 날아와 낙산 성곽의 벽을 세차게 치는 소리가 들려 왔다. 순간 정 군관이 모립을 찾아 쓰고 여장옥개석 밑으로 바싹 몸을 누인다. 방금 전까지 흰소리 치던 얼굴이 순간 새파래졌다. 최진해가 몸을 낮추며 무릎걸음으로 근총안(近銃眼)으로 다가가 성곽 아래로 눈을 가져갔다. 그리고 즉각 사태를 파악하고 살을 뽑아 얹힌 다음 차분하게 시위를 당기다가 한 순간에 놓았다. 화살이 날아가 무엇에 박히는 소리가 어렴프시 들려왔다. 정효일 부장과 정인영 군관이 최진해 종사관을 우러르다가 엉금엉금 기어 원총안(遠銃眼) 구멍으로 다가가 성 아래를 내려다보았다.

성 바로 아래의 오솔길에서 승복을 입은 모반군들이 빠른 걸음으로 숲속으로 사라지는 것이 보였다. 정말이다! 첩보 그대로 정말 모반군이라는 게 있고, 본 그대로 정말 실제로 쳐들어오고 있었던 것이다.

"정말이네!"

정효일 부장이 눈을 크게 뜨고 혀를 내민다. 정인영 군관이 전립을 다시 쓰고 군장을 살피더니, 일어나 큰 소리를 지르며, 사실 그때 옆 사대에서 이미 군졸들이 함성을 지르고 있었으므로 정인영도 함께 고함을 내지르며 역도들을 물리치려 했던 것이다.

숲속으로 달려가며 김윤황이 턱에 닿는 소리로 현응민에게 물었다.

"여보게, 이런 저항이 없을 줄 알지 않았나."

"그런데 명허 스님은 어디로 갔지?"

"화살이 쏟아질 때 막 풀숲으로 들어가는 것이 보였어."

"보이지 않으니 어찌된 일인가?"

명허는 그 순간 바위 아래에 쓰러져 몸을 비틀며 신음하고 있었다. 성벽 위에서 날아온 살이 가슴을 뚫었으므로, 아직 숨이 남아 있었으므로 헉헉댔지만 입에서 피가 흘러 숨을 제대로 쉴 수 없었다. 하늘이 까매졌다. 금강산이 보이는 듯하다가 소리 없이 먼 곳으로 사라져 버렸다. 부처님의 후덕한 인상이 다가오는 듯하다가 다시 조그맣게 사라져 마침내 보이지 않았다. 커억, 다시 피를 쏟았다. 어린 시절의 허기가 아련히 되살아나다가 그런 생각마저 끊겼다. 그러다가 명허는 화살에 맞아 쓰러져 바위 아래서 그대로 저쪽 세상의 문턱을 넘어섰다.

그런 사실을 알지 못한 채, 강홍립이 국경으로 간 뒤 급히 조직된 위수군이 의외로 강력한 모양새로 몰려나오자 김윤황과 현응민은 제대로 힘 한 번 써 보지 못하고 쫓기는 신세가 됐다. 아니다. 그것은 그대로 성동의 전술이었을 따름이다.

"그들이 언제 그렇게 준비했어?"

"우리도 만만치 않아!"

"무슨 소리. 중과부적인 걸 지금 보았잖아. 승군은 명허 스님과 함께 어디론가 사라졌는가 봐."

"명허 스님은 스님대로, 승군은 승군대로 각자 도생 중이겠지."

"이보게들, 일단 이렇게 하고 모두 목멱산으로 가세!"

"계획대로 그렇게 해야지. 그런데 명허 스님은 어디로?!"

장미
- 그곳에 들어가다

허승연 그림

장미 ― 그곳에 들어가다

꿩이 상곡 집을 떠나 스승 기윤헌의 집에 가서 지내는 지 여러 날이 됐다. 비복 돌한은 우리 꿩이 가출했다고 했지. 가출이라. 나는 저 옛날 한 때 구월산 자락으로 가출했었어. 거기서 공력을 키우고 진정 사내가 된 것을! 우연주도 만나고…….

그 우연주의 동생 경방이 의금부에 잡혀 있으니, 나와의 관계를 그들은 이미 잘 알고 있을 터. 어찌하였거나 먼저 꿩을 만나야 해. 내 상소를 광해가 의금부에다가 내렸다 하지 않나. 내 상소가 의금부로 내려가면, 그리고 동시에 기준격의 상소 또한 그리로 내려가면, 나에 대한 대신들의 비방이 죽 끓듯 할 것인데, 이에 철저히, 간고히, 투철히 대응 대비해야 하거늘.

그러나 우선 꿩을 만나야지. 아니, 그러므로 꿩을 만나야지. 어찌하여 스승의 집에 머무는지, 어찌하여 애비에게 아무 말도 하지 않는지. 꿩이 무슨 생각 속에 있는지 알아야 해. 그러나 아마도 실제로 말은

이 애비가 하게 되리라.

이른 아침, 흔들리는 교자 위에서 나는 상념을 뿌리치지 못했다. 동쪽에서 지난밤에 약간의 충돌이 있었다. 원종이 전해 듣고 그런 소식을 가져다주면서 얼굴에 밝은 빛을 만들지 않았으니, 우리 호민군이 위수군에 제대로 대응했는지 의문이다. 그게 '격서'를 위한 '성동'의 한 전술이긴 하지만, 결국 위수군의 위세가 만만치 않음이 드러났다. 명허 스님이 보이지 않는다 한다. 이제 동쪽 동지들이 오늘 낮 동안에 목멱산 쪽으로 가서 내일 낮에 개별적으로 돈의문(서대문)과 소의문(소서문)을 통과하여 서궁 옆 언덕 위에 머물다가 축시에 서궁(경운궁, 덕수궁)을 칠 것이다. 그리고…. 하여간 일단 그래야지!

그런데 굉은 무슨 생각 속에 있나? 아니, 굉에게 어떻게 말해야 하나!

"마님, 대안동(서울 종로 소격동)에 도착했습니다요. 어디로 모셔야?"

"굉의 공부방으로 가라."

"예, 도련님의 스승님 댁으로 갑지요."

교자는 빠른 걸음으로 언덕배기를 타고 등성이 정상에 있는 기윤헌의 집에 도착했다. 왼쪽으로는 경복궁이 가깝고, 오른쪽으로는 창덕궁과 창경궁을 나란히 하고 있는 북촌 입구의 기윤헌의 집은 고즈넉했다. 그럴 것이 작년에 형인 영의정 기자헌이 인목 대비 폐비론에 반대하다가 이이첨과 나 등 대론의 세력에 밀려 서북 지방으로 유배될 때 형과 함께 관직을 삭탈당하며 역시 유배됐기에 집안은 그대로 쓸쓸할 수밖에 없었다.

대문을 넘어 사랑채에 이를 때 꿩이 뒤늦게 마중 나오느라고 툇마루에서 막 버선발로 섬돌을 내려서는 중이었다.

"꿩아, 주안상을 내라고 일러라."

꿩은 쪼르르 달려가 내실에다 이르고 곧바로 무릎을 꿇어 애비에게 큰절을 올렸다.

"그동안 기체 만강하시었습니까?"

"애비는 무탈하다. 너는 어떠하냐?"

"소자는 그런 대로 지냅니다."

"집에 들르지 않는다고…. 스승 없는 집에 어찌 이토록 오래 머무느냐?"

"여기가 제 공부방입니다."

"그걸 모르지 않는다만 가끔 돌아와 집안을 살펴야 하지 않겠느냐. 애비가 바빠 그러지 못하면 더욱 말이다. 이미 열세 살, 수염이 그렇게 났으니 너는 이미 유년이 아니니라."

"소자 아직 세상을 잘 알지 못합니다."

"너는 앞서 집안에 대해 알아야 할 것이야."

"별로 들은 바 없습니다."

"애비가 말할 터이니 잘 들어라. 우리 집 성씨는 가락국 왕비로부터 얻었으니 거의 칠백 년이나 되었다."

"그건 알고 있습니다."

"그렇고, 고려 초에 들어와서 시조(始祖)의 채읍(采邑, 봉읍)이 양천(陽川)이었으므로 드디어 여기에다 호적을 붙였던 것이야. 고려조 오백 년을 마칠 때까지 과거에 연달아 올라서 높은 벼슬을 하였다. 정승이 된 사람이 열한 분이고, 추부(樞府)에 들어간 사람이 여섯이다. 학사(學士)가 아홉이고, 공주(公主)와 결혼한 사람이 다섯이다. 원나라에 들어가서 벼슬한 사람이 둘이고, 봉군(封君)된 사람이 열넷인데, 대마다 문장으로 유명한 사람이 있었다."

"그렇게 많아요?"

"아조(我朝)에 들어와서는 조금 쇠퇴해져서, 정승이 세 사람, 찬성(贊成)이 두 사람이고, 육조의 경(卿)이 넷이다. 공신이 세 사람, 학사가 열둘이다. 그런데 충정공(忠貞公) 형제와 지사(知事) 집(輯)과 찬성(贊成) 자(磁), 선인(先人) 네 할애비 초당 선생(草堂先生)을 최고로 일컫는다. 근래에 유수 허잠이 청백리로 되었는데, 역시 선조(先祖)를 저버리지 않았다 하겠다."

"자랑스러운 일입니다."

"진실로 그렇다. 그리하여 유격 허국위가 우리나라에 와서는 나를 보고 기뻐했다. 유격 허국위가 가락국 왕비가 다른 나라에서 배를 타고 나왔다는 것인즉, 중국 사악(四嶽)의 후손으로서 왕국의 딸이라 핑계하고 혼인을 이루었던 것이 아닌 줄을 어찌 알겠는가 하였는데, 그분의 말에도 일리가 있다."

"그렇군요. 기억해 두겠습니다."

"그리고 헌보(獻甫, 기윤헌의 자) 스승님으로부터 애비에 대한 얘기를 자주 들었지?"

"기 씨 집안과 아버지의 악연에 대해선 들어 알고 있습니다."

"그러면 아는 대로 말해 보거라."

"…."

"괜찮다. 네가 어느 정도 알고 있는지 묻는다. 특히 기 씨 집안은 이 애비를 어떻게 이해하고 있더냐?"

아들 굉은 말이 없다. 주안상이 차려져 오고 나는 굉이 따라주는 탁주 한 잔을 들어 목울대로 넘겼다. 목젖이 찬 기운에 두어 번 울컥거리며 술을 거부했으나, 숨을 다시 내쉬고 술잔을 다 비웠다. 그러는 중에도 아들 굉은 말을 하지 않는다.

"마니임!"

그때 비복 돌한이 댓돌 아래에서 내게 아뢴다.

"인영 아씨와 서방님이 찾아계십니다."

문을 열고 사위 이사성이 사랑방으로 들어선다. 놀랄 일이다.

"공교롭구나. 너희가 웬일이냐?"

남편의 뒤를 따라 아들 필진(必進)을 앞세워 들어오며, 맏딸 인영이 이른다.

"아버지께서는 웬일이셔요? 저희도 놀랐습니다. 필진아, 외할아버지께 절을 올려라."

9살짜리 아이가 고개를 내리 굽히며 큰절을 올리니 내 입이 벌어진다.

"필진이구나, 어서 커야지."

"아버님, 어쩐 일이십니까?"

염려와 궁금증이 뒤섞인 얼굴로 물으며 사위가 딸애 옆에 와 앉았다. 의도된 자리가 아닌 곳에서 이렇게 식구가 한 데 모인 사실 그 자체가 그야말로 기이했다.

"가끔 이곳에 들렀느냐?"

“굉이 궁금하여서 가끔요.”

인영이 아버지의 얼굴을 바라보며 웃음을 만들어 보낸다. 딸애는 얼굴을 한 번도 찡그린 적이 없다. 그의 한없는 너그러움은 그 어미의 그것이다.

“자네는 처남을 돌본다는 걸 어찌 한 마디도 말하지 않았더냐.”

“바쁘시니 신경 쓸 일을 만들지 말아야지요.”

“낌새는 채게 했어야지.”

“잘 돼 가십니까?”

“어제 낙산 성곽에서 동지들이 모였다 하지. 자세히 아는 것은 없다. 저녁이면 알게 되겠지. 어련히 잘 해내지 않았겠느냐. 그렇게 믿는다. 그건 그렇고, 필진아.”

“외할아버지!”

“마침 네가 왔으니 내가 선물 하나 줘야겠다. 이걸 여기 굉 외삼촌에게 줄까 하여 가지고 왔는데, 네가 가지는 편이 낫겠다.”

이상하다는 눈빛으로 인영이 나를 본다. 내게서 이 순간 뭔가 엄숙함이 느껴진다는 표정이다. 인영이 내 얼굴을 다시 한 번 찬찬이 들여다본다. 나는 말끔하게 닦인 얼굴로 아무렇지도 않게 말을 이었다.

“능히 읽을 줄 알겠지?”

모두가 내 품속에서 꺼내 놓은 두툼한 책을 보았다.

“외할애비가 이걸 지난 계축년에 만들었느니라. 네가 잘 보관해 뒀다가 뒷날 읽어 보도록 하여라.”

깨끗하고 조용하여 문재가 있을 듯싶게 생긴 외손자 필진이 아버지 이사성의 눈치를 한 번 보고 노래하듯 즐거이 읽어낸다.

"슬기로운 성, 바 소, 뒤집힐 복, 항아리 부, 원고 고입니다."

"잘 읽었다. 허나, 여기선 뒤집힐 복보다는 덮을 부로 읽어라. '성소부부고(惺所覆瓿藁)'라고 말이야. 그러니 그 뜻이 '외할애비가 써 놓은, 항아리를 덮을 정도의 별 것 아닌 책'이라는 것이야. 잘 보관했다가 외할애비가 생각날 때 펴보아라."

"고맙습니다, 외할아버지."

아들 굉과 딸 인영과 사위 이사성이 아무 말을 하지 못한다. 이건 분명 내 평소 그것이 아니다. 세 사람은 모두 내 얼굴을 두 번 세 번 새삼스럽게 바라보다가 참지 못하고 드디어 굉이 물었다.

"아버지, 어디로 가십니까? 연경으로 가십니까? 아니면 일본으로?"

이사성이 아무 말 않는다.

"저 '성소부부고'는 애비의 일생 중 가장 불우했던 시기에 만든 책이니라. 칩거하면서 그동안 저술한 시와 산문들을 모아 시부(詩部), 부부(賦部), 문부(文部), 설부(說部)로 나누어 정리한 초고다. 뒷날 이 애비를 알려면 그 책을 펴 보아라."

굉이 머뭇거리다가 다시 물었다.

"아버지, 어찌하여 저를 기 스승님에게 맡기셨으며, 또 어찌하여 기 씨 집안과 원수가 되셨습니까?"

기 씨 집안과 애비가 무슨 인연인지 이미 알고 있음을 굉이 그렇게 묻는 것으로 드러내고 있음을 나는 느낄 수 있었다.

"진정 궁금하였을 터."

나는 잠시 입을 닫았다. 먼 과거의 일들이 머릿속에 복잡하게 떠올랐다.

"말하면 네가 이해하겠느냐?"

"사실을 말씀해 주시면….."

"사실이라."

"예, 사실을."

"말을 하자면…, 선조대왕께서 당시 세자 광해군을 폐하고 영창 대군을 후계자로 삼으려 하자, 기윤헌 네 스승의 형인 기자헌 대감이 극력 반대하여 곧 광해군을 즉위시키는 데에 공헌하게 됐느니라. 그 전에 영창 대군을 옹위하자는 당시 영의정 유영경 대감의 요구를 거절하다가 기자헌 대감이 미움을 받아 면직하기에도 이른다. 그 무렵 공교롭게도 벼슬길에서 쫓겨난 이 애비를 기자헌 대감이 같이 낭패를 본 사람이라 하여 잠시 친하게 지내게 됐고, 그리하여 당신의 아들 준격을 애비에게 보내 공부하게 했다. 애비는 본디 기자헌 대감에겐 거리감을 느꼈거니와 그 동생 헌보 곧 네 스승 기윤헌에게는 늘 동질감을 가지고 있었다. 그리하여 애비는 기자헌의 아들을 제자로 받아들이면서 동시에 너를 그의 동생 헌보 어른께 보낸 것이니라. 다 옛 일이다. …네가 스승이 없는 이 집에 남아 있으니, 무엇 때문이냐?"

"기 씨 집안과 원수가 된 일은 말씀하지 않으셨습니다."

"그렇구나."

"아버지, 어린 저에게 들려주실 수 없는 것이면 말하지 않으셔도….."

"아니다. 너는 유년이 아니니라. 애비가 기자헌 대감과 원수가 된 사정은 사실 나라 사람들이 다 알고 있다. 지난 을미년에 선전관으로 있던 이홍로라는 사람이 너의 큰아버지(許筬) 집안과 혼인을 하자 하였는데, 이홍로가 동궁에 죄를 졌으니 혼인을 맺을 수 없다고 거절하였느니라. 그것 때문에 이홍로가 원한을 품고 이 애비가 상중에 창기와 다녔다는 등 없는 사실을 날조하여 말을 지어냈느니라. 애비가 조정에 선 지 20년 동안 청현직(淸顯職)을 거칠 수 없었던 것은 모두 애비에 대한 이홍로의 원한 때문이라는 생각도 든다. 그도 한 많은 인생이니라. 벌써 10년이 됐나? 하여간 지난 무오년(1608)년에 유영경의 일파로 몰려 제주에 유배되고, 곧 사사당하고 말았지.”

“아니, 기자헌 집안과 원수가 된 이유를?”

“그래, 작년에 경운궁에 임금을 비방하는 흉서가 떨어졌다. 기자헌이 이를 애비가 했다고 떠들어댔느니라. 아니, 얘기는 보다 앞으로 돌아간다. 방금 전에 말한 이홍로란 자가 부정부패를 저질렀지. 기자헌 대감이 이를 탄핵하려고 애비에게 증인이 돼 달란 부탁을 했어. 나는 내용을 몰랐거니와 이홍로와의 기왕의 원한 때문이란 소리를 듣기 싫어 그 부탁을 들어주지 않았느니라. 그러자 무안을 당했다고 생각한 기자헌이 그 뒤로 애비를 더욱 비방하기 시작했지. 또 기자헌이 처음 인목 대비의 아들 영창이 보위에 올라야 한다는 마음을 가지고 있는 것을 애비가 지적하자, 그게 널리 알려질까 봐 두려워하여 때마다 애비를 낭패하게 만들었지. 그리하여 그가 애비가 늘 그리고 마침내 죽기를 바라니 어찌 더불어 살 수 있겠느냐!”

“어렴풋하던 것이 이제 완전히 이해됐어요. 그런데 아버지는 뭘 하려 하십니까?”

순간 사위 이사성이

“처남, 그만.”

하고 저지한다.

"두어라. 나는 말을 하러 왔다."

"굉아, 다 알아들을 수 없겠지만 말한다. 애비는 어느 날 '천하는 공물이다.'라는 말을 들었다. 피를 뛰게 하는 말이었지. 아니 '맹자'를 읽은 어린 시절부터 오늘의 세상을 외로 보기 시작했어. 네가 알다시피 내 친구들인 칠서의 사는 형편도 영향을 미쳤느니라. 또 지난 왜란 때 애비는 백성이 얼마나 고초를 겪는지 현장에서 보았다. 백성의 고초는 나라가 제대로 돌보지 않기에 생기는 일이니라. 이 나라 사대부는 무책임의 극치인 짓을 거의 매일 벌이고도 결코 미안해하거나 부끄러워하지 않는다. 그리하여 애비는 방벌(放伐, 정권 교체 시에 역성혁명으로 정통성을 인정받는 정권 탈취 방식)을 바라는지도 모른다."

"방벌이라시면?"

"뒷날에 다시 떠올릴지언정 지금은 입에 올리지 말아야 할 말이니라. 맹자의 천명(天命) 또한 뒷사람에 의해 논의되는 사후적 성격이 짙은 말이니라. 애비가 하는 일은 뒷사람들이 새로운 의미뿐만 아니라 정신적 효과까지도 부여받을 수 있으리라 본다."

"어떤 일이지요?"

"그건….'"

나는 아들 앞에 그 어떤 말을 쉬 꺼낼 수 없었다.

"하여간 일단 말하나니, 그것은 사후적으로 재구성되고 재해석될 일이니라. 애비가 한 일은 기억의 흔적으로 남아 새로운 힘을 줄 수 있느니라. 또 애비가 한 일은 처음에 무의미한 상태에 머물다가 먼 뒷날 원초적 사건을 재구성하고 재해석하여 전혀 다른 생각들을 끌어낼 수 있으리라 본다. 먼 훗날 사람들이 마음먹기만 하면 애비가 한 일은 진정 거대한 힘으로 작용할 수 있으리라 믿는다. 여기까지만 말하니 너는 지금 그대로 기억해 두기 바란다. 해석하지 말라. 해석하여 몸을 움직이려 하지 마라. 그냥 그렇게 기억만 해 두어라. 모두가 사라졌을 때 네 기억만 남아 있으리. 굉아, 애비가 한 일은 고정된 실체로 존재하는 것이 아니라 먼 뒷날 그때에 끊임없이 재구성 재해석될 일이니라. 그러길 바란다. 더 이상 말하지 않겠다. 하여간 오늘 이 시간 애비가 한 말을 기억해 두기 바랄 따름이다.”

그리고 나는 딸 인영을 보았다.

“승정원에 올린 네 동생의 처녀 단자는 성사되지 못할 개연성이 높다. 동생을 잘 살펴라. 혹 이후 생기는 고초는 애비를 잘못 두었기 때문이다. 애비를 용서해 다오. 혹 네 남편이 고생한다면 그것 또한 애비 때문인 것을. 더 이상은 말할 수 없다.”

“아버지, 정말 멀리 떠나세요? 일본으로 가시는 게 맞군요. 왜란 전에 큰아버지께서 일본에 다녀오신 것처럼 말예요.”

나는 대답하지 않고 탁주로 목을 축인 다음 말을 이었다.

“굉아, ‘성서부부고’에 애비가 ‘호민’이라는 말을 해놓았다. 애비가 간 뒤 필진과 함께 그 대목을 꼼꼼히 읽어 보아라.”

그리고 아들 굉을 다시 한번 찬찬히 살펴보면서 물었다.

“누가 보고 싶었느냐?”

“아버지가 보고 싶었습니다.”

“그렇게 대답하니 고맙구나. 그러므로 애비는 너를 믿는다. 좋은 새 세상이 오면 너를 긴히 쓸 것이니라.”

내 눈이 빛났다. '좋은 새 세상'에 모두가 놀랐으나 그것이 무엇인지 아무도 묻지 않았다.

"좋은 새 세상이 오지 않으면 애비는 산으로 갈 것이니라. 아니, 율도(栗島)에 갈 수도 있느니라."

"밤섬 말이에요?"

인영의 이 물음에 답을 하지 않고 내가 이른다.

"애비에겐 약간의 매산전(買山錢, 은퇴할 때 가서 기거할 산을 사는 돈)이 생길 것이다."

이사성이 묻는다.

"당나라 우적이 양양을 진무할 때 여산 사람 부재가 편지를 가지고 그에게 와서 매산전 백만금을 빌리자고 하자 우적이 즉시 주었다는 그 매산전을 말입니까?"

"그렇다. 성상께 매산전을 달라고 할 요량이다. 그러면 주상전하께서 기꺼이 주시리라 믿는다. 그것으로 산을 사서 거기에 살면 되지 않겠느냐. 아니면 밤섬에 가서 살던지. 그보다는 새 세상에서 살게 될 것이라 믿지만 말이다."

"아버지, 헌보 스승님은 배소에서 언제 풀려 돌아오시나요?"

"네 관심은 그것이구나. 걱정 말아라. 좋은 세상이 오면 그분과 다시 공부할 날이 있을 것이야. 네 생각은 늘 공부하겠다는 것에 있지. 그래, 스스로 힘을 길러라. 애비는 너를 믿고 간다."

"어디로요?"

굉과 인영이 동시에 물었으나 나는 역시 말을 하지 않고 일어서 방문을 열고 밖을 나섰다. 사랑채 마당 가의 단풍나무에 바람이 일자

가을을 이기지 못한 나뭇잎이 뒤늦게 우수수 떨어졌다. 대문 밖으로 나서는 아버지에게 굉이 다시 한 번 물었다.

"아버지, 방벌이라시면?"

하지만 가을바람 속에서 굉의 물음이 허공으로 흩어져 사라진 파란 가을 하늘이 햇빛에 눈부셨다.

*

그 무렵, 아직 해가 하늘 위에 있었음에도 광해는 피곤기가 엄습하는 것을 몸으로 느꼈다. 그랬으므로 인정전을 나와 선정전으로 들려고 하다가 할 일을 마치지 못했으므로 희정당에 들었다. 몸이 무거웠다. 중전 유 씨는 대조전에 머물러 있을 따름, 무예청들의 시위소리를 듣자 김개시 상궁이 버선발로 섬돌 아래로 뛰어 내려간다.

"전하, 어쩌자고 이렇게 무리하십니까? 옥체 미령하실까 염려됩니다."

"대신들이 허균과 기준격을 가만 뒤서는 안 된다고 저렇게 난장 치듯 하는구나. 판의금 이이첨, 아니 다른 두 분 삼창들 또한 추국청을 열라고 요구하고."

김개시는 순간 이이첨을 떠올렸다. 조금 전에 이이첨은 허균 딸의 처녀 단자가 선택될 것에 신경 쓰고 있지 않았던가. 김개시는 한껏 웃음을 만들어 광해를 대하며 익선관을 내리고 용포를 벗겼다. 그리고 자개함을 열고 연복으로 바꾸어 입혀 드렸다.

"전하, 모든 것을 잠시 잊고 쉬셔야지요. 국사에 지나치게 진념하

시다가 옥체 상하게 될까 진정 저어됩니다. 아, 옥수가 이렇게 차다니
요!"

　광해를 자리에 앉히고 김 상궁은 수라간에 다수를 들이라 일렀다.
무릎을 꿇고 바치는 따뜻한 다수를 마시며 광해는 김 상궁의 입술을
바라본다. 언제 보아도 도톰하여 복스러웠다. 따라서 그녀가 말을 할
때마다 광해는 그 입술을 바라보며 푸근한 느낌에 취하곤 했다.

　"전하, 헌부의 주장을 그렇게 심각히 듣지는 마옵소서. 그네들의 주
장인즉 허균과 기준격을 잡아 가두어 공초를 받아내야 한다는 것이
니, 다만 아뢴 대로 하면 될 줄 아옵니다."

　"아니다. 그건 그대가 일을 가벼이 보는 것이야. 그들의 주장은 기
준격, 아니 곧 기자헌과 허균의 소에 근거하는 것이거늘, 그것이 진정
난역에 관한 것이라면 깊이 따져 보고 처리해야 할 것이야."

　"아암, 그래야지요. 허나 그것으로 평소 병환이 적지 않은데다가 근
래 안질이 매우 심한데 여러 해 동안 차도가 없지 아니합니까. 요즈
음 군국(軍國)의 업무와 역옥(逆獄)의 사무로 인하여 마음의 병이 더
욱 심해지시어 정신을 수습해서 기무(機務)에 수응할 수가 없을 정도
가 아니오이까. 삼사가 계사와 차자를 매번 밤늦게까지 입계하는 것
은 온당치 못한 처사이옵니다."

　"그대 말대로 과인이 일을 파한 뒤에도 밤이 깊도록 차자를 들여보
내니, 매우 괴이한 일이라 이를 정도다. 지금 이후로 모든 계사와 차
자는 오시까지 와서 아뢰지 않으면 일체 봉입하지 말라 했거늘 오늘
도 이렇게 신시까지 나를 가만두지 않는구나. 그런데 아, 과인을 염려
하는 그대의 표정이 신실하여 당장 몸이 풀리는 듯해!"

"소신 때문이 아니라 따뜻한 찻물 때문인 듯하오니 더 젓수시소서. 그런데 전하, 크게 고심하지 마옵시고 소신의 말씀을 들으시길 바랍니다. 여러 곳에서 나오는 얘기입니다만, 기자헌 대감의 아들 기준격이 고한 허균 대감의 죄상이 극히 흉악하고 참담한 것으로 고금 천하에 어찌 일찍이 이와 같은 난역이 있었겠는가 하는 생각을 불러일으킨다 하옵니다. 그 소의 내용은 온통 차마 보고 말하지 못할 흉측한 것으로 온 나라 신민들이 듣고 놀라지 않는 이가 없다 하옵니다."

"이미 읽어 아는 일. 소문이 퍼졌단 말인가?"

"예, 전하. 구중궁궐에 처한 소신이 그렇게 듣고 있으니 여항의 사람들에게 일까 봅니까. 그러므로 괴상한 소문이 더 이상 돌지 않도록 엄명을 내림과 동시에 즉시 분명히 조사하고 엄히 국문하여 죄인을 잡아내는 추국을 시작해야 할 줄 압니다."

"그래야겠지?"

"암요, 이 일을 빨리 처리할수록 조종과 사직에 도움이 되리라 봅니다."

"허나……."

광해는 잠시 생각에 잠겼다. 몸을 앞뒤로 흔들다가 멈추는 즉시 옥음을 이었다.

"허나, 허균의 입장으로서는 얘기가 다르다. 다만 두 사람이 서로 쟁변하고 있는데, 그 중의 진짜 역적은 이쪽이 아니면 반드시 저쪽일 것이니, 이 어찌 쉽게 접근할 일이겠느냐."

"바로 그것입니다. 그러니 국문에 참여하는 신하들이 마땅히 양쪽의 단서를 참고하여 살펴서 실상을 캐내어 왕법을 밝게 거행함으로써 신인(神人)의 분노를 시원하게 풀어주어야 할 것입니다.”

김개시는 방금 들여온 천일주를 금잔에 담아 임금께 올렸다.

“이런 얘기를 하며 마시는 술은 입에 붙지 않는 것이거늘 그대가 따라주니 그대로 맛 나는구나. 어허, 몸이 풀리는 듯하군. 그대의 과인에 대한 보살핌은 하늘도 감읍할 것이야. 으음, 일을 더 진척시켜도 좋을 것인가?”

“전하, 그렇게 하옵소서. 하루라도 빨리 척결하시어 고심에서 벗어나야 옥체가 건령하시고 용안이 밝아지실 것이옵니다.”

“이를 말!”

김개시는 임금의 품을 잠깐 안았다가 곧 일어나 서상 옆에 놓인 문방사우를 즉각 대령했다. 중국 산동성 청주에서 생산되는 홍사연(紅沙硯)의 뚜껑을 열어 단양에서 생산된 단산오옥(丹山烏玉)을 갈기 시작했다. 김개시는 그 순간 이이첨을 떠올렸다. 동시에 개 끌리듯 끌려나가 군기시 앞길에서 사형당한 계축년 서자들의 비명 소리가 들리는 듯도 했다. 허균을 없애야 해. 김개시는 입술을 빨며 먹을 가는데, 손마디가 가늘게 떨려오는 것을 느꼈다.

“전교를 써 내리옵소서.”

김개시는 붉은 대나무자루에 털이 부드러운 유호필(柔毫筆)을 대령했다. 전라도 장지가 앞에 놓이자 광해는 푸근한 몸을 움직여 보료 위에서 유호필에 먹을 듬뿍 찍어 전교를 썼다.

許筠 奇俊格 于義禁府 拿囚

(허균과 기준격을 의금부에 수감하라.)

"여봐라!"

광해는 짐짓 푸근해진 몸과 마음으로 소리를 치니, 임금의 이 부름에 급히 달려온 김상준 승전색이 전교를 받는다.

"과인이 생각건대 허균과 기준격의 난역 이야기는 전고에 비할 데가 없는 것으로 진실로 심상하게 추국해서는 안 되는데, 대신이 출사하지 않아 추관(推官)이 갖추어지지 않았으니 당장은 조사하기가 어려울 듯하다. 허나 우선 그들을 잡아 가두어 두었다가 대신이 나오기를 기다려 추국토록 하라!"

김 상궁이 곁에서 단단히 일렀다.

"중대한 전교라 정원(政院)에 실수 없이 전달하여야 할 것이오."

"예."

승전색은 즉시 승정원으로 달려갔고, 광해는 김 상궁에게서 금잔을 받아 들어 천일주를 몇 차례 더 마시고 아직 대낮같이 환한 시각에 침소에 들었다. 그러면서 광해는 스스로를 비난했다.

'차라리 술에 취해 완전히 정신을 잃을 것을!'

＊

굉은 열심히 공부할 생각을 굳힌 모양이다. 아들을 만난 뒤 나는 곧 바로 상곡 집으로 돌아왔다. 오랜만에 연지동 성옥의 집에 들를까도 생각해 보았지만, 때가 아니라 그대로 교자를 달려 명례방 상곡 집으로 향했던 것이다. 흔들리는 교자 위에서 바람을 맞으며, 도성 거리가 유난히 적막하다는 생각을 하며, 나는 어젯밤 낙산 성곽에서의 전투가 비록 '격서'를 위한 '성동'의 성격이 짙지만 결코 패퇴하는 모양새여서는 안 되리라 믿어 본다. 대체로 변방으로 가고 말아 다만 몇 안 되는 위수 군졸들은 호민군의 그 기세와 힘에 있어 마땅히 밀릴 것이야!

나는 그날 밤 깊이 잤다. 모든 우려를 뒤로했다. 모든 근심을 접었고, 모든 염려는 다만 염려 그대로 두고 일단 그것을 잊을 것을 자신에게 일렀다. 그리하여 다시금 깊이 잠을 잤다. 그리고 깨어난 아침은 해가 유난히 밝고 환했다. 동창은 밝았고, 저 밖 들판에서 노고지리가 우지짖는 듯했으나, 사실 바람 소리 외에 들려오는 그 어떤 소리도 없었다. 나는 사위가 조용하다는 느낌을 가졌다. 좋은 기분이 온몸을 감싸고돌았다.

오늘, 광해 10년(1618) 무오년 8월 17일 계유. 시각을 바꿔 밤 해시 초입에 호민군이 서궁을 칠 것이다. 아암, 그래야지! 며칠 전부터 해오던 이 생각 속에서 나는 빠져나오지 못한 채 대청으로 나가 눈을 들어 먼 산을 바라보았다. 뭉게뭉게 아침부터 구름이 서쪽에서 동쪽으로 몸을 느리게 움직이는 것이 관찰됐다. 위수군은 동쪽 성곽에서 남은 호민군의 뒤를 캐느라 분주할 터이고, 아무도 모르는 호민군의 서궁 침입을 보름달만이 지켜볼 것이다. 도성의 친병은 물론 금위군과 위수군, 좌우포도청의 군졸과 훈련도감의 군사 그리고 동부 별시위대 군사와 서부의 족친위 남은 군사들이 그들을 알아차릴 때쯤 이미 상황은 종결됐을 것이다. 서궁에 칩거한 인목 대비는 잡혀서 처결되고, 그리고 그리고….

나는 침을 꿀꺽 삼켰다. 목울대를 울렁거리다가 가래를 긁어 밖으로 내뽑는다. 카악, 대청 밖 너른 마당에다가 뱉어낸 다음 세조대를 다시 묶은 뒤 중치막을 입은 몸으로 중문을 나서며 돌한에게 이른다.

"교자를 준비하렷다."

"예에, 대감 어른. 어디로 모실갑쇼?"

오늘 따라 돌한이 더 커 보였다.

"서대문으로 가자. 아니, 경운궁 쪽으로 달려라."

이런 종복이라면 자신을 지키기에 충분하리란 생각을 늘 했으므로 돌한을 믿음직스럽게 바라보며 잠시 웃음을 머금어 본다.

"돌한아, 왜란 초입에 광화문이 불타오르던 그때가 생각나는구나."

"갑자기 무슨 말씀이신지요."

"갑자기 그런 생각을 해 보는 것이니라. 우리 둘 모두 이젠 꽤 늙었구나."

"소인은 아직 쓸 만합니다."

"그런 얘기가 아니니라. 세월이 흘렀다는 얘기다."

"대감 어른, 부디 건령하셔야지요."

"그러자."

오늘따라 돌한이 듬직하다는 생각을 다시 해본다.

"여인은 어디 있느냐?"

"봉사시 주부 어른은 엊그제 낙산에 계시다가 어젯밤에 관악산인가 남산에서 박응서 등 여러분들과 그리고 인왕산인가 어디에서 내려온 장정들과 합류하여 오늘 낮에 서궁 쪽으로 가신 것으로 압니다.”

“거기에 박치의가 있지? 겸사복 김윤황도 서궁 쪽으로 갔겠지? 창집 낭청 원종은 어디에 있느냐?”

“그는 뒤에서 따라옵니다.”

“가설주부 현응민은? 그도 서궁으로 갔지?”

“두 분 모두 오늘 밤에 서궁에서 볼 수 있을 겁니다.”

“아암. 그래야지. 나를 따라 오는 원종이 철퇴를 들고 있느냐?”

“철퇴는 품에 숨겼을 겁니다.”

“명허 스님은 찾았다느냐?”

“찾지 못했다 하옵니다.”

“우경방은? 아, 그는 잡혀 의금부에 있지?”

“그렇습니다, 마님.”

“하인준도 잡혀갔지?”

“예.”

교자를 따르는 돌한이 숨이 차 했다.

“위수군이 강하다고?”

“반격으로 당혹스러웠으나 계획대로 한 차례 친 다음 물러났다 하옵니다. 다만 명허 스님이 보이지 않아서….”

“알겠다.”

나는 입을 닫고 사직단 근방을 내닫는 교자 위에서 뜨거워진 햇볕을 가리기 위해 손바닥을 이마로 가져갔다. 그때였다. 흑립을 쓴 포졸들이 우르르 몰려와 교자를 막고 일시에 빙 둘러서서 압박해 들어온다. 돌한과 내가 동시에 외쳤다.

"뭐냐?!"

"어명이오!"

라는 외침과 함께 포도부장인 듯한 자가 내게 이른다.

"좌참찬 대감, 교자에서 내려 어명을 받으시오."

"어명이라?!"

"그러합니다. 좌참찬을 나수하여 의금부로 압송하라는 어명을 받았습니다. 좌참찬은 교자에서 내려 어명을 따르시오. 여봐라, 대감을 모시어라!"

머리끝이 하늘로 치솟는 것을 느꼈다. 어명이라, 나를 잡아넣으란다. 이게 어명이라. 이럴 수가!

"네 이놈들, 너는 우포도청 포도부장인가? 이 시각에 어명이 사실이렷다? 내가 어떤 사람인데 상께서 나수하라 하시겠느냐. 뭔가 잘못된 것은 아니냐? 나는 좌참찬 허균이다. 알겠느냐? 허균! 혹 기자헌 대감의 자식인 기준격을 잡아넣으라는 명과 혼동한 것은 아니냐?"

"그럴 리 없습니다. 분명 좌참찬 허균을 나수하라는 전교가 내려졌습니다. 기준격을 나포하라는 전교도 함께 내려졌다는 얘기는 들었습니다. 우리는 요 옆 혜정교(惠政橋, 서울 종로 1가) 남쪽에 있는 우청(右廳, 우포도청)에서 나왔습니다. 순순히 따르시지요."

"너희 대장 윤홍이 그리 말하더냐?"

그때 교자를 뒤따르던 원종이 달려와 예전에 한 번 본 것처럼 다짜고짜 한 손을 사타구니에 넣고, 다른 한 손으로 어깨를 움켜쥐고 앞장선 포도부장을 위로 들어 올려 머리로부터 땅에 내리꽂으니 꽈당, 하는 소리와 함께 포도부장은 땅 바닥에 처박히고 말았다. 다른 포졸들이 자신들의 수장이 그렇게 당하는 것을 보고 새파래진 얼굴로 두어 걸음 물러나는 듯싶더니 곧 정신을 가다듬어 장창과 곤봉을 앞세우고 압박해 들어왔다.

"네 이놈들, 이분이 어떤 분이기에 이렇게 무례하게 구느냐?! 천하에 범 무서운 줄 모르는 고양이가 네놈들이렷다!"

원종의 기세에 움찔거리기는 했으나 포졸들은 곤봉, 장창, 죽장창을 앞으로 꼬나들고 한 발자국씩 전진해 들어왔다. 하늘이 꺼멓게 변하고, 세상이 노랗게 변했다. 나 허균을 잡으라고?! 뭔가 잘못된 일이다. 우경방을 잡고 하인준을 잡아들이는 일과 나를 잡아들이는 일이 결코 같을 수 없다. 그럼에도 지금 이자들은 나를 잡으러 참나무 곤봉과 대나무 장창을 겨누며 저렇게 다가오지 아니하는가.

다만 나는 기준격의 언어도단적인 상소에 대응한 반대 상소를 올렸을 따름이다. 거기엔 나의 과거사가 속속들이 드러나 있고, 그것을 보면 그 누구도 나에게 불궤의 혐의를 씌울 수 없을 것이다. 나의 행위는 정정당당하고, 나의 논점과 논설은 명백하다. 그러므로 이렇게 소란을 피울 일이 아니다. 그러므로 그래, 일단 순순히 의금부로 걸어갈 것이니라.

원종이 다시 포졸이 내미는 장창을 치고 놈의 멱살을 잡아 엉덩이를 돌려대 땅바닥에 패대기를 쳐댔다. 전광석화 같은 원종의 몸놀림에 포졸들이 한 발자국 뒤로 물러서다가 다시 두어 걸음 다가오니, 원종이 이번엔 몸을 날려 서너 명의 포졸을 한꺼번에 쓰러뜨리며 목을 치거나 머리통을 쳐냈다. 퍽퍽 소리가 나고 픽픽 쓰러지는 포졸들은 그럼에도 불구하고 물러서려 하지 않았다. 원종이 품속에 품고 있는 철퇴를 꺼내려 했다.

"그만! 그만 둬라. 원 낭청, 철퇴를 보이지 말아야. 그만 참고 일단 의금부로 가 보세나."

"대감, 안 됩니다. 말씀대로 일단 금부로 들어가시면 다시는 나오지 못할지도 모릅니다. 이건 그냥 견뎌낼 일이 아니라."

"내 모르지 않아. 허나 또한 이건 힘으로써 당할 일이 아니지 않는가. 내가 알아서 할 일이니 이쯤에서 그만 둬. 포도부장, 앞서라. 내 순순히 따라갈 터이니. 다만 나는 교자에서 내릴 생각이 없으니 그리 알라."

원종이 '아니 된다.', '당치 않다.'고 외쳤으나, 나는 먼지를 털고 일어서는 포도부장의 뒤를 따라 의금부로 가기를 마다하지 않았다. 해가 뉘엿 기울어 늦여름의 열기가 식어가는 즈음에 교자는 곧 바로 의금부(義禁府, 서울 종로구 공평동)에 도착했다.

도중에 특히 원종이 있을 수 없는 일이 일어났다며 가슴에 품고 있던 철퇴를 꺼내려 하다가 참고, 계속하여 길길이 뛰며 포졸들의 주위를 빙빙 돌아다녀 포도부장을 비롯하여 수십 명의 포졸과 의금부 나졸들이 잔뜩 겁을 먹도록 했다.

어디선가 피비린내가 나는 것 같았다. 의금부는 공포를 자아내게 만드는 곳이다. 저 옛날 한 차례 잡혀온 적이 있음으로다. 그래, 그때는 시험 감독 부정사건에 연루됐었지. 이이첨의 조카도 합격한 그 과거 시험에 이이첨은 빠지고 유독 나만 잡혀 들어와 42 일 동안 갖가지 고초를 겪고 마침내 함열로 유배를 가기에 이르지 않았던. 이이첨 조카의 변려문을 써준 사람이 여인 이재영이었다는 것을 나는 모르지 않았어. 그랬음에도 모든 시험 부정을 혼자 뒤집어쓰고 함열로 유배 가고 말았지. 이이첨은 그런 과거를 외면하고 나에게 끊임없이 위해를 가하려 해. 오늘 이것 또한 교활한 이이첨의 장난일 것이야. 장독으로 수개월 동안 고생한 기억이 저 편에서 아슴아슴 되살아났다. 교자에서 내린 나에게 즉각 붉은 오랏줄이 손목과 온몸에 칭칭 감겨왔다.

"무슨 짓이냐?!"

그렇게 소리친 사람은 원종이었다. 교자에서 내릴 때 대감께서 이렇게 잡혀가는 것인가, 하고 적지 아니 절망감을 느끼며 수양버들 아래서 우묵하게 바라보던 원종이 한 순간에 살같이 뛰어와서

"도대체 이게 무슨 짓이냐! 좌참찬 어른을 이 따위로 대해 무방할 줄 알았더냐!"

하고 일갈했으나 나졸들은 들은 척도 하지 않고 대문으로 나를 끌고 들어가고, 포졸들은 장창으로 벽을 만들어 원종이 가까이 다가들지 못하게 막았다. 원종의 화는 끝을 모르게 치올랐다. 이놈들이 내가 누구인지 모르는가보다고 생각한 원종은 드디어 참았던 분노가 폭발하여 품속에 숨겼던 철퇴를 꺼내들고 내가 사라진 대문 안으로 쳐들어온 모양이다.

"끼놈들!"

원종은 철퇴로 장창을 부러뜨리고 수문장을 밀친 다음 포졸의 끄트머리 녀석의 허리를 걷어찬 뒤 막 중문을 지나 본채로 향하는, 나를

둘러싼 까치두루마기를 입고 손에 주장을 든 나졸의 머리통을 향해 철퇴를 내리쳤다. 허나 깔때기만 박살이 났고, 나졸은 혼비백산 본채 안으로 달아나 버렸다. 원종이 철퇴를 휘두르는 바람에 의금부 행랑 기둥이 서너 개나 부러지고 말았다. 그 순간 의금부 안채에서 나온 사람이 있었으니, 그는 좌윤 김개였다.

"계숙(啓叔, 김개의 자), 어찌된 일인가?"

내 물음에 답을 않고 김개는 길길이 뛰는 원종을 향해 조용히 그러나 단호히 말했다.

"이보게 성보(誠甫, 원종의 자), 자네가 병과로 급제한 만큼의 그 힘을 인정하지만, 자네는 병조좌랑을 거쳐 병조정랑으로 승진한 적이 있지 않은가. 강원 도사로 있으면서 사사로운 원한으로 서리를 곤장을 쳐 죽였다는 이유로 사간원의 탄핵을 받아 옥에 갇혔다가 풀려났지만, 자네의 피 속에는 엄연히 무장의 꿋꿋한 기개가 서려 있음이야. 폐모론을 지지하며 좌참찬 대감과 어울리는 일이야 무어라 할 것인가. 다만 오늘날 그대가 정6품 서반 무관직인 사과의 직에 있음을 스스로 깨닫고 자제할 따름이 아닌가."

"그러는 그대 좌윤 김개는 좌참찬 대감의 이 기막힌 현실을 그대로 보아 넘길 수 있겠는가? 실제로 우리 모두 대론을 함께 도모한 교산 어른의 뜻을 모르지 않지 않은가 말이야. 그러니 지금 이 자리에서 나에게 뭐라 할 수 없음이야. 나는 교산 어른의 앞날이 염려되네. 절대로 잡혀가게 내버려 둘 일이 아니지 않는가!"

두 사람이 그러는 중에 포졸들이 더 늘어났다. 두어 명의 포도부장은 물론 종사관까지 나와 나를 나인하려 했다.

"여보게들, 저 원종이 소란을 피우지 않을 터이니, 그러지 말고 내가 좌참찬을 모시고 들어가겠네."

종사관을 비롯하여 포졸들과 나졸들이 잠시 머뭇거리는 중에 좌윤 김개가 내게 다가가 그윽이 내 눈을 들여다본다. 수많은 무언의 말이 오가는 중에 김개가 내 손을 잡았다.

교산 어른, 이렇게 됐군요. 주상전하께서 어제 어른의 것과 기준격의 상소를 추국청에 내렸지요. 동시에 두 사람을 나인하라는 엄명이 있었어요. 말 그대로 어명인 거지요. 그것이 어명인 한 일단 어쩔 도리가 없습니다. 이제부터 추국에 대비하셔야 합니다. 추국의 현장에서 잘 말씀 올려 불궤의 혐의에서 벗어나야지요. 대감은 대론을 주장할지언정 반역을 꾀하지 않았습니다. 모든 혐의는 기준격이 제 아비 기자헌을 살리려는 모함일 따름이 아닙니까.

수많은 말이 눈에서 눈으로 전해졌다.

알겠네. 잘 준비하지. 일단 나를 의금부 옥내로 들이게.

"좌윤은 진정 제대로 하고 있는가?"

이런 원종의 외침을 듣고 김개는 정신을 가다듬어 내 손목을 묶은 오라를 풀었다. 종사관과 포도부장이 놀라 한 걸음 다가왔으나 김개는 아랑곳하지 않고 내 몸에서 붉은 오라를 걷어 바닥에 버렸다.

"들지요."

이 한 마디에 나는 팔자걸음을 하여 조옥(詔獄)으로 들어가려는데, 갑자기 주위가 소란스러워졌다. 고개를 들고 바라보니, 부러진 행랑 기둥을 건너뛰어 마치 살처럼 빨리 다가오는 자가 보이는데 그는 돌한이었다.

“아니 되옵니다! 대감 어른. 이렇게 가시면 아니 되옵니다!”

“어어!”

모두가 입을 벌리는 중에 돌한은 앞을 막아서는 포졸을 발길질하여 쓰러뜨리고, 다음 나졸의 코를 주먹으로 무너지게 만들며, 세 번째로 막는 포도부장의 목을 틀어 바닥에 메치고, 네 번째로 다가드는 종사관의 머리통을 뒷발로 내리꽂고 나를 안아 밖으로 내빼려 했다. 한 걸음에 중문으로 나갔다. 또 다시 한 걸음에 대문을 나서려 하는데,

“예끼놈!”

하는 소리와 함께 육모방망이가 어깨를 내리찍어 돌한은 한순간에 앞으로 거꾸러지고 말았다. 텅, 하고 넘어가는 돌한의 큰 덩치는 마치 솟을대문의 기둥 같았으나, 그 기둥은 이미 찍혀 무너지는 중이었다. 그 바람에 내가 공중에 두어 바퀴 돌다가 저만치 나가떨어지고 말았다.

돌한이 쓰러지고, 그렇게 하여 나는 마치 무너지듯이 금옥 안으로 들어가고 말았다. 잠시 뒤 목에 칼을 차고 발에 족쇄가 채워진 채 나는 뇌옥 안에 앉아 멍 하니 허공을 바라볼 따름이었다.

*

“여봐라, 저 어른의 큰칼과 족쇄를 풀어주라.”

“그렇게는 아니 됩니다.”

“그분은 엄중한 죄인은 아니니라.”

“소신들은 엄중한 죄인이라 들었습니다.”

이졸들은 절대로 김개의 말을 들으려 하지 않았다. 그때였다. 갑자기 주위가 훤해져 왔다. 새 인물이 등장했으니 그는 이이첨이었다. 의금부의 수장인 판의금부사 이이첨이 조옥에 들이닥친 것이다.

“지금 무엇을 가지고 논하는 중이더냐?”

“판의금부사 어른, 좌참찬의 큰칼을 벗겨주라는 부탁을 하는 중입니다.”

“그대가?”

“예, 제가 그렇게 말했습니다.”

“그게 얼마나 위험한 말인 줄 아시는가?”

“알고 있음입니다.”

“그럼에도 불구하고? 대단한 믿음이구먼. 그래, 잠시 죄인의 큰칼을 벗겨주어라. 종래엔 나와 가까웠는데 근자 그대는 허균과 얼마나 가까운가?”

“교산 어른은 큰 죄를 짓지 않았다고 봅니다.”

“그대가 아는 것이 과연 얼마인가? 허균은 중죄인이야.”

“부사 어른도 한때는 그와 가까웠지 않습니까.”

“그랬지. 허나 지금은 중차대한 시기인지라 그를 쉬 용허해 줄 수는 없으이. 잘못 하다간 그대도 연루된다는 점을 알아야 할 것인즉.”

“그런다 한들 어쩔 수 없습니다. 제 스스로에 대한 믿음도 상당하지요.”

“진정 대단한 믿음이라! 그렇다면 여봐라, 여기 좌윤의 부탁대로 잠시 저자의 큰칼과 족쇄를 풀어주도록 해라.”

“감읍할 일입니다.”

“허균이 하옥되던 날에 자기 이졸을 시켜서 균이 쓰고 있던 칼과 족쇄를 풀어주었다고 누가 말할 경우 그대 또한 의금부 신세를 면치 못할 것을! 옛날 세조 때 중추부경력 남용신은 죄인의 항쇄를 조금 늦추어 주었다는 이유로 극형을 받기까지 하였다네. 오늘 족쇄를 풀어주라 한 것은 내가 그대의 죄를 대신 지겠다는 뜻이네.”

“거듭 감읍합니다.”

“오늘 저녁 교산이 잡히던 때에 소동을 벌인 자들이 적지 않다면 그 자들의 정적(情跡)이 극히 수상하니 아울러 엄히 국문하여 실정을 캐내어야 할 것이야. 그들이 도망갔다지만 곧 잡힐 것이지.”

그리고 이이첨은 뜸을 들이다가 김개를 지긋이 바라보았다. 자리를 뜨기 전에 이이첨이 마지막으로 한마디 더 했다.

“그대도 조사해 볼 만한 인물이야!”

반복 —혹은 탈옥

해가 떨어졌다. 한성부 좌윤 김개는 다시 한번 의금부 뇌옥으로 다가갔다. 아무도 없다면 영어의 몸이 된 교산 허균을 끌어안고 옥에서 나와 그대로 밤섬으로 달아날 수 있을 것이란 생각을 잠시 했으나, 현실적으로 그게 이뤄질 리 만무라 푸석 헛웃음을 흘려 본다. 혹은 다른 계획이 있는가? 횃불이 이글거리는 옥문으로 다가가 살피니, 거기엔 그 어느 때보다도 엄중한 분위기 아래 칠팔 명으로 증강된 옥리들의 완강한 파수가 그대로 보였다.

"아무도 오지 않았지?"

"예, 나리."

김개가 의금부 고위 간부인 동지의금부사인데다가 국가의 중대사를 의논하는 비변사 유사당상을 겸하고 있었기에 옥리들이 여러 번 굽신하며 대답한다.

"예, 예. 판의금부사 관송 대감이 다녀간 이후 아무도 찾아오지 않았습니다.”

“적막강산입니다. 쥐새끼 한 마리도 얼씬거리지 않습니다. 헤헤.”

장창 끝에서 빛이 부서지자 개기름 흐르는 그들의 낯짝이 흔들리는 횃불에 번들거려 보였다. 김개는 조금 전 이이첨의 날카로운 눈길이 자신의 얼굴에 꽂힐 때 느낀 그 서늘한 느낌을 다시 한번 떠올렸다. 놈보다 먼저 손을 써야지! 아무도 오지 않았구나. 그렇다면. 김개가 다시 물었다.

“죄인은 어찌하고 있느냐?”

“들어가 보시면 알 터이나 아무 생각 않고 누워 있습지요.”

“옥문을 열라!”

단호한 김개의 목소리에 옥리가 잠시 망설거리다가 곧 열쇠꾸러미를 꺼내 문을 열자 안에서 확 한기가 닥쳐왔다. 추8월, 감옥 속은 그대로 초겨울 같다. 몸을 한 차례 털며 김개는 두어 번 재채기를 했다.

“너희는 춥지 않으냐?”

“저희야 그런대로 견딥니다. 한겨울에 비해 이건 안방입지요. 저쪽으로 가시면 교산 어른께서.”

“교산 어른? 어른이라 했느냐? 그가 죄인인 걸 모르느냐?!”

“그게 그러니까, 사실인즉 그렇습니다만….”

“그렇다니, 어쨌다는 건가?”

“그런데 사실 많은 사람들이 좌참찬 어른의 나수 소식을 안타까워합니다.”

“안타까워해?”

“그러하옵니다. 우리 옥리들이야 늘 하는 짓이라 별 생각 없습니다만, 세상 사람들은 좌참찬 어른을 상당히 아끼는 걸 오늘 알았습지요.”

“누가 무슨 얘기하더냐?”

“초저녁에 사람들이 모였었습니다.”

“사람들이?”

“많은 사람이 뇌옥 가까이 모여 수군거렸지요.”

“수군거려?”

“교산 어른이야말로 나라를 위한 사람이랍니다.”

“나라를 위해? 어떻게?”

“그분이 낮은 사람들을 긴하게 여긴다고요.”

“낮은 사람들?”

“지난 계축옥사에서 희생된 서자들의 진정한 스승이 교산 어른이라 하던데요.”

“계축옥사는 서자들의 반란이 아니던가?”

“그게 아니라 하더이다.”

“누가?”

“사람들 속에서 그런 소리가 들려왔어요. 관송 이이첨 대감이 조작한 사건이 계축옥이라는 얘기를 누군가가 했어요. 교산 대감은 정말 서얼자 그리고 평민이나 천민에게 기회를 줘야 한다고 주장했다 하더이다.”

“자네들은 그런 자들을 잡아들이지 못하고 뭐 했나?”

“시키는 대로 할 따름 저희가 무슨 힘이 있나요? 그리고 사실….”

“사실 뭐냐?”

"더 말하지 않는 편이 낫다고 봅니다. 그러고 보니 조금 춥구먼. 저 리로 가시지요."

김개는 더 말을 꺼내려다가 참고 교산이 있는 방으로 다가갔다. 옥 안에서 강력한 냄새가 퍼져 나왔다. 재채기는 추위가 아니라 냄새에서 비롯됐음을 알았다. 피비린내 같기도 하고, 고기 썩는 내 같게도 느껴 졌다. 수많은 사람의 한 서린 냄새일 것이 분명했다. 영혼의 냄새 혹은 원한의 밑바닥 같은 그것.

*

"좌참찬 어른."

김개가 조용히 부른다. 처음에 나는 듣지 못했다.

"교산 어른!"

그제야 부스스 눈을 뜨는 나를 보고 김개가 옥리들에게 다가간다.

"여보게들, 나눌 말이 있으니 자네들은 옥문 밖으로 잠시 나가 있 게나."

옥리들이

"저희들은 잘 지켜야."

하며 머뭇거린다.

"알았네. 기온도 차고 하니 술 한 잔 생각이 나겠구먼."

김개는 품고 있던 호리병과 안주 보자기를 그들에게 던졌다. 그것 을 본 옥리들의 눈이 빛을 내뿜었고, 두말없이 주안을 들고 밖으로 나갔다.

"교산 어른, 접니다."

김개의 눈에 어른어른 눈물이 보였다. 그러는 김개에게 피로 붙어버린 입술을 펴서 물었다.

"계숙(啓叔, 김개의 자)인가?"

"예, 접니다. 몸은 어떠합니까?"

"보다시피 이렇게 큰칼을 찼구만."

"아니, 낮에 제가 풀라 했는데?"

"이이첨이 다시 채우라 했지."

"저런. 여봐라, 옥리는 게 있느냐?"

"아니, 놔 둬."

"아닙니다. 제가 동지의금부사로 있는 한 어른을 이렇게 대접하진 않으려 합니다."

"허어."

"이리로 오라!"

옥리 두어 명이 다가오자 김개가 이른다.

"항쇄족쇄(項鎖足鎖, 목과 다리의 족쇄)를 풀라!"

"부사 나리, 그렇게는."

"명하나니, 너희는 그저 내 말을 들을진저!"

잠시 머뭇거리다가 옥리가 옥방 문을 열고 들어가 목에서 큰칼과 발의 차꼬를 풀고 두어 번 나와 김개를 번갈아 보다가 밖으로 나갔다.

"어른, 지금 이 옥 안에는 아무도 없습니다."

"그렇지 않네. 저쪽에 제 아비를 구한다고 나를 모함한 기준격이 나처럼 잡혀와 있지 않나."

"순순히 잡혀와 조용히 누워 있지요. 만감에 젖어 있다가 지금 깊은 잠에 빠졌을 겁니다."

"이렇게 찾아와 고맙네만, 이를 어쩌겠나."

"나가시지요."

나는 고개를 번쩍 쳐들었다.

"내가 잘못 들었나?"

"아닙니다. 나가자니까요."

"탈옥이라?!"

"애초에 이 나라가, 조정이, 상께서 이렇게 어른을 잡아두는 게 아니잖습니까."

"자네가 지금 무슨 일을 저지르는지 알고 있나?"

"이건 성상께서 내심 가슴 아파할 일이지요. 대론을 다 이루지 못한 정황 아래 좌참찬 어른이 이렇게 잡히게 됐으니."

"이게 성상이 바라는 바가 아니던가."

"유희분 어른이 그렇게 생각지 않는 중에 유독 판의금부사 이이첨이 교산 어른을 잡아넣자는 생각을 굳게 하여 이렇게 됐지요. 이는 결코 성상의 뜻이 아닙니다."

"상께서 나의 구금을 명하셨어."

"탈옥 또한 상께서 바라는 바일지도 모릅니다. 임금은 교산 어른의 서궁 월담을 허락하시지 않으셨습니까?!"

"그렇지 않아. 심증으로는 그러하더라도 상께서 언명한 것은 아니지. 그건 우리들의 의지였을 따름."

"그 의지야말로 시대의 명령이라 봅니다."

"그러면 좋으련만."

"그러니까 탈옥하자는 얘깁니다."

"의금부 관원과 궁중 근위병이 적지 않을 텐데."

"이미 준비해 뒀습니다."

그때였다. 말이 끝나자마자 굉음이 들려왔다. 꽈다당! 하늘이 무너지는 소리였다. 굉음 뒤로 함성이 이어졌다.

"허균을 풀어줘라!"

"허균은 충신이다!"

"좌참찬은 명신이다!"

"이이첨을 잡아들이라! 여우처럼 간사하고 뱀처럼 사악한 이이첨을 죽여라!"

"정치 싸움을 그치라!"

수많은 사람의 고함 소리가 천지를 흔들었다. 나에겐 그러는 듯 느껴졌다. 갑자기 서늘한 웃음을 머금는 김개를 바라보며 소리쳤다.

"저게 그것인가?"

"그렇습니다. 봉사시 주부 이재영이 몇 시진 동안 보이지 않는 중에, 여기 저자에 찬집낭청 원종, 겸사복 김윤황, 나주의 김우성, 대감의 사위 이사성, 친족 민인길, 유생 황정필, 그리고 유생 유윤겸과 김시량이 있습니다. 대감의 하인 돌한도 의금부 뇌옥 주위를 떠나지 않습니다. 의금부 서리 박충남의 대감에 대한 충직함은 의심할 나위 없지 아니합니까. 도울 사람이 적지 아니하니 대감, 어서 여기를 뜨시지요."

"이재영이 보이지 않는다? 서궁 부근에 있지 아니한가?"

"서북 장정들을 인왕산에서 내려오도록 지시하고, 남산의 장정과 승병을 이끌고 아무도 모르게 소의문으로 들어온 뒤 정동 언덕에다가 진을 친 다음 말하자면 정찰을 하러 나갔다가 대감께서 나수되는 사건이 일어날 즈음 어디로 사라졌는지 보이지 않는다 합니다.”

“어딘가에서 출병의 기회를 엿보고 있겠지.”

“그렇겠지요. 자, 가시죠. 지금이 탈옥의 적기입니다. 저 함성이 들리지 않습니까!”

그 순간 우두두 하고 돌이 떨어졌다. 혹은 의금부 뇌옥의 지붕에 떨어지고 혹은 창문에 떨어져 천지가 진동하는 소리를 냈다.

“누가 시킨 일인가?”

“백성들이 스스로 하는 일인 줄 압니다.”

“백성들이 스스로 돌을 던진다? 그렇지 않아. 백성은 지금 제 앞길도 헤쳐 나아가지 못할 지경이야. 도성에 이렇다 할 사람이 남아 있지 않지. 하남대장군을 기다리던 사람들이 없지 않지만, 유구가 가까운 섬에 들어와 있고, 북에서 오랑캐가 쳐내려온다는 소문에 다 달아나지 않았나.”

“그렇지만은 않습니다. 조정에서 대대적으로 막아 아직 많은 사람이 집에서 정황을 살피는 중이지요. 그 일부가 대감의 나포 소식에 저렇게 흥분하는 겁니다.”

“그렇지 않아. 저것은 다 우리 호민군의 전략일 것이지!”

“대감, 그렇지만은 않다니까요. 세상을 바꿔야 한다는 생각과 그런 사람이 오리라 하는 기다림은 저 도참의 그것처럼, 정 도령을 기다리듯 곧 현실이 되리란 기대감은 여전합니다.”

“그것과 나는 다르지 않나. 그것은 환상이요, 나는 실제가 아니던가.”

“우리에겐 대감이 진정 환상 혹은 실제입니다. 그러니 우선 살아야 합니다. 여길 어서 떠나시지요.”

옥리 두어 명이 다가오다가 앞으로 푹 쓰러진다. 그들의 머리통에서 피가 분수처럼 솟아올랐다. 날아온 돌이 아니라 닥쳐온 호민군에 의해, 아니 원종의 철퇴에 의해 뒤통수가 으스러졌기 때문이다. 그걸 보자 서너 명의 옥리가 어둠 속으로 줄행랑 치고 말았다. 의외로 옥을 지키던 옥리 외에 다른 군병이나 포졸은 보이지 않았다. 나는 더 지체할 이유가 없다 생각해 부서진 옥문을 빠져나왔다. 횃불로 어른거리는 어둠 속을 헤집고 준비된 말을 타고 우리는 의금부가 있는 중부 견평방(堅平坊, 서울시 공평동)에서 살처럼 빠르게, 연기처럼 묘연히 사라졌다.

지난밤엔 동쪽 전선에서 약간의 충돌이 있었다. 모두 이미 마련된 것이었고, 예정됐듯 그렇게 일시에 물러났다. 이재영이 보이지 않는 지금 이후 내가 이끄는 호민군은 오늘 밤에 서궁을 칠 것이다. 전술대로 동쪽에 관군이 몰려가게 됐다면 이 시간 서궁은 아무도 지키지 않을 것이다. 그렇게 되면 서궁은 이미 호민군의 수중에 있는 것이나 다름없다. 서궁에만 머무를 것인가? 이미 종이호랑이가 돼 거의 버림을 받고 있는 인목 대비를 수중에 넣었다 하여 내가 만족할 까닭이 없다. 나는 그대로 오늘날의 법궁인 창덕궁을 넘볼 것이다. 광해여, 기다리라!

타자 — 아, 이재영

　여인 이재영은 흥분된 마음을 진정시키며 소의문 언덕배기 숲속에서 밤이 오길, 허균이 도착하길 기다렸다. 지난밤에 낙산 성곽에서 일전이 있을 바로 그 전 한낮에 품속에 창칼을 숨기고 삼삼오오 도성 안으로 들어선 호민군을 이재영은 아무도 모르게 소의문 옆 언덕에 숨겼다. 이재영은 어금니를 물고 눈을 부라리며 서궁을 내려다보았다. 저기 한 시대의 불운한 여인이 있다. 그녀는 이제 사라져야 할 것을. 시대는 우리로 하여금 천하를 차지하라 하는도다! 나는 판서가 될 것이고, 다른 동지들 모두 한 자리를 차지하여 태평성세를 이룰 것이다. 그렇게 정치를 할 것이며, 그렇게 천하를 주무를 것이다. 그동안 우리는 오랫동안 갖가지 고통을 용케도 견뎌냈다. 이제 그 끝이 보인다.

　허균이 '유재론(遺才論)'에서 주장하지 않았는가. '고금이 멀고도 오래고 천하는 넓으나 서얼 출신이라 하여 현자를 버리고, 어미가 개가한 자손이라 하여 재능 있는 자를 등용하지 않는다는 말은 듣지 못했다.' 허균이 이렇게 주장하지 않았나. 이 나라는 나를 쓰지 않았다. 서자인 내가 비록 정시문과에 장원하였으나 겨우 사역원 소속의 한리학관으로밖에 쓰지 않았다. 글을 아는 모든 사람들 그 위에 내가 있었지만, 이 나라는 그런 사람을 하찮게 취급했다. 허균이 그것을 뒤집을 것이다. 나에게 참판은 오히려 부족하다. 정승이면 족하다 할까. 나와 함께 허균이 거사를 성공하면 그런 새 세상이 내게 온다.

이재영은 가슴을 펴고 취현방 깊은 숲속의 싱그러운 풀냄새를 마셔 본다. 가슴이 시원해진다. 아니, 뜨거워졌다. 이재영은 눈을 들어 지는 해를 바라보며 칼을 닦고, 동개와 궁대와 환도를 꺼내 들고 점검하며, 각궁과 쇠뇌에 빛을 낼 뿐 아니라 협도와 운검과 참사검 그리고 장창과 죽창과 기창과 표창을, 다시 쌍절곤과 쌍수도와 언월도를 들고 흔들어 보는 수십 명의 장정과 승군에게 따뜻한 신뢰의 눈길을 보냈다. 박응서도 한 쪽 눈으로 나를 의미 있게 바라본다. 늦여름, 아니 초가을, 벌써 중추던가? 하여간 해가 서서히 지는 즈음이었다.

"가시지요."

"벌써?"

"벌써는. 이미 술시요."

"그래? 그럼 가서 살펴보자고."

동쪽 전선에서 명허 스님이 어딘가로 사라지자 그의 제자인, 이름을 청유라 하는, 젊고 패기 어린 한 상좌가 이재영을 따라다닌 지 하루 만에 어느덧 친해져 마치 조카처럼 다가와 속삭였다. 박응서도 따라나섰다. 깊은 밤에 서궁을 공격하자면 초저녁에 한 번쯤 사전에 살펴야 한다는 것이 청유의 주장이었으므로 이재영은 참사검을 든 젊은 중을 앞세우고 따라 오는 박응서에 뒤를 맡긴 채 소의문 언덕배기에서 내려왔다.

골목길을 걷는 동안 앞길을 청유에게 맡겨 놓고 이재영은 깊은 생각에 빠졌다. 서궁은…. 그래 서궁은 늙고 힘없는 여인이 있는 곳. 당초 그녀를 잡으러 서궁을 넘는다는 계획을 세웠지. 교산과 내가 말이야. 내 의견이던가, 아니 교산의 주장이었던가? 늙고 힘없는, 특히 정치적 역능이 거의 무에 가까운 여인을 잡으러 서궁을 친다고? 갑자기 걸음을 멈췄다.

"여인 어른, 어서 가지 뭘 하십니까?"

"내가 발걸음을 멈추었나?"

"지금 거기서 그럭하고 있지 않으시오?"

"아."

발걸음을 옮기며 이재영은 그러나 다시 생각의 깊이를 더해 갔다. 서궁이 아니라 바로 법궁을 쳐야 하는 것이 아닌가! 그런 생각이 들자 온몸에 소름이 돋으며 이재영은 다시 발걸음을 멈췄다. 그래 그것이야. 이참에 아주 요절을 내지 않으면, 서궁을 범하고 성상의 하명을 기다린대서야 아무것도 이뤄질 것이 없으리! 여기까지 생각하고 이재영은 눈이 깊은 허균을 떠올지 않을 수 없었다. 그라면 진정 어떻게 할 것인가? 아니, 사실 진즉에 허균이 그런 계획을 세우고 있던 것을! 이재영은 멀어져 가는 청유를 불러 세웠다. 사위는 완전히 어둠 속으로 빠져 들어갔다.

"걸음을 멈추게."

"왜 그러시우?"

“발길을 돌려. 아니 방향을 틀자.”

“방향을 틀어요? 어디로요?”

“창덕궁 쪽으로 가보자!”

“거긴 임금이 계신 곳 아닙니까. 거길 왜?”

“묻지 말고 앞서거라.”

어둠 속에서 눈알을 희번덕거리던 청유가 박박 깎은 머리통을 쓰다듬으며 물으려 하다가 참고 북쪽 방향으로 발걸음을 옮긴다. 그의 손엔 여전히 참사검이 들려 있다. 뒤뚱뒤뚱 뒤따라오는 박응서를 바라본 뒤 청유에게 말을 걸었다.

“그 검의 이름이?”

“참사검이오.”

“벽사(僻邪)를 목적한다는?”

“제 스승 명허 스님이 만들어주신 겁니다. 특정한 날에 제작된 신령스러운 검이지요. 마를 물리치기 위해 주로 왕실에서 평안을 위해 제작된다 하지만, 금강산 만폭동에서 이 주술적 검을 주며 스승님이 바른 일에 쓰라고 하명하셨지요.”

“오늘이 바른 일을 하는 날이니라. 그런데 길은 어찌 이렇게도 질어 빠진가. 에이, 어서 가자.”

그때였다. 골목길을 막 벗어나려는 즈음에 옆 건물의 긴 담장 위에서부터 촤악, 하는 소리를 내며 무엇이 떨어져 내려와 앞선 청유와 뒤따르던 이재영을 가두고 말았다. 아득한 기운에 빠져 잠시 정신을 차릴 수 없는데, 잠시 뒤 눈을 뜨고 보니 자신이 투망에 의해 꼼짝없이 잡힌 형세에 떨어지고 말았음을 깨달았다. 청유의 참사검이 몇 차례 그물을 끊으려 좌우로 움직였지만, 그것을 끝으로 아무 짓도 할 수 없이 두 사람은 그만 온전히 잡힌 신세가 됐다. 누군가가 다가와 망치를 두어 차례 내리 찍자 참사검을 휘두르던 청유의 머리통이 박살이 나 단번에 죽어 자빠지고 말았다.

눈을 질근 감다가 그대로 정신을 잃었으니, 이재영은 문약한 자신을 탓할 겨를도 없었다. 비술 몇 가지를 지닌 허균의 경우라면 어떻게든 벗어날 수 있으련만 이재영은 곧 누군가에 의해 그대로 들려 어딘가로 끌려갔다. 그 순간 골목 저쪽에서 박응서가 뒤돌아 도망치다가 무엇에 찔렸는지 한길 튀어 오르다가 땅바닥에 내려쳐지는 모양이 보였다. 그리고 세상이 까마득해졌다.

"대감, 찾아 계십니까?"

"어디 있소?"

"이리로 데리고 왔습니다."

"그는 거기 그대로 내버려 두고 대장은 사랑에 오르시오."

쌍리동 이이첨의 집. 방마다 불을 환히 밝혀 대낮처럼 밝은 집안에 수십, 아니 수백 명의 병졸이 보인다. 훈련대장 이시언(李時言)은 이이첨의 사병(私兵)이 이리도 많은지에 대한 의문과 함께 은근히 배알이 꼬였으나, 특별히 드러내지 않고 대문과 사랑채 사이의 넓은 마당에 모인 병졸들을 흘겨보다가 사랑방에 들었다.

"대장, 그자를 어디서?"

"추적한 지 사흘 걸려 마침내 운현(雲峴, 서울시 중구 을지로1가와 2가) 아랫길로 내려오는 것을 사로잡았습니다."

“운현(雲峴)이라면 중부 정선방의 거기, 그러니까 길이 질어 구름재 혹은 구리개라고 불리는 그곳이 아니던가. 땅이 질어 제대로 도망 칠 수도 없었겠구먼. 추적한 지 사흘 만에 이렇게 잡았으니, 대장으로서 할 일은 일단 끝났지만 그게 다가 아니오. 이제부터가 중요하오. 허균 의 장정이 다 잡힐 때까지 신경을 곤두 세워야 한다는 말이오.”

“대감 중요한 대목은 이재영이 바로 운현에서 잡혔다는 사실입니 다.”

“그건?”

“그게 그러니까 허균 일당이, 아니 이는 허균의 반군이 법궁(창덕궁) 을 범하려는 계획을 세웠다는 증거라는 말이지요. 반군의 주력이 어딘 가 숨어 있을 겁니다. 서궁 쪽은 후순위이고 창덕궁으로 다가들 것이 분명하니 서북쪽에 수위군의 주력을 배치해야 합니다.”

“그렇도다!”

관송 이이첨이 흰 수염을 쓰다듬으며 생각에 잠긴다.

“그렇다면 결코 가벼운 일이 아니지. 대장은 이 길로 곧 전 병졸을 모아, 아니 좌포도청 김예직과 우포도청 윤홍에게 일러 도성의 친병과 함께 금천교 쪽으로 즉시 모이라 이르시오. 나는 그동안 저 이재영을 족쳐 허균의 속셈을 캐물어 알아내 그 대책을 세우리다. 촌각이 급하 니 어서 나가서 대처하시오!”

“그러지요.”

훈련대장 이시언은 횡 허니 대문 밖으로 나가 비오는 날의 연기처럼 낮게 몸을 움직여 어둠 속으로 잠겨 들어갔다.

이재영은 어금니가 아팠다. 그물 속에 있을 때 청유가 머리가 터져 죽는 것을 보고 얼마나 놀랐는지 어금니를 꽉 물고 그대로 정신을 잃었던 모양이다. 하도 힘을 주고 아귀를 무는 바람에 이가 두어 대 나간 듯 느껴졌다. 무엇엔가 찔려 하늘로 솟아오르던 박응서는 땅에 떨어지자마자 그대로 죽었을 것을!

이재영은 어둠 속에서 사방을 두리번거렸다. 그곳은 광이었다. 부서진 남녀와 구멍 뚫린 망석 같은 낡은 세간들이 보였다. 어느 대갓집의 곳간이 분명했다. 흘러내린 피가 말라 뻣뻣해진 얼굴을 손등으로 문지르며 머리를 굴려 보았다.

누구의 집인가? 이곳으로 데려온 자들은 관군 혹은 포졸이다. 순식간에 잡히고 일렁거리는 횃불 아래 이리저리 끌려다니다가 최종적으로 여기에 처박혔으니 좌포도청의 뇌옥일 수 있다. 그러나 너무 허술한 분위기라 이재영은 그곳이 순간 이이첨의 곳간이라는 생각을 했다. 지금 이 정황 속에서 자신을 잡을 자는 이이첨밖에 없다는 생각이 들었기 때문이었다. 쑤시는 몸을 겨우 견디며 여러 가지 생각 속에 몇 시진이 지났을까. 곳간 문이 열리고 일렁거리는 그림자와 함께 두어 사람이 안으로 들어서는 것이 보였다. 이재영은 얼굴을 가슴께로 숙였다.

"얼굴을 들라."

무겁고 찬 그 목소리는 영락없는 이이첨의 것이었다.

"손을 풀어주고."

뒤로 묶인 손목이 풀리자 이재영은 그제야 얼굴을 들고 사내를 바라보았다. 의자에 앉아 웃을까 하다가 엄정한 얼굴로 되돌아가는 사내는 그대로 이이첨이었다.

"이 주부."

은근한 목소리였다. 이재영은 한때 승문원 한리학관이었다가 근자 봉상시 주부를 지냈으므로 이이첨이 그리 부르는 것이다.

"그대는 나와 가까운 사람이지 않나."

이재영이 멈칫거리다가 한 마디 내뱉는다.

"그렇습니다. 하지만 소인은 대감의 사람은 아니지요."

이이첨이 흰 수염을 쓰다듬으며 야릇한 미소를 지었다. 늘 웃는 상이었지만 역시 늘 웃는 상으로 이이첨은 눈빛을 차갑게 하여 이재영을 내려다본다.

"그때였지."

"그때였지요. 지난 경술년(1610), 그해 11월 대감께서 별시 문과 전시의 대독관이었지요. 그때 그 시험은 소위 '아들 사위 동생 조카 사돈방(子壻弟姪査頓榜)'이었지 않나요."

"혹은 '자질방(子姪榜)'이라고 비아냥거리고들."

"사실이 아니었나요?"

"당시 시관은 좌의정 이항복, 이조판서 이정귀, 형조판서 박승종, 호군 조탁과 허균과 홍서봉과 나 이이첨 그리고 승지 이덕형이었지. 그중 허균은 자신의 조카 허보와 조카사위 박홍도를 합격시켜 주지 않았나."

"대감도 자유롭지 못하지요."

"허균이 부정 시험과 관련하여 전라도 함열(咸悅)로 배소됐지만 나는 귀양 가지 않았어."

“기억을 되살려 보세요. 대감은 사돈 이창후를 합격시키지 않았습니까.”

“합격할 만하니까.”

“대감, 말은 확실히 합시다. 자신이 기억할 만한 것만 기억하고 기억에서 지울 것은 철저히 지워 버리시는군요.”

“뭘 어쨌단 말인가?”

“대감의 사돈 이창후의 시험 답안지를 소인이 대신 써서 과장에 들이민 것을 잊으셨습니까?!”

“…”

이재영에겐 이이첨의 얼굴이 벌겋게 변하는 것을 어둠 속에서 그대로 느꼈다.

“그건 이미 지나간.”

“그렇지요. 지나간 일이지만 명백한 것은 소인이 대감의 청을 거절하지 않았다는 사실입니다.”

“그래 그것이 분명하다면 그대는 사실 내 편의 사람이 아니던가 말이야.”

“이후 대감이 소인에게 뭘 해 주었는지 기억나는 게 없습니다. 대감은 소인에게 어떤 영감도 주지 못했지요. 대감은 영달을 위해 허균에게 죄를 뒤집어 씌워 42 일 동안 옥살이 하고 이어 함열로 귀양 가게 만들었을 따름입니다. 다시 말하지만 소인은 대감에게 어떤 이득도 얻지 못했습니다.”

“그렇다면 허균이 자네에게 이득과 영감을 주었다는 말인가?”

“교산은 스스로 명백한 호민임을 느끼고 살아갑니다.”

"그의 호민은 그의 개념이고, 나는 오직 성은에 감사하는 마음이 있을 따름이야."

"소인을 어쩌시렵니까?"

"그건 그대가 정할 일."

정자관을 고쳐 쓰고 급히 곳간 밖으로 나갔다가 차 한 잔 마실 시간이 지난 뒤 다시 들어온 이이첨의 손엔 가죽 채찍이 들려 있었다.

"자네가 선택하게."

"소인이 교산을 배신하라는 말씀이라면 기대를 버리세요."

"한 가지를 떠올려 보세. 나는 계축년(1613) 옥사에서 박응서를 살려줬어."

"그의 배신으로 얻은 게 대감의 더러운 계략의 성공이었지요."

"그는 내게 의지해 살아남지 않았나."

"이후 박응서는 사람 같지 않은 삶을 살 따름입니다."

"하여간 그는 지금도 살아 있어."

"오늘 죽었을지도 모릅니다. 하여간 소인은 그렇게는 못 삽니다."

"더 깊이 생각해야 할 것을!"

그러고서 이이첨은 허공에다가 채찍을 한 번 크게 휘두르고 다시 곳간 밖으로 사라졌다. 휙, 하니 부는 바람 소리 뒤로 횃불이 따라가자 곳간 안은 삽시간에 어둠에 휩싸이고 말았다. 살금살금 추위가 살갗으로 찾아들어 왔다. 이재영은 몸을 웅크렸다. 자시가 돼 갈 즈음 다시 이이첨이 나타났다. 곳간 창문 밖으로 보이는 하늘엔 별빛이 찬란했으나 밤 날씨는 더 추워져 갔다.

"생각해 보았느냐?"

“생각할 것이 없습니다.”

“그렇지 않다고 내가 몇 번을 말해야 하나? 계축 때 박응서가 살았다니까. 자네가 알지 않나. 박응서는 지금 어디서 무엇을 하지? 낙산 성곽에선 보이지 않았다던데. 명허만 죽었다 하지.”

“예? 명허 스님이 죽어요?!”

“살 하나에 명줄이 끊어지고 말았어. 자네가 내말 듣지 않으면 명허처럼 골로 갈 게야. 그렇게 되면 뭐하나. 일단 살아야 새 세상이고 뭐고 도모할 게 아닌가 말이야? 그러니 일단 내 말을 듣고 목숨을 부지해야지. 안 그런가?!”

“내일 다시 말합시다.”

“그래? 여봐라, 여기 이불 넣어라.”

이이첨이 휭 하니 다시 사라졌다. 이불 속에서 이재영은 끙끙대며 터진 상처를 어루만지다가 새벽이 찾아오기 직전에 잠에 떨어졌다.

*

“그럼 저는 일단 이 자리를 떠나 있겠습니다.”

이 말을 끝으로 김개가 바람처럼 사라지자 나는 의금부가 있는 중부 견평방을 떠나 취현방(聚賢坊, 서울시 정동 일대) 방향으로 방향을 틀었다. 거기에 이재영이 있을 것으로 믿었기 때문이다. 이재영은 어젯밤에 서궁의 호민들에게 이미 범궁할 것을 하달했을 거였다. 여인! 나는 입술을 구기며 속삭였다. 피비린내가 났다. 밤길이 어두웠다. 달은 보이지 않았다. 골목을 꺾어 들어가며 나는 다시 한번 이재영을 불러

본다.

"여인 어른은 없고 여기에 저희들이 있습니다."

돌아보니 찬집낭청 원종, 겸사복 김윤황, 나주의 김우성, 사위 이사성, 친족 민인길, 유생 황정필, 유윤겸, 김시량이 보였다. 돌한이 염려스런 눈으로 그러나 새 힘이 나는 듯 다가오며 이른다.

"마님, 괜찮습니까?"

"견딜 만하다. 이재영이 취현방에 있을 터."

"예, 지금쯤 여인 어른의 명으로 일부 군사가 서궁을 넘었을 것으로 보입니다만."

사위 이사성이 다가서며

"실행했다면 이미 서궁을 취했을 겁니다."

라고 하자.

"아니야."

하는 목소리가 어둠 속에서 들려왔다. 뒤따라오던 유생 김시량이 이른다.

"방금 제게로 달려온 연락책이 이르는데요, 이재영 어른이 척후병과 함께 앞길을 살핀다며 서궁 쪽에서 먼저 나간 이후 연락이 끊겨 몇 시진 동안 동지들이 기다리다가 박치의의 인도 아래 잠시 뒤 법궁 쪽으로 가겠다고 합니다."

"이재영이 연락이 끊겨?!"

"그렇답니다."

순간 나는 일이 어딘가 잘못돼 가고 있다는 직감에 몸을 떨었다. 계획대로라면 지금쯤 이재영은 서궁 안에 있어야 한다.

그때였다.

휘익, 하고 살이 나는 소리가 들렸다. 나는 몸을 굽혔다. 윽 하며 살을 맞은 유윤겸 유생이 스스로 놀라 눈을 크게 뜨고 넘어가는 것을 보자 황정필과 김시량이 죽어가는 그를 끌고 담 아래 어둠 속으로 들어갔다. 우리들은 모두 후다닥 뛰어 저자 거리의 어두운 담 아래로 각기 숨어들었다. 이럴 수는 없었다. 도원수 강홍립이 북쪽으로 간 이후 도성에 병사 무리가 있을 것 같지 않은데, 그리고 이재영도 관군에게 습격당할 리 만무인데 사라져 보이지 않는다니!

문제는 당장 지금이다. 어디서 누가 화살을 날렸는지 모르겠다. 나는 어둠 속에서 주위를 살폈다. 우선 퇴로를 잡아야 하고, 정황을 파악한 뒤 곧 모두 인왕산으로 돌아가 호민군의 다음 행동을 선택해야 한다. 그런데 이렇게 견평방을 벗어나기 전에 관군에 둘러싸였으니. 이재영이 있었다면 어떻게든 응변할 수 있으련만.

장창이 부딪는 소리가 들렸다. 저쪽 어둠 속에서였다. 골목을 꺾어 한 무리의 관군이 닥쳐오는 것이 분명했다. 발걸음 빠르게 사라지는 무리가 있었으니, 그들은 바로 나를 호위하던 무리였다. 그들 역시 어찌할 도리가 없을 터였다. 나도 일단 도주해야 할 바이다. 그런데 몸이 말을 듣지 않는다.

광해 10년(1618) 무오년 8월 17일 계유. 오늘 밤 당초 계획대로의 그 축시가 아니라 변경하여 해시 초입에 이재영과 박치의가 이끄는 호민군이 돈의문과 소의문을 통과하여 언덕에 숨어 있다가 서궁을 쳤어야 했다. 하거늘 어찌 전방의 정황을 살핀다며 먼저 나간 이재영이 사라지고 말았는가?! 그러나 당장이 급했다.

"돌한아!"

하고 불렀지만 보이지 않았다.

"원종아!"

하고 소리쳤으나 대답이 없다.

다 어디로 사라졌는지 골목 안에 나만 남은 모양이다. 바로 빤히 보이는 골목에서 관군이 다가들었으므로 나는 담 아래 어둠에서 빠져나올 수 없었다. 놈들의 장창에서 새파란 빛이 뿜어진다. 순간 나는 뒤돌아 냅다 뛰었다. 골목을 꺾고 다시 골목을 돌아 뛰었다. 벌써 숨이 턱밑으로 다가든다. 그랬음에도 다시 또 하나의 좁은 골목길을 돌아서는 순간 나는 무엇엔가 맞아 두어 장 저쪽으로 나가떨어지고 말았다. 까무룩 정신이 사라지는 느낌을 받은 그길로 나는 기절하고 말았다.

*

"그래 다시 생각해 보았느냐?"

이이첨의 집요함에 밀린 이재영이 뭐라 답하려는데, 곳간 문이 열리면 한 사내가 뛰어든다.

"대감, 소식 있사옵니다."

그를 잠시 바라보다가 이이첨이 그들 데리고 나간다. 그리고 곧 다시 곳간으로 들어오는데 입술에 미소가 담긴 얼굴이다. 그야말로 하얗게 웃는 얼굴로 이이첨이 말을 끄집어내며 즐거워한다. 말이 부드러워졌다.

“그래요. 다시 깊이 생각했으리라 믿어. 참, 좋은 소식 있어요. 방금 들었지.”

이재영은 다음 말을 기다렸다.

“좌참찬이 탈옥했다가 다시 잡혔대.”

이재영이 아무 표정이 없다. 다시 이이첨이 외치듯 한다.

“좌참찬이 누군 줄 모르나? 교산 허균 말이야. 그자가 어제 일군의 동지들과 의금부를 부수고 도망갔다가 견평방을 벗어나지 못한 곳에서 다시 잡혔다는 말씀이야. 너희들이 친위대나 관군을, 그리고 포도청 포졸을 너무 얕본 모양인데, 내가 이미 덫을 놔뒀지.”

그러면서 의자에서 일어서는 이이첨을 따라 이재영도 자리에서 풀쩍 뛰어오르다가 그만 무너져 내려앉고 만다. 교산이 잡히고 도망치고 다시 잡혔다 한다. 두 번의 포획이다. 한 번이 아니고 두 번의 나포다. 이젠 가망이 없다. 천천히 의자에 앉으면서 이이첨이 이른다.

“그래요. 일은 이대로 끝이네. 한 번도 아니고 두 번 잡혔으니 더 희망을 갖지 말게나.”

그러자 깊은 한숨을 내쉬다가 이재영은 폭삭 굽어진 모양새로 한참을 흐느껴 울었다.

“여인, 자네가 마음을 바꾸면 내 허균을 죽이지는 않을 것이네. 자네 결심에 따라 허균의 목숨이 달린 셈이지….”

하오의 빛이 길게 들어와 곳간은 강렬한 빛이 세상을 두 동강 내듯 빗금 쳐지고 말았다.

편전이다.

이이첨은 고개를 길게 내밀고 임금이 나오기를 기다렸다. 더 이상 미루면 안 된다고 생각했기 때문에 임금께 사실 그대로를 아뢰어야 한다고 믿었다. 그리하여 저녁 무렵에 편전에 이르러 임금을 기다리는 것이다. 어제 취현방과 대안동에서 벌어진 이른바 호민군과의 싸움에서 관군이 예상 밖의 기세로, 아니 이미 예견한 대로 승리했다는 사실을 매우 가볍게 아뢰야 함을 스스로 느꼈다. 진정 심각하지 않는 것으로 말이다.

서궁을 수비하던 포졸들이 먼저 적의 첨병을 발견하여 지체 없이 공격했고, 이어 서궁과 취현방과 대안동으로 이어진 길에서 사전에 배치해 놓은 궁궐 방위군이 적지 않은 인명 희생을 감수하면서 어렵게, 아니 그러면 안 되지, 실로 격렬한 전투였지만 어둠 속에서 놈들이 골목길을 잘 몰라 우왕좌왕하는 중에 관군이 요소요소에 배치돼 들어오고 나가는 적들을 그야말로 쉽게, 아니다, 너무 가볍다. 그래, 지형적 이점과 전술적 우위를 적극 활용하여 요령 있게 대처하고 과감하게 공격하여 적들이 혼비백산하여 도망하게 만들었음을, 머리가 박살나고 팔다리가 잘려나간 시체가 골목길에 가득했음을, 배가 찢어지고 창자가 널브러지고 코가 찌부러졌음을, 가슴에 정통으로 살을 맞아 한 길을 솟아오르다가 땅바닥에 내팽개쳐쳤음을, 머리통이 깨지는 참변을 맞고 말았음을, 턱이 돌아가고 눈알이 튀어나왔음을, 허리가 꺾이고 목이 잘렸음을, 창자가 삐져나온 동지들을 보자 어둠 속으로 꽁지가 빠져라 도망쳤음을, 오늘 묘시(오전 7시)까지 피 튀는 격렬한 전투를 벌였음을, 수십 명의 관군이 다쳤으니 호민군은 그 몇 배의 피해를 보고 뿔뿔이 도망쳤음을, 이것도 아니다, 아, 그래. 그냥 그렇게, 모름지기, 아니, 다만 가벼이 물리쳤음을, 특히 이에 허균이 깊이 관여하고 있음을 명백하게 드러내야 한다는 점에 유념하면서 아뢰야 한다.

곧 임금이 침전에서 나와 편전으로 들어오고 협실에서 기다리던 도승지 한찬남이 허리를 굽혀 뒤를 따랐다. 임금의 얼굴이 푸석하다. 잠을 제대로 이루지 못한 듯했다. 사실 광해는 임란 때 너무 고생했으므로 신경이 쇠약해 있다. 궁인들이 지나가는 곳에 침전이 마련됐으므로 발걸음 소리에도 잠을 깨곤 했다. 대전 용상에 앉은 광해가 이이첨을 발견했다.

"무슨 일이오?"

"전하, 우려하던 사태가 일어났습니다."

"무슨?"

"전투가 벌어졌었습니다."

"뭣이, 전투라?"

광해는 용수철처럼 펄쩍 뛰어 용상에서 일어섰다.

"성안에서 말인가?"

"그러하옵니다. 황공하여이다."

"언제 어디서 어떤 사태가 벌어졌는지 자세히 이르시오!"

"예, 전하. 어젯밤이었습니다. 아니 정확히 아뢰면 오늘 아침까지입니다."

광해의 눈빛이 번쩍거렸다. 피가 튀는 듯 보였다. 옥음이 높아졌다.

"지금이 몇 점이던가? 아, 그런데 이제야 말하다니!"

"전하, 하루 종일 사정을 자세히 알아보고 이제 비로소 아뢰옵나이다.”

“계속하시오.”

광해의 눈에 핏발이 섰다. 다시 이른다.

“계속하라 하지 않는가!”

“예, 전하. 지난밤에 허균 일당이 소의문으로 들어와 언덕에 숨었다가 먼저 덕수궁을 치려다가 생각을 바꿔 법궁으로 진격해 들어오는 것을 우리 관군이 철저한 사전 대비 끝에 물리쳤다 하옵니다. 적들은 대안동 소로 또는 골목길에서 사로잡거나 마침내 퇴치됐다고 합니다. 우리 쪽의 희생도 있었습니다.”

“서궁이 아니라 여기 법궁으로?”

“그렇사옵니다. 서궁이 아니라 창덕궁이라 아룁니다. 황공무지로소이다.”

광해가 이이첨을 노려보았다. 신음소리를 내며 다시 묻는다.

“경이 직접 알아본 사항인가?”

“사실 그 하루 전에 낙산 성곽으로 도당들 일부가 침범해 들어오는 것을 일단 물리쳤습니다. 곧 사위가 조용한 것을 보고, 그리고 이미 성동격서의 전술로 파악하여 소신이 궁궐 서쪽에 단단히 대비책을 세워뒀었습니다.”

“남은 군졸이 있었던가? 강홍립 장군이 다 데리고 간 것이 아니던가?”

“경기 지역 병사는 다 북으로 떠났지만, 도성에 좌우포도청 포졸들과 훈련도감의 일부 병사들 그리고 내금위 군졸과 의금부의 관원 또 비변사 군졸 일부가 남아 있었습니다. 놈들은 그동안 숭신방 장위리계 장위산에 모여 나름 훈련을 하다가 일부는 낙산 성곽을 치고, 또 일부는 그 며칠 전에 혹은 어제 낮에 성안에 숨어들어 취현방 깊숙이 찾아들고, 다시 일부는 대안동까지 들어와 창덕궁으로 다가오는 것을 소신이 사전에 철저히 대비해 두도록 했다가 때에 이르러 일거에 무찌른 것입니다. 물론 적지 않은 군졸이 희생됐습니다만."

"사실인가?"

"이른 말씀 모두 사실이나이다."

"판의금부사의 말을 내 다 믿어야 하나?"

"전하, 사태를 위중하게 여기셔야 하나이다."

"이 사실을 누가 아는가?"

"전하와 소신, 그리고 저기 한찬남 도승지가 압니다. 동부승지 조유도를 오는 길에 만나 얘길 나눴습니다. 대전내관 최보용에게도 알렸고, 물론 좌포도대장 김예직과 우포도대장 윤홍 그리고 훈련대장 이시언 등에게 말이 퍼져나가지 않도록 단단히 일렀으니, 여기까지만 알고 있다고 믿습니다."

"도성 안에 이미 멀리 퍼졌을 것을!"

"전하, 문제는 이를 되도록 빨리 마무리해야 한다는 것입니다."

광해는 잠시 말을 끊었다. 곧 이이첨을 쏘아보고 입술을 깨물면서 묻는다.

"판의금부사, 경이 그토록 허균을 죽이려 드는 이유가 뭔가?!"

"오직 종사만 있을 따름입니다."

"종사라. 그대 자신은 아니고?"

"소신은 본디 교산을 아꼈습니다. 허나 지금에 이르러 교산이 모반의 꿈을 실제 행동으로 옮기는 장면이 분명 드러났고, 그것도 오래전부터 준비했다는 사실을 확인하고 한갓 인간적 애정에 매몰되어선 안 된다고 생각했습니다. 단호히 대처하여 종사의 안정을 이뤄야 할 것이옵니다.”

“그대를 믿지 못하겠도다!”

“전하, 그러면 아니 되옵나이다. 반역의 칼날을 끊어내야 할 때이옵니다. 기준격의 상소를 이미 접하지 아니하시었습니까. 상소는 자기 아비를 건지려는 의도만큼의 진실이 있을 것이옵니다. 모두를 불러 속히 공초를 받으면 사실이 백일하에 들어날 것이라 믿습니다.”

“그대가 믿는 사실이 진정 사실이 아니라면 어찌하겠는가?”

“오직 죽음이 있을 따름이옵니다.”

“그렇다?!”

광해는 부르르 몸을 떨었다. 그러면서 편전의 이쪽 끝에서 저쪽 끝까지 왕복하기를 여러 차례.

“그대들의 갈등을 과인은 이해하기 어려워.”

하다가

“그대들의 대립은 나에 대한 애정이 불러일으킨 것인지, 그대들 스스로 만들어 낸 것인지….”

하고 중얼거렸다. 자신에게 대답을 요구하는 물음이 아니라고 생각해 이이첨은 다만 입을 다물었다. 속으로 그와 나는 같은 하늘 아래 살 수 없음이오, 그와 나는 평생 갈등 그 자체이었지요, 이렇게 소리칠 뿐이었다. 임금이 문득 묻는다.

“역도들이 다 도망갔는가?”

"예, 허나 상당수를 잡아들였다고 들었습니다. 예컨대 역모의 수장인 허균의 수하로 지난 서궁 흉서와 숭례문 흉격 사건에 연루된 우경방과 하인준은 이미 공초 중이고, 이번에 김윤황, 원종, 현응민 등 핵심들을 잡아들인 것으로 압니다. 혹은 적지 않은 적이 전투 중에 도망치거나 죽은 것으로 보고됩니다."

광해가 고개를 들고 천정을 바라보다가 벼락처럼 소리친다.

"적이 수백인가?"

"한밤중의 일이라 혹자는 수백이라 이르는데, 사실 수백은 아니옵고 백여 명 정도로 이해하나이다."

"도승지!"

"예, 전하."

"인정전 뜰에서 할 것이니라. 친국을 준비하라!"

광기 ― 논란

하지만 친국은 당장 이뤄지지 않았다. 계사(啓辭, 논죄에 관한 글)를 통해 다양한 의견이 임금께 전해졌기 때문이었다. 허균의 행적에 대해 좀 더 알아본 뒤에 일국의 임금으로서 분명한 관점을 갖고 친국에 임하는 것이 모양새가 바르다는 견해들이었다. 광해는 전날 밤의 친국 하명을 잠시 거둬들였다. 그리하여 다음날 아침부터 정전에서 정청이 열렸다.

사안이 중대했으므로 당상관 모두가 명징하게 자기의 의견을 개진하기 시작했다. 주위를 휘둘러보던 병조 판서 유희분이 먼저 말을 꺼냈다.

"전하, 역적의 우두머리를 잡았으니 엄하게 국문하여 실정을 캐어내 법에 따라 시원스레 시행하는 것은 당연하다 하겠습니다. 허나 공초(供草, 신문 기록문서) 가 나오면 결안(結案, 사형 결정문) 없이 바로 형을 집행하자는 국청과 대간의 뜻은 이해하기 어렵습니다. 특히 친국은 최후에 할 일이지 신문 초반에 할 일로 생각지 않습니다. 사후 내외 사람들이 모두 옥사를 처리하는 체모에 어긋났다고 말할 수도 있으니, 사안을 깊이 살피소서."

그러자 판의금부사 이이첨이 나선다. 날카로운 눈으로 유희분을 노려보며 뇌까렸다.

"병판, 그렇지 않아요. 당초 역적 허균이 역모를 꾸민 흉악한 정상이 이미 우경방과 하인준의 승복에 다 나왔으므로 중외에서 듣고 본 사람들이 모두 통쾌하게 여겼습니다. 국청의 신하들은 오직 그의 살점을 씹고 그의 가죽을 벗겨 깔고 싶은 마음이 급할 것인데, 굳이 전형을 연기하며 다시 논란을 일으키자는 견해는 전하, 온당하지 않사옵니다."

"아니오. '무정보감(武定寶鑑)'을 상고해 보건대, 조종조 이래 모든 역적에 대해 엄하게 신문하여 자복 받은 뒤 전형하였습니다."

유희분의 이 말에 열이 났으나 이이첨은 임금의 심병을 생각하여 목소리를 낮추었다. '네, 이놈 소북 떨거지 희분아, 허균을 잡자는 네 지난번 말과 다르지 않은가?' 이이첨은 다시 유희분을 쏘아 보았다. 유희분은 이이첨의 눈을 마주 보며 입술로 말하길 그치지 않았다. '허균을 없애야 하는 것은 맞지. 그러나 체모를 갖춰 뒷날의 비판을 막자는 것이야. 못된 놈, 사람을 죽이는 것이 능사인 이 악독한 괴물아!' 그런 눈빛이라는 것을 알고도 이이첨은 자신의 뜻을 고집했다.

"전하, 일은 분명해야 합니다. 만약 역적의 괴수를 엄형으로 끝까지 신문하자고 말했더라도 그가 굳게 숨기고 지레 죽는다면 허균을 승복하지 않은 죄인이라 하겠습니까. 이미 승복하지 않았는데 뒤늦게 정형을 가한다면 또 법에 의거해서 죄를 정해야 한다는 괴상한 논의가 없으리라고 어찌 장담하겠습니까. 이 때문에 속히 정형을 행하자는 의논이 있었던 것입니다."

유희분이 다시 나섰다.

"신이 조금은 숙맥을 구분할 줄 알고 또한 풍병(風病)을 앓지도 않았으니, 판단이 흐리다 못할 것입니다. 호민이라 하나 실제론 민초들의 대대적 반란도 아니고, 도성 내 골목길에서 우왕좌왕하다가 대부분 잡히고 또 도망쳤으니 그 기획의 허술함에 이르러 물어볼 것 없다 여겨집니다. 그러니 긴박하지 않았던 저간의 정황상 시간이 좀 걸리더라도 세세히 조사한 뒤 결안을 받아 처리해야 할 것이옵니다. 혹 판의금부사께선 허균에게서 다른 얘기가 나오는 것을 꺼리는 것이 아니오?"

"그게 도대체 무슨 말이오?!"

하고 이이첨이 이를 갈 듯 드티었으나 스스로 참으며 유희분을 쏘아보았다.

"주상전하, 더 나올 다른 얘기가 있을 수 없습니다. 기준격의 공초를 보나 흉격 사건을 보나 허균에게 대응할 것이 더 있을 수 없습니다. 길게 갈 일이 아닙니다. 적 허균은 다른 적들이 공초에 모두 승복하여 저의 죄를 엄폐하기 어렵다는 것을 스스로 알고는 죽음 속에서 살길을 찾으려 할 것이니, 이는 진실로 역적들이 늘 하는 작태입니다. 속히 결단을 내리시어 대역죄인 허균을 당장 사형에 처해야 합니다."

이이첨이 우의정 박홍구에게 눈을 부라렸다. 멈칫 하던 박홍구가 한 걸음 내딛는다.

"전하! 역적배들이 죽음에 임박해서는 살기를 도모하는 것이 상례입니다. 역적배들이 고변을 요청한다면 그 때에도 허균의 구례를 원용하여 묻지 않을 것입니까. 그렇게는 안 됩니다. 속히 신문하여 공초가 나오면 곧 엄벌에 처해야 할 것입니다."

이이첨이 기회를 놓치지 않았다.

"적 허균이 '서너 명의 재신이 많게는 수십 명의 무인과 결탁하였다.'고 했는데, 이른바 무인과 결탁한 재신이 과연 누구를 지목하는 것인 줄은 모르겠습니다만, 어찌 유독 국청에 참가한 대신과 삼사만이 두려워할 바이겠습니까. 구구히 따진다면 여기 있는 대신 거의 모두가 함께 도모했다고 허균의 입에서 나오지 말란 법 없사옵니다. 따라서 시간을 끌 것이 아니오라 공초가 나오는 즉시 형장으로 가게 하는 것이 허균 자신을 위해 그리고 무엇보다 조정은 물론 민심의 안정을 위해 응당 해야 할 일로 사료되나이다. 전하, 이 점 깊이 헤아리소서."

광해는 잠시 눈을 감았다. 눈에 통증이 일기 시작하여 참기 어려웠다.

"알겠소. 경들은 일단 물러가시오. 내 말미를 두고 생각해 보겠소."

임금이 용상에서 일어나 편전으로 들어가자 한가득 모여 앉은 당상관들 역시 주섬주섬 자신의 헝클어진 머리와 가슴을 감싸 안고 밖으로 나갔다.

이이첨은 곧 의금부 뇌옥에 들러 허균을 찾았다. 허균은 지쳐가고 있었다. 보기에 안쓰럽지만 이이첨은 그게 또한 마땅하다 여겼다.

"나는 자네를 형신하지 않으려 하네."

"관송 대감, 그건 실로 감사할 일이오. 그러나 이미 압슬을 당하고 곤장 수백 대를 맞았소. 있지도 않은 일을 물으며 이렇게 사람을 죽이려 들다니! 진정 나를 죽이려 한다면 기꺼이 죽어 드리겠소. 그러나 일단 먼저 기준격과 대질시켜 주시오. 저를 살리실 요량이라면 기준격의 상소가 모두 거짓임을 밝혀야 할 것이 아닙니까. 성상 앞에서 명명백백히 가려지길 바랍니다. 그렇게 해 주실 수 있겠지요?"

허균의 몰골이 말이 아니었다. 산발한 머리에다가 며칠 사이에 눈이 더욱 움푹 파이고, 골목길에서 잡힐 때 물푸레나무 몽둥이로 맞아 터져 일그러진 얼굴에다가 살집도 패래서 이미 죽은 목숨으로 보였다. 피가 튄 저고리와 바지가 만 갈래로 찢어져 더욱 처참하게 보였다. 저 옛날 반촌에서의 기세가 간 곳이 없어 이이첨은 그런 허균이 진실로 보기에 좋았다. 생각대로라면 그야말로 코앞에서 가가대소를 마다하고 싶지 않았다. 그러나 이이첨은 차마 웃지 못하고 입술에 미소를 만들어 봄바람처럼 살랑대며 얘기했다.

"걱정 붙들어 매시게. 내 그리 일을 만들어 보지. 이렇게 무너져 내리지 말고 힘을 내. 성상께서 상심과 상념에 계시니 자네가 비록 모반을 일으켰으나 대론의 차원에서 서궁을 정리하려 했을 뿐 창덕궁을 치려고 하지 않았음을 설득해 보시게. 그럼 나는 일단 가네. 자네 딸의 소훈 단자 문제도 내 임금께 거론해 좋게 해결을 볼 터이니 마음 굳게 잡수시게! 내 다른 근심이 없으리라는 것을 보장하네."

*

　삼경이다. 갑자기 의금부 뇌옥 안에 횃불이 사방에 걸렸다. 옥리들이 분주히 옥안 바닥을 쓸고 닦고 야단이다. 들이닥친 포졸들이 옥방마다 버티고 서서 눈을 딱 고정시킨 채 미동도 하지 않는다. 나는 또 다른 사태가 벌어질 것을 즉각 느꼈지만, 무슨 일이 일어날 것인지는 예감할 수 없었다. 환하게 밝혀진 옥 안에서 나는 다시 한번 몸을 떨었다. 넘어가려는 눈알에 힘을 줘 본다. 다행이 8월이어서 강한 추위는 없지만, 옥내는 사람의 몸에 늘 추위를 가져다주는 모양이었다. 몸에 신열이 났으므로 나는 잠시 전부터 몸을 떨기 시작했다.

　아, 놀랍게도 그 순간 기준격이 내 방으로 들어온다. 옥리의 굳센 팔에 잡혀 들어오는 기준격이 힐긋 나를 한 번 본 뒤 고개를 획 돌린다. 지금은 원수의 사이지만 얼마 전까지 그는 내 제자였다. 찬바람이 부는 모양새로 준격이 뇌옥 저쪽 기둥에 몸을 기대앉았다. 거동이 거칠다. 찢어진 눈 위로 흉터가 난 것을 보니 그도 적지 아니 형신을 당한 모양이다. 그러나 나와는 달리 바지저고리는 멀쩡해 보였다.

　더욱 놀라운 일이 벌어졌다. 친위대를 앞세워 내 옥방 앞에 용트림하는 쌍용이 새겨진 의자가 날라져 왔다. 한눈에 보아도 용상! 그렇다면. 아, 성상께서 급기야 의금부에 오시는 것이다. 틀림없다. 성상께서 나를 보러 오신 것을! 기준격에게도 뭔가 물을 것이 있나? 그렇다. 이게 이른바 임금 앞에서의 대질 신문이렷다. 나는 사건의 실상을 아뢸 기회가 왔다고 생각해 정신을 차리려고 스스로 몸을 가다듬었다.

　광해가 사인복 차림으로 입구서부터 천천히 걸어 들어와 몇 번 킁킁

거리다가 용상에 앉는다. 나는 임금의 모든 행동을 샅샅이 보아두려고 온몸에 힘을 모았다. 임금이 나를 뚫어지게 바라본다. 기준격에게도 눈을 준다. 특히 나를 바라보는 임금의 눈에 아주 잠깐 눈물이 비친 듯한 느낌도 왔다. 그렇지, 광해 또한 한때 내 제자였음을. 그가 분명 진실로 나를 존중하고 있음을!

"교산, 이런 자리에서 볼 줄이야."

옥음이 의금부 옥내에 울려 퍼지자 그 순간 모든 절망은 사라지는 것 같았다. 의금부 모든 사물에서 그동안 찌든 핏빛, 한 맺힌 기운이 온전히 씻겨 나아가는 듯 보이기도 했다.

"교산, 우리가 이렇게 만나서는 안 되지 않나."

"황공하여이다."

나는 겨우 그렇게 대답했다. 왈칵 눈물이 쏟아질 것 같아 다시 한번 온몸에 힘을 줘 본다.

"과인은 이 시간 스스로 최종 결심을 도우러 들렀도다. 준격도 잘 들으라. 한 점 부끄럼 없이 답하여야 하리. 그렇지 않을 경우 너흰 죽음을 면치 못할 것임을. 이 점 명심하라."

그러자 즉각 기준격이 먼저 말을 내비쳤다. 녀석은 어떤 두려움도 없다는 태도였다. 자신의 아비를 배소에서 건져올 요량으로 모든 인간사와 막무가내로 부딪칠 작정을 한 모양이었다.

"전하, 통촉하소서. 소인이 진즉 허균의 흉모를 알고도 즉시 고변하지 않은 까닭이 있음입니다. 신이 그때 나이가 어린 데다가 당시 신의 집안을 미워하는 사람들이 조정에 가득했기 때문에 상변할 수 없었던 것입니다."

나는 조금도 물러설 생각이 없으므로 외쳤다.

"전하, 신이 기자헌과 원수가 된 상황은 온 나라 사람들이 다 알고 있습니다. 을미년에 이홍로가 신의 형인 허성의 집안과 혼인을 하자고 하였는데, 신이 홍로는 동궁에 죄를 졌으니 혼인을 맺을 수 없다고 말렸습니다. 이 때문에 홍로가 원한을 품고 없는 사실을 날조하여 신이 상중에 창기를 끼고 잤다는 말을 지어냈습니다. 신이 조정에 선 지 20년 동안 청현직을 거칠 수 없었던 것은 모두 이홍로가 한 짓 때문이니 함께 좋은 일을 하는 것이라도 같이 하고 싶지 않은데 하물며 망측한 흉역의 일을 함께 하겠나이까. 신이 함께 흉모를 계획하지 않은 이홍로 얘기를 기준격이 당초 소에 올렸다고 하므로 올리는 말씀이거니와, 본디 기자헌과 이홍로가 처남 매부 지간이지만 서로 반목하는 사이라 기준격이 유영경 등 소북의 일파로 몰려 제주에 유배됐다가 곧 사사 당하고, 다시 뒷날 부관참시 된 이홍로와 신을 함께 얽고자 그렇게 고변한 것입니다."

그러나 기준격이 사이를 두지 않고 내처 말해 나아갔다.

"비록 그것이 오래전의 일이긴 하나, 이미 고변을 한 이상 다만 일의 사실 여부만을 살필 뿐이니, 늦게 고했다는 것으로 죄를 얻었다는 자는 보지 못했습니다. 소인을 이 의금부에서 나가게 하여 주소서. 그리고 허균은 성격이 원숭이처럼 경박하여 제가 어릴 때 묻지도 않은 말을 자기도 모르게 입에서 나오는 대로 말해 주었습니다. 그러다가 이제 와서 말을 날조하여 답하니 만약 국문을 한다면 그의 성격이 경박하므로 한 차례도 안 되어 반드시 승복할 것입니다."

광해가 무거운 목소리로 물었다.

"준격아, 허균이 한때 네 스승이었지 않느냐. 어찌 그렇게 모질게 말하느냐?!"

"지금은 소인의 아비를 배소로 가게 한 원수일 뿐입니다."

"전하, 소신을 다시 기억해 주소서. 지난 병오년 명의 주지번 대사가 왔을 때 신과 함께 담화를 나누다가 우리나라의 저사(儲嗣, 왕세자)에 대해 말이 미쳤는데, 신이 '온 나라의 민심이 동궁에게 돌아가고 있는데 중국이 허락해주지 않으므로 매우 민망하다.'고 하니, 주 대사가 말하기를 '너희 나라의 백관이 정문(呈文)을 만들어 보내 청하면 내가 가지고 돌아가 일이 이루어지도록 돕겠다.'고 하였습니다."

기준격이 지지 않고 받아쳤다.

"허균은 본래 모든 악을 다 갖추고 있어서 세상에 비견될 만한 인물이 없습니다. 그러므로 갖가지 흉역의 말, 곧 반역의 말, 모반의 말을 제자인 소인에게 거리낌 없이 했습니다."

아, 실로 기준격의 그 말 자체가 흉측스러웠다. 내가 가르쳤는데도 사람이 어찌 이토록 강퍅한지 하늘을 향에 부끄러울 따름이었다. 나는 결코 물러설 수 없었다. 다시 살아날 천재일우의 기회가 아닌가.

"고금 천하에 난신적자가 어찌 한이 있었겠습니까마는 기왕 전하께 올린 상소를 통해 임금을 심하게 무함하는 말이 이처럼 참혹했던 자는 기준격 뿐인 줄 아옵니다. 그가 비록 나이가 어렸다고 말하지만 신에 대한 여러 말을 들었다면 어째서 그때 즉시 고하지 않고 이에 자기 아비가 죄를 얻은 후에야 허위를 날조하여 무고한단 말입니까. 그의 마음이 역적질을 하는 데 태연한 자가 아니라면 어찌 이런 말을 뱉어낼 수 있겠습니까. 기준격이 근거도 없는 말을 지어내어 신을 죄에 빠

뜨리고 성상을 무함하고자 하니 그 죄는 죽어도 용서받지 못할 것입
니다."

전하, 하고 또 다시 기준격이 소리쳤다.

"허균이 이홍로, 김공량의 첩과 한 짓들은 조호란 자에게 물어보면
알 수 있습니다."

"아닙니다. 신은 저희 집안이 의창군과 성혼을 한 뒤부터 늘 외방에
있었기 때문에 김공량과는 서로 만나지도 못했습니다. 신의 첩과 공량
의 첩이 서로 교제한 자취는 공량과 그의 첩이 아직도 살아 있으니 물
어보면 알 수 있을 것입니다. 불행하게도 기자헌과는 의논이 맞지 않
았는데, 대론이 발동된 뒤에 기자헌이 먼저 흉한 차자(상소문)를 올려
죄를 자초하게 되었습니다. 그러자 감히 성상을 원망하지는 못하고
신에게 허물을 돌리려고 어린 자식을 사주하여 죄를 얽어대어 신을 빠
뜨리려는 것입니다."

광해가 미간을 찌푸렸다.

"그래, 기자헌은 과인의 뜻에 반하여 인목 대비를 도왔지."

그럼에도 아랑곳하지 않고 준격이 칼칼한 목소리로 틀어쥐었다.

"허균은 인사(人事)를 알지 못하는 어린아이나 다름이 없으며 전도
되고 요망스럽다는 것은 모든 사람들이 함께 알고 있는 바입니다. 신
을 어린아이로 여겼기 때문에 흉역스러운 말을 무수히 발설했던 것인
데, 이제 와서 굳게 숨기고 마음속으로 대질하기를 꺼려 중국으로 가
서 죄를 면해보려고도 했습니다. 그의 정상이 어찌 뚜렷이 드러나지
않겠습니까. 그는 공론을 빙자하여 개인적인 원수를 갚으려고 하였습
니다. 그러므로 차라리 그와 더불어 한 칼에 같이 죽을지언정 그의 정

상을 남김없이 진달하겠습니다. 대론이라는 것은 조정의 대론인데 어찌 저 역적이 주장할 수 있는 것이겠습니까. 바로 조정의 의논을 훔쳐서 자신의 죄를 면해보려고 한 것이니 한편으로는 가소롭습니다. 그는 청현직을 한 번도 거치지 못했기 때문에 매양 갑자기 부귀해지기를 바라 감히 대론을 빙자하여 대권(大權)의 흉모를 꾸민 것입니다. 그는 또 성품이 경솔하고 위엄이 없어 비록 미천한 자라도 자기와 대등한 자처럼 대우하였습니다. 그는 또 화란을 즐기는 자로서 종당에는 반드시 나라의 근심거리가 될 것입니다. 그가 답한 말은 모두 억지를 써서 쟁변한 것으로 결국은 명백하게 변명할 여지도 없습니다.”

허균은 너무나도 더러운 말이라서 더 이상 말하지 않겠다는 마음을 바꿔 마지막으로 한마디 보탰다.

“기준격이 증거도 없는 말로 죄를 얽어낼 계획을 꾸몄으니 그 계획은 흉악하고 그 마음은 어리석습니다. 하늘이 밝게 살펴보고 있는데 그가 어찌 도망갈 수 있겠습니까.”

“알겠도다. 그만들 하라.”

“전하.”

하고 나는 다시 한번 불러 본다. 눈물이 나올 것 같아 하지 않아도 좋을 말을 하고 말았다.

“전하, 신을 버리지 마시옵소서. 친국이 있을 시 대신들 앞에서 말할 기회를 주시옵소서. 할 말이 많사옵니다! 전하, 할 말이 많사옵니다.”

임금이 한참 동안 나를 바라보았다. 나는 끝내 눈물을 흘리지 않는 자신을 토닥이다가 풀썩 옆으로 쓰러지고 말았다. 그때 질세라 기준격의 고함 소리가 들려왔다.

"허균과 같은 흉악한 역적이 나온다 하더라도 신은 입을 다문 채 죽음만을 기다릴 것이니, 다시 무엇을 말하겠습니까. 감정이 격하다 보니 언사가 졸렬해져 말이 조리가 없게 되었습니다. 황공하여 대죄하나이다."

내가 쓰러지자 검은 단령을 입은 나졸들이 주장을 버리고 내게 달려들어 정신 차리라며 찬물을 붓고 몸을 주무르는 중에 광해가 옥뢰에서 나가는 희미한 발소리를 들었다.

*

의금옥에서 다시 편전으로 돌아온 광해는 자시에 이르러 대전내관 최보영을 찾았다. 최 내관은 막 잠든 참에 상이 부른다는 소리를 궁인으로부터 듣고 부랴부랴 내전으로 달려갔다. 어딘가에서 두견새 울음소리가 난다 싶었는데 그럴 리 없다 여기며 얼른 편전에 이르렀다.

"판의금부사를 부르라."

"지금 자시이옵니다."

"자시 초입이다. 밤이 깊은 줄 안다. 얼른 연락하라."

"예."

그로부터 한 시진이 지날 즈음 두견새 울음을 듣고 달빛을 밟으며 마침 빈청에 있다가 달려온 이이첨이 편전에 나타났다.

"기후가 어떠하지? 밤길이 차지 않았소?"

"예, 아직 중추라 그리 춥지는 않습니다."

"야심하지만 몇 가지 물으려 하오."

“예, 전하.”

“경은 결안 없이 공초가 나오는 대로 허균을 극형에 처하자 했지요? 그렇고, 아, 그래요. 과인은 저녁 무렵에 의금옥에 갔었소.”

“예? 전하께서 어찌 그 험한 곳에.”

“결안하려면 일단 허균을 만나봐야 한다고 판단했소. 공초만으로도 그를 읽을 수 있는지 알아보려고 말이오. 이해하오?”

“예, 전하. 하오나. 허균의 말이 무참하여서.”

“그건 과인이 판단할 일. 한 가지 묻는데, 경의 의도는 진실로 무엇이오?”

“소신의 의도라시면?”

“그대가 어찌하여 그토록 집요하게 허균을 죽이려 드나 하는 말이오.”

광해가 눈에 힘을 주어 이이첨을 쏘아보았다. 하관이 실룩거렸고, 앞으로 나온 편인 턱수염이 부르르르 떠는 듯 보였다.

“진실로 그대의 뜻은 어디까지요?”

광해의 핏빛 눈빛이 이이첨에게 폭사되었다.

“소신의 뜻이라면 오직 종사를 위해.”

“그런 말을 들으러 이 밤에 부른 것 아니오! 그대의 그 깊은 가슴속 얘기를 말하세요!”

이이첨이 고개를 들고 임금을 바라보다가 급히 떨군다. 무엇인가, 광해의 이 몸짓은? 그러나 이이첨은 저 청춘 시절의 그 반촌 사건 이후 허균이 무섭고 싫었다는 얘기를 할 수는 없었다. 아무도 믿을 수 없는 허상으로의 얘기일 것이기 때문이다. 그냥 그대로 그를 보기 원치 않는다고 말할 수도 없다. 그러면 진실로 허균은 왜 죽어야 하는가?

"허균은 정상인의 사유를 하는 자가 아니옵니다."

"정상? 그렇다면 그대는 정상인가? 누가 무슨 잣대로 정상과 정상이 아님을 구별할 수 있겠는가?"

"그게 아니오라. 허균은 광적(狂的)이라는 말씀을."

"그가 미쳤다고? 과인이 보기엔 진정 그대가 미친 듯한데. 그 집요함이 말 그대로 광기가 아니던가?! 과인과 그대와 허균 모두 세월을 건너가는 과객일 따름. 우리 시대 각자 역할을 할 뿐 누가 더 중요하고, 누가 더 옳은지 따위는 사후적으로 말해지는 것이 아니겠소? 그대만 옳다? 허균이 이상하다? 미쳤다? 광인이다? …과인은 경도 절실하지만 허균도 필요하오."

"전하."

"재조지은을 논하며 명을 숭상하자는 그대가 오히려 구시대의 사유에서 빠져나오지 못한 듯한데. …허균은 후금의 미래상을 그려보는 중이오. 강홍립이 북으로 가서 저렇게 움직이지 않는 것도 과인과 허균의 뜻에 공감하여 조선의 앞날에 대한 깊은 고뇌 이후의 선택이 아니겠소. 관송, 허균이 필요해요. 그를 살려 둡시다."

"아니 되옵니다!"

이이첨은 놀란 눈으로 광해를 쳐다보다가 머리를 깊이 조아리면서 이마를 방바닥에 한 번 찧었다.

"왜 안 되오?!"

갑자기 광해가 벽력같은 소리를 내질렀다. 편전이 우웅, 하고 울렸다. 내관 최보용과 몇 젊은 내관들이 임금의 목소리에 놀랐다. 잠시 침묵이 흘렀다. 바람소리 같은 것은 들려오지 않았다. 편전 안에 광해의 숨결만 차고 넘칠 따름이었다.

"전하, 이 시점에서 분명히 판단할 것은 허균이 서궁에 흉서를 쏘아 넣었고, 숭례문에 흉격을 붙였으며, 남산에서 여진과 왜적이 쳐들어온다고 소리치며 백성을 호도했음을 외면하기 어렵다는 사실입니다. 그의 애첩 추섬의 공초에 의하면 지난 3년 동안 도당과 더불어 팔도 이곳저곳을 다니며 모반을 꿈꿨다 합니다. 이것이 사실로 판명되고 있지 아니합니까."

"허균 잔당들의 공초를 다 마쳤다는 말인가?"

"그러합니다, 전하. 통촉하여 주시옵소서. 그들은 분명 모반의 성공 즉시 전하를 시해할 것을 천명했다 합니다. 각 역적의 초사가 일치되어 일의 증거가 명백하나이다."

"과인을 죽여?! 그게 사실이던가?!"

"실제로 그들 이른바 호민들이 서궁을 지나쳐 상께서 계시는 창덕궁 길로 침범해 들어오지 않았습니까. 소신이 예측하여 대비하고, 또 특히 허균의 친구 이재영이 이를 신에게 일러 백척간두의 정황, 간발의 형국에서 간신히 벗어났거늘 그게 며칠 지났다고 이렇게 흉측한 사실을 외면하려 하시나이까. 다시 생각해 보아도 모골이 송연한 일을 허균 일당이 도모했음이옵니다. 방외의 적들이 남쪽과 북쪽에서 당장 한성부로 쳐들어온다는 목멱산에서의 외침 이후 서북 변방의 경보가 도착하지도 않았는데 훈귀(勳貴) 대신들이 먼저 동요되어 난리에 임하여 스스로 보전하는 것을 오히려 미처 하지 못할까 염려하듯 하였기에 한 달 사이에 온 도성이 텅 비게 되었습니다. 이에 역적 균이 기회를 틈타 거사를 일으킨 것입니다. 이 얼마나 철저한 준비이겠습니까. 무섭습니다. 신은 허균을 생각할 때마다 가슴이 사시나무 떨 듯하고 있음입니다."

"그만하시오."

이이첨이 목소리가 심하게 떨려 나아갔다. 이이첨은 다시 여러 차례 머리를 바닥에 내리찧었다.

"아니옵니다. 전하, 더 들으셔야 합니다. 국가가 불행하여 역옥이 잇달아 일어나는데, 이번 허균, 하인준, 우경방 등의 일은 기준격 한 사람의 고발에서 나온 것이 아니니 참으로 전고에 없던 대역입니다. 김윤황을 형추하고, 경운궁에 격문을 던져 넣은 사건에 대한 곡절을 현응민에게 공초를 받으라, 포도대장에게 편지를 보내 극악한 역적 우경방 등을 풀어주기를 청한 실정을 아울러 허균에게 묻도록 하라, 그리고 현응민과 우경방 등이 무뢰배들과 체결하여 종적이 수상하니, 우경방을 의금부로 옮겨 수감하고 현응민과 더불어 대궐로 올려 보내 엄히 국문해서 실정을 알아내라 등을 며칠 전에 성상께서 직접 하명하시지 않았습니까. 성상을 직접 시해하려 했음에도 어찌 허균을 살려둘 일이겠습니까. 주상전하아, 통촉하옵소서어!"

그런 말을 마치고 이이첨은 자신의 머리를 또다시 방바닥에 여러 번 내리찧었다. 아니, 내리치면서 심하게 짓눌렀다. 눈알이 튀어나올 것 같은 데다가 실룩거리던 입술이 이빨에 찢기고 말았다. 이이첨의 이마와 입술이 터져나가 금방 얼굴과 관복이 검붉은 피로 물들었다. 그리고 나서 한 번 벌떡 일어서서 두어 걸음 뒤로 물러났다가 큰 절을 삼

배나 하였으니 광해는 입을 다물지 못하고 나라의 대신 판의금부사 관송 이이첨을 오히려 말려 자리에 앉혔다. 그러느라 임금의 자포 역시 핏물에 붉게 물들었다.

　새벽이 훤히 밝아왔다. 편전에서 나서서 집으로 가려는 이이첨 앞에 여러 사람들이 나타났다. 우의정 박홍구를 비롯하여 대사헌 남근, 대사간 윤인, 도승지 한찬남 그리고 저 끝에 유희분이 보였다. 그들 모두 이이첨에게 아무 말을 붙이지 못했다. 그들은 간밤의 사건을 최보영이 알린 그대로 낱낱이 알고 있을 터였다. 이마가 깨지고 입술이 찢어진 이이첨은 남여를 타고 유유히 사라졌다.

종족 — 강을 건너다

무오년(1618년) 추 팔월 경진(24일) 아침 일찍 나는 인정문 마당에 버려졌다. 그들은 며칠 동안 사람을 잡아 족치길 그치지 않았다. 내게 고문을 하여 죄를 불게 하는 딱장받기도 밥도 호되게 받았다. 그들은 무고한 사람을 가둬 놓고 쉼 없이 갈마들면서 억지 자백을 받으려고 단지곰을 쉬 거두지 않았다. 쉴 듯하다가도 곧장 도리매(곤장)로 되게 치고, 물볼기와 회초리로도 계속 때리는 잔채질도 거침없이 해댔다. 발목을 묶은 뒤 두 팔을 뒤로 엇갈리게 묶어 높이 매달고 양쪽에서 때리는 학춤, 줄로 다리를 돌려 감고 양쪽에서 톱을 켜듯 당겼다 놓았다 하여 살을 찢어 놓는 톱질, 한술 더 떠 불에 달군 쇠로 살을 지지는 단근질, 사금파리 위에 무릎을 꿇린 뒤 무릎 위에 무거운 돌을 올려놓는 무릎꿇림, 두 다리를 묶어 놓고 정강이 사이에 두 개의 몽둥이를 꿰어 그 두 끝을 좌우로 벌려 잡아 젖힘으로써 다리가 뒤틀리게 하는 가새주리도 연이어 했다.

내 몰골은 흉측해져 갔고, 며칠 밤이 지나자 차마 못 볼 정도로 처참해져 갔다. 그랬으므로 나는 아무도 돌보지 않은 채 버려진 쓰레기나 다름없었다. 창덕궁(昌德宮)의 정문인 인정문(仁政門) 앞마당으로 끌려 나오며 사실 살기를 포기해야 함을 분명히 느꼈다. 사면에서 초나라 노래만 들려오고, 나는 초라히 눈물 흘리는 초나라 패잔병에 불과했다. 의금옥에서 끌려 나오며 오늘 그 자리에서 광해의 친국이 있을 것이란 얘기를 들었다.

연기가 자욱했다. 추풍이 한차례 불자 막 지는 낙엽과 함께 귀신머리 풀어헤쳐지듯 연기가 마당을 쓸고 푸른 가을하늘로 가뭇없이 사라지는 것이 보였다. 나는 가늘게 눈을 떴다. 온몸에 힘이 다 빠져나가 제대로 꼿꼿이 앉아 있기도 힘들었다. 그럼에도 나는 내가 죽는 장면은 잘 보아 두려고 눈을 떠 사위를 살폈다. 아, 섬돌 위에 우선 우의정 박홍구가 보인다. 그놈! 바로 그놈 이이첨이 그 옆에 서 있다. 하얀 얼굴에 하얀 수염을 쓰다듬으며 득의양양해하는 놈의 꼬락서니라니!

목을 움직이고 눈을 돌려보니, 우참찬 윤선, 예조참판 윤수민, 이조참의 유희발 등이 섰고, 그 옆으로 다시 대사헌 남근, 대사간 윤인, 도승지 한찬남을 비롯한 승지들이 섰다. 그 외에 얼굴이 익지 않은 젊은 관인들이 여럿 늘어서 있다. 이이첨이 천천히 걸어 내게로 온다. 그리고 냉혹한 얼굴을 감추지 않으며 속삭인다.

"흐흐흐 교산, 몰골이 이래서야. 죽을 마당에 들어선 감회가 어떠하신가?"

나는 즉각 그에게 침을 뱉었다. 이이첨이 손바닥으로 얼굴을 훔치며 인상을 찌푸렸다. 이이첨이 어금니를 사려 물려다가 참고 침을 삼키며 내게 소리쳤다.

"이자가 죽을 자리에 와서도 앙탈이구만! 내 이 순간을 감내하거니와 자네의 생은 이로써 끝이야. 사실 진즉에 이런 자리가 와야 했는데. 돌아보면 젊은 시절, 저 반천에서의 우리들의 의기는 하늘을 찌를 듯했지. 잘만 했으면 우리는 정말 서로 힘을 합쳐 세상을 휘어잡을 수도 있었어. '집권하면 임금과 나를 가장 먼저 죽이리라 약조했다.'는 이재영의 말을 듣기 전까지는 어떻게든 자넬 살려 앞날을 도모하려 했거늘 결국 이렇게 되고 말았네. …잘 가시게."

나는 입술을 깨물며 의자에 묶인 채 벌떡 일어서려다 군졸의 방망이에 호되게 맞아 어깨를 내려뜨리고 말았다. 뼈가 부서져 고통이 뼛속을 쑤시고 들어왔다. 대전내관 최보용이 외쳤다.

"주상 전하 납시오!"

늘어선 대신들이 자세를 바로잡았다. 이이첨만이 지난밤에, 아니 오늘 새벽에 머리를 편전 바닥에 찧어대느라 다친 이마를 매만지며 여유 있는 얼굴을 만들어 하늘을 보다가 땅을 보다가 상사초를 심하게 피웠는지 가래를 뽑아 발아래에다가 떨구곤 하였다. 잠시 뒤 용상에 앉은 광해 앞으로 나아가며 문사낭청 황윤중이 큰 소리로 아뢴다.

"입시한 대신들은 끝으로 전하께 아뢸 말씀을 짧게 하시오. 더 기회가 없습니다."

말이 떨어지기 전에 즉각 박홍구가 아뢰기를

"적 허균이 흉역을 행한 정상은 우경방과 김윤황의 초사에서 이미 드러났습니다만, 흉격을 보니 입으로는 차마 말할 수 없을 정도였습니다. 어제 청을 늦춘 것도 이미 극도로 지체된 것이므로 현재 상하의 인심이 답답해한 지 벌써 오래입니다. 죄인이 이에 붙잡혀 나라 사람들이 경하하고 있으니 속히 정형을 명하소서.”

하였다. 그 말에 왕은 아무 말이 없다. 다만 이이첨을 불러 앞으로 나오라고 명하고서 하문한다.

“정형을 해야 하겠지만 물어야 할 것을 물어본 뒤에 하는 것이 어떻겠는가?”

그러나 이이첨은 냉엄한 얼굴로 강하게 고개를 가로저었다.

“도당들이 모두 승복했으니 달리 물어볼 만한 것이 없습니다. 죄인을 이에 잡아내어 지금 도성의 백성들이 기뻐 날뛰고 있으니, 즉시 정형을 해야 한다고 생각합니다. 오늘도 지연시키면 뭇사람들의 마음이 답답하게 여길 것입니다. 무슨 다시 물어볼 만한 일이 있겠습니까.”

그에 맞춰 다시 박홍구가 아뢴다.

“도당을 꾀어 모은 일에는 진위가 있으니 대론을 주장했던 것은 거짓이고 반역을 도모하고자 한 것이 진실입니다.”

하였고, 이어 한찬남이 아뢰기를

“승도들을 꾀어 모으고 산에 올라가 밤에 소리쳐서 서울의 인심을 흉흉하게 만든 것은 하찮은 일일 뿐입니다. 어제 형을 늦추었는데 오늘 또 그런다면 인심이 이로부터 상께서 역적을 엄히 다스리지 않는다고 의심할까 염려됩니다.”

하였다. 유희발이 아뢴다.

“지금 시기를 잃고 정형하지 않으면 인심이 이로부터 흩어질까 걱정됩니다.”

남근도 나섰다.

"이렇게까지 형을 늦추었으니 인심이 이로부터 꺾이고 간악한 일당의 불측한 일이 있을까 염려됩니다."

하지만 광해는 다시 말하기를 서슴지 않았다. 나는 광해의 심정을 알 듯했다. 아아, 임금은 나를 끝까지 지키려 하는구나.

"오늘 정형하지 않겠다는 것이 아니라 심문한 뒤에 정형하고자 하는 것이니라."

그러자 이이첨 다시 같은 말로 아뢴다.

"지금 만약 다시 묻는다면 그는 반드시 잠깐 사이에 살아날 계책을 꾸미며 다시 함부로 말을 낼 것이니 도성의 백성들을 진정시킬 수 없을까 걱정됩니다."

나는 안다. 그들이 이토록 당장 정형하기를 원하는 이유를. 사실대로 공초하면 그들의 저 가슴 속 불충이 나로부터 여지없이 드러나 다 같이 주륙을 받게 될까 두려워서일 것이다. 그래서 이이첨이 잠깐만 내게 거짓으로 일러 '참고 지내면 나중에는 반드시 벗어날 수 있을 것이다.' 하였고, 또 내 딸이 바야흐로 뽑혀서 후궁으로 들어갈 참이므로 '다른 근심이 없으리라는 것을 보장한다.' 하면서 안심하도록 하지 않았던가. 그 계책들이 모두 나를 급히 사형에 처하여 내 입을 없애려는 것이었도다. 나는 끝으로 한마디를 해야 한다고 생각하여 마지막 힘을 다해 부르짖었다.

"전하, 하고 싶은 말이 있소이다!"

즉각 군졸이 내게 다가와 팔모 방망이로 등판을 내리쳤으므로 나는 그대로 앞으로 꼬꾸라져 다리 부러진 참새 모양으로 의자에 매달려 꼼짝할 수 없었다. 앞이 까맣게 죽어갔다. 내 외침에 반응하는 사람 아무도 없었다. 나는 이미 그 순간에 죽은 것이나 다름없었다.

내가 흐트러지는 정신을 붙잡아 고개를 들었을 땐 이이첨의 무리들이 황황히 어쩔 줄을 몰라 하면서 그 당류들과 더불어 성상을 막고 은폐했으니, 광해는 더 이상 어쩔 수 없이 그들의 청을 따라주자는 쪽으로 마음을 정한 듯했다. 한참을 망설이다가 광해가 마치 신음하듯 낮은 옥음으로 하명했다.

"그렇다면 원종, 봉학, 돌한, 추섬, 성옥은 추후에 다루도록 하고, 오늘은 허균을 비롯하여 그의 수하 우경방, 현응민, 하인준, 김윤황을 다스리라."

이이첨이 추국장이 떠나가도록 큰 소리로 아뢴다.

"전하아, 성은이 망극하여이다! 그러면 저들을 능지처참토록 하겠나이다."

용상에서 일어나 나가면서 광해는 한참 동안 나를 안타까이 바라보다가 곧 낙심한 얼굴로 돌아가 이이첨에게 손가락질을 하며 뭔가 말하려다가 마침내 참으며 매서운 눈으로 쏘아본 뒤 인정전 앞마당에서 떠나갔다.

그가 갔다.

그가 그렇게 갔다.

마지막 희망이 사라졌다.

함거가 일렁거린다. 나는 지금 함거를 타고 흔들거리며 인정문에서 벗어나 형장인 저잣거리로 가는 중이다. 내 몸은 돌이킬 수 없는 상처를 입었다. 이미 인간의 몸이 아니다. 내 몸의 온갖 기관은 차라리 태초의 그것이 됐다. 처음이다, 생명의 씨앗이다, 알이다. 그러므로 최후요, 역설적으로 최초다. 최후에서 피어나는 새 꽃이다, 검고 붉은 장미꽃 한 송이다. 역사와 시대를 아름답게 장식하는 화려한 꽃이다. 그러므로 나는, 나 같은 인물은 곧 다시 피어날 수도 있을 것이다. 회복할 수 없으므로 몸은 따라서 다시 처음이다. 말하건대 따라서 몸이 이렇게 가볍다 하여 이 어찌 지나치다 할 수 있으랴. 이미 몸이 아닌 것을, 처음으로 돌아간 것을. 이제 나는 곧 현륙(顯戮, 장거리에서 처참하여 시체를 군중에게 보이는 형)될 것이고, 그리하여 마침내 나는 우주적으로 새로이 구성돼 훨훨 날아가는 새가 될 수도, 삼림을 휘젓는 곰도 되고 호랑도 될 수 있음이다. 그 아름답고 화려한 장미꽃으로 이 세계에 다시 피어날 수도 있을 것이다.

나를 태운 함거가 거리로 나아간다. 내 뒤로 우경방, 현응민, 하인준, 김윤황을 함께 태운 또 한 대의 함거가 따라온다. 그들의 놀란 눈이 거리에서 함거를 따라오며 높이 떠들어대는 만백성의 웅성거림에 이르러 더욱 커졌다. 나는 고개를 숙이지 않을 작정이다. 그럴 이유가 없다. 나는 되도록 당당해야 한다. 할 수 있는 일을 다 하지 못한 미안함이 있으나 나로서 할 만큼 했다. 새 세상을 만들지 못했지만, 의지는 분명히 드러내 보였다. 일단의 사람들이 앞날에 이를 이어갈지도 모른다. 내가 전날의 그 많은 이들에게 그런 혁명을 배웠듯이.

책에서도 그러하거니와 현실에서도 혁명의 꿈틀거림을 직접 보기도 했다. 정여립이 그러했고, 특히 내 친구들, 아, 슬프고 안타까이 우리들의 서얼이 그걸 보여 주지 않았느냐. 칠서들을 생각하면 눈물이 앞선다. 역사는 권력이 만드는 것이더냐? 그런 관점에서 모든 역사서는 폐기돼 마땅하다. 권력의 역사, 즉 왕조사, 전쟁사 따위는 버리라. 역사는 그렇다 하여 백성이, 민초가 만들어 내는 것도 아니다. 그 경계에서 역사는 꿈틀거려 왔다. 바로 나 같은 자들에 의해. 그러므로 거대 역사는 버리라!

나는 이쪽과 저쪽을 다 만나봤다. 권력의 추악함도, 호민의 아픔도 맛보았다. 그러니 내가 역사를 이뤄가야 할 자인데, 이런 자는 늘 패배한다. 멋들어지게 혹은 참혹하게 패배한다. 그러므로 이는 역설이다. 세계는 본디 역설이다. 그렇다고 믿는 순간 우리는 그 역에 이르게 되지 않던가. 광해가 일단 이겼지만, 아니 이이첨이 승리했다 하자. 그러나 그의 승리는 찬란한 패배의 앞모습일 따름. 곧 배면의 진면목이 드러날 것이니. 보라, 그런 날이 올 것이니. 그러고 그런 날은 인간의 삶이 지속하는 한 영원히 이어질 터이니.

앗, 꿩이다. 내 아들 꿩이다. 어딘가 딸들도 있을 것이다. 애비가 형장으로 끌려가는 것을 보는 자식의 마음은 어떨까. 개체는 달라도 넋은 이어질 것이므로 그들도 가슴이 찢어질 것이다. 아버지! 이런 소리가 군중들의 아우성 소리 사이에서 들려온다. 환청이 아니다. 죽음으로 가는 애비가 자식의 피 같은 목소리를 어찌 못 들을까 보냐. 아들아, 나는 너의 미래다. 보라. 진실로 잘 보아 두어라. 어디서 무엇이 되어 살든 아들아, 그래 그렇게 다시 혁명을 꿈꿔라.

아들아, 다만 큰 혁명만이 혁명이 아님을 알라. 애비는 어쩔 수 없이 큰 틀의 꿈을 꿨다고 치자. 그러나 그것만이 다가 아니다. 작은 꿈을 꾸고 아름답게 살 수도 있을 것이다. 차라리 그것이 역사를 바꾸는 실제적 현실적 방법이기도 하다. 이제 권력은 큰 것이 아니다. 작고 아름다운 것들이 의미 있다고 평가받는 세상이 마침내 올 것이다.

아들이 달려온다. 애비의 함거를 따라 달려온다.

굉아, 너는 잡히지 말라. 교묘히 도망쳐 어디로든 사라져라. 변산도 좋고, 아, 특히 백두대간의 그 중허리 대관령을 넘어 애비의 고향인 강릉은 어떠하냐? 소금강도 있고 금강산도 멀지 않다. 거긴 네 할애비와 봉이 삼촌의 아름답고 안타까운 과거도 있느니라. 굉아, 부디 큰 권력을 멀리하고 작은 힘으로 작고 아름답게 살아가라. 아들아, 사랑한다. 아들아, 사랑한다. 그리고 무엇보다 미안하다.

그 옆에 누군가? 나는 그 골목에서 방망이에 맞아 한쪽 눈이 보이지 않게 됐다. 저 옛날 박응서가 그리 됐는데 이번엔 내가 한쪽 눈이 찌그러졌다. 그 옆에 누군가? 눈을 한 번 크게 떠 살펴보니 놀랍다. 파암이구나! 파암 박치의구나. 그렇지. 그대는 잡히지 말고 살아남아야지. 자네라면 능히 그럴 수 있을 것을. 광해와 이이첨이 부지런히 찾아나선들 결코 그대를 발견할 수 없으리. 하지만 파암, 여인 이재영을 우리 용서하세. 쉽게 그러지 말라 하나? 물론 그렇지.

앗, 이 순간에 마침 이재영이 파암 그대 바로 뒤에 있는 것을! 뒤돌아보지 말게. 세월이 흘러야지. 파암 우선 자네는 내 아들을 어디론가 데려가게. 그리하여 어디 산으로 바다로 가게. 율도, 그 밤섬이라도 좋고 말이야. 강릉에서 출발하여 동해 바다를 지나 울산을 한 차례 들르고 남해 물길을 따라 한참을 가면 거기 우리의 무릉도원 같은 곳. 파암, 내 아들 굉을 그리로 데리고 가서도 좋지.

불쌍하나니 여인 이재영이여, 어쩌다가 이이첨 같은 놈에게 얽혀서 그리 됐는고?! 물론 자네는 나를 위해 그리했겠지. 살아남을 생각도 했을 터이고. 누군들 갈등하지 아니하겠는가. 그러니 너무 자책하지 말게. 이미 엎질러진 물인 것을.

내 혁명의 방법론은 처음부터 오류를 함장하고 있었다. 내가 아주 서얼이던가 아니면 철저히 왕권 곁이던가. 이러지도 못하고 저러지도 못하는 경계에서 서얼에 바람을 넣은 다음 스스로 방기하고, 권력에 들어가려는 이상하고 헛된 욕망에 치여 이렇게 가다가 중지 곧 하게 됐다. 경계선상에서 더 철저히 처신했더라면 다른 기회를 잡을 수도 있었을지 모른다. 스스로에게 보다 철저해야 했다.

내 홍길동 연의에서 밝혔듯 혁명 다음의 세상이 사림의 세상이어야 한다는 논리도 쉽게 용서될 바가 아니다. 권력에 대한 성리학의 시각은 본디 위태롭다. 세상을 사랑한다지만 성리학은 지나치게 권력 위주라 하여 지나치다 할 수 없으리!

진실로 말하자면 국가주의가 아니던가. 국가가 잘 되기를 기대해 왕권의 교화에 힘쓰자는 게 그 생각의 한 요체가 아니던가 말이다. 이제 생각하니 나는 성리학의 울타리를 벗어나지 못함이다. 내 어찌 이 세상의 오늘의 생각 밖에서 생각할 수 있었겠는가. 이제 죽음에 이르러 조금 성찰되나니 사람들이여, 세상 밖을 향한 더 많은, 더 깊은 고민을 해야 하거늘!

일렁거린다.
한없이 일렁거린다.

자갈을 넘고 돌부리를 지나 저잣거리는 어느 메에 있느냐? 어서 도달할 것을. 그리하여 곧 죽어 자빠질 것을. 한 옴큼 작은 목숨이여, 진정 그렇게 홀연히 사라져버릴 것을.

군중들의 소리가 더 커졌다.

아니, 저 여인은 누구냐?! 추섬도 성옥도 다 잡혀갔으므로 이곳에 있을 리 없다. 앗, 사람의 무리 속의 저 여인은? 아아, 그리운 얼굴, 내 사랑하는 누님이다. 나는 고개를 절레절레 흔들었다. 퉁퉁 부어오른 얼굴을 한쪽 팔에 비벼 본다. 한쪽 눈을 다시 크게 떠본다. 분명 초희 누님이다. 그가 찾아왔구나. 고마운 일이다. 너무나 보고 싶어 나는 누님에게 매창을 씌워 그리움을 달랬거늘.

초희 누님, 그곳에 잘 계시지요? 조원궁, 백옥루, 요지잠, 부용동에서 서왕모와 함께 말이에요. '유선사'를 부르면서요.

초희 누님이 웃는다. 가녀리고 하얀 얼굴에 웃음을 만들어 내게 보낸다. 수많은 사람들의 수많은 웅성거림 속에서 누님이 그림처럼 따라온다. 누님은 끝까지 나를 놓치지 않으려고 치맛자락을 움켜쥐고 달려 내내 나를 바라보고 있다.

누님, 그곳은 어떠합니까? 노천야 어른의 보살핌 아래 신선으로 그렇게 잘 살고 계시지요? 곧 내가 그리 갈게요. 아버지를 따라 어릴 때 옥황상제님을 따르기도 했습니다만, 젊어 한때 부처님께 마음을 빼앗기고, 또 한 시절에는 서역에서 온 천공님을 우러르기도 했지요. 누님, 저는 늘 그렇게 고민하면서, 찾으면서 살았습니다. 여직 어느 길로 가야 할지 정하지 못한 중에 이렇게 강을 건너가려 합니다.

아아, 봉이 형! 보입니다. 저쪽에서 조금 전부터 저에게 그렇게 예,

바로 그렇게 손을 흔들어 주시지 않았습니까. 작은형, 형님이 선조에게 당했듯 저도 광해에게 이렇게 끌려 사라져 갑니다. 우리 집안은 그러므로 역설의 집안이지요. 아니, 이건 부정의 말이 결코 아닙니다. 곧 혁명의 집안이란 자랑입니다. 우리는 애초에 순응을 거부했지요. 순응하는 자의 저 신물 나는 속물성과 천박성을 우리는 견딜 수 없어 했지요. 부정한 일을 부정하다 하지 않는 생을 우리는 명백히 거부하였지요. 그러다가 스스로 대 변혁을 꿈꾸다가 이렇게 형님 곁으로 가게 됐습니다. 기다리세요, 작은형. 형님을 보니 다시 힘이 솟아납니다.

함거가 딱 멈춰 섰다. 이제 바로 그 자리에 도착한 모양이다. 파암이 여전히 옆에 머물러 있다. 굉이 그 뒤에서 한없이 눈물을 흘리며 햇빛과 먼지에 까맣게 타고 젖은 발을 땅바닥에 구르고 있다. 굉아, 애비는 마음이 편안하다. 염려치 말라. 파암 아저씨와 그리로 가거라. 네가 원하는 곳으로. 이것으로 애비는 한 생을 마감한다. 본디 인생이 그런 것이 아니더냐. 굉아, 이제 끝으로 함거에서 내려 내 지친 몸을 형틀에 내맡긴다. 더 이상 보지 못할 것을. 잘 살아라. 애비는 미안할 따름이다.

사람들이 아우성소리 속에 나는 먼저 저자 광장 한가운데에 이르러 함거에서 내려졌다. 이제 이미 내게 있어 삶은 없다. 나는 한쪽 눈으로 일행을 바라봤다. 우경방, 하인준, 현응민 그리고 김윤황이 공포감 속에서도 기품을 잃지 않으려는 의태를 드러내려 애쓰고 있다. 나를 비롯해 모두 입술을 깨물었다. 입술에서 피가 터져 가슴께를 적신다. 이미 아픔은 없다. 존재가 없는데 아픔인들 살아 있겠는가.

조금 전부터 세상이 조용해졌다. 다만 들리는 것은 우경방의 '형님, 잘 가세요.'와 하인준의 '그럼, 형님.' 하는 목소리, 김윤황의 '잘 가시래요.'와 현응민의 '다시 만나요.' 소리뿐이다. 우리는 더 할 말이 없었다.

밧줄에 묶였다. 팔과 다리와 목을 그렇게 묶이고 광장 중앙으로 나아갔다. 다섯 마리의 황소가 보였다. 튼실한 녀석들이었다. 마른 흙먼지가 일어 하늘이 온통 뽀오얗다. 아니, 아무것도 보이지도 의식되지도 않았다. 이미 죽었음으로다. 검은 깃발이 올라가자 황소들이 앞으로 박차고 나아간다. 내 몸이 순간 하늘로 치오른다. 하늘로 자꾸자꾸 날아오른다는 자각 속에서 일달찰나에 나는 저쪽 새로운 세상이 스스로 가까이 다가옴을 깨닫는다. 아, 나의 생은 사라졌다.

아니다, 아니다. 죽음은 새로운 생을 부른다. 그러므로 이로써 우리들의 혁명은 다시 시작될 것이다.

* 허균이 사형당한 5년 뒤 서인 세력에 의해 광해군을 왕위에서 몰아내고 능양군을 왕으로 옹립하는 인조반정이 일어난다. 이이첨은 경기도 이천으로 달아났다가 붙잡혀 이튿날 참형되고, 그 6년 뒤에 기준격도 이괄의 난과 관련하여 사형된다. 그리고 다시 18년 세월 뒤에 허균의 우려 그대로 병자호란이 일어난다.

【참고 문헌】

『선조실록』

『광해군일기』

이긍익, 『연려실기술』

허균, 『성소부부고』

『맹자』

허경진, 『허균연보』, 보고사, 2013.

허경진, 『허균평전』, 돌베개, 2002.

이이화, 『허균』, 한길사, 1997.

장정룡, 『허씨 오문장가 한시 국역집』, 강릉시, 2005

장정룡, 『교산허균선생문집』, 강릉시, 2002.

장정룡, 『평전 허균과 허난설헌』, 허균난설헌선양사업회, 1999.

장정룡, 『허균과 홍길동전 연구』, 교산난설헌선양회, 2011.

교산난설헌학회, 『평전 허균과 난설헌 허초희 연구』, 난설헌출판사, 2015.

김풍기 편, 『누추한 내방』, 태학사, 2003.

김탁환, 『허균, 최후의 19일』, 푸른숲, 1999.

이현희, 『한국의 역사』, 학원출판공사, 1988.

허균, 『서울의 고궁 산책』, 효림, 1994.

박충록 편, 『권필 작품집』, 뜻있는 길, 1994.

이성무, 『조선시대 당쟁사 1』, 아름다운날, 2009.

박도식, 「강릉의 동족마을」, 강릉문화원, 2012.

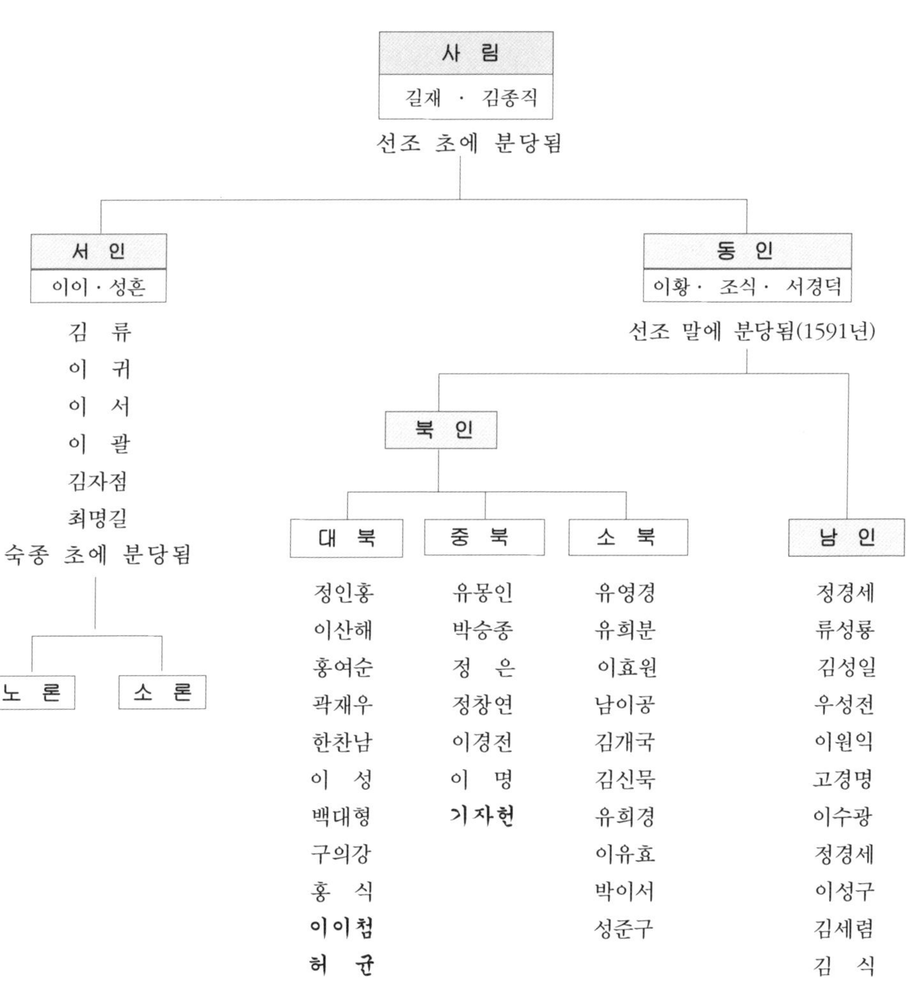
붕당 전개도

사 림
길재 · 김종직
선조 초에 분당됨

서 인
이이 · 성혼
김 류
이 귀
이 서
이 괄
김자점
최명길
숙종 초에 분당됨

노 론   소 론

동 인
이황 · 조식 · 서경덕
선조 말에 분당됨(1591년)

북 인

대 북
정인홍
이산해
홍여순
곽재우
한찬남
이 성
백대형
구의강
홍 식
이이첨
허 균

중 북
유몽인
박승종
정 은
정창연
이경전
이 명
기자헌

소 북
유영경
유희분
이효원
남이공
김개국
김신묵
유희경
이유효
박이서
성준구

남 인
정경세
류성룡
김성일
우성전
이원익
고경명
이수광
정경세
이성구
김세렴
김 식

소금북 소설선 002

소설 허균, 호피와 장미

ⓒ이광식 장편소설. 2020, printed in seoul, Korea

초판 인쇄 | 2020년 07월 05일
초판 발행 | 2020년 07월 10일

지은이 | 이광식
펴낸이 | 박옥실
책임편집 | 임동윤
디자인 | 유재미 정지은

펴낸곳 | 소금북
등   록 | 2015년 3월 23일 제447호
발   행 | 춘천시 행촌로 11, 109-503 (우24454)
편   집 | 서울시 중구 퇴계로50길 43-7 (우04618)

전자주소 | sogeumbook@hanmail.net
구입문의 | ☎ (070)7535-5084, 010-9263-5084

ISBN 979-11-968400-5-1   03810
값 15,000원

※ 이책의 내용의 전부 또는 일부를 재사용하려면 반드시 저작권자와
   소금북 양측의 동의를 받아야 합니다.
※ 지은이와의 협의로 인지는 생략하며, 잘못된 책은 교환해 드립니다.
※ 이 책의 국립중앙도서관 출판도서목록(CIP)은 서지정보유통지원 시스템홈페이지
   (http://seoji.nl.go.kr)와 국가자료공동목록시스템(http://www.nl.go.kr/kolisnet)에서
   이용하실 수 있습니다. (CIP제어번호 : CIP2020025970)

*이 책은 강원도 강원문화재단의 후원금으로 제작되었습니다.